PIERRE SALES

L'ENFANT D'UNE VIERGE

LES MAITRES DU ROMAN POPULAIRE

ARTHÈME FAYARD et Cᵉ

Éditeurs

18-20, Rue du Saint-Gothard, PARIS

L'ENFANT D'UNE VIERGE

PREMIÈRE PARTIE

I

LES DAMES DE KOËLLEC

Les habitants de la région avoisinant le cap Fréhel sont les seuls, en Bretagne, à connaître la crique de Koëllec. Quand les marins passent au large des rochers couverts d'embruns — ils disent les cailloux — qui lui font une jetée naturelle, ils ne sont jamais tentés, même par un gros temps, d'y chercher abri. L'endroit a mauvaise réputation.

La crique est grande pourtant et assez profonde. Une plage de joli sable blond l'entoure et au delà de la plage, sur laquelle on tire les bateaux des pêcheurs il y a un coquet village aux maisons tapissées de rosiers, dont beaucoup fleurissent l'hiver, car l'hiver est très doux, un peu humide, dans tous les recoins de cette vaste baie de Saint-Malo.

Au delà, c'est la falaise, en immense blocs de roche, terrible, sinistre après le coucher du soleil ; puis un moutonnement de dunes ; et puis la ligne boisée des coteaux bretons qui fait, à tout ce pays, comme un rideau de verdure.

Sur le point le plus élevé de la falaise se dresse un antique manoir gothique de granit que le temps a poli comme du marbre et dont les soubassements dataient de l'époque romaine ; on trouve même, dans les souterrains, de vagues traces d'inscriptions druidiques. Bâti sur une assez large plate-forme qu'il couvre tout entière, il semble, tout d'abord, ne faire qu'un avec le rocher ; et, du côté de la mer, il le surplombe par l'avancée de son donjon, haut, droit, lisse, percé de très petites meurtrières et couvert d'une logette.

Et c'est à propos de ce donjon que courent des récits fâcheux, mais exacts.

Il est certain que le manoir était bien autrefois une repaire et que ses maîtres, les aïeux du châtelain actuel, avaient des coutumes de brigands. Par les nuits de tempête, quand les pauvres bateaux désemparés cherchaient un refuge, les barons de Koëllec faisaient allumer un grand feu sur le donjon, et les navigateurs, attirés, venaient se perdre au milieu des récifs, à l'entrée de la crique ; et les barons volaient les épaves, les cargaisons.

Mais c'était un droit de noblesse.

Et, après la sombre époque du brigandage, avait brillé celle de la piraterie, de l'écumage. Les vieux du village savaient, de leurs grands-pères, que Louis Jehan de Koëllec brûla en mer beaucoup de vaisseaux anglais. Le digne gentilhomme partait avec tous les gars de la plage, sur un brick qui prenait le vent comme pas un brick de la flotte royale. Un jour de brume, un gros navire anglais lui donna la chasse, et le brick breton, tout doucettement, l'amena sur les récifs de Koëllec, par une période de *vive-eau* qui cachait jusqu'aux aiguilles des rochers : le vaisseau anglais sombra, et pas un matelot ennemi n'échappa aux mousquetades des Français.

C'est sur un brick semblable que Gaston Jehan de Koëllec, fils de Louis, se fit sauter pendant la guerre d'Amérique, plutôt que d'amener son pavillon.

La haine séculaire contre la veste rouge disparut au moment des grands jours de rébellion contre la damnée République. Les petits côtres de pêche partirent avec leur seigneur, pour se joindre aux frégates anglaises. Ni M. Pierre Jehan de Koëllec, qui commandait l'expédition, ni aucun des siens ne reparut. Quiberon les avait ensevelis. Le fils de ce Pierre de Koëllec mourut à Navarin, coupé en deux par un boulet. N'était-ce pas une tradition pour eux, que de mourir au feu, en pleine mer ?

A deux ou trois kilomètres du château se dresse un monticule de granit moussu, que surmontent quelques ruines, vestiges de l'ancien manoir de Menhoët, rival de Koëllec, que les Bleus saccagèrent pendant les grands jours, après avoir fusillé le maître du lieu, Yves de Menhoët, un pieux et digne chouan qui n'avait jamais fait grâce.

Les Menhoët et les Koëllec étaient vaguement cousins et, auparavant, se querellaient à propos d'une masure et d'un champ maladroitement [illegible] des [illegible] l'un d'eux.

Les hommes morts, les femmes avec les enfants se réfugièrent au château de Koëllec, que les Bleus n'avaient pu enlever. Et les deux familles vécurent, tantôt là, tantôt en Angleterre, jusqu'à la chute de l'Usurpateur : le malheur commun et des mariages entre cousins avaient promptement effacé les vieilles divisions de famille.

A la fin du second Empire, il ne restait, de ces deux antiques races, que Yves Jehan de Koëllec, officier de marine comme tous ceux de son nom, et deux sœurs, ses cousines germaines, qui vivaient sous son autorité, peut-être plus lourde que celle d'un père, si lourde que l'on entendait bien rarement des rires, lorsque, pendant ses rares congés, il venait habiter le château. C'était un homme d'autrefois, dépaysé dans ce XIXe siècle qu'il ne réussissait à comprendre.

Quant au retour d'une croisière, il se trouva, par la mort de sa mère, définitivement chef de famille. Il chercha, parmi la gentilhommerie de Bretagne, quelque fidèle serviteur de Dieu et du Roy, digne de s'allier à lui : ses cousines auraient aveuglément accepté un mari choisi par lui.

Aucun ne lui parut mériter cet honneur, et il jugea tout simple d'épouser l'aînée, Marthe, car elle lui semblait la plus fière, la plus digne de soutenir le poids des gloires de sa famille. C'était une très belle créature brune, adorablement faite, avec d'admirables cheveux noirs aux reflets bleus et des yeux de feu, des yeux où se lisait toute la passion de son tempérament.

Quant à la cadette, Yvonne, il n'y songea pas, et elle ne demandait pas, d'ailleurs, à se marier. Aurait-elle pu vivre sans sa sœur? Aurait-elle pu l'abandonner, seule, dans cette sombre demeure, que la sévérité de caractère de Jehan de Koëllec et la jalousie, qui ne se sentait que trop aisément à ses regards, aux frémissements de ses lèvres, allaient bientôt rendre plus sombre encore? Elle seule mettait un peu de gaieté dans ce ménage; elle seule faisait rire sa sœur Marthe durant les longues solitudes que lui laissait son mari, solitudes d'autant plus cruelles que plusieurs années s'étaient écoulées sans que Dieu eût béni cette union; et l'humeur de M. de Koëllec devenait presque atrabilaire à la pensée que lui seul, de toute cette population de marins, n'avait pas de rejeton... et que, peut-être, son nom descendrait avec lui dans le tombeau où dormaient les aïeux.

Et, depuis deux ou trois ans surtout, chacun de ses séjours au château avait presque été un supplice pour les deux femmes. Marthe le supportait avec résignation; car, malgré son allure énergique, passionnée, elle était, en réalité, beaucoup plus douce, beaucoup plus malléable que sa sœur; tandis qu'Yvonne avait des révoltes. Avec ses cheveux blonds, ses yeux bleus d'une exquise douceur, ses lèvres finement bonnes et toujours souriantes, qui lui donnaient une tête de madone, elle trompait absolument sur le fond de sa nature; elle avait l'âme la plus dure, la plus haute, la plus prête aux plus entiers dévouements, aux héroïques renoncements, mais tout cela compliqué de la volonté la plus résolue et du caractère le plus indomptable.

Et un matin où elle venait de pénétrer dans la chambre de sa sœur pas encore levée, elle se jetait à son cou en lui disant:

— Tu sais, Marthe, que je ne veux plus te voir ainsi, avec ce regard inquiet, loin de tout, avec ce visage si pâle, avec ces paupières toutes meurtries!... Tu as encore pleuré, cette nuit... Crois-tu que c'est ainsi que tu dissiperas sa jalousie?... S'il allait revenir tout d'un coup et qu'il te trouve ainsi abattue?... Voilà plus de quinze jours que tu te traînes comme si tu couvais quelque maladie!... Courage, sœur chérie! Redresse-toi!

Marthe eut un geste de désolation, de lassitude.

— Enfant, enfant, tu parles bien comme tu as le droit de parler, toi si droite et si pure, toi qui n'as jamais rien eu à te reprocher en ta vie! Mais comment veux-tu que je sois courageuse, moi si coupable envers lui, moi sans cesse aux prises, dès qu'il est ici, avec l'humeur, la jalousie de cet homme que j'ai si abominablement trahi?...

— Ah! Tais-toi! Tais-toi! fit la jeune fille en s'éloignant du lit. Ne parle plus de cela!

Et son visage avait subitement pris une expression aussi sévère que celle de M. de Koëllec; et sourdement, elle continuait:

— Comment cela a-t-il été possible que toi, ma sœur, toi, de ma race, tu aies oublié ton devoir?... Oh! Marthe...

— Si tu savais! interrompit la jeune femme, d'une voix désolée, si tu savais ce que c'est, pour une pauvre âme aimante telle que la mienne, qui vient de passer trois mois de martyre intime auprès de ce mari, que tu connais pourtant aussi bien que moi, si tu savais ce que c'est que de rencontrer alors un cœur bon, compatissant, passionné, et de ne plus entendre que de douces paroles d'amour, de trouver tout à coup une consolation infinie!...

— Est-ce qu'une faute peut être une consolation?

— Vas-tu donc être méchante pour moi, toi aussi?

Les traits d'Yvonne se détendirent un peu.

— Oh! sœur chérie! Moi qui t'adore! Pardonne-

moi, si mon indignation vient d'éclater! Je le déteste tant, sans le connaître, cet homme qui a pris ta tranquillité...

— Tu lui serais indulgente, si tu l'avais connu...

— Je n'ai même pas voulu savoir son nom! Et je ne veux plus que tu parles de lui! Je ne veux plus qu'il existe ni pour toi ni pour moi! Et je m'en voudrai, toute ma vie, de ne l'avoir pas accompagnée dans ce court séjour que tu as fait à Lorient et d'où tu m'es revenue si malheureuse de ton coupable bonheur! Oh! comme je t'aurais défendue si j'avais été près de toi!

— Et pourtant, tu aimes... notre fille!

Le visage d'Yvonne acheva de se détendre; et, la poitrine toute gonflée, elle s'écria:

— Dis ta fille! Rien que ta fille!... Ma fille! Car elle est à moi aussi!... Si je l'aime, ma petite Marguerite? Mais c'est pour elle surtout que je t'ai pardonné ta faute! Oh! la chère créature qui a donné un but à mon existence, qui me fait presque mère sans que j'aie eu besoin de me marier!... Si je l'aime?

Elle se rapprochait du lit; et Marthe lui prit les mains.

— Bonne sœur! murmura la femme coupable, que serais-je devenue sans toi, sans ta présence d'esprit, sans ton ingéniosité? Et que serait devenue ma pauvre enfant?... Que de fois je me serais trompée, s'il m'avait fallu expliquer à mon mari la nécessité de ce voyage à Paris, le lui raconter! Je frémissais toute, chaque fois qu'il t'en parlait. Et je frémirai encore quand, dans un mois, il arrivera et qu'il en parlera sûrement encore; car, malgré tout ce que tu as pu dire, il lui est resté un soupçon, j'en suis certaine...

Yvonne eut un énergique mouvement de tête; et:

— Ne crains rien, sœurette, puisque je serai là!... Il ne revient donc que dans un mois?

— Il m'écrit qu'il est retenu à Toulon.

— Eh bien, d'ici là, ma Marthe aimée, fais-toi forte! Ne pleure plus à l'idée de son retour...

— Ah! Ce n'est pas de cela que j'ai pleuré, cette nuit! prononça douloureusement Marthe. C'est que j'ai eu un rêve atroce... Je voyais Marguerite près de moi... Et soudain, comme je voulais la prendre dans mes bras, on me l'arrachait brusquement... Et puis, aussi je la voyais malade... Oh! Yvonne, si nous arrangions une promenade, pour aujourd'hui, à Saint-Servan? Si nous allions l'embrasser?

— Non! dit résolument Yvonne. Pas dans l'état où tu es! Déjà, la dernière fois, j'ai eu peur; j'ai cru que tu allais te trahir; et la Koryane a eu un étrange regard vers toi, comme si elle se doutait que l'enfant n'est pas du tout, ainsi que nous le lui avons affirmé, la fille d'une de nos amies, qui nous nous sommes chargées de veiller, par pur esprit de bienveillance... Mais... mais... Fais risette, ma grande sœur! Je vais y aller, moi; et vous aurez, ce soir, de ses nouvelles...

— Oh! que tu es toujours bonne!

— Moi?... Je suis une égoïste qui meurt d'envie d'embrasser sa nièce. Voilà tout!

Et la jeune fille courut faire ses préparatifs, en annonçant, très haut, qu'elle avait besoin, pour tapisserie de laines qu'elle ne trouvait qu'à Saint-Servan ou à Saint-Malo. Et elle partit en un vieux break, bien dur, aux ressorts bien usés... Mais tout cela lui paraissait doux pour voler vers sa nièce chérie!

La journée sembla horriblement longue à la baronne de Koëllec. Elle ne put ni travailler ni lire. Elle passa presque tout son temps sur la terrasse qui domine la mer et qui est de plain-pied avec sa chambre, les yeux fixés sur l'avancée du Fort-la-Latte, derrière laquelle elle devinait la pointe Saint-Jacut, celle de la Garde-Guérin, la Décollée, Saint-Lunaire et puis l'embouchure de la Rance, puis Saint-Servan où Yvonne avait eu l'idée d'installer sa fille, leur fille, confiée à une

[...] la famille, depuis des centaines d'années, était [dévouée], corps et âme, aux Menhoët. Et ainsi elle pouvait, de loin, de bien loin en bien loin, jouir de sa maternité.

Vers quatre heures, elle eut une effrayante et délicieuse émotion.

Elle entendit, tout à coup, un babillage d'enfant, derrière elle; et, quand elle se retourna, elle aperçut sa fille entre les bras d'Yvonne, sur le seuil de la chambre.

— Dieu!... Tu es folle?... Oh! merci! merci!

Et elle se précipitait sur l'enfant, la couvrait de baisers, tandis qu'Yvonne expliquait:

— Non, non, je ne suis pas folle, sœurette, quoique j'aie un peu fait une folie! Mais tu étais si malheureuse, ce matin!... Et moi, j'ai eu tant de bonheur à l'embrasser! Alors j'ai pensé que ça n'était pas juste et qu'il te fallait bien cela pour te remonter... Et, comme la mère de la Korvane habite auprès du château, je lui ai proposé de l'emmener dans le break, *avec cette enfant dont elle a la garde.* Personne n'a rien à dire à cela, n'est-ce pas?... Et il n'est pas davantage étonnant que j'aie voulu te montrer une si belle petite fille!... Embrasse-la bien, mais vite, vite! Dans quelques minutes, je vais la rendre à la Korvane, pour qu'on puisse les ramener à Dinard avant le dernier bac... Oh! non, non! Ne demande pas autre chose!... Oh! non!

Tout de suite elle avait lu, dans les yeux de Marthe, l'immense douleur qu'elle éprouvait déjà à l'idée de se séparer si vite de l'enfant! Cependant la mère bégayait:

— Oh! Yvonne! Je t'en conjure!... Rien qu'une nuit!... Puisque tu as fait cette folie, que nous en profitions, au moins!... Quand cela pourra-t-il se représenter?... D'ailleurs, il est trop tard pour que la Korvane retourne à Dinard avant le bac! Tu ne voudrais pas qu'elle prît un mauvais bateau de pêche pour traverser la Rance?... Et quoi d'étonnant alors, à ce que nous gardions l'enfant cette nuit?... Quelqu'un l'a-t-il vue, même, de nos gens?

— Non, dit Yvonne, faiblissant déjà, j'étais descendue de voiture avant qu'on vînt aider à dételer. Il n'y a que notre petit cocher devant qui j'ai filé, bien haut, que je voulais te montrer le nourrisson de la Korvane...

— Eh bien, tu consens, dis, toi ma conseillère?... Oh! garder, ces quelques heures, notre chérie! La coucher près de nous! Lui faire sa toilette ce soir! Assister, demain, à son réveil!

— Mais tu ne seras pas maîtresse de toi, Marthe!

— Puisque tout le monde sait ici que, lorsque je suis souffrante, comme en ce moment, toi seule t'occupes de moi!, personne que toi ne mettra les pieds ici!... Oh! tu n'aurais pas la cruauté de me refuser?... Je serai si courageuse... après!

— Que Dieu nous garde! dit lentement Yvonne. Je vais faire prévenir la Korvane qu'on ne la ramènera que demain à Dinard, pour ne pas fatiguer le cheval, et que tu veux bien te charger de cette fillette qui serait trop mal installée chez sa mère.

— Ah! chérie! De tout ce que tu auras fait pour moi, rien jamais ne m'aura été plus doux que ce que tu fais aujourd'hui!

La délicieuse, l'exquise, l'adorable soirée, presque divine, que passèrent les deux femmes auprès de cette fillette qui était toute leur vie! Elles se la disputaient l'une à l'autre, la mangeaient de baisers! et ce fut presque un chagrin, quand elle s'endormit.

Mais elles la veillèrent, comme si elle était malade; et bientôt, elles jouissaient de son sommeil d'ange, comme elles avaient joui de ses petits cris, de ses sourires, de la caresse de ses menottes et de ses lèvres.

Et dès le jour, elles guettaient son réveil, penchées, toutes deux, sur le lit de Marthe où l'enfant avait couché.

Et, comme elle connaissait mieux Yvonne que Marthe, ce fut à Yvonne qu'elle se donna aussitôt qu'elle ouvrit les yeux.

Et Yvonne, la mettant au-dessus de sa tête, la secouait, la balançait à demi nue; et les voix des deux sœurs se confondaient, suppliaient:

— Dis: petite mère!... Dis: ma tante!... Dis: petite mère...

Et l'enfant, très joyeuse, s'efforçait d'articuler ces jolis mots.

Il y avait peut-être cinq minutes que durait cette scène, lorsque Marthe, la première, s'aperçut que la porte s'était ouverte et qu'un homme était là, les yeux hagards, la bouche affreusement contractée.

— Mon mari! bégaya-t-elle, en se dressant devant Yvonne et l'enfant, comme pour leur faire un rempart de son corps.

Et lui, d'une voix terrible, interrogea, avant même d'avoir fait un pas vers elles:

— Qui de vous, malheureuses, est la mère de cette enfant?

II

LE BARON DE KOËLLEC

M. de Koëllec était un homme d'une quarantaine d'années, assez grand, au visage entièrement rasé, un visage dans lequel on ne voyait, d'abord, qu'un nez exceptionnellement long en bec d'aigle et de petits yeux gris si perçants qu'ils faisaient penser à des pointes d'épée.

En ce moment, sa bouche, habituellement glaciale, comme découpée avec un rasoir dans sa peau hâlée, se convulsait, s'avançait, pleine d'injures, de cris de fureur qu'il aurait vomis sur les deux femmes, s'il ne s'était fait, ainsi que tous ceux de sa race, un point d'honneur d'être toujours absolument maître de lui.

Et il répéta, simplement:

— Allons! Parlez! Qui, de vous deux, malheureuses, est la mère de cette enfant?

Et, quelle que fût la coupable, il se sentait presque également frappé.

Sa femme n'avait pas la force de prononcer une parole. Elle avait mis toute l'énergie qui était en elle dans cette attitude muette, mais si éloquente, qui ne permettait pas au baron de Koëllec de douter que le déshonneur ne fût entré dans sa maison, dans cette famille que, depuis des siècles, pas une tache n'avait ternie.

Cependant, Yvonne avait posé l'enfant sur le lit, tout contre le mur, tellement elle redoutait la violence de son beau-frère.

Puis, posément, elle alla au marin, l'attira dans la chambre et referma la porte derrière lui, en prononçant:

— Il est inutile, n'est-ce pas, que des domestiques soient tentés d'écouter ce que nous avons à nous dire?...

Et, repassant près du marin, elle le toisa, de ce regard bleu qui, parfois, l'avait exaspéré, car, alors, il sentait, en elle, une volonté aussi rigide que la sienne. Et, soudain, il eut l'intuition qu'une créature de ce caractère n'avait pu faillir et que, par suite, la coupable ne pouvait être que sa femme.

Brusquement, il se jeta sur Marthe.

— Misérable!

Et il allait lui saisir les poignets; mais aussitôt, Yvonne se dressait entre sa femme et lui.

— Je ne pense pas, dit-elle sèchement, que vous

...ez maltraiter ma sœur, parce qu'elle n'a été que ...ne bonne pour moi ?

Il mit ses yeux gris sur les yeux bleus d'Yvonne...

— Enfin ! Allez-vous me répondre, l'une ou l'autre ? Je vous préviens que vous perdriez bien votre temps si vous cherchiez quelque subterfuge... N'essayez pas de nier ! Votre trouble vous a trahies...

Marthe bégaya, toute tremblante :

— Mais, mon ami, comment voudriez-vous que nous ne soyons pas troublées, lorsque vous arrivez à l'improviste ?... Nous ne vous attendions que dans un mois...

Rapidement, il dit :

— Le Ministre m'a appelé à Paris, puis a bien voulu me donner quatre jours de congé pour que j'aie le temps d'embrasser ma famille, de lui faire une surprise... Ah ! la jolie surprise !...

Et il eut un ricanement terrible.

— Évidemment, on ne m'attendait pas ?... Mais parlez donc ! parlez l'une ou l'autre !

Accablée, sentant le souffle de la mort sur elle, n'ayant pas le courage d'avouer, Marthe tomba sur un siège.

Mais Yvonne demeurait debout, sentant grandir son énergie avec le danger, et très calme, parce qu'elle avait déjà décidé, fort simplement, comment elle allait sauver sa sœur et sa nièce.

— Si vous nous laissiez nous remettre un peu !... Et, au lieu de crier, de vous emporter, comment ne vous excusez-vous pas d'arriver ainsi ?

— Il est à croire que, si je m'étais annoncé, je n'aurais pas trouvé...

— Cette enfant ici ?... Non, évidemment... Mais je ne vous aurais pas caché plus longtemps son existence, parce que cela m'est trop pénible d'en vivre ainsi séparée.

— Alors... alors... c'est... c'est vous, Yvonne !...

Un éclair de joie avait jailli des yeux de Koël...

Yvonne, toute naturelle, dit, avec un haussement d'épaules :

— Comment n'avez-vous pas deviné, tout de suite, que cette enfant était ma fille ? Et voulez-vous demander pardon à votre femme de l'odieux soupçon que vous avez osé porter contre elle ?

Ce fut une joie immense pour Koëllec, mais mêlangée d'une telle amertume, d'une telle humiliation, ce que cette jeune fille, qu'il se figurait si pure, en qui coulait de son sang, eut failli à son devoir, au respect de leurs noms, qu'il chancela et, une main s'appuya au bois du lit, tandis que, de l'autre, il se couvrait les yeux où commençaient à se former des larmes brillantes.

Cela ne dura que quelques secondes, mais suffisamment pour que Marthe, bouleversée par l'amour, par la grandeur du sacrifice que lui offrait Yvonne, se précipitât dans les bras de sa sœur, en balbutiant :

— Mais je ne veux pas... Je ne veux pas... Je serais une infâme d'accepter...

Et Yvonne, épouvantée par l'imprudence de sa sœur, murmurait :

— Tais-toi... tais-toi... Il te tuerait... Il te tue peut-être... Et, et... et ne suis-je pas sa mère autant que toi ?

— Je ne peux... pourtant pas... accepter... Je ne veux pas...

Comme elle prononçait ces mots, elles furent brusquement séparées par Koëllec.

— Que complotez-vous donc, toutes deux, à voix basse ?... Quel mensonge combinez-vous ?

Marthe retomba sur son siège, mais Yvonne, plus énergique encore que tout à l'heure, répéta à son beau-frère :

— Nous n'avons rien à compléter, ni aucun mensonge à combiner. Nous ne vous avons menti qu'une fois, c'est quand nous vous avons caché la naissance de cette enfant : et, à voir la façon dont

vous accueillez aujourd'hui cette nouvelle..., n'ayons pas eu tout à fait tort... Vous êtes, heureusement, le mari de Marthe, et cela vous donne, paraît-il, le droit de la martyriser ... mais vous n'avez aucun droit sur moi...

— Vraiment ! Moi qui dois remplacer, pour elle, toute sa famille ! Malheureuse ! Vous allez me répondre... Où, quand, comment tout cela s'est-il passé ?... Est-il possible, grand Dieu, qu'avec cette figure de vierge !... Enfin, qui est le père, que je force à vous rendre l'honneur ?

Yvonne eut une demi-minute de trouble. Elle n'avait pas songé à cela.

Se dire la mère de la petite Marguerite... oh ! cela, elle était prête à le crier devant le monde entier !

Mais reconnaître qu'un homme l'avait possédée... oh ! Ce fut une souffrance atroce.

Koëllec prononçait avec acharnement :

— Le père... Je veux savoir... Le père... son nom... Mais parlerez-vous, Yvonne ?... Son nom !

Elle demeurait obstinément silencieuse.

— Est-ce donc... qu'il ne peut pas vous épouser ?... Est-il indigne de nous ?... Auriez-vous été victime d'une violence ?...

Ses yeux de ciel, soudainement un peu noircis, se fixaient avec dureté sur Koëllec et disaient nettement :

— Je ne répondrai pas !

— Est-ce ?... Mais oui, ce doit être cela...

Et il eut un geste de suprême exagération :

— Un homme... marié ?... Malheureuse !...

Les yeux d'Yvonne s'élevèrent vers le ciel. Elle priait Dieu, ardemment :

« Soutenez-moi ! Donnez-moi la force de ne pas me révolter contre ces injures !... N'est-ce pas, mon Dieu, n'est-ce pas, bonne Vierge, que mon sacrifice vous est agréable et que vous me pardonnez mon mensonge ?... »

— Vous vous refusez donc à me fournir toute explication ? hurlait M. de Koëllec.

— Vous n'avez pas besoin d'en connaître d'autre que celle-ci, c'est que je suis devenue mère, que, par respect pour vous, pour votre femme, j'ai caché ma maternité, quoique j'en fusse fière...

— En vérité, est-ce bien vous qui parlez ainsi ?...

— Quand on est mère, on ne parle plus comme au temps où l'on était jeune fille. Oui, c'est uniquement pour vous deux que j'ai consenti à me cacher à Paris au moment de...

— Ah ! ah ! ce fameux voyage à Paris ! interrompit l'officier en ricanant. Est-il possible qu'une Menhoël, fille d'une Koëllec, ait pu, si tranquillement, si froidement, organiser une telle tromperie ?

— C'est ma sœur qui, avec une exquise bonté, a essayé de me sauver !

Koëllec eut un retour contre sa femme.

— Voilà donc la confiance que je peux avoir en vous, Marthe ?... Prêter la main à une telle ignominie !... Vous avez fait cela ?... Vous ?

— Ah ! laissez-la donc ! s'écria Yvonne avec indignation, puisque son unique faute est de m'avoir trop aimée ! Et ne lui reprochez pas un mensonge commis autant par amour pour vous que pour moi, car elle savait combien la révélation de la vérité vous rendrait malheureux... Mais, après tout, cela vaut mieux que vous la connaissiez ! J'en avais assez de mentir et de ne pas me proclamer la mère de ma fille ! Et désormais enfin...

— Mais je vous l'interdis ! Mais vous n'en avez pas le droit !... Mais vous déshonorer, c'est nous déshonorer !... Et il faut que vous soyez devenues folles toutes les deux pour avoir osé introduire ici cette preuve de notre déshonneur !

Il eut un geste menaçant vers la pauvre fillette qui se tenait tout apeurée, dans le fond du lit.

— C'est presque le hasard qui a fait cela, ... que Yvonne, en étendant, elle aussi, la main ... le bébé, comme pour le défendre contre tout...

... quelques heures de nuit ?
... encore dans le pays, qui ...
... cette petite fille.
... penser, vraiment, si vous al-
... amenez l'enfant ici !

... première fois que je l'ai amenée, au ...
... nous contentions d'aller la voir,
... nous rendions à Saint-Malo pour nos ...
... broderies ; et la Korvane est persuadée ...
... nous intéressons à la fillette que parce ...
... maman est une de nos amies.
... dit Koellec en haussant les ...

— Je vous l'assure... Cela n'a plus d'importance,
... puisque je suis décidée à proclamer la
vérité.

— C'est ce que nous verrons !
— ... je souffre trop de laisser ma fille dans une
... de pêcheurs ! J'ai trop souffert hier de
... dans une chambre pas faite, avec un ber-
... malgré toutes nos recommanda-
... et c'est instinctivement, sans avoir rien pré-
... j'ai proposé à la Korvane de profiter
... voiture pour venir voir sa mère qui habite
... de nous. Il était naturel qu'elle amenât son
... et non moins naturel que je la montre
... Et c'est quand il a été ici que je n'ai
... le courage de m'en séparer tout de suite,
... songeais d'abord qu'à la garder une heu-
... Et maintenant je sens que j'aime mieux
... jamais ma réputation ... que de perdre mon
...

Yvonne s'accusait avec une telle netteté que Koellec ne songeait même plus à mettre sa parole en
... au reste, il avait le sentiment de l'hon-
... en lui, qu'il aurait difficilement com-
... dévouement presque surhumain, par lequel
... sœur se déshonorait.

Il n'avait donc plus qu'un excès d'indulgence à re-
... à sa femme ; sa jalousie s'éteignait, n'ayant
... ; et la question qui se posait devant
... moins amère à son cœur, à son amour-
... d'homme, mais demeurait tout aussi cruelle
... orgueil de chef de famille.
Comment allait-il la trancher ?
... solution, l'unique solution lui était impo-
... que l'exigeaient les traditions de sa race
... conforme à la parole de l'Écriture :
« Quand un membre est malade on le coupe... »
... une velléité de pitié pour cette cou-
... une sœur, qu'il avait connue tout
... qu'il avait fait de si hardies excur-
...
... un instant, au nom de simple humanité
... dans son âme, au-dessus de ses pensées
... de race et de haine. Et peut-être, si Yvonne
... l'inspiration de... c'eût été à pied, eût-elle
... commencement, tout au moins une espé-
... de pardon ? Mais la rivalité qui avait existé
... les Koellec et les Montréal, revivait
... eux, depuis qu'elle avait eu sa sœur
... par lui.

... encore, dans l'esprit de son beau-
... était bien la mère de l'enfant, elle
... embrassa fièvreusement, tout en
... de défi à Koellec, et pour s'assu-
... de sa plus être assez maître de
...
... la porte, il prononça d'une voix
...

... au milieu d'un torrent de larmes, au milieu de larmes,
... À se jurer et y serrait, lui berçait ...
— Ce n'est pas possible ... je ne veux pas ...
n'accepterai jamais ... je l'ai laissée parler, parce
que lui seule sait résister à ses emportements.
Mais, dans une heure, le plus mauvais moment
sera passé ... Et je lui avouerai la vraie vérité...
— Mais non... non, sœur... Et puis, il ne s'est
peu calmé que parce qu'il te croit innocente.
— Eh bien ! qu'il me tue ! Mais te laisser le déshon-
norer, toi, si pure, si innocente !... Non, non, je
n'accepterai jamais un tel sacrifice !
— Ah ! ne comprends-tu pas l'immense joui-
sance qu'il y a à se sacrifier ainsi ?... Oh ! ma
sœur, ne me résiste pas, je t'en conjure ! Mais
sacrifiée, ce sera toi, toi qui me cèdes la maternité... Et la bienheureuse, ce sera moi, avec cette
chérie qui m'appartiendra pour l'existence... Oh !
n'en sois pas jalouse ! Je lui apprendrai à bien t'aimer.
— Tu n'as pas le droit de te perdre ! Tu n'as pas
le droit de briser la vie ! Tu ne connais pas
l'amour.
— L'amour !... L'amour des hommes ! répliqua
Yvonne, avec une dédaigneuse amertume. L'amour
d'un homme comme ton mari, si aimable, si affec-
tueux autrefois et qui a changé, du jour au lendemain, même vis-à-vis de moi, quand tu as été sa
femme ?... L'amour d'un homme comme M. de Koellec, c'est-à-dire la méfiance de tout, la jalousie, le
soupçon continuel, et cette humeur acariâtre qui
fait qu'on traite parfois sa femme comme on ne trai-
terait pas ses domestiques ? Ou bien l'amour d'un
homme tel que celui qui n'a pas craint, pour son
faire un caprice sans lendemain possible, d'empri-
sonner la vie ?... Ah ! l'amour des hommes !
songe-t-on seulement, quand on a dans le cœur ces
deux petits êtres à qui se dévouer ?
— Mais te pourras-tu, même en admettant que
j'accepte jusqu'au bout ton sacrifice ?... On... qui
va-t-il décider ?... Si tu savais l'idée qu'il se fait
son nom, de sa famille !... Tiens ! regarde...
Par la grande porte-fenêtre qui donnait sur la
terrasse, elle montrait sur les dalles éclairées
le plein soleil, une ombre désordonnée, la silhouette
du baron de Koellec, projetée du haut du donjon.
— Il est sûrement monté là-haut, avec la pensée
sion qu'il se rapprochait de Dieu pour lui demander
de l'inspirer ! Le voilà bien tout entier !
Durant près d'une heure, elles virent cette
houlette aller et venir, extrêmement agitée d'abord,
puis se calmant peu à peu, avec encore des sou-
sauts, puis se raidissant, puis se figeant dans une
immobilité de statue. Et enfin la silhouette disparut...
... dans un silence rendu, Marthe lequel Yvonne ...
Marthe purent entendre leur respiration.
Puis la porte de la chambre s'ouvrit, et le baron
de Koellec se montra. Le visage aussi décomposé
qu'il le serait lorsqu'il assistait à un conseil de guerre,
il dit :
— Voici ce que, en mon âme et conscience, j'ai
décidé.
Marthe ne s'était pas trompée. C'était bien dans
la pensée de se rapprocher de Dieu que le baron
Koellec était monté dans l'escalier de la tour,
siècles qui menait au haut du donjon.
C'est sur cette petite terrasse où, pendant de
longs jadis, ses ancêtres avaient monté la
garde à la baie de Saint-Malo et jusqu'aux lointains,
voir jusqu'aux... les anglo-normandes, qu'il ...
éprouvé un besoin instinctif de venir remuer...
conseil de famille avec la douceur de ...
sous l'œil de Dieu pour lequel tant de ...
... défendu ici, mais il ne pas ...
lui.
Et durant une heure, dans un cadre admirable
moins éclatant mais bien autrement saisissant ...

la baie de Naples, toute l'histoire de sa famille avait revécu, avec des visions de croisades, de lourdes cuirasses, de bonnes épées à deux tranchants par lesquelles on faisait tant de besogne ; et puis il s'était rappelé ce Koëllec qui accompagnait la duchesse Anne quand elle épousa le roi de France, et qui « grognait » un peu de devenir Français. Ce n'est que deux générations plus tard que les Koëllec reconnurent sincèrement l'annexion, à la suite de lettres patentes dans lesquelles François Ier les traitait d'une façon spécialement flatteuse. C'est alors qu'avait commencé cette belle lignée de marins et la liste de ces exploits sur la bonne « mé », dont le travail mouvant lui était certes plus familier que la terre.

Et les yeux fixés sur les rochers qui servent de clôture naturelle à la crique de Koëllec, il revoyait le brick fameux qui fit sombrer un vaisseau anglais sur les récifs.

Saint-Simon conte longuement la chose dans ses mémoires, et la satisfaction que le roi éprouva en l'apprenant, et la manière dont il complimenta le Koëllec qui l'avait accompli, lorsque celui-ci vint à Versailles.

Et tant de gloire aboutissait à cette catastrophe de leur honneur ? Et la descendante de cet Yves de Menhoël, qui extermina tant de Bleus, avant d'être fusillé devant son château incendié, n'était plus qu'une créature à demi perdue !

Ah ! pas un seul des héros dont il venait d'évoquer l'héroïsme et la gloire, pas un de ces êtres qui n'avaient jamais vécu que dans le culte de l'honneur et du devoir, n'aurait hésité sur la décision à prendre.

Tous ils étaient semblables à celui dont Saint-Simon commence ainsi le portrait :

« C'est un homme tout d'une pièce. »

Mais lui, il voulut admettre, un instant, qu'un semblant de pitié pouvait atténuer la rigueur que lui imposait son devoir ?

Si elle rachetait sa faute par une longue soumission, par un sincère repentir ?

C'est avec le désir de la voir entrer dans cette voie qu'il redescendait auprès d'elle. Et alors, il consentirait à lui être pitoyable, à étendre même un peu de sa bonté à l'innocente fillette qui ne pouvait être responsable de la faute de ses parents.

D'un geste glacial, il montra des sièges à sa femme et à sa sœur. Plus la moindre trace d'emportement ne se lisait sur ses traits. Et il répéta :

Voici ce que, en mon âme et conscience, j'ai décidé. Vous avez eu, tout à l'heure, Yvonne, des velléités de révolte, que vous devez regretter déjà, j'aime du moins à le croire ; car il n'est pas possible que le vent du siècle ait soufflé sur vous au point de vous faire perdre le respect que vous devez au chef de votre famille.

Cela dépend de ce qu'il exigera de moi.

Rien que de juste ! Rien que n'auraient exigé ceux dont nous avons l'honneur de descendre. Et je crois même que je vous montrerai plus d'indulgence que vous n'auriez eu à attendre d'aucun d'eux. Et maintenant, pour la dernière fois, je vous demande de me faire connaître le complice de votre faute ?

Avec une tranquille énergie, Yvonne secoua la tête.

Soit ! dit le baron. Je n'insiste plus ; je comprends que rien ne vous ferait parler. Je n'ai plus qu'à juger. Vous avez commis ce qui, pour d'autres, ne serait qu'une faute, mais qui, pour vous, est presque un crime. Vous devez l'expier. Il n'est pas possible que vous demeuriez plus longtemps auprès de votre sœur...

Un cri d'angoisse échappa aux deux femmes.

Oh ! veuillez ne pas m'interrompre par d'inutiles lamentations ! La présence d'une créature qui a failli est inadmissible auprès d'une honnête femme

Taisez-vous ! taisez-vous ! fit Marthe, la voix étranglée. Vous n'avez pas le droit d'assurer le malheur de cette enfant !

Mais Yvonne, toute raidie, la modéra.

Je t'en prie, écoutons-le jusqu'au bout !

Vous entrerez, poursuivit Koëllec, dans un couvent où vivent encore des souvenirs de votre famille, et...

Ce fut au tour d'Yvonne d'interrompre, avec une extrême violence.

Et... et l'enfant ?... Ma fille ?... Car vous ne songez qu'à moi, alors que moi je ne songe qu'à cette innocente.

Cette innocente trouvera aussi sa place dans une institution religieuse, mais loin de Bretagne et en un point que seul je connaîtrai ; car vous ne devrez jamais la revoir !

Vous êtes fou !

Et Yvonne se levait, se dressait, solennellement énergique, devant lui.

Vous êtes fou ! Vous n'avez à la bouche que les mots de devoir, d'honneur, d'orgueil de votre race, de votre nom ! Et vous ne vous souvenez pas, une seconde, qu'il n'existe pas de si grande faute que Dieu n'ait pardonnée... Vous êtes fou, vous dis-je, de vouloir me séparer de ma sœur, de mon enfant !... Et je refuse de vous obéir... Oh ! livrer ma chérie à des mains étrangères !

Elle l'était bien, jusqu'ici !

Non, puisqu'elle était confiée à une Bretonne ! Et, du reste, j'ai décidé que c'était fini, cela ! Et je refuse, formellement, de me séparer d'elle !

Ah ! fit Koëllec, de plus en plus impassible, glacial, ah ? Eh bien, veuillez donc vous rasseoir, ma belle-sœur, et m'expliquer vos intentions.

Il y eut un court silence ; puis, sombre, ses yeux de ciel comme noircis par l'orage, Yvonne interrogea :

Je vois que vous n'admettriez même pas l'hypothèse que je puisse vivre ici ?

Il ne répondit que par un haussement d'épaules.

Soit ! dit-elle, je n'insisterai pas, puisque, si j'ai un certain droit de vous imposer ma présence, je ne puis vous imposer celle de ma fille. Je consentirai donc à m'éloigner de votre maison. Il existe à Saint-Servan ou à Saint-Malo, d'excellents petits logements, avec vue sur la mer... J'ignore quelle peut être ma part d'héritage, puisque nous n'avons jamais réglé nos comptes ; mais elle doit être suffisante pour une jeune mère et son bébé...

Koëllec s'était levé, aussi violemment qu'Yvonne tout à l'heure ; et :

Etes-vous folle ?... Vous voudriez habiter Saint-Malo ou Saint-Servan, pour que nous devenions la risée de tout le pays ?... Mais ce serait vouloir m'en chasser !

Yvonne eut un long tremblement.

Son beau-frère allait-il exiger d'elle qu'elle quittât leur chère Bretagne, cette petite patrie au moins aussi aimée que la grande, cette baie adorée avec ses rochers écumants et ses plages de sable blond, ces falaises de légende, et le monticule couronné de ruines où, durant une quinzaine de siècles, avaient vécu ceux de son nom, de son sang ?

Marthe, toute secouée de sanglots, la prenait par la taille, la serrait fiévreusement contre elle, et il lui revenait un peu d'énergie pour défendre, pour garder sa sœur.

Mais ce serait abominable, mon ami, que de forcer cette enfant à s'éloigner de nous !

Avec une impitoyable dureté, Koëllec répliqua :

Je m'étonne de ce qu'Yvonne ne se soit pas encore rendu compte que, puisqu'elle persiste à s'enliser dans le déshonneur, c'est la seule solution possible.

La colère vous aveugle, mon ami...

Il n'y a plus de colère en moi ; vous devez bien le sentir, pourtant, à la façon dont je vous parle. Et Yvonne m'est presque devenue une étrangère moins encore par la faute qu'elle a commise que par les sentiments avec lesquels elle l'envisage. Et, comme on ne saurait garder une étrangère à son foyer, je la chasse de ma maison ; et comme, malgré les lois modernes, mon autorité morale s'étend encore, Dieu merci ! sur tout ce pays, je la chasse aussi de ce pays.

— Oh ! pitié ! pitié ! bégaya Marthe.

Mais Yvonne imposa de nouveau silence à sa sœur.

— Non ! ne l'implore pas ! Je ne voudrais plus, d'ailleurs, de sa pitié. Et quoique sa décision me fasse horriblement mal, c'est peut-être la plus sage en même temps que la plus conforme à cet honneur dont il est le dépositaire. Oui, je m'en irai.

Elle alla reprendre l'enfant, qu'elle avait reposée sur le lit pendant cette discussion.

— Et je m'en irai avec ma chérie, ouvertement ; mais par respect pour vous, à personne je ne dirai rien. On devinera ce qu'on voudra. Vous accomplissez ce que vous croyez votre devoir, Jean ; moi, j'accomplis ce que je crois le mien ! Adieu !

Elle passa devant lui, serrant bien la fillette contre son sein de vierge.

Et il n'eut pas un geste, pas un regard pour la retenir ; mais, comme elle arrivait au seuil de la chambre, sa sœur, avec un cri déchirant, se jeta aux genoux de son mari ; et elle bégayait :

— Mais ce n'est pas possible !.. Vous ne pouvez pas me séparer d'elle ! C'est mon enfant que ma sœur ! C'est mon unique compagne pendant mes mois de solitude !

Il eut un amer sourire.

— D'autres enfants, je l'espère, viendront vous consoler, des enfants qui ne seront pas le déshonneur de notre famille... Tout est consommé, d'ailleurs ! Yvonne l'a bien compris !

Et, tandis que, d'un bras, il écartait sa femme, de l'autre il chassait l'héroïque jeune fille ; et son geste était encore plus énergique, plus expressif que ses paroles. Et Yvonne disparut avec l'enfant.

Marthe se redressa pour la rejoindre. Son mari l'arrêta une minute ; et, du ton froid dont il aurait donné un ordre à un de ses officiers :

— Il est encore de bonne heure... Yvonne pourrait partir aujourd'hui même... Je préférerais cela... Je vais prendre mes dispositions pour que sa vie matérielle soit assurée...

— Mais où voulez-vous qu'elle aille, grand Dieu ? Cette jeune fille... toute seule... C'est abominable !

Il haussa les épaules en ricanant :

— Une jeune fille !...

Puis, très sec :

— Allez l'aider !... Que cela ne tarde pas !

Toute chancelante, Marthe quitta la chambre, tandis que son mari, froidement, s'asseyait devant un secrétaire où étaient ses livres, ses comptes de famille. La chose décidée, il ne songeait même plus à la discuter : il l'accomplissait, avec presque la sensation qu'il n'était plus que l'exécuteur d'une volonté supérieure à la sienne.

Lorsque Marthe pénétra dans la chambre d'Yvonne, elle fut tout étonnée de trouver sa sœur tranquillement assise au pied de son lit, en train de faire sautiller l'enfant et de lui sourire. La jeune fille avait, en quelques minutes, repris sa douce figure de madone. Le premier mot de Marthe fut :

— Je ne veux pas, je ne veux pas, entends-tu, que tu me quittes ! Nous allons inventer un moyen de résister.

Sans cesser de sourire à l'enfant, Yvonne répliqua :

— C'est bien inutile, va ! Peux-tu songer à faire changer d'avis un homme comme M. de Koëllec ? Et même, si nous y réussissions, ne devines-tu pas quel enfer serait notre existence à toutes deux ?... Non, non ! n'essaye plus rien.

— Te perdre !... Mais non, non ! Je ne m'y résoudrai jamais !

— Ah ! la secousse m'a été dure, je te l'avoue... Quitter, peut-être pour toujours, notre cher pays ! Mais, maintenant, j'y suis faite... Tu sais, moi, quand une chose est décidée... Et puis, mon départ le calmera... Et quand il saura quelle vie de retraite je mènerai à Paris...

— A Paris !... T'en aller si loin ?

— N'est-ce pas là que je me cacherai le mieux ?.. J'ai toujours entendu dire que personne, là-bas, ne faisait attention à vous... Eh bien, je suis certaine que ton mari me surveillera de loin... Et un jour, qui sait, si Dieu ne vous envoyait pas d'enfant, qui sait si Jean ne regrettera pas ce qu'il fait aujourd'hui?.. La vieillesse émousse quelquefois ces rudes âmes... Il ne faut pas lui en vouloir, va ! Il agit selon sa conscience... Et il me semble, oui, que sa conscience faiblira après quelques années... Et alors, comme cela sera simple que je rentre avec ma fille ! Et plus un soupçon ne sera dans son esprit... Seulement, Marthe...

Le visage d'Yvonne prenait une expression sévère.

— Je te laisse seule, sans défense contre toi-même...

La jeune femme rougit ; la jeune fille poursuivait :

— Tiens ! Mets ta main sur la tête de notre chérie... Et jure-moi que si, jamais, celui que tu ne m'as jamais nommé, que je ne veux jamais connaître, essayait de te revoir, tu le repousserais avec indignation !... Tu hésites à me jurer cela ?... Tu trembles !...

— Oh ! chère sœur, je tremble de honte à la pensée que tu peux croire qu'après ce que tu fais pour moi, je serais capable d'une telle lâcheté. Je l'ai banni de mon âme... à jamais ! à jamais !

— Et il ignore, n'est-ce pas, qu'un enfant est né de toi et de lui ?

— Depuis la fatale semaine où j'ai été une malhonnête femme, je ne l'ai pas revu, je ne lui ai pas écrit. J'avais, aussitôt après ma faute, résolument rompu avec lui... Ne crains donc rien !

— C'est que je ne veux pas que jamais un homme puisse savoir qu'il a quelque droit sur ma chérie ! Et maintenant, sœur, il ne nous reste qu'à nous incliner devant la volonté de celui qui est notre maître et prier Dieu qu'il veille sur nous !

Oh ! la cruelle journée qu'elles passèrent toutes deux à préparer le départ, d'une cruauté que rendait plus douloureuse encore leur bonheur de la veille.

— Si vite, si vite ! disait à chaque instant Marthe.

Elle ne parvenait pas à se résigner ; mais Yvonne avait autant hâte de partir que son beau-frère de la voir hors du château.

Tout se passa dans leurs appartements ; aucun domestique ne fut mis au courant. Et quand, à la nuit, Yvonne monta dans le break, avec l'enfant et la Korvane, on put croire qu'elle retournait tout bonnement à Saint-Malo pour ses laines ou ses broderies et qu'elle coucherait chez cette femme, comme cela lui était arrivé quelquefois. Elle n'emportait qu'une valise ; son beau-frère lui enverrait sa malle en repartant lui-même pour Paris. Et ainsi, on ne s'apercevrait qu'elle avait définitivement disparu que lorsqu'on ne la verrait plus revenir.

Elle eut la force de ne pas pleurer en disant adieu à sa sœur. Ne s'étaient-elles pas promis, d'ailleurs, de s'écrire sans cesse et de se revoir à Paris, dès que M. de Koëllec retournerait à son bord ?

Mais la voiture avait à peine franchi l'enceinte du château que la baronne de Koëllec, incapable de se contenir plus longtemps, se précipitait vers sa chambre, la poitrine déchirée de sanglots, puis, si sa chambre, d'où quelque domestique passant dans le corridor aurait pu l'entendre, sur sa terrasse où elle n'aurait d'autres témoins que la mer et les rochers.

Et là, elle allait enfin s'abandonner librement à ses remords et à sa désolation, lorsqu'elle aperçut un tout petit yacht blanc qui tirait des bordées au large des récifs de Koëllec ; et ses larmes s'arrêtèrent dans une indicible épouvante, et sa voix murmura toute blanche :

— Deuil !... Le yacht de Paul Darsans !

III

PAUL DARSANS

C'était un petit yacht à coque blanche, qui, poussé par le vent, semblait presque un oiseau qui vole en rasant la mer. Et tout de suite, Marthe, femme, fille, petite-fille de marins, l'avait reconnu. C'était bien celui de Paul Darsans.

— Comment est-il ici ?... Que vient-il faire ici ?...

Ce qu'il venait faire ?... Tout de suite, elle ne l'avait que trop aisément deviné, mais ne voulait pas se l'avouer ; et elle essaya de douter.

— N'y a-t-il donc que ce petit yacht ainsi construit ?...

Une lunette marine était toujours sur la terrasse. Marthe, toute fiévreuse, mit quelques minutes à la braquer exactement sur le petit navire ; et alors, elle devint effroyablement pâle, et son cœur, un moment, cessa de battre.

Debout contre le mât du yacht, se dressait un homme d'un peu plus d'une trentaine d'années, grand, élégant, avec une figure mâle, encadrée d'une barbe blonde tirant sur le roux qui lui donnait une assez vive ressemblance avec Henri IV.

Et lui aussi fixait une longue-vue sur le château ; et autant que Marthe put en juger à une telle distance, ses traits s'illuminèrent de bonheur, lorsqu'il comprit qu'il avait été aperçu.

Il agita alors son mouchoir ; mais, d'un grand geste énergique, répété plusieurs fois, Marthe lui fit signe de s'éloigner ; et elle aurait voulu pouvoir lui crier :

— Et n'essayez plus, jamais, jamais !...

Le maître du yacht parut avoir compris, car il prit bientôt le vent d'une manière différente, continuant sa route vers le cap Fréhel.

Et Marthe tomba, à demi évanouie, sur un des larges fauteuils d'osier qui garnissaient la terrasse.

— O mon Dieu ! murmura-t-elle au bout d'un instant, vous voulez donc me briser ?... N'est-ce pas assez du remords, de la honte que m'inspire la générosité de ma pauvre Yvonne, du chagrin abominable d'être séparée d'elle, de ma fille ? Pourquoi remettre encore, sur ma route, cet homme qui m'a perdue ?... Il s'éloigne aujourd'hui... Mais pourrai-je l'empêcher de revenir ?... Et si mon mari m'avait surprise, tout à l'heure, quand je faisais ces signaux... Oh ! n'aurait-il pas mieux valu, cent fois, ce matin, lui avouer la vérité et accepter la mort, qui m'aurait délivrée de toutes ces tortures ?...

La voix du baron de Koëllec prononça alors au-dessus d'elle :

— Joli yacht, et qui file joliment bien...

Il était absolument calme, maître de lui, comme si rien ne s'était passé, et il s'intéressait au premier bateau naviguant en vue. Il est vrai qu'un domestique lui apportait sa table avec ses papiers et un verre de malaga.

— Je ne vous dérangerai pas, ma chère amie, en travaillant un peu auprès de vous ?

Elle ne répondit que d'un geste, et ses yeux allaient de son mari au petit yacht. Oh ! songer que, si M. de Koëllec avait su, il se serait mis à suivre cette petite embarcation, de la côte, pour provoquer cet homme dès qu'il descendrait à terre, et qu'un combat, entre eux, serait inévitablement mortel !..

Mais M. de Koëllec ne s'intéressait qu'au yacht et, l'examinant à travers la longue vue :

— Construction anglaise, prononçait-il. Mâture un peu haute pour naviguer dans notre baie où les sautes de vent sont particulièrement précieuses... Il est vrai que les Canadais ont encore plus de toile... C'est la première fois que je vois ce yacht dans nos parages... Sauriez-vous à qui il appartient ?

— Non... Je... je n'avais pas... remarqué...

Elle eût été incapable de prononcer une longue phrase.

Cependant, M. de Koëllec s'asseyait, prenait posément une gorgée de malaga, puis procédait à un rangement de ses papiers, mettant un gros galet rose ou gris sur chaque tas pour que le vent ne les emportât pas.

Et il renvoya le domestique.

— Qu'on ne nous dérange plus jusqu'au dîner.

Dès que le domestique eut disparu, un léger changement se fit dans son visage ; ses traits se durcirent, sa bouche s'avança ; et il dit sèchement :

— Je vous prie d'être un peu plus maîtresse de vous. Tout à l'heure, devant ce domestique, vous trembliez pour parler d'une chose aussi insignifiante qu'un yacht qui passe en vue de notre terrasse.

— Mais, mon ami, bégaya-t-elle, vous devez bien penser que ce n'est pas à propos de... ce yacht ! Comment voudriez-vous, après ce qui a eu lieu, après le départ de ma pauvre Yvonne, que je conserve mon calme ?... Mais, si je ne vous voyais pas là, devant moi, je me demanderais si je n'ai pas été victime d'un cauchemar. Oh, non ! Je ne puis être maîtresse de moi... Laissez-moi m'habituer... Et jusqu'à nouvel ordre, pour que je ne me trahisse pas devant les domestiques, si dévoués que nous soient tous ces braves gens, permettez-moi de ne pas quitter ma chambre... Du reste, j'étais très souffrante quand vous êtes arrivé ; et on ne s'étonnera pas...

Il l'interrompit, tout en feuilletant des papiers.

— J'admets votre chagrin, j'admets que la petite indisposition dont vous me parlez s'en soit aggravée ; mais il est des circonstances où l'on doit dominer son âme et ses nerfs, et même un peu de souffrance. Dernièrement, j'ai été pris d'une névralgie atroce au moment précis où mon navire était ballotté, comme un pauvre petit yacht, par une de ces tempêtes de la Méditerranée aux lames courtes qui sont peut-être plus redoutables que nos grands vents d'ici. Si je m'étais occupé de ma névralgie, je n'aurais sans doute pas ramené mon navire au port.

Il fit quelques calculs ; puis :

— Vous aurez la bonté, au contraire, de dîner avec moi et de vous montrer partout avec moi pendant les deux jours que je passerai encore ici ; et vous aurez la force de causer comme d'habitude, de sourire comme d'habitude. Personne ne doit savoir que la désolation est entrée dans notre maison... Quand je dis que personne ne doit savoir...

Il sourit amèrement.

— J'imagine que, pour bien des gens, c'était depuis longtemps le secret de Polichinelle ; mais notre attitude ne doit rien trahir. Yvonne n'a rien dit, nous ne dirons rien ; et on constatera simplement dans huit jours, qu'elle n'est pas revenue, et, dans un mois, dans un an, qu'elle ne sera pas revenue davantage : on s'en étonnera ; mais vous n'aurez d'explications à donner à personne, puisque vous ne voyez personne... ou à peu près... Aux très rares relations que nous conservons, vous direz, si vous le voulez, qu'elle voyage ou qu'elle fait des retraites dans des couvents... A votre choix.

Marthe eut un mouvement de révolte, d'ironie.

— Je croyais que vous aviez horreur du mensonge !

— Quand le mensonge vous est imposé par la faute d'une autre, votre faute à vous en est

— Je ne discute pas, d'ailleurs ; je vous lis les instructions que je m'impose à moi-même...

— Alors... alors... puisque vous décidez de tout avenir, me... me direz-vous si je suis destinée à toujours vivre seule, ici ?

— Je vous ai déjà dit, aujourd'hui, que je voulais espérer que votre solitude serait peuplée par la maternité... Si Dieu ne le voulait pas pourtant...

Il eut presque un regard de reproche vers le ciel.

— Je donnerais plus vite ma démission... ou demanderais ma mise en disponibilité, pour ne pas quitter absolument la marine, tout en demeurant auprès de vous. Je n'ignore pas, ma chère, quels sont mes devoirs envers vous ; et ils me sont très doux...

— Vous ne m'imposerez pas, supplia-t-elle, de ne pas revoir mon Yvonne ?

— Cela dépendra, fit-il, glacial. J'ai besoin de savoir auparavant, de quelle manière elle vivra à Paris. Pour le moment, je vous autorise à correspondre avec elle... Et plus tard, je verrai... plus tard...

— Oh ! puisque vous exigez cela, vous auriez dû me permettre, au moins, de l'accompagner, de l'installer ?

— Allons donc ! Pour que vous vous rencontriez, peut-être, avec le misérable qui l'a perdue ?... Si, du moins, vous consentiez à me dire qui il est, vous ?

Il s'était soudainement animé en prononçant ces mots.

— Mais... mais, bégaya Marthe, la voix étranglée, je... je ne sais pas moi-même...

Il ricana...

— Je n'insiste pas, je ne vous demande plus rien... Vous ne trahirez certainement pas votre sœur... Et je ne puis vous le reprocher...

Il se remit à compulser ses paperasses. Puis :

— Nous avons tous, Dieu merci ! un égal mépris de l'argent. Il faut, pourtant, que je vous explique quelle est la situation d'Yvonne, afin que vous la lui expliquiez vous-même, puisqu'elle n'a jamais exigé de reddition de comptes. Elle a environ une soixantaine de mille francs, plus une assez vague part de propriété sur ce château...

— Je croyais, remarqua Marthe, que nous n'avons guère que quatre-vingt mille francs à nous deux ? D'où provient donc ?...

— Il est vrai que la part de votre sœur Yvonne s'élevait, il y a un certain nombre d'années, à une quarantaine de mille francs environ ; mais les intérêts s'en sont accumulés...

— Vous ne tenez pas compte de ses dépenses ?

— Les dépenses qu'elle a pu faire nous regardent ! déclara Koëllec, avec une tranquille générosité.

Et, d'un geste, il arrêta le merci qui montait douloureusement aux lèvres de Marthe. Oh ! être forcée de remercier cet homme qui leur était si cruel à toutes deux !

Il reprit :

— Yvonne aura donc ces soixante mille francs, plus une vingtaine de mille francs, que je vous autoriserai à lui abandonner sur votre part à vous, si, du moins, tel est votre désir ?

— Oh ! mon ami !

— Avec quatre-vingt mille francs, soit, au taux où est l'argent aujourd'hui, environ quatre mille francs de revenu, c'est une vie modeste mais honorable, assurée pour elle, sa fille. Et, en outre, nous ne sommes pas bien riches ; mais... si elle manquait de quoi que ce soit ?...

— Oh ! Jean !... vous êtes bon !

Elle joignit les mains, le suppliant, se laissant soudain aller à un peu d'espérance.

— Oh ! soyez bon jusqu'au bout ! Jean, vous ne pouvez pas être impitoyable.

Mais il la repoussa, et, durement :

— Je fais ce que je dois, pas plus !

Et jusqu'au dîner, il demeura silencieux, absorbé dans ses règlements de comptes.

Les deux journées suivantes s'écoulèrent exactement comme l'avait exigé le baron de Koëllec.

Il avait coutume, si peu de temps qu'il passât dans son pays, de visiter ses fermiers et ceux des gens du village qui, de père en fils, étaient le plus dévoués à sa famille. Seulement, il leur faisait que de courtes visites. Et, cette fois, il fut encore plus laconique que d'habitude. Et il osait à peine les regarder, dans l'appréhension de lire la raillerie au fond de leur pensée.

Partout, sa femme dut l'accompagner ; mais quand on lui demandait des nouvelles de Mlle Yvonne, c'était son mari qui était forcé de répondre pour elle :

— Elle est allée passer quelques jours chez une de nos parentes à Rennes... Comme j'étais ici...

Et ces derniers mots pouvaient faire croire que la jeune fille avait profité de la présence de son beau-frère à Koëllec pour s'absenter.

Chacun de ces deux jours, le yacht blanc, le petit yacht qui filait si bien, tira des bordées, l'après-midi, par la pointe du Fort Lalatte ou de Saint-Jacut ou du Décollé ; mais il n'arrivait plus exactement jusque devant le château de Koëllec.

Et Marthe, après sa prière de chaque soir, suppliait :

— O mon Dieu ! faites qu'il m'ait oubliée !... Oh ! qu'il n'essaie plus de me revoir !

Car elle avait peur d'elle-même.

Et cette peur devint presque de l'affolement lorsqu'elle accompagna son mari jusqu'à Saint-Malo, le jour de son départ pour Paris.

Le service entre Dinard et Saint-Malo se fait très régulièrement par un petit vapeur, qui toutes les heures traverse l'embouchure de la Rance, qui sépare les deux villes ; mais il y a toujours des barques de pêche, le long de la cale de Dinard ou de celle de Saint-Malo, pour les retardataires qui ont manqué le bac.

Et ce fut, justement, sur une de ces barques que le baron de Koëllec et sa femme abordèrent à Saint-Malo ; mais, comme le bac était là, occupant le seul emplacement qui restât libre sur le quai, le bateau de l'officier dut se ranger, entre deux lignes d'embarcations qui la séparaient de la cale, et le hasard fit qu'il passa, ainsi, sur le pont du petit yacht blanc qu'il avait remarqué les jours précédents.

Et, bien naturellement, il demanda :

— A qui appartient donc ce joli yacht ?

Un mousse, assis sur un rouleau de filin, répondit :

— [illegible]

Koëllec eut un geste signifiant : « Connais pas. »

Le mousse, alors, étendit la main vers la jetée.

— Tenez : le monsieur qui fume son cigare là-bas.

Marthe avait déjà gagné le quai, et pour ne pas perdre contenance, elle semblait s'occuper du commissionnaire qui portait la valise de son mari et la malle d'Yvonne.

Le mousse, indifféremment, continuait :

— On partira, après le déjeuner, pour aller à Fréhel, si on peut... Mais c'est pas commode d'en approcher... On essaie tous les jours, sans y arriver... Il y a trop de cailloux... Sans compter que ce n'est pas drôle d'aborder par là ; mais le patron s'y entête...

Le baron de Koëllec continuait son chemin, ne songeant même plus à ce yacht ni à son propriétaire, une fois sa curiosité satisfaite. Et d'ailleurs, son attention était attirée maintenant par sa femme ; remarquant qu'elle chancelait, il lui dit soudement :

— N'allez pas perdre courage, ici où nous sommes aussi connus que dans notre coin !

Elle se redressa un peu et balbutia :

— Oui... oui, mon ami...

Et elle songeait :

— Mon Dieu ! S'il n'était pas dur ainsi, je le supplierais de m'emmener à Paris. Mais il ne voudrait pas, à cause d'Yvonne... Il croirait que c'est uniquement pour aller la retrouver que je lui demande cela... Tandis que je sens bien... que cet homme.

Cette explication du mousse, comme elle la devinait fausse ! Et n'était-ce pas évident que cette excursion, sans cesse manquée, au cap Fréhel, n'était qu'un prétexte pour louvoyer continuellement dans les parages de Koëllec... où il oserait arriver, sûrement, dès qu'il saurait le mari reparti pour Paris ?... Il devait se renseigner...

Oh ! que la prière fut près de ses lèvres, lorsque M. de Koëllec monta en wagon ! Oh ! s'il avait eu alors un peu de simple bonté amoureuse ! S'il avait, simplement, tendrement, pris sa femme dans ses bras !... Mais tout le monde le connaissait dans cette gare, et il s'y croyait tenu à encore plus de raideur qu'en sa maison.

Et sa dernière recommandation à sa femme fut, avec un froid baiser :

— Evitez toute visite jusqu'à mon congé ; mais qu'on vous voie beaucoup dehors ! Et que personne ne puisse deviner votre chagrin !

Et, anéantie, la poitrine grosse de larmes, mais tâchant de sourire pour obéir à son mari, elle s'en retourna lentement à la cale où son bateau l'attendait. M. de Koëllec avait arrangé les choses ainsi, pour lui éviter le contact de la foule du bac.

Lorsqu'elle sortit de la porte fortifiée de Saint-Malo, elle vit tout de suite, de l'animation sur le yacht blanc et Paul Darsans qui, avec une joie fiévreuse, commandait la manœuvre.

Lui aussi l'aperçut : et des éclairs de bonheur jaillirent de ses yeux. Quelques secondes, Marthe se sentit toute faible, reprise par les brûlants souvenirs de son amour.

Mais la pensée tardive de la confiance que son mari avait en elle et de l'héroïque dévouement d'Yvonne la défendit. Pouvait-elle les trahir encore ?

Et son regard dit très clairement, très froidement, à Paul Darsans :

— Je vous défends de me reconnaître, monsieur.

Il le comprit, mais avec la persuasion que cette défense n'était que momentanée. Et il eut l'air de ne pas la voir, lorsqu'elle passa sur son yacht pour gagner son embarcation à elle.

Mais, trois heures plus tard, quand Marthe, rentrée à Koëllec se rendit hâtivement sur sa terrasse, le yacht blanc doublait la pointe du Fort Lalatte. Et la jeune femme avait l'impression qu'elle ne pourrait plus se dérober à une entrevue avec Paul Darsans.

La Bretonne un peu lourde qui lui servait de femme de chambre, car son mari ne voulait au château que des gens nés sur le domaine, vint, en ce moment, demander ses ordres à la baronne de Koëllec.

Bien vite, Marthe repassa de la terrasse dans sa chambre, dont elle referma la grande porte-fenêtre. Des ordres ?... Mais elle n'en avait pas à donner. Elle était très lasse, elle se coucherait à la chute du jour.

— Madame la baronne ne descendra pas à la salle à manger ?

— Non. Qu'on lui apportât du thé, seulement. Et puis, elle n'avait plus besoin que de repos. Et, si qui que ce soit se présentait pour faire visite, elle ne recevait pas. C'était formel.

C'était pour donner une légère satisfaction à sa conscience qu'elle défendait ainsi sa porte. Si Paul Darsans osait frapper au château, il comprendrait enfin, définitivement, qu'elle voulait une barrière infranchissable entre elle et lui.

Comme si elle ne savait pas déjà que celui qu'elle avait eu la folie d'aimer, ne se présenterait ouvertement chez elle et que ce héros de roman cherchait un moyen romanesque de parvenir jusqu'à l'imprudente qui avait eu, jadis, la folie de l'écouter !

La Bretonne se retirait ; mais, du seuil de la porte, elle prononça :

— Et... notre demoiselle ?

— Eh bien ?

— Quand revient-elle ?

La baronne de Koëllec courba la tête. Le supplice inventé par son mari commençait, ce supplice dont elle allait souffrir tout autant que celle qui s'était sacrifiée pour elle.

— Si elle se plaît où elle est ! prononça-t-elle sourdement. — Qu'attendez-vous pour aller chercher mon thé ?

Elle s'impatientait, très vite, de voir cette femme se dandiner dans le chambranle de la porte ; elle ne devinait que trop bien la remarque qu'elle allait avoir à entendre :

— Il faut que je dise à madame la baronne qu'on s'a beaucoup étonné de ce départ, juste comme M. le baron arrivait... Et puis... Et puis...

— Quoi ?

— On s'a demandé ce que... ce que cette petite fille... cette petite fille qu'a passé l'autre nuit ici...

— Allez donc me chercher mon thé ! fit sèchement la baronne.

Mais dès que la Bretonne fut partie, elle regretta cet accès de mauvaise humeur.

— Je parle durement à cette brave fille qui m'est dévouée. Voilà à quoi m'oblige mon mari... Je ne puis donner aucune explication plausible, puisqu'il veut que je ne dise rien... Oh ! ces caractères d'acier ! Ces hommes tout d'une pièce qui ne veulent rien comprendre, qui n'admettent pas la possibilité de la moindre faiblesse, qui ne veulent pas vivre dans l'époque où nous vivons ! C'est absurde, c'est fou, ce qu'il a exigé de nous, et si cruel !... Et nous ne tromperons personne, puisque cette absence d'Yvonne est injustifiable, que, du reste, des gens de notre pays peuvent la rencontrer à Paris avec l'enfant ! Et nous nous sommes soumises... Et Yvonne elle-même a reconnu que cette solution était la plus sage... N'y aurait-il pas eu plus de grandeur, au contraire, à couvrir, de tout le passé de notre famille, cette faute, ma faute hélas ! dont ma sœur a eu l'héroïsme de se charger?... et moi... moi ! j'ai eu la lâcheté d'accepter...

Elle se cacha le visage dans les mains et pleura.

— Pourtant, quand j'étais jeune fille, je me croyais héroïque, moi aussi ! J'avais une volonté, le sentiment du devoir... Toute idée de lâcheté, de faiblesse me répugnait, comme à Yvonne... Mais mon caractère n'a plus existé quand j'ai été mariée ! C'est lui qui...

Oui, c'était son mari qui l'avait brisée, qui l'avait presque réduite à l'état d'enfant, d'enfant toute tremblante devant un maître redouté et qui se trouve sans la moindre force de résistance à la première occasion de plaisir.

— Que de femmes ne deviennent coupables que par la faute de leur mari !... Oh ! s'il ne m'avait pas fait [illegible] séjour à Lorient !

Car c'est là qu'elle avait eu ses journées, ses nuits les plus cruelles, et alors que rien vraiment ne pouvait motiver la jalousie de son mari.

Ils s'y trouvaient installés au milieu d'une aimable et brillante société, sans cesse en fêtes, en dîners, en excursions, en bals, en concerts ; et le baron de Koëllec s'était avisé, tout d'un coup, de devenir jaloux d'un enseigne de vaisseau, la coqueluche de toutes les femmes de cette société, parce qu'il était le grand organisateur de leurs plaisirs ; et, comme il était excellent musicien, qu'il dansait fort bien et que Marthe dansait adorablement et avait une jolie voix, il lui demandait continuellement de le seconder. Et elle acceptait, ainment heureuse de s'amuser, et sans que rien ... jamais passé entre elle et lui en dehors de ... plus correcte galanterie.

Durant trois semaines, ce fut un martyre pour la jeune femme. Chaque nuit, elle devait entendre une longue récrimination ; et, tout le jour, elle sentait peser sur elle la jalousie de son mari : « Elle causait trop avec ce jeune homme... Elle s'était trop penchée sur lui quand il l'avait accompagnée... Elle lui avait souri d'une manière provocante... »

— Oh ! retournons-nous-en à Koëllec ! s'écriait-elle, une nuit, exaspérée. Vous me tuez avec vos soupçons... qui sont fous !... qui sont fous, vous dis-je !

Et il répliquait, amer :

— Vous savez bien que nous ne pouvons pas partir, que mon service me retient à Lorient jusqu'à nouvel ordre...

— Mais il ne me retient pas, moi !

— Vous avez accepté des invitations auxquelles vous ne pouvez plus vous dérober. Vous devez seulement, par votre attitude, et pour éviter un éclat, qui nous serait odieux à tous, puisque nous connaissons la mère de ce jeune homme, lui faire comprendre que ses assiduités vous déplaisent... Ou alors je ne répondrais plus de moi...

— Mais, puisqu'il ne m'a jamais dit une parole que vous n'auriez pu entendre !...

Il haussait les épaules. Et elle était horriblement lasse, attendant, avec une impatience folle, le moment d'aller retrouver sa sœur — qui était restée à Koëllec pour assister à un pèlerinage, — lorsque le vaisseau, sur lequel embarquaient son mari et l'enseigne si jaloux, reçut l'ordre subit de partir pour les Antilles.

Ce fut comme une délivrance pour Marthe ainsi que pour son mari. Elle voulait rentrer immédiatement à Koëllec. Il s'y opposa galamment.

— Non, non, ma chère amie. Vous avez accepté des invitations qui vous retiendront encore une quinzaine de jours ici, vous ne pouvez vous y dérober. Écrivez à Yvonne de venir vous retrouver ; et, jusqu'à son arrivée, les femmes très respectables dont vous êtes entourée vous serviront de famille.

Comme la plupart des jaloux, il avait jalousé à faux ; et sa jalousie s'effaçait au moment le plus dangereux, c'est-à-dire lorsqu'il laissait sa femme toute meurtrie, toute faible, terrain trop pernicieusement propice à l'éclosion d'une passion coupable.

Le jour même où le vaisseau, qui emportait son mari et l'enseigne cause de tant d'inutiles discussions, quittait le port de Lorient, un petit yacht blanc y pénétrait ; et ce petit yacht causait aussitôt une réelle admiration pour sa sveltesse et pour le... sonnes accourues afin d'assister au départ du navire de guerre.

Le soir même, dans l'*Hôtel de France*, où elle était installée, Marthe entendait parler du maître de ce yacht, M. Paul Darsans, demi-armateur, demi-commissionnaire en marchandises, ayant une maison à Paris et de gros intérêts au Havre, et dont la grande distraction était de naviguer de port en port.

Quand un endroit lui plaisait, il y passait deux ou trois jours.

Il passa trois longues semaines à Lorient. Et personne, cependant, dans cette société où la moindre chose est épiée et commentée à l'infini, personne ne soupçonna que ce qui l'y avait retenu c'était une passion foudroyante pour Mme de Koëllec.

— Mon Dieu ! Mon Dieu ! murmurait-elle, en ce moment, tout son être encore brûlant à ce souvenir, comment ai-je pu ?...

Et elle le revoyait, dans la première soirée où il lui fut présenté par un officier parisien qui l'introduisait dans la société lorientaise, très simple, très aimable, aussi fin aussi spirituel que

tous les officiers qui se trouvaient là, mais moins diplomate et surtout moins glacial.

Une irrésistible sympathie était née, entre eux, dès le premier tour de valse qu'elle avait fait à son bras ; et il avait trouvé tout naturel de lui raconter qu'il était veuf, qu'il avait une fille, très bien soignée par de vieilles parentes, et que, pas encore consolé de la perte de sa femme, il promenait sa mélancolie de port en port... Mais, généralement, au bout d'un ou deux jours, il en avait assez de toute ville...

— Vous repartirez donc demain, monsieur ?

Elle croyait avoir dit cela avec indifférence ; et il y avait eu, cependant, dans sa voix, un rien, un quelque chose de presque indéfinissable, qui fit répondre à Paul Darsans :

— Je resterai à Lorient, madame, aussi longtemps que vous y resterez vous-même.

— Oh ! monsieur !...

Et c'avait été sa seule protestation.

Et elle le revoyait aussi, huit jours plus tard, lorsqu'il eut l'audace de s'introduire dans sa chambre, de se jeter à ses pieds.

— N'appelez pas, ne criez pas, je vous en conjure ! disait-il. J'ai l'air d'avoir commis une imprudence ; mais je suis bien certain que personne ne m'a vu, et il faut que je vous parle. Dans les dîners, les parties, les soirées, où nous nous rencontrons, j'ose à peine m'approcher de vous, et ce n'est que des yeux que je puis vous faire comprendre l'immense impression que vous avez produite sur moi... Ne m'interrompez pas ! Je sais ce que vous me diriez, que vous appartenez à un mari que vous respectez, que vous ne demeurez à Lorient que pour obéir à des devoirs de société et que, bientôt, vous retournerez à votre château de Koëllec et que je ne vous reverrai sans doute plus... Mais moi, je veux vous dire que je vous adore, que tout mon chagrin s'est envolé depuis que je vous ai vue et que je maudis le sort qui ne vous a pas faite libre comme moi. J'aurais voulu mettre tout mon amour, toute ma vie à vos pieds...

— Allez-vous-en, monsieur ! avait-elle simplement répondu ; et ne croyez pas pouvoir jamais renouveler semblable tentative. Elle m'offense profondément... Et, du reste, demain ou au plus tard dans deux jours, ma sœur sera auprès de moi.

Le lendemain, hélas ! ce n'était qu'une lettre d'Yvonne qui était arrivée. Elle était retenue par ses dévotions à Notre-Dame de Dol ; et, à cette pieuse raison s'ajoutait celle-ci qu'elle n'avait pas de toilettes fraîches, dignes de figurer aux brillantes réunions de Lorient.

la force de fuir, de s'arracher à cet enveloppement d'un amour aussi doux, aussi aimable que passionné, au bonheur de lire, chaque soir, les lettres brûlantes qui, elle ne savait comment, parvenaient régulièrement dans sa chambre, à la délicieuse, à la reposante sensation d'être aimée sans jalousie. Et, bien certainement, elle croyait que son âme serait seule à jouir de cette tendresse imprévue et qu'elle n'en conserverait qu'un souvenir répréhensible mais pas absolument coupable.

Oh ! comment cela avait-il pu en arriver à la catastrophe de son honneur, à l'irréparable faiblesse ? Quel vertige s'était emparé d'elle ?...

Vertige sur lequel elle s'était reprise presque aussitôt ; car Paul Darsans avait à peine eu le temps de croire à son bonheur qu'elle repartait précipitamment pour Koëllec, désespérément amoureuse et malheureuse...

Après cette brusque rupture, quatre mois s'écoulèrent ; et un étrange sentiment naissait en elle, mélange de regrets et de remords d'avoir oublié son devoir pour un homme qui n'essayait pas de la revoir — elle n'entendait plus en effet parler de lui — d'avoir trompé son mari pour un vulgaire caprice ; cette lettre lui parvint alors :

« J'ai horriblement souffert, et surtout parce que j'ai cru que vous étiez une coquette qui m'avait rejeté, sa curiosité satisfaite ; mais, depuis quatre mois que, sans que vous vous en doutiez, j'épie les moindres choses de votre existence, je comprends que vous ne m'avez fui que pour fuir votre faute. Et je n'hésite pas à vous offrir encore ma vie, comme je le faisais dans les rares minutes où vous vouliez bien être indulgente à ma tendresse. Vous ne pouvez vous sacrifier plus longtemps à un homme qui ne vous aime plus, qui martyrise votre âme délicieuse... Soyez à moi ! La grandeur de notre faute en sera presque l'absolution, par le courage avec lequel nous la proclamerons. Je suis prêt à tout, pour vous ! »

Oh ! si une telle lettre lui était arrivée au lendemain de son retour à Koëllec, quand elle se sentait encore marquée des baisers de Paul Darsans, peut-être eût-elle été attirée ? Elle avait déjà un pied dans le gouffre !

Mais, lorsqu'elle la reçut, Marthe connaissait sa situation ; elle avait été forcée d'en faire la confidence à sa sœur Yvonne ; et déjà elle s'était laissé arracher cette promesse de ne plus revoir jamais l'homme qui l'avait perdue, de chasser jusqu'à son souvenir de sa mémoire.

Et, bravement, pour toute réponse, elle remit sous enveloppe la lettre que lui adressait Paul Darsans et la lui retourna sans un mot. Et elle avait cru tout fini entre eux.

Oh ! pourquoi revenait-il encore la troubler ? Pourquoi Dieu voulait-il la soumettre à une nouvelle épreuve dans les cruelles circonstances qu'elle traversait ?

Lorsqu'elle vit tomber la nuit sans qu'aucun incident se fût produit, elle espéra que ce n'était qu'une alerte ; et elle essaya de l'oublier, lui, de consacrer toute sa pensée à sa sœur, à sa fille ; et, maintenant qu'elle pouvait examiner toutes ces choses avec un peu de calme, elle ne pouvait croire qu'elle eût accepté un tel sacrifice ; et elle se promettait que cela n'allait pas durer. Oui elle ne s'était inclinée que devant la force des événements : il avait fallu éviter, à tout prix, pour sa fille bien plus que pour elle, les violences dont son mari était capable dans un premier moment de trop juste colère... Mais cela cesserait... Et, à présent que l'enfant était sauvée, elle était prête à sacrifier sa vie pour rendre son honneur à Yvonne...

— Madame la baronne n'a besoin de rien ?

Sa femme de chambre pénétrait chez elle.

— Je croyais que madame la baronne voulait se coucher aussitôt après sa tasse de thé ?... Madame la baronne sait-elle qu'il est déjà dix heures ?...

Marthe expliqua :

— J'ai dormi dans ce fauteuil.

Elle ne mentait qu'à demi : elle n'avait pas bougé de ce fauteuil depuis son retour ; et n'était-ce pas presque dormir que d'avoir revu tout ce passé comme un rêve ?

— Je n'ai besoin de rien... Laissez-moi...

Et, la domestique partie, elle alla, un instant, dans la chambre d'Yvonne, dont le vide lui serra abominablement le cœur.

Et puis, elle aurait dû se coucher... Et cependant, elle ne se dévêtait pas... Elle pria... Elle pleura... Et minuit la surprit toujours debout, marchant de la chambre de sa sœur dans la sienne, poussant parfois jusque sur la terrasse, d'où elle contemplait la mer, assez claire entre les masses sinistres des falaises... Et soudain, elle supplia :

— Oh ! qu'il ne vienne pas !... Qu'il ne vienne pas !... Protégez-moi, mon Dieu !

Elle venait d'apercevoir un point noir vers les récifs couronnés de mousse que, de temps en temps, la lune argentait.

— Dieu ! Il va se briser ! Il ne connaît pas ces parages...

Le point noir était déjà un canot qui arrivait assez vite, porté par la marée montante.

— Il est passé... C'est le démon qui l'a protégé...

Le canot était maintenant dans la crique, où plus rien ne le menaçait ; et bientôt, Marthe ne le vit plus : il approchait de la plage que surplombent le donjon et la terrasse du château.

Dans le grand silence de la nuit elle perçut un glissement sur le sable ; il avait abordé.

Et puis, une longue demi-heure, le calme régna. Penchée sur le parapet de la terrasse, où l'angoisse la clouait, la baronne de Koëllec ne distinguait, par moments, qu'un souffle humain ou le bruit d'un morceau de roc qui s'effritait et roulait jusqu'à la plage.

— Quelle folie ! murmurait-elle. Il risque la mort à chaque pas... Et moi, je devrais m'enfermer !

Mais pouvait-elle ne pas attendre un homme qui bravait tout ainsi, pour arriver à elle ?

Soudain, des doigts crispés dépassèrent le parapet du chemin de ronde, celui que des ennemis, aux temps anciens, jamais n'avaient franchi ; puis parurent les mains, les coudes, la tête ; et lorsque Paul Darsans eut sauté sur le chemin, ne se sachant pas entendu, il prononça avec un soupir de soulagement :

— Je n'avais jamais vu la mort de si près.

Il s'arrêta une minute, puis s'engagea dans un escalier très étroit, formé d'échelons sans garde-fou, qui menait à la terrasse, mais que bouchait une petite poterne ; il ne savait pas encore comment, des échelons, il parviendrait sur la terrasse... Et, quand il vit cette poterne s'ouvrir devant lui, il ne put croire, d'abord... Et, la voix étranglée d'émotion, il balbutia :

— Quoi ?... Vous ?... Je ne me trompe pas ?... Vous avez eu la bonté de m'attendre ?

Sévèrement elle répondit :

— Uniquement par humanité, monsieur, et parce que vous vous tueriez sûrement si vous repartiez par le même chemin.

Paul Darsans répliqua, sans aucune forfanterie :

— J'ai pris le seul chemin qui me permît d'essayer d'arriver jusqu'à vous sans vous compromettre... Mais quel nid d'aigle, du côté de la mer, que ce manoir de Koëllec ! fit-il gaiement.

— Oui, vous avez risqué votre vie, comme vous risquiez de me perdre... Cela n'arrivera plus, Dieu merci ! Car je vais vous reconduire, par un escalier moins dangereux, à la porte du château ; et auparavant, vous allez me jurer que jamais plus...

Il l'interrompit, d'un ton enjoué.

— Oh ! madame, s'il est vrai que j'aie risqué quoi que ce soit, cela ne mérite-t-il pas une petite récompense, quelques minutes d'entretien ? Vous ne courez aucun danger, puisque M. le baron de Koëllec est reparti aujourd'hui pour Paris et que Mlle votre sœur est à Rennes... Vous voyez que je suis parfaitement renseigné...

— Monsieur, je vous en prie, ne me parlez ni de ma sœur, ni de mon mari ! prononça-t-elle d'une voix sourde. Ne me parlez de quoi que ce soit, d'ailleurs... Et venez ! venez !

— J'aime cent fois mieux, déclara-t-il, retourner par le chemin avec lequel j'ai déjà fait connaissance que de ne pas vous dire entièrement ce que j'ai à vous dire...

— Je me refuse à l'entendre... Venez donc, monsieur !

...elle marchait vers sa chambre, qu'il fallait traverser pour gagner les couloirs du château.

— L'imprudente ! prononça Paul Darsans entre ses dents. Elle m'entendra.

Et il la suivit. Elle continuait son chemin vers la porte placée en face de la fenêtre ; mais, comme elle se retournait pour voir si elle était bien obéie, elle aperçut Paul Darsans dans la pleine lumière de sa lampe et eut un instinctif mouvement de commisération. Ses vêtements étaient tout humides, et, par place, maculés de boue ; ses gants étaient déchirés, ensanglantés, et il avait une petite blessure au front. Mais, au milieu de ces détails qui auraient peut-être ridiculisé un autre homme, il conservait son allure de héros de roman, son sourire hardi. Et il se railla lui-même.

— Me voici en beau costume pour venir vous déclarer mon amour !

— Ah ! s'écria-t-elle avec une immense amertume... [illegible] votre amour ! C'est chose finie !... Mais, quand je pense que vous auriez pu vous briser au pied de cette demeure... Dieu ! Cela m'aurait délivré de mon supplice !

Elle haussa légèrement les épaules et répliqua :

— Folies que tout cela ! Comme si nous n'avions pas tous, en ce monde, des devoirs qui commandent, qui doivent commander à nos passions ! N'êtes-vous pas père ? Peut-on accepter l'idée de la mort quand on a un enfant ?...

Et en lui adressant ce reproche, elle venait à lui, touchait d'abord son front...

— Vous vous serez redressé contre une roche qui surplombait. Et vos vêtements sont tout humides... C'est ainsi qu'on s'expose aux fluxions de poitrine...

— Il fallait bien me mettre à l'eau, madame, pour sortir de mon canot ; car je ne voulais amener personne avec moi...

— Insensé ! Vous exposer ainsi, à une mort violente ou à une grave maladie... pour... pour rien ! Car je me refuse formellement à vous entendre.

— Mais n'est-ce pas déjà, pour moi, une joie immense que de constater que vous portez quelque intérêt à ma vie ?... Oh ! que vous êtes bonne !... Marthe, que je vous aime !

La baronne venait de s'agenouiller devant la cheminée et mettait une allumette sous deux énormes bûches, toujours prêtes derrière de hauts landiers de fer forgé au haut desquels, entre deux lévriers formant supports, se présentait l'écusson des Koëllec. Et elle répondit simplement :

— Est-ce que je puis vous laisser mourir ainsi ?... Vous devez être glacé.

Elle lui toucha les mains ; et il souriait, divinement heureux.

— Ah ! madame, comme on voudrait être malade, pour être soigné par vous !... J'avais un peu froid, en effet, malgré la gymnastique que j'ai dû faire ; mais me voici tout réchauffé, de voir ce feu s'allumer et surtout de voir que je ne vous suis pas devenu indifférent... Oh ! non ! ne vous occupez pas de mon front, ce n'est rien...

Mais elle examinait la petite blessure.

— Dans un coin aussi isolé que celui-ci, monsieur, il faut toujours être un peu infirmière...

Et d'un bahut, elle retira un flacon.

— Laissez-moi laver ceci, enlever... Oui ! il y a des débris de roche. Là ! vous qui est fait.

Elle souriait presque. Et sur la petite blessure, une fois nettoyée, elle mit un très léger tampon de ouate qu'elle appliqua avec du collodion, et elle disait :

— Comme cela, et en inclinant un peu votre chapeau, on ne s'apercevra de rien, et vous n'aurez [illegible] besoin de dire à personne où vous vous êtes [illegible]...

— Je vous admire, madame ! et je consentirais à ne plus vivre qu'une année, si cette année devait être peuplée par vous !

Marthe allait encore lui imposer silence ; et les mots de « Partez ! Partez ! maintenant ! » étaient déjà sur ses lèvres.

Mais de la buée s'échappait toujours des vêtements de Paul Darsans ; elle eût été inhumaine de le renvoyer ainsi si vite, après avoir tenté de réparer son imprudence. Et elle consentit à ceci :

— Je vous accorde une demi-heure, monsieur, si vous me promettez que jamais plus vous ne renouvellerez cette folie.

— Je ne la renouvellerai plus, madame, que si vous voulez bien m'y autoriser ; et j'avoue, du reste, fit-il en riant, que mon ambition est quelque peu différente. Une demi-heure, ce n'est pas grand'chose ; j'espère cependant vous convaincre.

Elle l'interrompit :

— Oh ! je ne doute pas... je ne puis douter de votre tendresse, monsieur ; mais elle est désormais sans objet. La faute que j'ai commise pèse trop lourdement sur ma vie, je n'y en ajouterai pas d'autre !

Elle avait prononcé cela d'un ton si résolu que Paul Darsans trembla.

— Je n'oserais poursuivre, madame, si je n'étais persuadé que ce n'est pas votre cœur qui parle ainsi. Vous m'avez trop sincèrement aimé pour m'avoir repoussé à jamais !... Vous venez de me le prouver, d'ailleurs...

Elle eut un geste d'immense amertume. Hélas ! malgré toutes les douleurs, malgré la catastrophe dont il était la cause, elle l'aimait peut-être davantage aujourd'hui que le jour où elle s'était donnée à lui...

— Ah ! ne me torturez pas de ces souvenirs, monsieur ! Ne m'imposez pas un surcroît d'inutiles souffrances !

— Moi, vous torturer ?... Moi, qui vous voudrais divinement heureuse !... Moi, qui suis prêt à consacrer toute mon existence à votre bonheur !

Elle se laissa aller à un mouvement d'irritation.

— Mais vous savez bien, monsieur, que ce ne sont là que des mots, des projets irréalisables !

— Non, madame ! déclara-t-il énergiquement.

Et, la voix brûlante de passion :

— Quand nous nous sommes rencontrés, madame, vous étiez abominablement malheureuse ! Vous me parlez de tortures ! N'est-ce pas votre mari qui vous en a continuellement imposées, de votre mariage, par son odieuse jalousie ? Eh ! il n'avait que trop deviné la faiblesse [illegible] au fond de moi !

— C'est lui qui a été la cause principale de cette faiblesse ! Il vous avait humiliée, meurtrie, et c'est pour cela que votre âme si droite avait besoin d'être consolée ! Moi, j'étais alors un ennuyé de la vie, veuf depuis plus d'un an ; je ne prenais plus plaisir à rien. J'avais sincèrement aimé ma première femme et ne pensais pas devoir jamais la remplacer ; et j'avais pris la mer pour maîtresse, et n'avais guère d'autre ami que ce yacht, que j'ai choisi petit pour n'y emmener jamais personne. Vous m'êtes apparue et mon chagrin s'est envolé.

La baronne essaya de dire :

— Une autre vous apparaîtra, et le chagrin que vous éprouvez aujourd'hui s'envolera de même.

Il hocha tristement la tête.

— Non, non, madame ! Si j'avais dû bannir de mon cœur l'ardente, l'immense passion que vous m'avez inspirée, ce serait fait... Et si vous me revoyez encore, c'est parce que je sais que, toute ma vie, vous emplirez mon âme. Une première fois, après votre retour à Koëllec, j'ai cru que j'allais vous oublier ; je me suis dit que vous n'étiez qu'une coquette ! et je suis rentré à Paris. Mais bientôt je revenais ici, invinciblement attiré, et, sans que vous pussiez en rien savoir, je vous espionnais, et je sus quelle vie de rigide retraite vous meniez...

C'est alors que je vous écrivis...

— Et que je vous retournai votre lettre...

— Bien cruelle injure, madame, qui me fit croire que vous me méprisiez ! Et pour m'étourdir, je menai, près de deux ans, une vie de folie. Et j'espérais vous avoir oubliée, quand, récemment, de vieilles parentes voulurent me remarier.

Faisant un effort surhumain pour étouffer la jalousie que cette perspective avait aussitôt éveillée en elle, Marthe dit :

— C'est la solution toute naturelle de votre vie, monsieur, pour votre fille surtout !

Mais lui, les yeux pleins de feu, la bouche frémissante :

— Ce serait la solution la plus déraisonnable et la plus déloyale ; car la femme, — très charmante d'ailleurs, et que j'ai tout lieu de croire très désintéressée — qu'on désire me faire épouser, pourrait croire à mon amour et elle aurait d'autant plus le droit d'y croire qu'elle est à peu près sans fortune et que j'ai la chance de gagner beaucoup d'argent. Et je lui mentirais indignement si je lui disais que je l'aime ! Oh ! je ne puis vous exprimer à quel point j'ai ressenti cela quand on m'a parlé de ce projet de mariage !.. Aimer une autre femme que vous, non, non, jamais !.. Ou je ne suis plus bon qu'à vivre de la vie de plaisirs, c'est-à-dire de la vie la plus odieuse, la plus sotte... Ou vous allez consentir à me suivre !

— Vous suivre ?

— Écoutez-moi ! Je suis libre ! Je suis riche... Si je dis que je suis riche, c'est pour vous expliquer que je puis me mettre... nous mettre au-dessus des conditions habituelles de la société... Vous, ici, vous serez abominablement malheureuse toute votre vie...

— Vous ignorez la jouissance que même une femme coupable peut éprouver à accomplir enfin son devoir !

— Le devoir ?... Le devoir c'est d'être aimée, c'est d'être heureuse, c'est qu'une adorable créature telle que vous ne s'étiole pas dans une prison ! Voilà ce que nous ordonnent les grandes lois de l'humanité ! Ce qui est laid, ce qui me répugne, à moi au moins autant qu'à vous, c'est la tromperie, c'est le perpétuel mensonge établi dans une maison ! Et je ne vous demanderai plus rien, tant que votre mari ne saura pas que vous n'êtes plus à lui ! Mais il vous a fait trop souffrir pour que vous n'ayez pas le droit de le quitter !

— A lui seul je dois appartenir, je l'ai juré devant Dieu !

— Et il avait juré de faire votre bonheur ! A-t-il tenu son serment ?

Elle n'osa pas répondre. Paul Darsans continuait :

— Il y a quelques jours, j'ai vu, dans un journal, que son navire venait d'arriver à Toulon, où il séjournerait quelques semaines. J'ai deviné qu'il demanderait immédiatement un congé pour venir vous insulter encore de sa jalousie, et c'est ce qui m'a décidé... Il est à croire que nous avons dû voyager dans le même train, puisqu'il arrivait ici en même temps que moi... Oh ! quand j'ai appris qu'il était déjà au château !... Oh ! le besoin que j'ai ressenti de le provoquer, de vous disputer à lui !

— En vérité, je ne puis vous permettre de parler plus longtemps ainsi !

— Ah ! madame, cette heure est bien solennelle pour nous deux ! Je vous conjure de m'écouter jusqu'au bout !

Et, après un lourd silence :

— Par respect pour vous, j'ai contenu ma colère ! Je ne devais rien tenter sans vous avoir consultée. J'ai donc attendu... Et vous ne pouvez pas dire que tout ne m'a pas favorisé, que tout ne con-

court pas à prouver qu'une volonté supérieure protège... votre sœur profitant du séjour de son beau-frère pour aller à Rennes ; votre mari partant presque aussitôt ; et vous, m'attendant sur votre terrasse, sans que je vous eusse pourtant avisée de mon arrivée ; et cette ascension, que j'ai pu effectuer, sans un guide, dans ces rochers bordés de précipices, après être passé, sans le moindre accident, au milieu de récits que j'ignorais !.. Mais tout voulait que je parvinsse jusqu'à vous, Marthe...

— Pour me proposer une infamie ?

— Pour vous offrir, une dernière fois, ma vie, mon amour ! Fuyons ! Nous irons où vous le voudrez ! A Paris, à l'étranger ! Peu importe... Oh ! être rien que nous deux !.. Tenez ! C'est à Paris plutôt que nous pourrions le plus aisément cacher notre bonheur, en quelque délicieuse petite demeure, au milieu des arbres de Passy ! Et je ne connaîtrais plus personne, ni ami, ni famille ! Je serais à vous, uniquement à vous...

Elle ferma, un instant, les yeux... Oh ! quand elle se rappelait ses heures de divin bonheur à Lorient !

Et s'en aller à Paris !... Vivre près de sa fille !

Oui ; mais aussi vivre près d'Yvonne, près de la créature sans tache, près de la vierge qui s'était si héroïquement et si simplement sacrifiée pour elle en n'exigeant d'elle que deux choses : qu'elle ne revît jamais Paul Darsans, et qu'elle ne lui révélât jamais l'existence de Marguerite...

— Ah ! je serais infâme ! prononça-t-elle sourdement. Et d'abord, ce serait vouloir la mort de mon mari ou la vôtre !

Il eut un geste léger. Dès longtemps, il avait accepté cette alternative ; et il le dit :

— L'homme incapable de mourir pour celle qu'il aime est indigne d'aimer.

— Et... votre fille, monsieur ?

— Ma fille ! fit-il, d'un air étonné. Je vous ai déjà dit qu'elle était confiée à de vieilles parentes de ma première femme ; et ce sont elles, justement, qui veulent me remarier avec une jeune veuve, mère elle-même d'un garçonnet de six ou sept ans. Combinaison de bonnes âmes toutes simples ! ajouta-t-il, dédaigneux.

— Combinaison d'âmes aimantes, monsieur ! On veut donner une mère à votre fille et un père à l'enfant de cette jeune veuve. Les vieilles gens voient souvent l'avenir mieux que nous... Avez-vous seulement réfléchi, vous, à ce que serait, dans votre projet insensé, ma situation vis-à-vis de votre fille ?...

— Mais... madame, ma fille aura une grande fortune...

— Est-ce que, en tout ceci, il peut être question de fortune ? Retireriez-vous votre fille à ces vieilles parentes, pour me confier son éducation ?...

Il frissonna ; et, assez péniblement, il dit :

— Mais... tout ce qui la concerne... est déjà convenu, arrangé dans les moindres détails...

— Cependant, si je deviens votre femme, car je serais votre femme, en somme, et vous ne voudriez pas me considérer comme une maîtresse qu'on ne va voir que dans l'ombre ?...

— Oh ! madame !

— Eh bien, c'est moi qui devrais être chargée de votre fille ; et si j'acceptais votre proposition, je l'aimerais sincèrement...

— Je vous dis... qu'elle est habituée... à ses vieilles parentes...

— Et... le jour, inévitable, où ces vieilles parentes mourront, sera-ce chez moi... chez nous, que vous amènerez votre fille ?

Il courba la tête.

— Vous n'osez pas me répondre, monsieur ? C'est que le sentiment du devoir vous arrête là vous aussi ! C'est que, malgré toutes les belles

...ses dont vous couronnez la folie que vous es-
rez me faire commettre, vous savez bien que je
serais méprisable et qu'une femme qui abandonne
son foyer, son mari, pour se donner à un autre
homme, ne sera jamais que sa maîtresse... Oh ! je
veux croire que votre amour durerait toute votre
vie ; mais, si vous aviez encore votre mère, vous
n'oseriez jamais me mettre en face d'elle ; et vous
savez bien que ce serait une profanation que de me
confier votre fille... Et c'est pour cela que je consi-
dérerais votre offre comme la plus odieuse injure,
si je ne savais à quel point l'amour fausse tous les
autres sentiments... Et je vous tends loyalement
la main, en vous disant adieu à jamais !

Et maintenant, plus rien ne pouvait la faire dé-
vier de son devoir.

Paul Darsans eut quelques gestes égarés ; des
lambeaux de phrase, une suprême protestation vinrent à ses lèvres ; mais le regard de Marthe les
arrêtait, et...

— Si vous m'aimez vraiment, monsieur, la plus
grande preuve que vous puissiez me donner de
votre amour est de ne plus troubler mon repos...
Allons... allons... venez, maintenant...

Elle se faisait douce, pour le chasser.

De grosses larmes roulèrent sur les joues de
Paul Darsans ; et il partit, tout chancelant. Il avait
tant espéré !...

Marthe, se munissant d'une lanterne sourde, le
conduisit jusqu'à la porte du château, où il bégaya :

— Vous aurez fait le malheur de ma vie !

Elle répondit, avec sécheresse, pour lui enlever
toute espérance :

— J'ai la persuasion, au contraire, que j'aurais
assuré votre bonheur. Adieu !

Mais elle avait à peine refermé la porte qu'elle
éclatait en sanglots. Elle se traîna lourdement jusqu'à sa chambre et se jeta à genoux et essaya de
prier. Mais, au milieu de sa prière, surgissait
la pensée, qui empoisonnerait sa vie d'un éter-
nel regret :

— Comme il m'aimait pourtant !

DEUXIÈME PARTIE

PAUL DARSANS, CHEF DE FAMILLE

C'était jour de fête à l'hôtel des Darsans.

La file des voitures était longue à leur porte, et
Joseph, culotté de court, avait la bouche encore
pleine des noms retentissants qu'il avait annoncés
C'était un superbe valet de pied que ce Joseph ;
très digne et bien en harmonie avec l'allure seigneuriale de l'hôtel, situé dans un passage très
calme, presque semblable à une vieille rue de province dans les environs de la Madeleine. Et cependant ce Joseph n'était pas absolument heureux en
place parce qu'il avait toujours servi chez les
gens de noblesse et qu'il avait la faiblesse d'aimer
les titres. Or, si M. Paul Darsans s'était remarié
en secondes noces, avec une très charmante et
jeune femme qui s'appelait auparavant la marquise de Naizant, il ne se contentait pas de ne
porter aucun titre, il affectait de les dédaigner et
voulait faire de sa maison un des intérieurs

plus austères et les plus vertueux de la troisième
République.

Vers minuit, Joseph annonça dédaigneusement :

— M. Georges Parnet.

Et M. Georges Parnet s'avança, tout souriant,
vers Mme Darsans, dans le petit salon blanc et
or, tranché de rideaux bleus, sobrement garni de
meubles Louis XVI, où elle recevait ses invités.

Deux mains se tendirent aussitôt vers Georges,
l'une belle, potelée, un peu grasse, l'autre toute
mignonne et encore un peu maigre, une main de
jeune fille.

L'entrée du jeune homme, très remarquée, avait
presque jeté un froid.

Et Mme Nordain, une intime de la maison,
veuve, désagréable, méchante, ayant un fils à ca-
ser qui végétait dans une étude de notaire en attendant que sa mère lui eût déniché l'héritière qui
lui permettrait de s'établir, se pencha à l'oreille
d'un très spirituel conseiller de la Cour des comptes, le plus ancien ami de Darsans et avoua
« qu'elle n'aurait jamais cru... »

— Ce Parnet, cher monsieur ! Un journaliste de
rien... sans talent !...

Non vraiment, elle ne comprenait pas que, depuis qu'il avait eu le « front » de s'établir homme
de lettres, les Darsans l'accueillissent encore...

Le conseiller lui fit doucement observer :

— Les gens ne sont-ils pas maîtres chez eux,
chère madame ?... Quoique, au fond, je sois absolument de votre avis ; et je ne serais pas étonné
que Paul Darsans le partageât... Tenez, c'est à
peine s'il serre la main à ce jeune homme !

Et, en outre, le maître de la maison n'avait pour
le journaliste d'autre bienvenue que :

— Vous voilà, vous ?

Aussi Parnet, se sentant en pays hostile, quit-
tait-il le salon blanc pour rechercher, dans la
masse des invités, son ami Gaston de Naizant, le
beau-fils de Paul Darsans, lequel, du reste, l'avait
aperçu et venait au-devant de lui.

Et il y eut, entre les deux jeunes gens, cette
étreinte, cet échange de regards qui indiquent un
fruit plus précieux peut-être que l'amour, la pure
amitié.

— Tu sais que c'est superbe ! déclara Parnet en
jetant un coup d'œil sur les salons. Ton beau-père
a un goût merveilleux...

Gaston interrompit, avec un sourire mélancolique :

— Pour me dorer la pilule !

Georges sursaute.

— Que dis-tu ! Oh ! que ces artistes sont absur-
des parfois, toujours plutôt !... Comment ! lorsqu'on veut te donner...

— Prends garde, impétueux Gascon !

Georges arrêta net son mouvement d'indignation : il suffisait qu'on lui adressât la moindre allusion à son origine méridionale, pour qu'il refré-
nât ses emportements, non pas qu'il en eût honte,
mais parce qu'il était d'avis que la plus grande
qualité des Gascons est la mesure et qu'il ne faut
se mettre en colère qu'avec modération.

— Oui, je prendrai garde ! Et je ne te parlerai
qu'à l'oreille !

Mais, quoique dans l'oreille, on peut expliquer
très énergiquement toute sa pensée ; et il ne pouvait approuver Gaston de ne pas entrer dans les
vues de M. Paul Darsans.

Certes, il connaissait la « boîte » et les idées au-
toritaires du « patron ».

— Tu penses que j'ai pu les apprécier mieux que
qui que ce soit !... Mais il se laissera mener par
Henriette, mon cher, et mener... comme cela !

Quant à Henriette, oh ! l'adorable jeune fille, si
fraîche, si semblable, sous sa toison blonde un peu
ruisselante, à une rose moussue !

— Puis, mon cher, tout à l'heure, dans le salon blanc où tout le monde ou à peu près me fai-

aucune mère, avec quelle séduction elle m'a tendu la main ! Et tu te plains de ce qu'on veuille te la rendre ?

— Je me plains, mon bon Georges, de ce qu'on veuille me faire renoncer à l'art, que j'aime par-dessus tout ! Je me plains de cette idée biscornue qui a poussé dans le cerveau de mon beau-père, de me plier à l'assiduité d'un bureau ; car il en vient me donner sa maison au même temps que sa fille ! Et ce républicain, ce partisan forcené de la liberté, dispose de la mienne, comme on dispose d'un ballot de marchandises ! Tout doit lui obéir ici, même nos cœurs ; et il ne s'est pas demandé un instant si la tendresse très vive qu'Henriette et moi nous éprouvons l'un pour l'autre pouvait se transformer en amour... C'est à toi, tiens, qu'on aurait dû donner Henriette, si tu n'avais pas fait la bêtise de quitter les bureaux de mon père !

— Ah ! merci, si tu me flanques mon paquet toi aussi !. J'aime mieux danser.

Et Parnet, éclatant de rire, s'avança vers les rangs de jeunes filles, au milieu de la foule qui se pressait dans les deux grandes salles de réception de Paul Darsans, mélange de hautes illustrations artistiques ou gouvernementales, de quelques banquiers et de rares commerçants ou commissionnaires en marchandises.

Ces deux pièces — le billard et la salle à manger — ne formaient qu'une seule perspective, séparée en son milieu par une lourde portière et des colonnes de marbre rouge surmontées de bronze de Barye. — Étaient sévèrement meublées dans le style de la Renaissance. Les murs étaient garnis de superbes tapisseries, représentant les femmes de Cyrus aux pieds d'Alexandre et encadrées de boiseries merveilleusement sculptées. Tout autour des deux pièces, courait une guirlande de fruits et de feuillages de chêne rehaussée de taches d'or mat. Contre les panneaux en longueur étaient de hautes banquettes en cuir de Flandre, d'où, les soirs d'intimité les invités assistaient aux parties de billard ; contre les petits panneaux, des bahuts en bois de fer, avec des histoires de chasse adorablement sculptées ; et, dans un coin, un ni-quarte d'Érard.

Ce soir, le billard et le piano ayant disparu, plus rien de moderne ne détonnait dans cette reconstitution du XVIᵉ siècle. Et Gaston aurait voulu qu'une bienfaisante apparût tout à coup et fît rentrer sous terre cette brillante escorte de seigneurs aux pourpoints de soie, de velours et d'or. Malgré son titre de marquis, qu'il ne portait pas d'ailleurs, par un sentiment de déférence envers Paul Darsans, à qui cela aurait certainement déplu, il se trouvait fort heureux en République, mais il la trouvait laide, avait horreur de l'habit noir, et se rangeait presque à l'opinion du vieux conseiller de la Cour des comptes qui déclarait que le gouvernement républicain sera toujours instable tant qu'il n'aura pas rétabli, dans les cérémonies la pompe des anciennes époques. Cet homme sérieux avait [...] pour les costumes, la même tristesse que les valets de pied Joseph pour les livrées.

La salle à manger, encore plus sobrement meublée que le billard, était éclairée par un lustre à [...] feras fouillé comme un col de dentelle. Quoiqu'il eût une très belle collection de faïences, Paul Darsans avait su résister à la manie d'étalages qui encombrent nos salles à manger en magasins d'assiettes : seuls quelques beaux plats, où des traits avaient été comme posés par Bernard Palissy, se détachaient sur la galerie du dressoir de chêne ; tout sur les tables, très anciens, qui flanquaient la cheminée, deux splendides potiches de Delft. Cette cheminée monumentale servait de cadre au portrait de Paul Darsans, toile merveilleuse, due au portraitiste habituel de nos hommes d'État, encore un ami très intime de la famille, — et qui représentait bonnement le maître de la maison

avec ses gestes un peu théâtral de [...]
Grand seigneur, Paul Darsans [jusqu'au] bout des ongles — toujours le visage illuminé avec son front découvert, ses yeux bleus, sa rousse en broussaille où il avait déjà con[...] sa couronne de cheveux. Grand seigneur, mais publicain, et républicain de vieille date, quoiqu'il affirmât que, dans son pays de Béarn, il [...] Darsans était accompagné autrefois de la [direc]tion d'une terre féodale ; mais, très fier de [s'être] créé une grande fortune et une grande situation par lui seul, il s'insurgeait contre toute [situa]tion qui n'a pas été acquise par un mérite personnel. Et la grande idée qu'il se faisait naïvement de lui-même, de l'homme irréprochable et de valeur remarquable qu'il se croyait, le rendait extraordinairement autoritaire ; mais il était bon et aimait qu'on lui dît qu'il était le père de ses employés.

— Le père de ses employés ? s'était écrié un jour Parnet, après une discussion avec lui, à la [façon] antique, peut-être !

Ah ! que cet homme rigide, impeccable, [profes]seur convaincu de l'ordre, des lois établies de la famille, était différent du romanesque et bon [...] amoureux, qui, environ dix-huit années auparavant, offrait, à la baronne de Koallen de l'enlever tout bonnement pour satisfaire la passion qui était alors en lui plus forte que tout !

Mais quel est l'homme de cinquante ans qui [vou]drait se reconnaître dans le portrait de sa [jeu]nesse ?

Il n'était resté pareil à lui-même que par ses [fa]çons aristocratiques, qui, sans qu'il voulût en [con]venir, lui faisaient dédaigner ses confrères. Il voyait, parmi eux, que le nombre strictement [né]cessaire à ses relations commerciales. Et [vrai]ment, ne se seraient-ils pas trouvés dépaysés [dans] ce milieu si raffiné où se coudoyaient des [amis] de la République, des académiciens, plusieurs [re]marquables artistes et des figures si originales comme celle du conseiller à la Cour des [comptes] dont on relève les aïeux parmi les membres [de la] *Cour des Aydes* des temps passés et qui a [l'es]prit si sarcastique sous son importante [allure]. Ou cet ancien fonctionnaire de l'Empire, le [plus] aimable causeur du salon : figure pleine de phy[sio]nomie, grand coureur de théâtres, — il dirigea autrefois les Beaux-Arts. Il avait connu Ros[sini], Meyerbeer, et possédait une collection d'auto[gra]phes illustres. Ainsi que le conseiller de la Cour des comptes, il s'ennuyait dans les grandes ré[u]nions des Darsans ; mais il fallait le voir, les soirs d'intimité, juché sur une des banquettes du bil[lard], tandis que Darsans faisait des carambolages. Alors les souvenirs lui arrivaient en foule. Il était délicieusement bavard : tout un monde de charmantes actrices s'évoquait ; il les avait [toutes] aimées ; et une d'elles le lui avait dit, d'ailleurs une célèbre sociétaire de la Comédie-Française :

— Cœur d'hôpital !

C'est dans ce milieu, chatoyant, intéressant, [...] où chacun était un peu jaloux de l'[...] recevaient les autres, que s'étaient développées [sen]siblement, les personnalités encore [...] d'Henriette Darsans, de Gaston de Nauzac [et de] Georges Parnet.

Henriette avait été à peu près cachée au [couvent] jusqu'à ce jour ; et cette fête était donnée [en l'hon]neur de ses vingt et un ans. Elle paraissait [...], resté dans sa fraîcheur exquise de [...], n'en avoir guère que dix-huit. Elle ne connaissait que deux hommes : Georges et Gaston. Les autres, le conseiller, les peintres, l'ancien directeur [des] Beaux-Arts, ce n'était pas des hommes ; [seule]ment de vieux amis de la maison. Elle aurait [...] de tout son cœur de jeune fille Georges et [...] Elle ne pensait pas qu'elle eût besoin de [...] son affection pour son père, tellement cela [faisait] partie de sa nature, mais elle savait [...]

[...] le lendemain [...] portait à sa belle-[...]

— Ma chère maman, je l'adore !

— N'était-ce pas, au reste, afin de te lui donner [...], que son père s'était remarié ? Et aussi, pensait-elle, pour lui donner un frère.

Car elle voyait bien un frère en lui, quoiqu'il n'existât pas entre eux de lien du sang. Et personne n'avait jamais remarqué de différence dans la façon dont les deux enfants étaient traités des deux côtés.

Gaston touchait à ses vingt-six ans. Malgré son [...] fantaisiste, malgré son talent naissant de sculpteur, Darsans, qui recevait, qui se faisait gloire de recevoir une société d'artistes, avait voulu que son beau-fils fût commerçant, continuât les traditions de sa maison ; et c'est là que, pour la première fois, ces deux caractères s'étaient heurtés. Car Gaston était un déplorable employé qui ne pouvait s'habituer à se rendre régulièrement au bureau...

— Ce dont on devrait m'être reconnaissant, affirmait-il ; car je n'y fais que des sottises !

Darsans avait souvent commencé des gronderies, que les regards de sa femme et d'Henriette n'arrêtaient que difficilement.

— Gaston, disait-il autrefois, devrait prendre modèle sur Parnet... Parnet est un excellent employé, plein d'avenir ; et cela ne l'empêche nullement d'être un boute-en-train au plaisir lorsqu'il est l'heure de s'amuser.

Parnet était tombé, un jour, de Gascogne, avec une lettre de recommandation pour Paul Darsans. Grand, maigre, osseux, avec les yeux gris fureteurs et la barbiche de d'Artagnan, brûlant d'être quelqu'un, doué d'un tempérament d'artiste, parlant un peu trop mais presque toujours spirituellement, adorant sans le connaître, le beau luxe, la société des femmes, il avait promptement séduit toute la famille, parce que ses défauts et son [...] étaient recouverts d'un vernis de vieille [...].

Darsans le prit comme employé, un employé qui [...] rapidement les premiers échelons, et il de[vint] le commensal, l'indispensable de la famille. Il était si ingénieux, si empressé, et il faisait si bien les commissions !... Les anciens amis de la famille allaient s'habituer à lui, oublier les défauts qu'il avait à son arrivée à Paris ; et Darsans son[geait] à l'admettre au grade d'employé intéressé, lorsqu'[...] enfin Parnet trouva le commerce en[nuyeux]. Une discussion avec un chef, et il avait [...]

[...] sa perte ; mais, une semaine plus tard, il s'était [de nouveau] installé chez lui, entre Henriette et sa femme, leur contant qu'il se faisait écrivain, et qu'il gagnait déjà sa vie à avoir de l'esprit à [...] sous la ligne dans les journaux du boulevard [...] intimes grossirent de plus en quoi ! ce Parnet, se moctaient ces dames, qui rêvaient d'écrire, d'avoir [...] peut-être ?... Mais Paul Darsans, quoique [vraiment] blessé de l'abandon de Parnet, ne put [...] la protection qu'il trouvait auprès de sa [femme] et de ses enfants. Seulement, il lui gardait [...] une rancune digne, la rancune du [...] de [...].

[...] rancune était sur le point d'éclater définitivement ce soir. Malgré l'éclat de sa fête et les compliments qu'il recevait, Paul Darsans, depuis un moment, laissait voir qu'une sourde irritation [...]. Et comme, soudain, il se trouvait face à face avec sa femme, près de la portière qui sépare le billard de la salle à manger, il éclata.

— Ils sont fous ! Ils sont fous, ma parole !

— Quoi ?... Quoi ? Qu'y a-t-il ? fit doucement [Mme Dar]sans, déjà prête à le calmer ; car elle [savait dé]tourner ses colères.

[...] il lui montrait Henriette valsant follement,

éperdument, au bras de Parnet, tandis que Gaston se prétendait, morne, silencieux, au milieu de la fête.

Mme Paul Darsans avait été et était toujours très belle ; mais sa beauté n'était rien auprès de l'exquise bonté de ses yeux noirs, au charme, à la douceur de son sourire.

C'est à ce sourire que Paul Darsans s'était laissé prendre jadis, quand la résolution irrévocable de la baronne de Koellec l'avait rejeté dans la solitude de la vie. Et il avait écouté sans trop de peine les vieilles parentes, mortes aujourd'hui, qui lui disaient :

— Il faut vous remarier pour votre fille.

Et une mère était réellement indispensable à cette enfant venue au monde fort délicate, et Darsans n'ignorait pas qu'Henriette devait presque autant la vie aux soins de sa seconde femme qu'à sa véritable mère.

Aussi, la vénérait-il. C'était bien, pour lui, la femme de toutes les bontés, de tous les dévouements, de toutes les délicatesses, c'était bien la femme qui faisait toujours exactement ce qui devait être fait. Et, rieuse, pleine d'enjouement avec ses enfants, et même avec Parnet, elle devenait tout de suite un peu grave, enveloppante, dès qu'elle parlait à son mari, à qui la femme doit être soumise, sans renoncer, pour cela, à lui inspirer très doucement son avis... à essayer du moins.

Elle n'avait point réussi avec le premier, le marquis de Naizant, aimable homme, pas méchant mais coureur, joueur et d'une futilité incroyable, qui l'avait ruinée en deux ans et dont le souvenir avait été aisément effacé par la bonté quelquefois un peu rude mais si sincère de Paul Darsans.

Et ce soir-là, comme toujours, son influence empêcha son mari de manifester plus ouvertement sa mauvaise humeur.

— Eh bien, quoi ! fit-elle ; ils s'amusent, ces enfants ! Est-ce que ce n'est pas pour danser qu'on vient au bal ?

— Votre fils ne semble pas s'en douter !

— Vous savez bien qu'il n'aime pas la danse.

— Et son ami Parnet l'aime trop ! Et je ne comprends pas qu'Henriette lui accorde continuellement...

— Oui, oui... interrompit doucement Mme Darsans ; elle a peut-être un peu trop souvent dansé avec lui... c'est vrai.

— Trop souvent ?... C'est-à-dire d'une manière qui frappe tout le monde ! Et Mme Nordein me faisait remarquer...

[...]ement, à la façon des reptiles, vers les maîtres de la maison. Elle semblait, au fond, parce que son fils, son cher fils avait obtenu d'Henriette qu'une pauvre polka ; mais sa surface était toute souriante.

— C'est délicieux, très chers amis ! J'ai rarement vu fête si réussie, si pleine de gaîté... Elle vous rend heureux d'élever un boute-en-train comme M. Parnet ! Avec lui, du moins, Mlle Darsans ne sera jamais en danger. Il prend tout à fait la place de Gaston ; et Gaston, qui n'aime pas le bal, doit lui en avoir une grande reconnaissance.

Oh ! qu'elle savait bien son Darsans et comment verser de l'huile sur sa colère ! Mais aussi, l'outrecuidance de ce Parnet était trop forte, de ce Parnet qui partout se permettait de se moquer d'elle et de son fils ; et elle comptait bien qu'il recevrait une leçon !

Du regard, Darsans faisait à sa femme : « Vous voyez ! Vous voyez ! »

Mme Darsans n'aimait guère cette Mme Nordein mais elle la traitait aimablement comme toutes les personnes avec qui son mari était en relation avant leur mariage ; et elle eut la patience d'expliquer comme si elle n'avait pas compris toute la raillerie de cette vipère :

— Gaston a en effet horreur de la danse ! [...]

comme c'est M. Parnet qui a appris à Henriette à valser, il est naturel, que pour son premier bal, elle préfère son bras à celui de tous ces jeunes gens qu'elle connaît à peine.

Mme Nordain aurait trouvé bien autrement naturel que, puisque Henriette ne dansait pas avec Gaston, elle préférât son fils à elle ; mais il était trop tôt pour démasquer ses batteries ; elle attendrait, pour cela, que Gaston eût fait quelque fredaine qui brouillât les cartes entre lui et son beau-père et que Parnet eût été exclu de l'intimité de la famille.

Et, avant de partir, car, si son fils ne dansait pas, ils n'avaient qu'à s'en aller, elle entraîna Darsans dans un coin du petit salon, et :

— Vous savez, il faut que vous soyez aveugle ; et, si je m'appelais Paul Darsans, il y a longtemps que ma porte serait consignée à M. Parnet.

— Soyez tranquille, répondit Darsans, cela ne tardera pas.

Et il eut un geste énergique ; et il se demanda comment il avait pu le supporter si longtemps chez lui après sa sortie presque scandaleuse de sa maison de commerce. Seulement, par égard pour sa femme, il agirait avec douceur.

Cependant les Nordain ayant donné le signal, les salons se vidaient assez vite ; et, du reste, du jour, un pauvre jour blafard, filtrait à travers les rideaux ; et l'orchestre avait fait une tentative pour s'éclipser : Henriette l'avait retenu pour danser une dernière valse avec Parnet, et, après la valse, un pas de quatre, et elle aurait voulu qu'il lui apprît la berline, alors dans sa nouveauté ; mais Gaston s'approcha d'eux et leur glissa prudemment :

— Hum ! n'insistez plus ! Papa n'a pas bon œil depuis un moment. On est déjà allé plus tard qu'il ne voulait ; et, si vous avez l'intention de lui carotter un cotillon pour la prochaine fois, il faut le ménager...

Henriette eut une petite moue et Parnet presque un mouvement d'humeur ; il s'amusait de si bon cœur ! Mais sa prudence méridionale l'emporta, d'autant qu'il sentait bien l'orage qui grondait sur lui, sur eux tous.

Et, pour éviter le coup de boutoir qu'il devinait sur les lèvres de Darsans, il profita de l'instant où un flot d'invités le remerciait pour lui présenter ses adieux ; et il fila rapidement, après une bonne étreinte de Mme Darsans, qui lui avait tout de même dit :

— J'ai à vous gronder, vous !

Mais il ne redoutait pas ses gronderies.

Bientôt, les Darsans étaient seuls dans leur belle demeure ; et Henriette bavardant, bavardant, faisait des tours de valse toute seule dans le billard, revivant son plaisir, jusqu'au moment où elle tomba sur la banquette et mit sa tête sur les genoux de sa mère.

— Eh bien, viens-tu te coucher, petite folle ?

— Oh ! mère, laissez-moi ainsi une minute... rien qu'une minute !... Je suis si bien...

— Voyons, voyons ! fit sèchement Darsans, il faut te coucher ; tu n'as pas besoin de te fatiguer davantage !

— Oh ! père... cela me repose au contraire...

Mme Darsans supplia son mari des yeux. Elle était toujours prête, elle, à toutes ces petites gâteries. Et, justement, Henriette remontait sa mignonne tête, la posait sur le cœur de sa belle-mère et bégayait :

— Est-ce qu'il y a de meilleurs oreillers que ça ?

Darsans haussa les épaules. Habituellement, sans les approuver, il était indulgent à ces sensibleries ; ce soir elles l'exaspéraient.

Et, au bout de deux ou trois minutes, il allait se remettre à gronder. Mais, avec un sourire plein de malice et de bonté, sa femme lui montra que Henriette dormait déjà. Et c'était un joli ange blond, aux joues à peine un peu fripées par le bal.

Mme Darsans, doucement, fit remonter la tête de l'enfant sur son épaule, puis amena les bras derrière sa tête.

— Ouvre-moi la porte, Gaston.

— Je vais vous aider, mère... Elle doit être lourde...

— Je l'ai portée tant de fois ; elle est un peu lourde à mes bras mais si légère à mon cœur ! Bonne nuit... ou bon matin, mes amis.

Et elle disparut, emportant Henriette.

Gaston allait les suivre, pensant bien que sa mère n'arriverait pas ainsi au haut de l'escalier.

Darsans le retint.

— Pardon, Gaston... j'aurais un mot à te dire... Et comme tu n'as pas beaucoup dansé...

— Vous savez, père ! fit-il, avec un geste d'excuse, je suis si gauche à toutes ces choses-là !

— Aussi n'est-ce que pour dire que tu ne dois pas pas être fatigué comme Henriette ?

— Oh ! pas du tout.

— Alors... nous pouvons causer ?

— Très volontiers, père.

— Viens donc !

II

BEAU-PÈRE ET BEAU-FILS

Il le mena dans le petit salon ; et lui montrant un siège :

— J'ai à te parler sérieusement, longuement...

Après ces mots, il s'arrêta ; et il y eut un lourd silence. Gaston attendait, respectueux, mais avec une nuance de fermeté qui embarrassait Darsans ; et ce qui l'embarrassait aussi, c'était son regard noir, doux, semblable à celui de sa mère, mais derrière lequel il devinait plus de décision.

Et il s'égara, d'abord, en quelques phrases lourdes, banales. C'était moins aisé qu'il ne l'avait cru d'aborder nettement le vrai sujet de cet entretien ; et, pour se donner le temps de préparer ses périodes difficiles, Darsans remontait très haut, rappelait à Gaston sa jeunesse, l'affection si ancienne entre eux deux...

— Te rappelles-tu seulement ne pas m'avoir connu ?... Non, n'est-ce pas ? J'ai toujours été dans la vie ; et quand il a fallu t'apprendre, un jour, que je n'étais pas ton père, tu me respectais comme un père, et je t'aimais comme un fils...

— Mais, père, interrompit Gaston d'un ton très déférent, pensez-vous qu'il y ait quoique ce soit de changé à cela ? Et douteriez-vous de mon affection et de mon respect ?

— Je ne veux pas dire cela ; mais...

Et, encore pâteux, entortillé, il affirmait qu'il ne doutait pas des sentiments de son beau-fils ; mais ce n'était pas comme autrefois, son respect avait diminué, puisqu'il ne tenait plus compte des conseils de Darsans...

— Oh, père !

— Laisse-moi parler !

Et son affection, pouvait-il nier cela, n'avait-elle pas reçu une atteinte ? N'abandonnait-il pas continuellement et l'hôtel et le bureau pour fréquenter de mauvais camarades qui avaient une déplorable influence sur lui, pour courir des ateliers de bohème ?

— Père, tous les grands artistes que vous connaissez aujourd'hui ont été des bohèmes dans leur jeune temps !

Mais Darsans lui imposa encore silence. Sa voix s'était échauffée, il se grisait de ses phrases, et il développa ce thème : que la vieillesse était venue, que l'heure du repos avait sonné pour lui, qu'il avait droit à ses invalides et qu'il allait les prendre.

Gaston protesta, très gentiment.

— Père, il me semble que vous n'avez en aucune façon le droit de parler de vieillesse. Il me semble en effet que vous êtes dans toute la force de l'âge ; mais cela ne signifie pas qu'aucun de nous attende de vous que vous vous consacriez plus longtemps à ces affaires, qui vous absorbent par trop. Prenez, non pas vos invalides, mais un repos que personne n'a mérité mieux que vous ; consacrez-vous complètement à nous, et nous n'en serons tous que plus complètement heureux.

Darsans s'inclina. Il ne s'attendait pas à une protestation moins affectueuse de la part de son beau-fils ; mais il fallait le laisser achever sa pensée tout entière. Une maison de commerce, une grande maison dont le chef disparaît, ne doit pas mourir, pas plus qu'autrefois les hautes dignités ne quittaient certaines familles à la mort du titulaire...

Et comme Gaston ne paraissait toujours pas comprendre, Darsans ajouta qu'avec le nom, un fils, un neveu ou un parent rapproché héritait les dignités et les devoirs...

Il répugnait, à ce grand seigneur républicain, de parler simplement de sa maison de commerce, de ses intérêts. Non : devoir, succession, dignités, tout cela faisait bien mieux et frapperait peut-être l'imagination de Gaston. Et Gaston écoutant presque sans mot dire, Darsans développait abondamment ses idées.

Sa maison ne devait donc pas mourir avec sa retraite. Oui, cela lui ferait trop de mal au cœur, quand il passerait rue d'Hauteville, de ne plus voir la raison sociale *Paul Darsans et Cie* sur la petite plaque de cuivre, à l'encoignure de la porte. La clientèle était excellente, un peu ennuyeuse peut-être lorsqu'il fallait la recevoir à l'hôtel...

— Cela, je te l'accorde ; mais, ces soirs-là, on en est quitte pour ne pas inviter le conseiller, qui les blague trop et qui surtout nous blague de les recevoir.

— Quelle est la carrière, d'ailleurs, où l'on n'a pas ses jours de corvée ?

— Je laisserai, d'abord, tous mes capitaux entre les mains de mon successeur et ne les retirerai que petit à petit, à mesure que grandiront ses bénéfices, et qu'il se constituera lui-même le fonds de roulement indispensable.

Et le commerçant se lançait dans des raisonnements appuyés de chiffres, et cela était très mirobolant...

Comment Gaston ne comprenait-il pas, n'était-il pas séduit ? Mais non : il écoutait, d'un air radieux, heureusement intéressé mais toujours étonné, comme s'il n'avait pas deviné à quoi tendait tout cela.

— Cette maison, remarque-le bien, j'aurais le droit d'en disposer à ma guise. Je ne peux pourtant pas oublier que la dot de ma première femme m'a considérablement aidé à la fonder, et je considère que Henriette a non seulement des droits rigoureux, absolus à mon héritage, mais que cette maison de commerce est aussi un peu sa chose... Et... c'est la dot que je lui donnerai... Une dot superbe... Tu me diras qu'elle est assez charmante pour n'avoir pas besoin de cela. Mais quelle puissance, quel levier entre les mains d'un homme actif, entreprenant, intelligent !

Darsans s'arrêta, s'imaginant que Gaston allait enfin entrer dans ses vues. Et Gaston, en effet, avait tressailli.

Gravement il dit :

— Vous voulez donc donner pour mari, à Henriette, un homme qui prenne la succession de vos affaires ?. Si vous me consultez, je vous avouerai que je ne vois, ni parmi vos employés, ni parmi les commerçants que vous m'avez fait connaître, l'homme qui soit digne d'elle !

Darsans sursauta.

— Et toi ?

— Moi, mon père ?... Moi, épouser ma sœur ?

— Eh ! elle n'est nullement ta sœur ! Et d'avoir vécu sous le même toit, n'empêche pas que vous ne soyez totalement étrangers l'un à l'autre, du moins par les liens du sang ! Et n'as-tu donc pas compris que ce successeur que je me suis choisi, que j'entends donner pour mari à Henriette, c'est toi ?... Toi, mon fils déjà !

Et ainsi, ni la maison de commerce, ni l'hôtel, ne passeraient en des mains étrangères. Et, sur la plaque de cuivre, on lirait bientôt : *Gaston de Naizant, successeur de Paul Darsans et Cie.*

Gaston, à cette attaque directe, hocha tristement la tête. Puis il se mit à parler, à son tour, avec autant de netteté que de franchise.

— Je n'ignore pas, père, la grande dette de reconnaissance que je vous ai, les soins dont ma jeunesse a été entourée, l'affection qui m'a fait si longtemps croire que vous étiez bien réellement mon père, le milieu fortuné, riant, où j'ai grandi, alors que ma mère et moi nous n'avions aucune fortune. Mais il était à l'âge où l'homme doit suivre ses goûts, sa vocation.

— Oui, sa vocation, père ! c'est le seul mot qui convienne quand il s'agit d'une carrière artistique, du moins lorsqu'on songe à l'entreprendre avec les sentiments que j'éprouve. Ces sentiments sont d'une telle force, mon père, que je ne m'appartiens plus. Depuis longtemps déjà, je voulais vous le dire en toute sincérité, et je vous remercie de m'en fournir l'occasion ; je ne serai jamais bon à faire un commerçant...

— Tu dédaignes donc mon métier ?

— Oh Dieu non, père ! Mais j'ai d'autres aspirations. Je ne pourrai jamais me plier à la régularité d'un bureau, à la souplesse des affaires. Je veux être sculpteur.

Darsans allait encore interrompre son beau-fils ; mais celui-ci, prévoyant une grande explosion de colère, voulut tout dire d'un trait.

— Ce n'est pas tout, père ! J'aborde un point plus délicat, sur lequel je suis bien autrement désolé de me trouver en désaccord avec vous. J'aime profondément Henriette ; mais vous avez eu tort de nous élever comme frère et sœur si vous caressiez le projet de nous marier... Peut-être, si j'avais vécu au dehors, si je faisais tout à coup la connaissance d'Henriette, verrais-je en elle autre chose qu'une sœur ? Mais cela ne m'est plus possible, aujourd'hui !... Ni à elle non plus, j'en jurerais ! L'avez-vous interrogée ?

— Eh ! te figures-tu que ma fille est une révoltée comme toi et qu'elle résistera à la volonté de son père ?

— L'amour ne se commande pourtant pas !

— Allons donc ! Mauvaises raisons que tout cela ! Et la vérité, la vérité !...

Il se mettait à marcher à grands pas dans le salon. Oh ! refuser sa maison ! refuser sa fille !

— La vérité, c'est que tu n'es qu'un orgueilleux, orgueilleux de ton nom, orgueilleux de ton talent, en admettant que tu aies du talent ! Et voilà pourquoi tu ne veux pas épouser ma fille et ne veux pas être commerçant ! Cela te ferait rougir, hein, une plaque au coin d'une porte, avec cette inscription : *Gaston de Naizant, commissionnaire en marchandises ?*

— Père, vous me prêtez des sentiments...

— Qui sont parfaitement les tiens, au fond ! Par un reste de respect envers moi, tu ne les affichais pas ; mais si tu crois que je ne l'ai pas deviné ?... Tu es bien de ces descendants de races finies qui se tournent vers l'art, parce que les anciennes carrières qui leur étaient réservées par droit de naissance ne sont plus ouvertes qu'au mérite !... Vous faites de l'art !... Vous vous imaginez que vous faites de l'art, quand vous ne pouvez être que des amateurs ! Et vous refusez d'entreprendre la vraie vie, la vraie lutte...

— Oh, père, père ! s'écria Gaston, en étendant les

vers Darzac, expliquait que, un état d'affec...
arrêter cette ardeur qui éclatait si impétueus...

Mais Darzac n'écoutait plus rien. La question grandissait sous ses paroles indignées. Ce n'était plus un débat entre deux hommes de la même famille, c'était une discussion presque sociale.

Les refus catégoriques de Gaston avaient irrité le commissionnaire à tel point qu'il tournait, comme si l'on eût été en 89, contre l'absurdité du droit de naissance, contre ce mépris stupide où les esprits ... voulaient tenir un homme enrichi par le ...

Puis, avec une profonde amertume:

— Ainsi donc, j'aurai passé trente ans de ma vie à fonder un grand ouvrage, une organisation qu'on s'accorde à reconnaître comme un modèle, et c'est un employé quelconque qui me succédera?

— Le plus digne, mon père, cela est dans vos idées !

— Et t'figures-tu donc que ce soit pour un étranger que j'ai travaillé ainsi ?

Oh ! quel crève-cœur de voir passer son œuvre, sa chose, en des mains quelconques, qui pourraient la mal mener, la déshonorer peut-être !

Et, en outre, la belle demeure où il avait rêvé de vivre entouré des siens, en chef de famille très respecté, serait envahie par un être quelconque, le mari que Henriette choisirait presque au hasard, après une nuit de bal où elle se croirait amoureuse !

Et tout cela parce que M. de Naizant trouvait indigne de son nom le métier de commerçant, la fille d'un commerçant ? Parce que, ne pouvant plus, de par sa naissance, commander une compagnie, il ne condescendait à travailler que si son métier était aristocratique ! Louis XIV avait pourtant bien autorisé la noblesse de la Bretagne à faire le négoce.

Et puis, ces métiers d'artiste, à quoi cela mène-t-il ? Tu ne connais tu ne vois que ceux qui ont réussi et qui ont l'indulgence, la politesse plutôt, de ne pas trop critiquer tes essais, parce qu'ils se figurent que tu ne veux pas en faire ton métier. Mais la plupart du temps, l'art ne mène qu'à la misère, aux désillusions, à l'envie ! Et enfin, mordieu ! il faut gagner sa vie !

Oh ! la vilaine chose que la colère ! Darzans n'eût point dit tout cela, si la douce influence de sa femme s'était dressée entre lui et son beau-fils. Il s'abandonnait entièrement aux mauvais côtés de sa nature.

— De quoi vivras-tu ? Avec quoi payeras-tu ton atelier, tes modèles ? Tu n'as pas un sou ! Pas un sou ! Il faut bien que tu le saches, à la fin !

Oh détestable et maladroite phrase ! Et combien mauvaise dans la bouche de cet homme qui n'aimait à gagner de l'argent que pour le donner !

Le discours prit dès lors, entrée dans une intelligence. Il semblait que chaque fois que les questions d'argent sont soulevées ... Gaston n'avait jamais réfléchi à sa situation pécuniaire. Tout, dans l'hôtel, était à lui comme à Henriette, ses fournisseurs étaient régulièrement payés à la caisse de la rue d'Hauteville sans que jamais on trouvât leurs factures trop élevées, et sa bourse de jeune homme était toujours soigneusement garnie par Darzans lui-même.

Pour la première fois, il ... le poids de ses bienfaits.

— Et si tu persistes dans tes idées folles, je ne saurais t'y soutenir ! Ou tu embrasseras résolument, sérieusement, le métier que je t'offre, en renonçant sincèrement à tes billevesées d'art, et rien ne sera changé entre nous ; ou tu en feras à ta guise, et alors il est de mon devoir de te couper les vivres. Et tu devras te suffire !

Tout pâle, Gaston interrogea :

— Mon père ne me donnera rien jusqu'à ...

Et Darzans répliqua, en haussant les épaules :

— Est-ce que tu ne le saurais pas, d'ailleurs, jérôme ? Tu n'as rien ! Ton père vous avait laissés complètement ruinés quand j'ai épousé ta mère.

— Je vous remercie de me le rappeler, murmura Gaston, fort calme.

Et cela mit le comble à l'exaspération de Darzans et, comme Gaston ne répondait pas à ses colères, il s'en prit à un absent :

— C'est ce Parnet, ce maudit Méridional, que je n'ai pas eu l'énergie de mettre carrément à la porte de chez moi, qui t'a insufflé ces velléités de vie indépendante... Mais, après sa conduite de ce soir ...

Il eut un geste de terrible menace ; puis :

— Nous reparlerons de tout cela lundi, je te donne la journée de demain pour réfléchir.

Et il quitta brusquement le salon.

Pour la première fois depuis qu'il se souvenait, Gaston, avant d'aller se coucher, n'aurait pas reçu la caresse d'adieu de son beau-père. Il avait fait écrouler le rêve de Darzans, et cela avait suffi pour qu'il lui fût de trop, maintenant, dans la famille.

Oui, il sentait cela, très vivement. Il n'avait plus qu'à partir, car il ne pouvait accepter les propositions qui lui avaient été faites. Épouser Henriette, succéder à son beau-père ? Il aurait menti à son cœur, à sa conscience, s'il avait consenti à cela.

— Oui, je partirai ! et je gagnerai simplement, modestement ma vie, mais selon mes goûts, et je prouverai à cet homme que pour s'appeler marquis de Naizant et pour n'avoir aucune fortune, on n'est pas moins un brave et honnête garçon !

Et si Darzans revenait sur sa parole et reprenait lui rouvrir sa bourse, c'est lui, maintenant, qui n'accepterait pas. Mais ...

— Ma mère !... Henriette !...

Fallait-il qu'elles souffrissent, elles si bonnes, parfaites, de ce heurt de caractères ?

— Non ! Elles ne sauront rien, elles, du moins par moi ; et mon besoin de travailler dans un ... expliquera suffisamment mon départ de l'hôtel.

Puis, tristement, mais avec résignation :

— Et voilà comme il faut peu d'instants pour bouleverser toute notre existence !

Le lendemain, il était près de deux heures lorsque Gaston s'éveilla, repris tout de suite par l'angoissante pensée dans laquelle il s'était endormi. Il se leva, un peu honteux d'avoir ainsi dormi, descendit au salon, à la salle à manger. La nappe était encore sur la table. On avait déjeuné sans lui ... valait mieux, après tout. Il sonna ; et Joseph parut, goguenard dans sa gravité.

— On a donc déjeuné de bien bonne heure, aujourd'hui ?

— Monsieur Gaston sait bien que la dimanche ... Le financier, en effet, s'allait au Bois vers dix heures, afin d'être rentré à cinq pour la messe de Mme Darzans qui commençait ... Joseph permit de dire.

— Et aujourd'hui ça n'était pas un jour de promenade ; personne n'était en train, sûr. «J'ai pas voulu réveiller monsieur Gaston, mais monsieur Gaston dormait si bien !»

— Faites-moi vite servir un peu de viande ...

Il déjeuna brièvement.

— Je reviendrai pour dîner.

Et il sortit. Ce grand hôtel, où il se trouvait lui pesait. Et puis, il avait besoin de se confier à un esprit ami, et il se rendait à l'habitude, chez l'écrivain Parnet.

Parnet ne sortait jamais le dimanche. Le bon trouvait que ce jour-là il y a vraiment trop de Parisiens dans Paris ; et puis, c'était son jour de tranquillité, où il revisait son travail de la maître, préparait celui de la suivante.

quelque ?... Tiens... Et moi qui ai peur ou pas
peur !... J'avais peur que ce ne fût un importun !...
Entre vite, mon vieux !... Une cigarette ?
verre d'armagnac ? Tiens, installe-toi sur mon
... ; je vais te servir...

Et avec ce charmant entrain, dans lequel il y
avait toujours un peu du soleil du Midi, Parnet faisait les choses aussi vite qu'il les disait ; et :

— Tu n'es donc pas allé au Bois avec la famille ?... Enfin, te voici ; parfait ! Sirote ton armagnac, pendant que je termine un article : il faut que
je le porte ce soir.

Gaston, très sage, tandis que son ami se remettait
à la besogne, passa en revue le logis de Parnet : la
chambre tendue d'étoffe rouge, un rouge sombre qui
convenait merveilleusement aux têtes blondes ; le
cabinet de travail, pompeusement décoré, par Parnet, du nom de salle de réception, assez grand, couvert d'anciennes tapisseries, avec une bibliothèque
très complète, et, au bas, des monceaux de décou-
pures découpés dans vingt journaux sur la vie
mondaine, l'art, les théâtres ; un petit recoin
Louis XVI servant de salle à manger ; et, partout,
une impression de calme, d'harmonieux repos. C'est
que, autant il était turbulent au dehors, homme du
monde ou viveur suivant la société qui l'entourait,
ou démon dans les coulisses, autant rentré chez
lui il était ermite, bénédictin. Il avait débuté, lui,
journaliste dans un journal grave, par des études
financières, des aperçus historiques dont chaque
colonne lui coûtait des journées de recherches.
Maintenant, reporter à ses heures, fournisseur de
nouvelles à la main, sans situation bien régulière,
secrétaire d'un petit théâtre, il équilibrait tant bien
que mal son budget, en rêvant à l'époque lointaine
où il ne serait plus que romancier.

— Voilà qui est fait ! s'écria-t-il tout à coup ; deux
sous de gagnés !

Et il bondit à son piano, un bon ami ; et il ébau-
cha une valse de Chopin, tandis que Gaston, à voix
basse, très embarrassé, commençait son récit.

Oh ! qu'il lui en coûtait à Gaston, de tout dire !
Cependant sa souffrance diminuait à mesure qu'il
la communiquait à Parnet.

Et peu à peu, les doigts de celui-ci se ralentis-
saient et finirent par s'écraser sur le piano, en une
cacophonie épouvantable.

— Hein !... De quoi tu vivras ?... Mordieu ! Je le
vois, ce bon M. Darsans... Solennel prud'homme,
va !

— Georges ! Je ne veux pas qu'on manque de res-
... Et ton ébauchoir ?... Et ton tempérament ?... Ta
bonne volonté ?... Ce n'est donc rien, cela ?... Tout
de même... Toutes même, mon vieux !

Parnet n'avait eu peur de la lutte pour lui,
contentait lui, avait été élevé quelque peu à la
dure, très aimé, très choyé par des parents exquis,
mais sans ombre de fortune... Tandis que Gaston...

— Attends, mon petit ! Tu ne redoutes pas la vache enragée, je n'en doute pas... Mais permets-
moi... Attends-moi ici... Cinq heures... Ton beau-
père doit être rentré... Il se peut y avoir là-dessous
un malentendu ! Et je vais l'arranger ! Je te garantis que je vais l'arranger !

Et, malgré la résistance de son ami, il prenait
son chapeau, partait à la hâte ; et, dans la rue,
les arguments bourdonnaient en sa tête... Une
brouille entre un père et un fils — car c'était son
... avant tout — non, non, il ne pouvait permettre
cela ! Il fallait convaincre Darsans ! L'art enrichit
aujourd'hui aussi bien que la spéculation... « Avec
un peu de courage et de patience ! »

Évidemment, la discussion ne serait pas aisée...
... monterait sur ses grands chevaux. Peu en-
...ait à Parnet, accoutumé à ses rebuffades. Et
... brusquait toute personne qu'il rencontrait
... les trottoirs. Peut-être un intérêt personnel le
...-t-il ?... N'était-ce pas sa cause qu'il

allait défendre en même temps que celle de Gaston ?
Gaston parti de l'hôtel, voudrait-on l'y recevoir encore, lui ?... Ne le traiterait-on pas en étranger
dans cette maison qu'il considérait comme sienne
depuis près de six ans ?

En passant devant la fenêtre du salon, il distin-
gua, à travers les rideaux, des silhouettes de femmes. On était rentré. Il pouvait sonner hardiment.

Joseph parut et eut, tout de suite, une attitude effarée. Parnet, au contraire, pénétrait, d'un air déli-
béré, dans le vestibule, et :

— Monsieur est là, n'est-ce pas ?...

— Je... je ne crois pas, monsieur Parnet... Non, je
ne crois pas que monsieur soit rentré.

— Eh bien, je vais l'attendre... J'ai absolument
besoin de le voir aujourd'hui... Et, comme ces dames sont là...

Il allait se diriger vers le petit salon ; mais Joseph, avec une correction mêlée de beaucoup de
regrets, car Parnet lui avait quelquefois donné des
billets de théâtre, l'arrêta.

— Pardon, monsieur Parnet ; mais ces dames
ne sont pas encore rentrées, non plus !

— Hein !... Je viens de voir, par la fenêtre du
petit salon...

— Oh ! monsieur Parnet a dû se tromper, sûrement.

— Êtes-vous bien certain, Joseph, de ne pas
vous tromper vous-même ? répliqua le journaliste
avec un léger frisson.

Joseph hocha piteusement la tête ; et Parnet lui
fit perdre contenance en disant :

— Eh bien, mettez mon couvert : je viendrai dîner.

C'était une liberté dont il jouissait autrefois,
quand il était l'employé préféré de Darsans ; mais
jamais il n'avait osé en profiter depuis son changement de situation.

— Oh ! monsieur Parnet ! s'écria le domestique ;
oh ! ne faites pas ça ! Je vous en prie, ne faites pas
ça !

— Alors, une minute de franchise, Joseph ! Je
suis consigné, tout bonnement...

— Oh, monsieur... Non !... Enfin, si !... Mais ce
n'est pas madame !... C'est monsieur qui a dit de
répondre lorsque M. Parnet se présenterait, que
personne n'était à la maison !

Consigné ! Chassé de la maison !

Congédié par un domestique, comme les impor-
tuns dont on se débarrasse un jour de migraine !

— Bien, Joseph !... Bien !
... la chose avec philosophie, presque avec indifférence.

Mais, dès qu'il se fut un peu éloigné, il chancela.
Et il avait le cœur tout serré par l'isolement qui se
dressait devant lui.

Chassé de chez les Darsans ! C'était la porte de
la société se fermant à lui, puisque toutes ses relations lui venaient de cette famille.

Il était seul dans Paris. Et il sentait un grand
froid l'envahir.

Il revint bien lentement chez lui où son ami Gaston l'attendait tout anxieux.

— Eh bien, Georges ?

— Rien, fit-il, en dominant sa tristesse... Ton
beau-père était très occupé ; il n'a pu me recevoir
aujourd'hui... Ce sera pour demain...

Gaston, qui se souvenait du geste menaçant de
Darsans, ne crut pas au délicat mensonge de son
ami.

— Dis-moi donc la vérité !... La porte de l'hôtel est
condamnée pour toi, n'est-ce pas ?

— Oh non ! Je te...

— Ne jure pas ! Est-ce que je ne devine pas la vérité ? Et puisqu'on ne veut plus de toi, on ne
... n'aura pas non plus... Nous allons dîner ensemble... Et je ne desire plus, moi, qu'on m'aura re

reconnu ses torts envers toi, envers moi, m'asseoir à cette table !

Parnet lui prit les deux mains :

— Ne dis donc pas de ces choses ! Ne suis pas le mauvais exemple que te donne ton beau-père ! Ne prends jamais une décision, ne formule jamais un avis sous l'empire de la colère... Et songe simplement à ta mère, à Henriette, qui ne t'ont pas vu depuis cette nuit ! Est-ce qu'elles doivent souffrir, elles, de tes querelles... de nos querelles ? ajouta-t-il avec un mélancolique sourire, puisqu'on m'y mêle malgré moi.

— Tu as toujours raison !

Et, levant les bras au ciel, Gaston s'écria :

— Quand je pense que mon beau-père n'a plus à la bouche, lorsqu'il parle de toi, que les mots d'insensé, de fou, de détraqué tout au moins, de dévoyé...

— Bah ! laisse parler ! prononça philosophiquement Parnet. La devise de ceux de ma famille a toujours été « tout drêt », comme dit le patois de chez nous. Tout droit ! Qu'importent les reproches, les récriminations, lorsqu'on a la conscience tranquille ?

Il faisait le brave ainsi ; mais il eut encore un moment de faiblesse, après que Gaston l'eut quitté.

— Seul !... Seul ! murmurait-il.

Mais bientôt, il se redressait, fier, énergique ; et jetant un coup d'œil à sa table de travail :

— Allons donc ! Et ma plume ! Et le journal !

III

VACHE ENRAGÉE

Le bruit de la vaisselle et quelques phrases banales troublèrent seuls, ce soir-là, le majestueux silence de la salle à manger de Paul Darsans.

Henriette était non seulement exténuée par ses sauteries de la veille ; mais un gros chagrin grondait en elle, la secouant, de temps en temps, d'un hoquet ; et alors son père disait :

— Eh bien, eh bien, qu'y a-t-il donc ?

Et elle répondait en se raidissant, qu'il n'y avait vraiment rien, mais rien du tout et que, ces petits mouvements qui lui échappaient, étaient purement nerveux. Et c'était toute sa conversation avec son père avec qui pourtant elle aimait tant à bavarder ; et il finit par le lui faire remarquer.

Elle répondit, n'osant même pas faire allusion à la cause réelle de son chagrin :

— Que voulez-vous, père, il y a des jours où l'on n'est pas en train !

Et lui, sèchement :

— Ce n'est pas comme hier, alors ?

Et Henriette se mit à examiner minutieusement les dessins de son assiette.

Mais ce n'est pas ces dessins qu'elle voyait. Elle se voyait, elle, assise dans le petit salon, attendant, avec un très inconscient plaisir, une visite qu'elle recevait à peu près tous les dimanches ; et un pas, très familier, retentissait sur le trottoir, et une silhouette très sympathique passait devant la large fenêtre du salon ; et puis elle entendait un coup de sonnette qui n'était pas un coup de sonnette comme celui de tout le monde... Puis, le bruit indistinct d'une conversation dans l'antichambre... Puis la porte se refermant, un peu violemment, la silhouette repassant, certainement pas très droite... Après quoi, Joseph était venu parler à voix basse à son père qui était plongé dans la lecture du feuilleton de Sarcey... Et elle avait distingué le nom de Parnet... Et son père avait dit à Mme Darsans, de

ce ton autoritaire auquel il ne fallait jamais manquer :

— J'espère qu'il aura compris, cette fois !

— Compris... Quoi ?... Oh ! Henriette avait failli éclater ; mais un regard de Mme Darsans lui avait fait comprendre, à elle, qu'il fallait se taire ; et que le moment que « sa maman » ne résistait pas, la soumission absolue, était à l'ordre du jour. Mais, après une telle « exécution », il ne fallait pas demander, non plus, à Mlle Henriette, d'égayer la table par sa bonne humeur accoutumée.

Et il fallait lui arracher les paroles si on voulait la faire parler.

Et elle ne savait pas encore, pas plus que Mme Darsans, d'ailleurs, ce qui s'était passé entre M. Darsans et Gaston.

Elles avaient seulement pressenti une complication, lorsque, peu de minutes avant le dîner, Gaston était rentré, le visage tout renfermé, et que son beau-père l'avait accueilli d'une façon glaciale. Et alors, Mme Darsans s'était souvenue que les deux hommes étaient demeurés ensemble, près d'une heure, après le bal ; et l'éclat de leurs voix était monté jusqu'à elle. Comme elle était lasse, elle y avait à peine fait attention... Dieu ! si une querelle avait surgi entre l'homme qu'elle aimait, dont elle vénérait la bonté, et ce fils adoré dont elle était si fière !... Oh ! l'union rompue entre ces deux êtres ! Mais ce serait abominable !... Et, de temps en temps, de furtives larmes apparaissaient au coin de ses yeux, bien vite essuyées pour que son mari ne les remarquât pas.

De très bonne heure, après le dîner, la bande habituelle des intimes arriva. Ils savaient difficilement se passer de leur bavardage du dimanche, autour du billard de Paul Darsans.

Mais, ce soir-là, le silence du dîner continua. L'allure glaciale du maître de la maison arrêtait les essais de conversation sur presque toutes les bouches ; et seul, le conseiller faisait des plaisanteries ; et il remarqua l'absence de Parnet...

— Il dort peut-être encore, dit-il en fixant son œil malicieux sur Henriette ; il a tant dansé l'autre nuit ! — Savez-vous, Darsans, qu'on se demande où il peut trouver le temps de faire tout ce qu'il fait, ou prétend faire, ce garçon ? Des articles d'étude ! Du reportage ! Des nouvelles à la main !... Le secrétariat d'un théâtre ! même des romans, affirme-t-il...

Darsans ne répondit que par un haussement d'épaules, mais si significatif que Mme Nordain, de joie, en caressa la pointe extrêmement pointue de son menton.

Henriette, tout doucement, quitta le billard et alla s'asseoir devant la table du petit salon, comme pour feuilleter l'*Illustration*. Gaston qui l'observait, du coin de l'œil, vit bientôt ses paupières se fermer à demi, ce qui n'empêcha pas deux ou trois larmes d'en sortir.

— Et c'est moi, au fond, songeait-il, qui suis cause de tout ceci !

Mais cela ne faisait, malgré l'opinion de Parnet, que le confirmer dans sa résolution :

— Je n'ai guère qu'à partir et tout s'aplanira.

Ce ne fut que dans leur chambre que Paul Darsans se décida à parler à sa femme, et avec tant de violence sous le ton contenu qu'il affectait, qu'elle en fut épouvantée.

Il répéta l'entretien qu'il avait eu avec Gaston, puis :

— J'avais donné à votre fils jusqu'à demain pour réfléchir ; mais son attitude de ce soir, ce dédain silencieux qu'il affecte vis-à-vis de moi, sont assez explicites. Il est clair qu'il s'obstine dans son refus, et c'est une insulte pour moi !

— Oh, mon ami, essaya de dire Mme Darsans, ne vous exagérez-vous pas un peu de mauvaise humeur, quelques paroles maladroites de cet enfant ?

Il imposa silence à sa femme, d'un geste très hautain. Habituellement, elle pouvait vaincre, amadouer du moins les violences de son mari, parce qu'il lui permettait de discuter; et elle y mettait la plus tendre douceur.

Aujourd'hui, il n'entendrait rien! Il avait été blessé dans ses idées générales, dans son orgueil de père.

Et il affirmait:

— Gaston refuse d'être commerçant comme moi, parce que cela est indigne d'un marquis de Naizant...

Vainement elle objectait:

— Mon ami, il ne porte même pas son titre...

— Parce qu'il me redoutait encore et qu'il sait que je ne reconnais d'autres titres que ceux qu'on conquiert soi-même; mais, au fond, il est imbu de vieilles idées, et il n'y a pas d'autre raison pour qu'il refuse d'épouser Henriette, alors qu'il existe une vieille affection entre eux... Non! M. le marquis de Naizant ne veut pas de mésalliance...

— Voyons, voyons, mon ami, d'où seraient venues à Gaston de telles idées?... Mais il est aussi moderne, aussi libéral que vous!

— Enfin, peu importent ses idées! Et je ne lui ferai pas l'honneur d'être humilié parce qu'il refuse de s'allier plus étroitement à moi... Tant pis pour lui, voilà tout!

C'était peut-être pourtant là que son orgueil était le plus froissé; mais il ne l'avouerait jamais. Et sa colère contre son beau-fils se colorait maintenant de grands mots de devoir, d'obligations morales.

Il s'exaltait encore.

— C'est à moi, à moi qui remplace son père, qu'il appartient de l'arrêter au moment où il va se jeter dans une voie déplorable qui ne peut le mener à rien! Gaston n'a pas de talent, et c'est la vie indépendante qu'il cherche, pas autre chose! C'est un complot entre Parnet et lui... Mais, maintenant que je suis débarrassé de ce journaliste de quatre sous... Oh! n'essayez pas de le défendre, celui-là!

Mme Darsans avait eu un instinctif mouvement de protestation et failli dire combien Parnet, au contraire, méritait d'estime, pour le courage avec lequel il s'était lancé, sans appui, dans la carrière difficile entre toutes, des lettres; mais elle n'avait pas trop de toute son influence pour défendre son fils. Plus tard, elle reparlerait de Parnet; ce soir, elle devait s'en tenir à Gaston, à cette brouille qu'elle ne pouvait se résoudre à admettre.

Et elle essaya encore de convaincre son mari.

— Non, dit-elle, non sans doute, Gaston n'a pas de talent, parce qu'on ne peut pas en avoir sans l'avoir acquis! Mais pourquoi ne travaillerait-il pas? Est-il donc moins intelligent, moins apte qu'un autre à un métier artistique? Et pourquoi mettez-vous tant d'opposition à ses projets, vous qui vivez au milieu d'artistes? N'a-t-il pas le droit de le devenir à son tour, si telle est son ambition?

Il brisa net.

— Qu'il devienne ce qu'il voudra! Mais alors il devra quitter l'hôtel et se tirer d'affaire seul... Un peu de vache enragée calmera ce bel enthousiasme!

Oh! était-ce bien Darsans, si bon, si généreux, qui parlait ainsi? Sa femme n'osa plus insister... Demain, dans quelques jours, elle tâcherait de le ramener à lui-même! Mais plus ce soir...

Et, en ce moment, elle n'avait plus que la force de se glisser doucement jusqu'à la chambre de son chéri, d'aller pleurer avec lui, horriblement malheureuse d'être prise entre ces deux hommes qui occupaient une place égale dans son cœur.

— O mon Gaston, il ne faut pas lui en vouloir!

Ce furent ses premières paroles; puis:

— Il a toujours été si bon pour toi!

— Je n'y contredis pas, mère, prononça mélancoliquement le jeune homme; mais nos deux caractères se sont heurtés...

— Et tu ne m'en parlais pas! Il a fallu que ce soit lui qui me raconte tout!

Il expliqua:

— Mère, j'aurais voulu le taire mon chagrin, le taire surtout à Henriette; mais je n'ai plus qu'à partir.

Elle frissonna et le tint longuement serré contre elle. Oh! il ne serait plus là... le matin... le soir...

Il assurait:

— Et cela vaut mieux, va, mère!

— As-tu songé à ce que sera ta vie?

Il dit simplement:

— Mère, la vie est facile à tous ceux qui aiment le travail.

— Oh! sur les questions matérielles, je ne redoute rien. Mon mari est trop généreux pour ne pas revenir sur son intention de te laisser, comme il le dit, te tirer d'affaire tout seul.

— C'est que moi, mère, déclara-t-il fermement, je ne reviendrai pas sur mon intention de ne rien accepter... Oh! j'ai tant accepté, jusqu'ici!... Il me l'a reproché, hier. Et c'est fini, bien fini... Oh! que j'aurais voulu partir en le cachant ma peine!... Mais cachons-la à Henriette, n'est-ce pas? Notre chère petite âme, qui n'est que bonté, ne doit pas souffrir...

— Si tu crois qu'elle ne souffre pas déjà!... Cette décision de son père contre Parnet, pour qui elle avait tant d'amitié!...

— Il n'y a qu'un moyen de la calmer, mère, c'est qu'il ne voie plus ni Parnet, ni moi... Et puis, nous travaillerons, et nous espérerons.

Longtemps, ils causèrent ainsi, sentant leur chagrin s'adoucir peu à peu dans la consolation que donne toujours une décision bien arrêtée.

Lorsque Gaston descendit le lendemain, Darsans était déjà prêt à partir pour son bureau. Il n'y eut entre eux qu'une minute de conversation.

— Tu persistes?

Respectueux, mais très ferme, Gaston répondit:

— Oui, mon père.

— Quand même?

— Comme vous me l'avez toujours enseigné, mon père, je trouve que, lorsqu'une décision est prise, il faut s'y tenir.

— Bien, fit Darsans, affectant de l'indifférence.

Et après quelques secondes de silence:

— Je ne veux pas que tu souffres matériellement de ta résolution, si folle qu'elle soit. Tu recevras, chaque mois, la pension dont il... [illisible] fixer le chiffre.

Gaston répliqua doucement:

— Je vous remercie, mon père; mais j'ai assez usé de votre bonté... Je compte me suffire par mon travail...

— Mais ce n'est pas possible!...

— Si, si, mon père.

Faiblement, Darsans proposa:

— Les premiers temps du moins...

Gaston lui coupa respectueusement la parole:

— Vous avez toujours si largement garni ma bourse, qu'il y reste des économies.

— Tu ne sais pas ce que c'est que la vie, mon enfant, ces exigences de chaque jour... Tu n'as pas été préparé aux privations inévitables qui t'accueilleront dans les débuts...

— Je vous remercie, mon père; mais vraiment, je n'aurai besoin de quoi que ce soit... Merci encore...

Oh! qu'il aurait fallu peu de chose, entre deux natures si généreuses, pour effacer ce qui s'était passé! Tous deux brûlaient, en ce moment, de se tendre la main; mais aucun d'eux ne voulut être « le premier »... Oh! si Henriette était descendue! ou Mme Darsans!... Et, comme leurs visages dissimulaient très bien ce qu'ils pensaient, Gaston céda e besoin de tout les jeunes gens de montrer sa fierté ; et il dit :

— D'ailleurs, mon père, un peu de vache enragée ne me fera pas de mal, n'est-ce pas ?

— Ah !... Bien... bien...

Darsans eut un frémissement de colère ; puis il s'éloigna en murmurant de grandes phrases sur l'ingratitude.

Et tout était fini entre eux.

À l'heure du déjeuner, une lettre du maître arriva, disant qu'un client le retenait, chose évidemment fausse, car il n'y avait en ce moment, à Paris, aucun des correspondants étrangers de Darsans, les seuls qui, habituellement, l'empêchassent de rentrer chez lui pour déjeuner : et il ne reviendrait que le soir.

Gaston vit là, un ordre de quitter immédiatement l'hôtel ; et d'ailleurs, puisque sa décision était prise, autant l'accomplir sans tarder.

Il avait songé, d'abord, à emporter le mobilier de sa chambre ; mais il le devait, comme tout, à la générosité de son beau-père ; et puis, voir tout enlever aurait été trop cruel à sa mère. Elle viendrait pleurer dans sa chambre.

— Et espérer ! lui dit-elle.

Car, pour elle, ceci ne pouvait durer. Elle avoua :

— Tu as, hélas ! raison de partir, car il est buté, en ce moment, et rien que la vue l'exaspérait. Mais il est bon, et tu lui prouveras, toi-même, par ton courage, tes efforts, combien il s'est trompé sur ton compte... Mon enfant chéri, le bonheur s'achète toujours par la souffrance.

Henriette fut toute bouleversée par ce départ ; mais, pour elle, Gaston et sa mère eurent la force de sourire, et Gaston lui expliqua, très sérieusement, qu'il lui fallait un atelier, que M. Darsans ne pouvait en faire disposer un dans l'hôtel ; et alors, c'était d'une commune entente qu'il allait en chercher un au dehors.

La jeune fille eut une petite moue défiante ; elle leur dit, en les menaçant du doigt :

— Vous m'en contez tous ! Enfin, quoi qu'il y ait entre toi et père, je ne puis donner tort à père ; mais je t'aime bien tout de même. Et... et...

Elle hésitait ; elle se décida en rougissant un peu :

— Tu vas chez M. Parnet ?

Il sourit, en interrogeant à son tour :

— As-tu donc quelque commission pour lui ?

Elle rougit un peu plus fort ; et Gaston dit :

— Parnet est mon ami... Or, tu m'aimes bien... Et, comme les amis de nos amis sont nos...

Elle l'interrompit, malicieuse.

— Je compte qu'il veillera sur toi ! Voilà, monsieur, tout ce que vous aurez à lui dire de ma part.

— Pas autre chose ?...

— Non, monsieur le railleur, pas autre chose.

Parnet manifesta une grande joie, quand Gaston vint lui demander l'hospitalité ; et, comme il envisageait toujours les choses du bon côté, il prononça cette belle vérité :

— Quand on est deux à être seuls, ce n'est plus être seul.

Gaston l'embrassa et le remercia d'une voix grosse de larmes ; mais Parnet l'interrompit :

— Oh ! tu sais, mon vieux, je n'aime pas l'attendrissement !

Le lendemain, abandonnant sa besogne coutumière, il se mettait en campagne pour découvrir un petit atelier flanqué d'une chambre ; et, au milieu de ses courses, il furetait chez les bric-à-brac pour que l'installation de son ami marchât vite. Et il était ingénieux et « débrouillard » que, trois ou quatre jours après, c'était fait ; et il avait parcouru tous les quartiers de Paris.

Lui, Parnet, aurait voulu son ami près de lui, dans cette joyeuse butte Montmartre où bat une bonne partie du cœur de la France ; mais de tous les logis découverts par le journaliste, Gaston eut un atelier avec jardinet, situé dans un tranquille immeuble de la très tranquille rue Chartier, où l'on se croirait aisément en un air très doux de province. Et il s'y installa aussitôt.

Il était bien nu, l'atelier, et le mobilier de chambre placée auprès était bien mesquin auprès de la chatoyante installation que Gaston possédait encore quelques jours auparavant, chez son beau-père ; mais un grand charme se dégageait, pour lui, de cette simplicité : il était chez lui, libre, indépendant, et plus une parole rude ne lui gâterait ses visions d'avenir.

Quelques jours plus tard, son installation de sculpteur était prête, et sa bourse était vide ; mais il avait le cœur riche d'espérance, et si plein de ce mot :

— Au travail !

Deux semaines s'écoulèrent sans qu'il reçût d'autres visites que celles de Parnet, contre lesquelles Gaston protestait non sans raison.

— Je suis au bout du monde, ici ! Je ne veux pas que tu te détournes de tes occupations pour t'occuper de moi ! Nous dînerons ensemble une fois par semaine et ce sera assez.

Mais Parnet affirmait régulièrement qu'il ne s'était pas dérangé le moins du monde et que, si on le voyait dans le quartier, c'est qu'il avait à y faire un reportage. Il n'aimait décidément pas beaucoup qu'on le remerciât.

Et puis, il fallait bien qu'il se rendît compte des travaux de son ami.

— Rien que des ébauches, vois-tu, disait Gaston, de simples maquettes.

Mais une de ces maquettes, un Amour qui lui disait d'une fleur de rêve, enthousiasma le Gaston, et il déclara qu'il la voulait pour lui.

— Pour mon cabinet de travail, mon vieux.

— C'est à peine fait, remarquait le sculpteur.

— Mon vieux, c'est ainsi que j'adore la pensée des artistes, saisie à l'éclosion même.

Deux jours plus tard, il apportait cent francs à Gaston ; et celui-ci, ahuri, apprenait que Parnet avait tout bonnement fait le placier, s'était promené de magasin en magasin, son Amour sous le bras, et avait fini par le vendre.

— Parce que, vois-tu, nous ne sommes assez riches ni l'un ni l'autre pour conserver chez nous le capital que représente une œuvre de M. Gaston de Neizant.

Les yeux en larmes, Gaston se jeta au cou de son ami, mais Parnet s'écria :

— Sapristi ! Tu déranges le nœud de ma cravate !

Et il s'enfuit ; mais de la porte de l'atelier il cria :

— Et on en vendra d'autres, va ! Et pour ne pas être des commissionnaires en marchandises, on n'en gagnera pas moins sa vie !

Gaston, en une lettre où il avait mis tout son cœur, écrivit ce premier petit succès à sa mère, mais en en reportant tout l'honneur à Parnet, l'ami si sûr, si délicat, si dévoué et si pratique ! Puis :

Si tu savais, mère, comme je suis fier de ce premier billet de cent francs gagné par moi !

Le lendemain, sa mère arrivait inopinément chez lui, au milieu de l'après-midi. Henriette étant à une matinée avec des amies, Darsans comme toujours à ses affaires, elle avait pu s'échapper, et venir enfin ! Car, si son mari n'avait pas osé le lui défendre, il avait manifesté très nettement le désir que, pour l'instant, les relations entre sa femme et son beau-fils se bornassent à la correspondance.

— De telle sorte que je suis presque en escapade ici, mon cher petit !

— En bonne fortune chez votre fils, maman ! répliqua Gaston en l'embrassant follement.

Et, avec une exubérante bonne humeur, il lui fit visiter son logis.

[illegible] Que cela [illegible] mosquin, auprès de leur magnifique demeure ! [illegible] s'écriait pourtant.

— Mais, mère, sauf le chagrin de ne plus vous [illegible]-vous et Henriette, je ne me suis jamais senti [illegible] léger, aussi heureux !... Mon beau-père a-t-il la conscience aussi tranquille que la mienne, lui qui voudrait nous imposer cette souffrance de ne plus [illegible] aimer que par lettres ? Lui avez-vous annoncé que moi, bon à pas grand'chose, moi l'amateur, j'ai [illegible] cent francs par mon travail ?

Mme Darsans hoche douloureusement la tête.

— Il a défendu qu'on prononçât ton nom devant [illegible] et la lettre, qui célèbre le dévouement de ton [illegible] Parnet, n'était pas faite pour l'adoucir.

— Eh bien, plaignons-le, mère !

— Oui, car, au fond, il est très affecté. Henriette [illegible] parvient guère à le faire sourire.

— [illegible] petite sœur !... car je verrai toujours en elle la plus délicieuse, la plus exquise petite sœur, [illegible] consolation de l'avoir, toujours auprès de [illegible] dans cette circonstance !

— Chaque matin et chaque soir, elle m'embrasse... double ! C'est elle qui a trouvé cela... Enfin, comment vas-tu ? Que fais-tu ?

— Je vous ai bien écrit, mère !

— Mais j'ai tant besoin de te l'entendre dire ! répliqua-t-elle en souriant, les mères sont ainsi.

Et il expliqua sa vie, réglée d'un commun accord avec Parnet, sans qui il ne décidait plus rien.

Une part était consacrée à un simple travail d'esclave, dans l'atelier du célèbre sculpteur Talmain, qu'il avait connu chez M. Darsans et qui lui avait donné les premières notions de son art, et il était convenu, jusqu'à nouvel ordre, le maître évitait de parler de lui à son beau-père.

L'autre était consacrée à ces petites choses, ces petites compositions comme l'Amour, que Parnet avait réussi à vendre beaucoup plus tôt qu'ils n'auraient osé l'espérer l'un et l'autre, et, peu à peu, assuraient sa vie : travaux industriels presque et dont il aurait rougi autrefois, mais qui lui permettaient aujourd'hui de ne pas se départir de sa fierté vis-à-vis de son beau-père.

— Mais vis-à-vis de moi, enfant ? prononça doucement, timidement, Mme Darsans.

Et sa main se glissait dans sa poche, allait prendre un portefeuille très garni.

Gaston comprit, et, avec une simple énergie !

— Non, mère, non ! Je n'ai pas refusé ouvertement [illegible] pour recevoir ensuite en cachette. Non, non !... Et, du reste, [illegible] besoin de rien... Mes outils, ma glaise, mes seules [illegible] mains... et votre regard sous lequel je crois toujours travailler ! Il ne me faut pas autre chose.

Elle ne put insister. Parnet arrivait à l'improviste, pour annoncer une commande de deux Amours semblables, si Gaston pouvait les livrer très vite, et à cent cinquante francs les deux.

— Du métier, mon cher ! du simple métier ! avoua-t-il. Mais il fera du grand art ensuite.

Et il bavarda abondamment, sans oser demander à Mme Darsans des nouvelles d'Henriette. Et cependant, il disait une telle reconnaissance dans le regard, de l'aimable femme, et elle lui dit si gracieusement sa gratitude pour l'amitié dont il entourait son fils, qu'il eut plus d'une fois des picotements aux yeux ; mais il ne cessa pas de rire, de parler et d'avoir l'air tout détaché, parce qu'on ne doit pas laisser voir ces faiblesses aux femmes.

Les deux jeunes gens reconduisirent Mme Darsans jusqu'au bord de l'eau. Et quand elle lui dit adieu, elle glissa à l'oreille de Parnet :

— Si Gaston avait besoin d'argent ? Moi, je n'ose plus lui rien offrir... Mais vous, vous serez moins [illegible] quand il s'agira de lui ?

Parnet lui aussi fut [illegible] en ce qui concernait l'argent. Sur ce point, il se serait fait un scrupule de trahir l'entière confiance que son ami avait mise en lui.

Et lorsque Gaston eut besoin, d'être aidé de [illegible] son argent, à lui Parnet, qui vint en aide au [illegible]

Mais si les billets de banque le trouvaient orgueilleux, il admettait une compromission devant de [illegible] caisses qui lui arrivaient, toutes les semaines, sans nom d'expéditeur, et qui contenaient des bouteilles de vieux vin, des boîtes de pâté de foie de canard, des fruits.

Vite, il les portait rue Alain-Chartier en affirmant, que tout ceci lui avait été expédié de Gascogne ; et, deux ou trois jours, la vie était plus facile dans l'atelier du sculpteur.

Oh ! les bonnes après-midi qu'ils passaient après un bon déjeuner où ils s'étaient autant grisés de rêverie que des fumées du vin, où ils avaient conquis Paris, où Gaston avait remporté la médaille d'honneur au Salon et où Parnet avait écrit un livre vendu à cent mille exemplaires ! Comme ils [illegible] bien ensuite au travail : Gaston en blouse pétrissant la glaise, et Parnet écrivant sur [illegible] de table un chapitre de ce fameux roman !... Mais à la nuit, le journaliste s'envolait en criant :

— Dieu ! mes reportages ! mes nouvelles à la main ! mon théâtre ! mes chroniques !

C'était pour lui, le présent, la nécessité de la vie de chaque jour, comme, pour Gaston, les statuettes.

Une fois, cependant, Gaston s'étonna de la richesse des vins qu'apportait Parnet et dont le [illegible] lui rappelait un peu trop la cave de son beau-père.

Et le lendemain, Mme Darsans était avisée ! que la Gascogne eût à espacer les envois qu'elle faisait à Parnet !

Et pourtant, les fins de mois étaient quelquefois cruelles. Certaines feuilles — une surtout, célèbre dans les annales du journalisme — renvoyaient Parnet au 10 du mois suivant pour le payer de [illegible] nouvelles à la main ; et ce 10 devenait le 15, le 20. Et il y avait des marchands qui avaient bien pris des statuettes, mais qui déclaraient tout d'un coup que ce n'était payable que le mois d'après... Et [illegible] qu'au théâtre de Parnet qui ne faisait pas de brillantes affaires et ne lui payait plus que les trois quarts, puis la moitié de ses appointements, puis rien...

— La vache enragée ! disait tranquillement Gaston. Comme mon beau-père serait ravi s'il était au courant !

Mais il n'avait pas encore connu l'angoisse du paiement à date fixe, de l'échéance à laquelle on ne peut faire face. Se priver n'est rien, mais ne pouvoir payer ce qu'on doit est, pour certaines âmes [illegible] humiliation, il l'eût au moment du terrible [illegible]

— « Tu n'as besoin de rien ? » lui avait demandé Parnet quelques jours auparavant.

Gaston, ayant de quoi vivre une semaine, n'avait pas pensé à autre chose et avait répondu en riant :

— Je suis presque riche !

Aussi fut-ce un bouleversement, lorsqu'un concierge, le 15 avril, lui présenta sa quittance.

— Votre terme, M. de Naizant.

Cent soixante francs à payer !... Il n'avait pas pensé à cela, lui. Il n'avait jamais payé de terme. Et à peine s'il restait vingt-cinq francs dans sa bourse.

— Excusez-moi, madame ! j'avais totalement oublié.

— Oublié ? Oublié !

— Eh ! non Dieu, oui, madame.

Mais la concierge s'indignait : est-ce qu'on oublie son terme, la plus grave des obligations [illegible] siennes ?

Oh ! il n'aurait pas fallu que sa mère se présentât en ce moment, rue Alain-Chartier. Peut-être eût-il faibli, accepté l'argent qu'il eût pourtant résolu à refuser, l'argent de Darsans !... Il [illegible] nonça tout ennuyé :

— Je... je vais chercher... J'ai... j'ai de l'ar...

à toucher... Vous aurez votre argent ce soir, madame...

L'humiliation qu'il venait d'éprouver le faisait mentir.

Et il sortit, en effet, en prononçant le nom de Parnet. C'est à lui qu'il pensait tout de suite, à lui qui l'avait toujours tiré d'embarras.

Hélas ! Parnet venait de partir brusquement, un de ses journaux l'ayant envoyé en province pour une grève.

Et vers trois heures, Gaston revenait rue Alain-Chartier, tout morne, les jambes peu solides ; et il se glissait doucement jusqu'à son atelier, après avoir tourné la tête en passant devant la loge de la concierge.

Il demeura une heure accoudé à sa table, la tête dans les mains, cherchant parmi toutes les personnes qu'il connaissait ; et à aucune il ne voulait rien demander parce que, sauf Parnet, tous ses amis étaient aussi ceux de Darsans, et c'était chez lui, par lui, qu'il les avait tous connus.

Soudain, un gentil petit coup fut frappé à sa porte ; et il avait à peine dit « Entrez ! » que ce joli mot retentissait :

— Frère !... Mon frère aimé !

— Toi !... Toi, mon Henriette !

Oh ! quelle étreinte, longue, douce, humide ! Un instant de félicité suprême ! Oh ! sentir cette petite poitrine si bien battre sur son cœur !

Il demanda enfin :

— Mais, comment cela a-t-il été possible, ma chérie ?

Elle répondit, d'un ton presque colère :

— Ah ! c'est que j'en avais assez, à la fin, de ne pas te voir et que ce bonheur ne soit réservé qu'à maman... Ce n'était pas juste, n'est-ce pas ?... Aussi, aujourd'hui...

Son visage devenait très malicieux :

— Papa étant, pour toute la journée, hors de Paris, et maman ayant une infinité de courses, j'ai dit que j'étais un peu fatiguée et que je ne sortirais que pour aller à la Madeleine avec ma femme de chambre...

— Alors... tu es à la Madeleine en ce moment ?

— Oui... Je me confesse...

Elle éclata de rire.

— Je me confesse d'adorer mon grand frère, je me confesse d'être horriblement malheureuse de ne plus t'avoir avec moi.

Il dit, bien attristé :

— Ce n'est pas ma faute, va, chérie !

— Oh ! je sais.

Et son visage mobile devint tout de suite mélancolique, et deux grosses larmes perlèrent à ses yeux. Puis elle eut un énergique mouvement de tête.

— Patience, mon frère chéri ! Je te réponds que ça cessera ! Et ne parlons plus de ça !

Ils ne pouvaient pas, en parler, puisqu'il aurait fallu blâmer son père à elle.

Elle se mit à rire.

— Asseyons-nous comme autrefois, veux-tu ?

C'est-à-dire bien serrés en un même fauteuil. Et, tandis qu'elle le câlinait, elle lui fit conter sa vie, sa lutte journalière, ses premiers succès. Et elle admirait :

— Moi, je savais bien que tu arriverais ! Je n'en discute pas avec papa, parce qu'il me dirait que je suis une sotte ; mais j'étais certaine... C'est comme pour Parnet ! Quand il a dit que Parnet n'était capable que de ramasser des histoires de chiens perdus ou de gens écrasés !... Et je sais qu'il a beaucoup de talent, M. Parnet.

— Tu penses donc aussi, quelquefois, à mon ami Parnet ?

Elle rougit très vivement et affirma :

— Oui, parce que je sais combien il t'est dévoué !

— Oh ! lui aussi pense à toi... énormément...

— Ah ?

— Et il ne peut pas venir une fois ici sans parler de toi.

— Il ne va pas venir aujourd'hui ? interrogea-t-elle avec une fausse crainte.

— Non ! Il est en voyage.

Elle dit, très sérieuse, mais avec une presque imperceptible nuance de désappointement :

— J'aime mieux ça !

Et elle demeura un instant silencieuse ; puis, avec un éclat de gaîté :

— Tu te rappelles son premier article, qui nous a tant amusés ?

— Non... Je ne... Sur quoi était-il donc, cet article ?

— C'est parce qu'il avait failli ne pas payer son terme, et il avait fait un article là-dessus ? Oh ! c'était si amusant, avec quelque chose de triste ! Il parlait aussi des pauvres gens qui déménagent ce jour-là, de ceux qu'on a mis à la porte parce qu'ils ne payaient pas... Voyons, tu ne te souviens pas ?... Il paraît qu'il y en a qui poussent leurs mobiliers devant eux dans une voiture à bras, sans savoir où ils coucheront le soir... Ça a dû te sembler drôle, hein, à toi, de payer un terme ?...

— Dam !... Tu sais... On aimerait mieux être propriétaire... Mais quand, comme moi, on vend cent francs un morceau de plâtre ! dit-il fièrement.

— Ça ne fait rien, tu ne dois pas être riche, aujourd'hui... Oh ! pas de grimace, hein ?

Il avait eu une vilaine moue d'orgueil parce que le petit porte-monnaie d'Henriette sortait de sa poche.

— C'est toi qui me l'as donné, pour ma fête... Et regarde si je suis riche !

Il était bourré de louis.

— Tu te rappelles... quand nous étions petits... et que nous faisions bourse commune ?

— Ma chérie !... Ma chérie !...

Ah ! cette fois, Gaston était vaincu. La jolie tendresse de cette enfant avait mis son bête orgueil en morceaux. Et, pour ne pas pleurer, il essaya de plaisanter :

— Mais, ce ne sera plus manger de la vache enragée, alors !

— Bête ! répliqua-t-elle. Veux-tu prendre !... Si tu crois que je ne prendrais pas, moi, à ta place !

— Tu es un ange du bon Dieu !

— Je suis une petite sœur qui aime bien son petit frère. Voilà tout ! Adieu ! J'ai maintenant du bonheur pour trois mois !

IV

ÉCLAIRCIE

Vers la fin du mois de septembre, Gaston, un peu enfiévré, était en train de travailler sur un paysage — qu'il avait hâtivement brossé, le dimanche précédent, dans la campagne de Meudon — lorsque Parnet arriva à l'atelier.

Et le journaliste s'écria, enchanté :

— Comment ! Du paysage aussi, maintenant ? Tu veux donc faire endiabler ton beau-père ?... Mais c'est joli comme tout ! Le délicieux sous-bois !

— Oh ! ça n'a aucune valeur, dit Gaston en rougissant ; de la peinture de sculpteur ! Tu sais si un peintre s'en moquerait... Simplement le souvenir d'une bonne journée de campagne... un petit coin de Meudon... à l'entrée du bois...

Parnet remarqua :

— Une journée... où je n'étais pas avec toi...

— Où tu n'étais pas avec moi, répondit Gaston, non sans une nuance d'embarras.

Et il enlevait la toile du chevalet, la déposait à terre contre le mur.

Parnet la reprit, l'examina.

— C'est très bien, dit-il ; je la vendrai à Goupil...

— Non, non... Je ne tiens pas... Je t'en prie, Parnet... Cela ne peut intéresser que moi...

— Taratata ! Es-tu donc si riche ? Je me charge d'en tirer dix à douze louis... Le prochain terme, mon vieux ! Les étrennes ! La concierge ! Le facteur ! Pas de fausse modestie ! Il est charmant, ton paysage. Je le vendrai.

Et malgré une dernière protestation de Gaston, il emporta la toile. Deux jours après, le sculpteur recevait cette lettre de son fidèle ami :

Illustre paysagiste, salut !

Si tu daignes, pour un après-midi, quitter ton magnifique atelier et diriger tes pas vers l'avenue de l'Opéra et t'arrêter devant le magasin de Goupil, tu verras, à la place d'honneur de la devanture, une entrée du bois de Meudon, pleine d'air, de soleil, de lumière. Un petit chef-d'œuvre.

Quand tu auras suffisamment admiré ce paysage, tu te présenteras à la caisse, déclineras tes nom, prénom et qualités : et, comme la signature du paysage ressemble étrangement à la tienne, tu toucheras la somme fantastique de quinze louis. J'ai bien dit : quinze louis.

À toi de cœur.

PARNET.

Ces quinze louis permirent à Gaston de s'offrir un grand luxe, un modèle à lui, non pas le banal modèle dont dispose une bande de jeunes gens et dont les mouvements, les attitudes, ne peuvent guère sortir du convenu afin de plaire à tous, mais le modèle à soi, qu'on remue, qu'on place à sa guise.

Une grande belle fille dont la bêtise et la naïveté firent, pendant quelques semaines, la joie de Parnet.

Le journaliste venait très souvent, pour s'en amuser, et il tomba, un beau matin, à l'atelier, comme la séance de pose était achevée.

— Mais Louisette ne s'en va pas ? fit-il, voyant qu'elle mettait son chapeau ; elle va déjeuner avec nous.

Louisette n'aurait pas demandé mieux, parce qu'elle avait un faible pour ce jeune homme qui ne cessait pas de la blaguer ; Gaston cependant ne dit rien pour la retenir.

— Elle te gênait donc ? interrogea Parnet, après son départ.

— Seulement ce grand morceau de chair encombrait l'atelier... Et Gaston avait besoin de travailler seul.

Et Parnet comprit que lui aussi était de trop, et il s'en alla aussitôt après le déjeuner, sans s'étonner : tout le monde ne pouvait pas être comme lui et travailler au milieu du tapage, des conversations.

Parnet se disait cela en regagnant l'autre côté de l'eau : cependant, il lui semblait qu'un léger changement s'était produit, depuis quelque temps, dans la façon d'être de son ami. Ce besoin d'isolement... ce n'était pas la première fois qu'il le manifestait.

À quelques jours de là, il se présentait chez son ami, selon sa coutume habituelle, c'est-à-dire sans s'être annoncé. Et quoique la concierge lui eût assuré que M. de Naizant était bien chez lui, il frappa plusieurs fois sans obtenir de réponse.

Il allait repartir ; mais la concierge lui dit malicieusement :

— Sûr que, s'il est en train de travailler à sa fenêtre, il ne vous entend pas. Faites donc le tour du jardin.

C'était la fenêtre de la chambre de Gaston qui donnait sur ce jardinet.

Parnet y pénétra tranquillement, ne croyant pas commettre d'indiscrétion : et il aperçut son ami, en train de modeler, effectivement, devant sa fenêtre ouverte.

— Sais-tu que voilà une heure que je cogne à ta porte ? cria-t-il.

Le visage de Gaston s'empourpra.

— Je vais t'ouvrir, dit-il vivement.

Et, en même temps, il prenait un linge mouillé et le jetait sur son bloc de glaise.

— Hum, que me cache-t-il là ? se demandait Parnet en revenant à la porte. Ah çà... ah çà...

Et, à peine dans l'atelier :

— C'est ton *Salon* dont tu me fais mystère ?

Gaston ne répondit qu'au bout d'un long moment, en prenant les mains de son ami :

— Pardonne-moi d'avoir eu un secret pour toi. Et viens voir...

— Si je suis indiscret ?

— Viens... Viens... Tu me critiqueras, tu me conseilleras... Et puis, cela me fera du bien d'en parler !

Et il poussa son ami dans sa chambre, puis, délicatement, enleva le linge qui recouvrait une charmante maquette de jeune femme, jeune fille plutôt, en train de broder.

— Ton projet pour le Salon ? interrogea encore Parnet.

— Je ne pense pas, dit Gaston avec une douce mélancolie, que ceci aille jamais au Salon ; mais peu importe ! Qu'en penses-tu ?

Parnet caressa sa barbiche, se planta tout près de la maquette, puis s'en éloigna. Et, rien qu'à l'expression, pourtant à peine indiquée, du visage, il devinait :

— Brune ?

— Oui.

— Jeune fille ?

— Oui.

— Que... tu connais ?

— Oui... et non.

— Réponse de Normand. Moi, en bon Gascon, je te dirai, net, que ceci me paraît exquis. Par exemple, travail énorme quand tu passeras à l'exécution ; mais tu n'en tireras que plus de gloire. Seulement... seulement, ce n'est pas Louisette qui t'a donné cette distinction de pose, cette finesse de taille, hein ?

— Parbleu !

— Une vision ?

— Non, regarde !

Et Gaston désigna une fenêtre en face, une de ces fenêtres qui semblent découpées dans les murs de plâtre comme des trous faits aux ciseaux dans un morceau de papier, avec une planchette de bois portant des pots de feuillages qui se mouraient. Et là, était la jeune fille qui avait inspiré Gaston. Elle brodait, et, de temps en temps, [illegible] vers le ciel, des yeux d'acier au regard ardent.

— La belle, l'adorable créature ! murmura Parnet.

— Tu... trouves ? fit Gaston en frissonnant et plus heureux encore de l'enthousiasme que provoquait son modèle, que des compliments que lui avait adressés, que lui adressait encore son ami sur son travail.

— Ah, mon ami, mon ami ! Si tu parvenais à bien rendre cela !... Ah ! le beau succès que je te prédirais au Salon...

— Je t'ai déjà dit que ceci n'irait pas aux Champs-Élysées. C'est pour moi seul que j'exécuterai ce morceau.

En ce moment, une femme âgée, la tête couverte d'une mantille, vint embrasser la brodeuse.

— Sa mère, dit Gaston.

— Quelle distinction !... Et... elles se nomment ?

— Mme et Mlle de Menhoët.

— Des Bretonnes... probablement ?

— Oui.

— D'ancienne famille, évidemment ?

— Ne suffit-il pas de les regarder pour en être aussitôt convaincu ?

— Si ! Mais... explique-moi !... Comment les as-tu connues ?... Pourquoi ne me parlais-tu pas d'elles ?

... ces femmes en ... elles ... né leur nom, à une situation si modeste ... sans s'offenser, il n'y a que des gens fort modestes ici.

— Un peu de patience, s'il te plaît ! On dirait que tu fais un reportage... Je ne demande qu'à tout le ...

Et Gaston parla, les yeux mi-clos, revivant toute cette jolie histoire qui avait été une de ses forces, peut-être la plus grande, contre son chagrin.

Il avait vu cette jeune fille, pour la première fois, le jour de son arrivée rue Alain-Chartier.

Parnet était parti, le laissant au milieu de ses paquets, après l'avoir aidé à dresser son lit. Il avait eu besoin d'un renseignement et était allé le demander à la concierge.

Alors, sous la voûte qui conduisait à la rue, il s'était trouvé en face d'une femme âgée et d'une jeune fille, en noir toutes les deux. La jeune fille avait ouvert la porte de la loge, jeté un coup d'œil vers le casier aux lettres, puis se retournant vers sa compagne, avait dit :

— Non, mère, rien pour nous.

C'est ainsi qu'il avait appris qu'elles étaient la mère et la fille.

Les deux femmes avaient traversé la cour et étaient entrées dans l'appartement situé au rez-de-chaussée qui faisait face à sa chambre, un modeste appartement de trois petites pièces.

Et aussitôt, il avait été pénétré d'admiration pour l'éblouissante beauté de la jeune fille, et de sympathie pour le charme doux et aristocratique qui se dégageait de la mère.

Mais il s'arrêta pour dire :

— Une banale histoire, mon pauvre Parnet, banale jusque dans ses moindres détails ! Et tu ne m'en voudrais pas à en faire le plus petit roman !

Parnet prononça sentencieusement :

— On ne sait jamais, au commencement d'une histoire, ce qu'elle deviendra par la suite... Après ?

— Après !... Ce sont des riens...

— Mais des riens qui ont laissé, dans ton esprit, un délicieux souvenir !... Hein ?

Gaston avoua, très ému :

— C'était ma poésie, dans mon petit coin...

Dès le premier soir, la pensée de cette jeune fille s'était emparée de lui.

— Si tu me reproches quelquefois mon exubérance de Méridional !... s'écria Parnet. Amoureux pour une simple apparition !...

— Non, rectifia...

— Non, non ! pas si vite...

Mais enfin, la vision de cette jeune fille avait peuplé la solitude de sa première soirée d'isolement.

Il avait aperçu les silhouettes des deux femmes à travers leurs fenêtres, quelques allées et venues ; ... il s'intéressait à elles ; puis vers dix heures, le gagne le sommeil. Et ainsi, des semaines et des ... fois de suite.

La plupart des locataires de la rue Alain-Chartier ... vite, dès ... bien souvent Gaston était seul encore éveillé à cette heure dans tout l'immeuble.

Il lui arrivait alors de se promener dans son jardin, contigu à celui de ses voisines, et, une nuit, avait eu l'audace de sauter dans leur jardinet à ... de coller l'oreille contre la jalousie de la chambre de la jeune fille.

— Pour l'entendre dormir, s'écria Parnet. Et tu prétends que tu n'étais pas déjà amoureux ?

— Je ne sais pas ; mais distinguer sa respiration pure me causait certainement une grande joie.

Parnet voulut rire.

— C'est ton imagination qui entendait !

Gaston secoua la tête.

— Non, non !... Ce n'était que par instants, du reste, et très rarement. Mais quand plus un bruit ne retentissait dans l'immeuble ni dans les envi-

rons, il m'est très bien arrivé ... main, comme en sursaut... ... elle ?... Et puis elle, j'avais beau me plaindre, je la verrais ... le mur, malgré ... oui, je le voyais dormir...

— Ah ! mon ami, fit Parnet avec impatience, du rêve tout cela ! Passons aux faits ! Quand as-tu parlé pour la première fois ? Comment l'as-tu connue ?

— Oh ! toi, tu es le monsieur qui va toujours en besogne. Mais moi, c'est à peine si, pendant longtemps, j'ai osé les saluer quand je les rencontrais sous la voûte de la maison...

— Répondaient-elles ?

— Comme on se répond entre voisins : une inclination de tête et... parfois... de bien loin en bien loin... une ébauche de sourire... Et ...

— Mais enfin pour arriver à faire ... s'écria Parnet avec un nouveau mouvement de ... patience...

— Attends, attends. Ma plus grande distraction, bientôt, était devenue de contempler cette jeune fille, de derrière le rideau de ma chambre...

Elle passait presque tous ses après-midi à broder, assise à sa fenêtre.

Presque toujours le même genre de broderie, des fleurs, des dessins anciens, des armoiries sur des carrés ou des ronds de ... Tous les jours. Et sa mère sortait, régulièrement, le matin, avec un paquet sous le bras ; et Gaston avait pensé qu'elle allait livrer le travail des six derniers jours.

Pas de bonne. Rien qu'une femme de ménage deux ou trois heures le matin. Il ne devait pas y avoir d'ailleurs grosse besogne dans ce petit intérieur, que Gaston devinait extraordinairement propre, ... rangé, où tout devait toujours être à sa place.

Pas de visites. Deux existences qu'il avait ... vue troublées par quoi que ce soit ! Les deux femmes vivaient l'une pour l'autre, exclusivement.

Et, dans la paix de ce vieil immeuble de la rue Alain-Chartier, avec sa cour divisée en jardinets, où tombait régulièrement le son des cloches d'un couvent voisin, elles menaient presque l'existence de béguines.

Elles inspiraient un grand respect aux ... habitants de l'immeuble ; et, quoique ... ... pas ... jamais une parole, personne ne s'élevait contre elles parce que, dès qu'il y avait un malade dans un des trente-neuf ou 40 logements rangés autour de la cour, on les voyait arriver avec ces vieux médicaments, onguents, liniments, huiles, dont rient les médecins mais qui, accompagnés de beaucoup de bonnes paroles, ont des vertus souveraines. Par exemple, après la maladie, elles se retiraient et ne voisinaient pas plus qu'avant avec les malades qu'elles avaient guéris.

La concierge, surtout, était pénétrée d'admiration pour elles, et elle ne l'avait pas caché à Gaston, lorsqu'il avait mis quelque retard à payer son loyer :

— Les dames d'en face, de votre chambre. Vous savez bien, celles qui ont un jardin qui touche au vôtre... Eh ben, depuis quelques années comme ... ans que j'ai la garde de l'immeuble et ... ... la, pas je les y ai trouvées en arrivant, pas une fois, pas une fois, vous entendez bien, elles n'ont eu seulement cinq minutes de retard ! C'est des honnêtes femmes, allez ! Et que chères, allez, quoi que ça soye des nobles ! — Parfaitement ! Mme et Mlle de Menhost.

La concierge ajoutait :

— Et vous verrez ce que leur jardin va devenir joli ! Il n'y en a pas un comme le leur dans tout le ... ...

Un jardin de sept à huit mètres sur deux ou trois, un jouet de jardin, mais où Mlle Marguerite de Menhost faisait des merveilles, obtenant une infinité de fleurs, organisant des fils de fer pour ses plantes grimpantes, arrosant sans relâche et ... quant ses rosiers avec l'adresse des gens du ...

Quand sa mère voulait l'aider, elle lui enlevait la bêche des mains, et :

— Assieds-toi donc, mère... Ça me regarde, moi ! Tu n'as qu'à respirer et à jouir...

— Mais c'est toi qui travailles toujours...

— Parce que je ne suis jamais fatiguée... Allons, allons, reposez-vous, madame.

Et la mère se laissait faire, parce que, dans sa tendresse pour elle, Mlle Marguerite était quelque peu autoritaire.

Et pourtant, il y avait une grande énergie dans le regard bleu clair de Mme de Menhoël, mais tempérée par l'expression d'exquise, de douce bonté de tout le reste de son visage — un visage de madone, à bandeaux blonds emmêlés de fils d'argent, un visage toujours très jeune, comme sa taille qui n'était nullement déformée, — une taille de jeune fille.

— Car tu la verrais par derrière, mon cher, que tu jurerais que c'est une jeune personne, fine, élégante, souple... Et ses traits sont encore tout jeunes, et si doux, et si..., tout menus... très différente, comme tu peux en juger, de ceux de sa fille...

Car le contraste était absolu entre Mme et Mlle de Menhoël. Celle-ci n'avait de sa mère que ces yeux bleu d'acier, ce bleu qui fait songer aux lames d'épée. Elle était brune, grande, avec un visage hardi aux traits un peu forts, aux lèvres passionnées...

Et cependant, jamais elle n'avait semblé remarquer qu'un jeune homme vivait auprès d'elle, la dévorant sans cesse d'un regard bientôt brûlant d'amour. Jamais ses yeux ne se tournaient vers le logis de Gaston.

— Parce que justement c'est toi qui l'habites ! affirma Parnet.

Gaston ne répondit pas à cette remarque, et, frissonnant aux délicieux souvenirs qu'il évoquait, il continua son récit.

Un soir d'été, il avait rencontré ses voisines au Luxembourg.

Il s'était oublié, assis sur un banc, en une de ces allées que Marie de Médicis a faites pour la rêverie. Il n'entendait que de rares grincements de sable sous les pas de promeneurs attardés. Il ne songeait plus à rien...

Soudain, le tambour retentit, sonnant l'heure de la retraite ; et c'est alors que ses deux voisines, surgissant d'un berceau d'arbustes juste comme il se levait, passèrent si près de lui qu'elles lui marchèrent sur les pieds. Elles s'excusèrent, toutes surprises, car la lune était très claire, et elles l'avaient reconnu. Il les saluait, très respectueu-

— Bonsoir, mesdames.

Elles ne répondirent qu'en murmurant :

— Bonsoir, monsieur.

Et elles s'éloignèrent très vite ; et, dans le silence du soir, la brise, chargée des senteurs du lilas, transmit, à Gaston, ce lambeau de phrase :

— Oui, oui, mère ; c'est bien le sculpteur d'en face.

— Tu es sûre ?

— Mais, oui, mère...

Et rien que ces quelques mots causèrent à Gaston une joie infinie. Elle le connaissait... Elle s'intéressait assez à lui pour savoir qu'il était sculpteur.

Il les suivit, de très loin, craignant de se montrer indiscret. Et elles pressaient toujours le pas, serrées l'une contre l'autre. Quand elles passaient sous les becs de gaz, leurs formes se précisaient ; et Gaston murmurait :

— Comme c'est étrange ! Elles ont absolument la même silhouette, la même taille... Seulement, la fille est un peu plus grande... Mais ne dirait-on pas les deux sœurs ?

Il ne dormit guère cette nuit-là. Et dans l'obscurité de sa chambre, il voyait toujours la belle jeune fille brune dont la mère avait un visage de madone.

Le lendemain, apercevant Mlle de Menhoël dans son jardinet, ratissant ses allées minuscules, faisant la toilette de ses plates-bandes, coupant les branchages inutiles, enroulant les tiges des plantes grimpantes, formant des tas de terreau, avec un petit creux pour l'arrosage, autour des plantes languissantes, il oublia sa timidité. N'était-elle pas en quelque sorte, abandonnée, comme lui, presque seule dans la vie ? Et il parla.

— N'est-ce pas, mademoiselle, qu'il faisait délicieusement bon, hier soir, au Luxembourg ?

Marguerite leva vers lui son beau regard clair, et, une minute, ils se contemplèrent, comme en extase.

Elle dit lentement :

— Oui, monsieur, c'était une bonne soirée !

Et une impression de bonheur profond envahit le sculpteur, simplement parce que la jeune fille ne s'était pas fâchée.

— Parbleu ! s'écria Parnet.

— Eh, mon cher, tu te trompes...

Car, à partir de ce moment, elle ne parut plus jamais seule dans son jardinet.

C'était alors, pour Gaston, l'époque la plus cruelle des débuts. Paris désert ! Plus de ces petites ventes que Parnet lui avait procurées, tout d'abord ! Sa mère et sa sœur, dont les visites l'auraient soutenu, avaient été emmenées, pour deux longs mois, aux bains de mer, par Darsans. Et Parnet se trouvait à court d'argent, sans motifs d'articles.

— Oui, un fichu été, dit le journaliste, se repentant.

— Peut-être aurais-je eu alors, Parnet, des heures de désespérance ! avoua Gaston.

— Peut-on désespérer quand on aime ? prononça gravement l'écrivain.

Et en écoutant son ami, il étudiait le visage de Mlle de Menhoël penchée sur sa broderie, surtout ses yeux lorsqu'elle le levait vers le ciel ; et, avec sa manie d'observer, puis de classifier, de ramener un type nouvellement rencontré à un type déjà connu, il se persuadait qu'il avait déjà remarqué la physionomie de ce visage sur un autre visage, il avait vu ce regard jaillir d'autres yeux. Mais lesquels ?

Et Gaston parlait abondamment.

— Tu me railleras ensuite... Mais je revis toutes mes joies en te les racontant.

— Parle... Parle...

Et c'était toujours des riens, d'insignifiants services rendus : la permission de laisser prendre de l'eau à sa fontaine par leur femme de ménage, un jour que ses voisines avaient eu une fuite qui de... portées de chez la concierge, des journaux, des livres prêtés, car ces dames lisaient beaucoup.

Cela se passait entre lui et Mme de Menhoël, simplement, avec les phrases nécessaires à la chose, pas un mot de trop.

Il se hasardait, parfois, à demander des nouvelles de Mlle de Menhoël. Sa mère répondait :

— Bien, monsieur, bien, je vous remercie.

Et jamais il n'était autrement question de sa fille entre la mère et lui.

— Mais j'arrive à un incident grave, mon ami. Écoute bien.

— Je suis tout oreilles.

À la fin de l'été, un dimanche, un de ces dimanches où tout Paris étouffe, Gaston s'était levé tard. Fidèle à son habitude de chaque jour, il commença par se mettre à la fenêtre de sa chambre. Tout était clos en face de lui. Il sortit, un peu désappointé, pour aller chercher ses journaux, et trouva la concierge en train de lézarder sur sa porte.

— Ah ben, s'écria-t-elle, c'est moi, si je pouvais, que je ne resterais pas ici ! Le menuisier est à Clamart avec tout son monde. Vos camarades des autres ateliers ont filé à... à Bougival, ma foi ! Et que vos voisines d'en face ont dit qu'elles al-

-aient à Meudon ! C'est moi, à votre place, qui m'en irais aussi !

Ces quelques phrases de la bonne femme lui donnèrent, sans qu'il s'en doutât, une impulsion irrésistible, une résolution à laquelle il ne réfléchit pas. La goutte d'eau qui fait déborder le verre.

Il rentra chez lui.

En dix minutes, il avait préparé sa boîte de couleurs, et il partait, vers la Seine.

Lui aussi, allait à Meudon.

Une interminable queue se déployait sur le bas du quai, devant le ponton des hirondelles. Mais il ne trouva pas l'attente longue, parce que, au milieu de cette foule endimanchée, qui buvait déjà sa partie de campagne rien que d'être près du bateau, il apercevait le chapeau de Mlle de Menhoët, un chapeau bien modeste et fait par elle-même, une paille et des fleurs, et joli pourtant comme les plus élégantes coiffures de sa mère et de sa sœur.

Et il fut audacieux, pour arriver à monter sur le bateau en même temps que ces dames. Il bouscula des voyageurs, fit semblant de n'avoir pas aperçu ses voisines, et s'arrangea pour occuper une bonne place sur un banc, tandis que Mme de Menhoët restait debout, ainsi que sa fille...

— Très bien, interrompit Parnet. Très bien ! Et naturellement tu offris ta place ?...

— Si tu crois qu'elle accepta facilement !

— Mais elle accepta tout de même ?

— Sur les instances de sa fille : « Mère, ne refuse pas, disait-elle ; cela te ferait du mal de demeurer debout avec un tel soleil ! »

Et lui et elle, étaient restés debout, l'un contre l'autre, un peu pressés par la foule. Et Paris avait défilé à leurs yeux, le beau panorama qu'ils aimaient tous les deux et qui leur servit d'abord de conversation.

Puis, ils s'étonnèrent de cette rencontre, de ce hasard... Gaston rougit... Mlle de Menhoët sourit un peu malicieusement.

— Un bon hasard, dit-elle... pour ma mère...

Puis le Point du Jour était apparu, avec ses baraques et le viaduc sur lequel le chemin de fer passe comme un joujou, puis la ligne verdoyante des coteaux... Et, dans la lourde chaleur, et le balancement du bateau, Mme de Menhoët s'était peu à peu assoupie, tandis qu'eux, ne cessaient pas de bavarder.

Comme ils entraient dans le bras du Bas-Meudon, une bouffée d'air les rafraîchit ; et Gaston dit :

— Qu'il ferait bon vivre ici !

— On s'y croirait à cent lieues de Paris...

— Oui... loin du bruit... de la lutte de chaque jour... de l'énervement que dégage cette atmosphère parisienne... même dans des petits coins aussi retirés que le nôtre...

Mais déjà, le bateau atterrissait. Marguerite éveillait sa mère, et, dans la petite bousculade qui se produisit, Gaston força assez facilement Mme de Menhoët à accepter son bras. Et, lorsqu'ils eurent débarqué, il eut l'audace de demeurer son cavalier...

— Jusqu'au haut du chemin, madame.

Et elle consentit, sur le conseil de sa fille, parce que l'escalier d'herbes et de pierres branlantes qui se dressait en face d'eux devait être pénible à gravir. Et, tandis que Gaston la soutenait, Marguerite protégeait sa mère de son ombrelle, — pauvre ombrelle de mauvaise soie à quatre ou cinq francs.

Oh ! il les eût accompagnées ainsi toute la journée ; mais, au haut de la route, Mme de Menhoët le remercia, simplement, dignement. Et il s'enfuit dans le bois, éperdu de bonheur. Et c'est ce jour-là qu'il brossa le paysage que Parnet avait récemment vendu.

— Sapristi ! s'écria l'écrivain, il fallait me con-ter ton histoire ! Je ne t'aurais pas enlevé le souvenir d'une si belle journée !

— Je te la conte aujourd'hui, mon ami ; et voilà mon roman, rien à sensation comme tu vois, un de ces histoires comme il en germe chaque jour, à Paris, des centaines !

— L'histoire bien vieille, toujours la même et pourtant toujours nouvelle parce qu'elle est vécue par de nouveaux personnages !... Enfin, laissons pour l'instant, le roman de côté ; ce sera un chapitre qui compliquera peut-être quelque peu la réconciliation avec ton beau-père.

— Oh ! si elle voulait m'aimer ! fit Gaston, avec un geste d'énergique résolution.

— Ça, mon ami, c'est des choses qui arrivent, qu'on le veuille ou qu'on ne le veuille pas ! Mais il y a quelque chose que je veux, moi, et qui arrivera, c'est que cette délicieuse figure soit envoyée par toi au Salon !

— Non !

— J'irai trouver Mme de Menhoët ! Je n'ai pas peur, moi ; je ne suis pas amoureux ; je lui exposerai ta délicatesse, tes scrupules ; et cette aimable femme, car je la sens très aimable, très bonne, t'ordonnera elle-même...

Mais Gaston eut alors un emportement.

— Non, non ! je ne veux pas !

— C'est donc... que tu veux garder pour toi seul !

— Dit-on ses rêves à la foule ?

— Tu es donc abominablement amoureux ?

Gaston se jeta dans les bras de son ami.

— Est-ce que je sais ce que je suis, ce que je veux ?... Si je devais faire un chef-d'œuvre, oui je serais fier de l'exposer !... Si cela ne devait pas lui déplaire, à elle, oui je serais follement heureux de l'associer à mon triomphe !... Mais vois-tu...

Il étreignait Parnet.

— Si je m'étais trompé !... Si je ne suis qu'un impuissant, ou un médiocre, ce qui revient au même, quel triomphe pour mon beau-père, le jour où cela serait constaté publiquement !... Et quelle humiliation pour cette fière et belle jeune fille, si elle avait cru en moi ! Voilà pourquoi, Parnet, il vaut mieux que ceci demeure secret entre nous ; et, tant que mon œuvre est inconnue de la foule, je puis me figurer que j'accomplis un chef-d'œuvre !

Parnet secoua la tête ; et, avec son esprit net, pratique, il déclara :

— Voilà pourquoi, mon bon Gaston, tu dois faire un chef-d'œuvre... et... je ne m'en dédis pas, débuter avec ce chef-d'œuvre au Salon !

V

FIN D'ANNÉE

Et les mois lentement, péniblement quelquefois, s'écoulaient sans que le temps, ce grand maître, changeât rien à la cruelle situation qui séparait Gaston de Naizant de sa famille.

Par un retour bien naturel, la société des Darsans qui n'avait jamais aimé Gaston à qui on reprochait ses façons réservées, silencieuses qu'on prenait pour de la morgue, avait maintenant pris son parti. Les intimes, à mi-voix, demandaient de ses nouvelles ; et, lorsque la porte vitrée, qui donnait du petit salon dans le billard, était bien close, les femmes parlaient de lui et ne se gênaient pas pour blâmer Darsans, tandis que celui-ci faisait si vigoureusement caramboler les billes que souvent elles passaient par-dessus les bandes ; et c'était un prétexte à Henriette d'aller rejoindre les joueurs, pour ramasser les billes ; et, en son absence, on avait plus de liberté pour « taper » sur le maître de la maison. C'était Mme Darsans qui savait remettre les choses au point.

— Son mari et son fils, expliquait-elle doucement, s'étaient heurtés; chacun d'eux s'était ensuite entêté dans son idée; il fallait laisser au temps et à leur tendresse à tous, le soin de guérir ces blessures d'amour-propre.

Elle disait cela; et leur tendresse n'osait pourtant rien essayer.

Chaque dimanche, Henriette projetait de prononcer, comme par hasard, devant son père, le nom de Gaston; et toujours le regard glacial de Paul Darsans l'arrêtait. Et ses soirées se passaient à marquer les points au billard, à ramasser les billes, et à servir le thé.

Elle bénissait l'ancien bonapartiste qui, assez souvent, se glissait auprès d'elle, — tandis que Darsans combinait un coup par les bandes — et interrogeait:

— Bonnes nouvelles de Gaston?

— Oui. Mère l'a vu la semaine dernière. Il travaille... Oh! il réussira!... Je suis certaine qu'il réussira.

— Et... ici?

— Ici, faisait-elle désolée; toujours la même chose.

Elle aimait bien aussi le sculpteur Talgrain. Il venait plus rarement; et ses visites s'étaient encore plus espacées depuis que Darsans avait si durement traité son beau-fils. Mais, chaque fois, il prenait Henriette à part, en lui criant d'abord à haute voix:

— Eh bien, quand voulez-vous que je fasse votre buste, vous?

— Quand vous voudrez, m'sieu!

— Voyons, si la figure est bien au point?

Et il l'entraînait sous la lumière d'un candélabre et avait très sérieusement l'air d'étudier ses traits. Mais ils parlaient à voix basse.

— Gaston fait de grands progrès.

— Ah! merci, monsieur!

— Et il travaille avec un acharnement admirable.

— Oh! je sais qu'il est courageux, allez!

— Et... ici?

L'enthousiasme que ce bout de conversation avait mis sur les joues d'Henriette, faisait vite place à une morne désolation; et elle prononçait lamentablement:

— Ici?... Toujours la même chose!

Que ce «toujours la même chose!» avait causé de tristesses!... Comme la défense de jamais prononcer devant Paul Darsans le nom de son beau-fils! Défense rigoureusement observée par tous les intimes, sauf par le conseiller. Car lui, entendait conserver son franc-parler. Tant pis pour les caractères susceptibles!

Darsans, du reste, n'avait jamais annoncé, à personne, sa rupture avec son beau-fils.

C'est sa femme qui avait dû prendre chacun de leurs amis en particulier, et leur dire, d'une voix étranglée par le chagrin:

— Ne parlez plus de Gaston devant mon mari! Cette question de carrière les a momentanément séparés... Mais nous comptons bien que cela ne dépassera pas la fin de l'année...

Et on observait la consigne. Ce diable d'homme imposait à tout le monde, — excepté au conseiller, qui avait haussé les épaules contre ces «manies d'autorité!»

Et lui, ne se gênait pas pour ramener assez souvent le nom de Gaston dans ses boutades, et même celui de Parnet. Et il clignait malicieusement des yeux vers Darsans, en affirmant qu'il avait lu un excellent article du journaliste...

— Un garçon qui percera, vous verrez!

Le plus souvent, Darsans ne semblait pas avoir entendu; ou il prononçait un «ah!» plein de la plus dédaigneuse indifférence. Mais il conservait une attitude tout aussi glaciale, quand Mme Nordain faisait des allusions aux pères énergiques «qui ne se laissent pas manger la laine sur le dos par la jeunesse!» Et elle avait beau ajouter qu'elle avait été aussi énergique qu'un père dans la direction de l'éducation de son fils, Darsans ne paraissait s'intéresser qu'à son billard.

Son billard et ses affaires! C'était sa vie... Cette maison de commerce — sa chose — dont Gaston n'avait pas voulu, que peut-être autrefois, il eût cédée à Parnet, si Parnet... Ah! ses rêves d'autrefois!...

Et malgré cette attitude de rigidité, il souffrait beaucoup lui aussi, et attendait, avec une profonde angoisse, la fin de l'année; car lui aussi nourrissait le secret espoir que cette date amènerait un rapprochement.

C'était sa pensée presque continuelle, au billard, à son bureau, dans sa voiture. Oh! si Gaston allait venir à lui, tout simplement, ne voulant pas finir l'année sans l'étreinte de son beau-père! Un élan du cœur, passant par-dessus toutes les questions d'amour-propre! Cet élan qui leur avait également manqué, à tous les deux, le jour où il l'avait vu pour la dernière fois, au pied de l'escalier, où Gaston avait, avec une si tranquille fierté, refusé d'accepter plus longtemps une pension de Darsans, où il lui avait même jeté comme un défi ces mots de «vache enragée...»

La dernière semaine de décembre, Mme Darsans lut, presque, dans les yeux de son mari:

«Écrivez à Gaston de revenir.»

Oh! que la lettre eût été vite rédigée!

«Accours!... Tout est oublié!»

Mais les lèvres de Paul Darsans ne traduisirent pas ce que trahissait son regard.

Et la pauvre femme, ni Henriette, n'osèrent prendre aucune initiative.

Gaston, pressenti par sa mère, avait répondu:

«On m'a chassé; il faut qu'on me rappelle!»

Et ces deux caractères bons et loyaux souffraient et faisaient souffrir, uniquement pour satisfaire leur orgueil.

La soirée du 31 décembre fut navrante, à l'hôtel Darsans. Et elle était si joyeuse, jadis!

Henriette, toute silencieuse, évoquait en elle-même le souvenir de tant de ces bonnes soirées. Elle avait toujours eu la permission, même petite, d'attendre minuit; et alors, elle grimpait sur les genoux de son père, et Gaston était à côté; et Mme Darsans était derrière le fauteuil de son mari, toute penchée; et ils attendaient le premier coup de minuit, et chacun d'eux avait l'ambition d'être le premier à lancer l'heureux cri de:

«Bonne année! Bonne année!»

Et puis des poches de papa ou de dessous le billard sortaient les étrennes.

Et c'était une joie presque aussi grande que de préparer ensuite, sur le billard, l'infinité de cadeaux qu'on faisait à tous les amis. Darsans ne voulait pas qu'à cette date aucune personne connue de lui fût oubliée.

Quel changement! Quel silence! O morne et triste soirée, sans presque un mot!

Gaston avait écrit seulement à Henriette et à sa mère, deux pages de la plus chaude affection; et, jusqu'à minuit, Henriette tourna la lettre dans sa poche:

... Sans lui rien dire, petite sœur, tu serreras ton père bien fort en mon nom; car, aujourd'hui, je ne veux plus savoir ce qui s'est passé cette année; pour ne me souvenir que de nos joies d'autrefois, de ses bontés. Et si mon nom, par hasard, venait à ses lèvres, oh, alors, vite en voiture envoyez-moi prendre!... Vite, vite!...

Si son nom venait à ses lèvres? Il ne vint pas. Et pourtant chaque grondement de voiture faisait tressaillir Darsans.

sa femme et sa fille lui présentèrent leurs
souhaits très courts, presque sans caresse. Non
pas que leur affection fût diminuée ; mais elles
auraient craint de pleurer si cela avait duré.

Et, quand le calme régna par l'hôtel, Mme Darsans quitta sa chambre pour aller pleurer dans
celle de son fils.

Henriette y était déjà, tout en sanglots, la tête
sur le pied du lit de Gaston.

— Oh ! mère, mère, s'écria-t-elle, la voix déchirée, il faut que cela soit fini pour l'autre jour
de l'an !

Le lendemain, Darsans ne voulut faire aucune
visite et ne bougea pas de l'hôtel ; mais, pas plus
que la veille, il ne dit une parole indiquant qu'il
espérât la venue de son beau-fils ; et le soir, très
désappointé au fond de l'âme, impossible à la surface, il ne songeait plus qu'à ceci :

— Ne m'avoir même pas écrit !.. Il n'a donc
plus de cœur ?.. Ah ! l'ingratitude humaine !

Et le 2 janvier, il reprenait fiévreusement ses
absorbantes occupations.

La fin de l'année avait été plus joyeuse à l'atelier de la rue Alain-Chartier.

Depuis un mois, la vache enragée semblait définitivement reléguée dans sa vilaine étable, toujours grâce à Parnet, qui avait mis Gaston en relation avec un fabricant de petits bronzes connu
par lui lorsqu'il était employé chez Darsans, et ce
fabricant, ayant eu quelque peu à souffrir de l'autoritarisme du grand patron au sujet de livraisons
en retard, était enchanté, par simple esprit de
contradiction, d'alimenter son beau-fils de commandes modestes mais régulières et suffisantes
pour assurer ses premiers besoins. Ce n'était plus
l'aléa du bibelot, du vase, de l'amour couplé au
hasard et que Parnet devait aller vendre de porte
en porte des magasins.

Une visite furtive d'Henriette et de Mme Darsans faite le 31 décembre, avait considérablement
atténué le chagrin qu'aurait le sculpteur de ne pas
se trouver auprès d'elles le soir, si son beau-père
ne le demandait pas.

Parnet arriva à six heures, avec une bourriche
vraiment envoyée du Midi et qui contenait de très
excellentes choses, au parfum peut-être un peu
fort.

Cela n'empêcha pas le journaliste de humer l'atmosphère de l'atelier et de deviner.

— Elles sont venues, hein ?

Il reconnaissait surtout l'odeur de verveine
qu'aimait Mlle Darsans ; et, quoique ce ne fût plus
que bien peu de chose, il s'en grisa un instant, les
yeux à demi clos. Et..

— T'ont-elles apporté la réconciliation ?

— Serais-je ici ? répliqua lentement Gaston.

— Bien.. Et moi !.. Tu m'aurais lâché, alors ?

Et il se mettait presque en colère, parce qu'il ne
voulait pas se laisser attendrir par la mélancolie
de Gaston. Le sculpteur ne protesta que d'un
geste. Et..

— C'est à cause d'elles seules, tu penses bien ?
[illegible] que nous
serons plus gais que dans le magnifique hôtel de
ton beau-père ! Allons ! installons la table !..

— Concierge ! apporte le bouillon ?

— Oui, il est sur le gaz, dans mon semblant
de cuisine.

Cuisine installée dans un recoin à peine grand
comme une armoire, mais suffisant pour réchauffer un repas apporté du dehors.

Et, du reste, avec Parnet, rien, jamais, n'était
embarrassant. A sept heures précises, il annon-

— Nous sommes servis !

Et Gaston constatait, avec ahurissement, la présence de trois couverts sur la table et de trois
[illegible] autour.

— Quel convive attends-tu donc ce soir ?

Gravement, le journaliste passa dans la chambre de son ami, et Gaston entendit :

— Permettez-moi de vous conduire à table, mademoiselle !

Puis, un roulement sur le plancher, et Parnet
revint, poussant devant lui la selle sur laquelle
Gaston avait ébauché la silhouette de Mlle de
Menhoët.

Gaston commença par hausser les épaules, puis,
devant l'imperturbable sérieux de Parnet qui écartait une chaise, mettait la selle contre la table, il
éclata de rire.

Et toute tristesse s'envola, d'autant que Parnet,
tenant à la petite comédie qu'il avait organisée,
parlait avec la statuette, lui servait les meilleurs
morceaux, qu'il avalait ensuite, lui versait ses bons
vins de Gascogne qu'il forçait ensuite Gaston à
boire.

Et, au milieu de la soirée, dans les fumées du
cigare et de l'armagnac, ils n'avaient peut-être
plus, Parnet surtout, tout leur bon sens, et ils se
portèrent encore les toasts les plus hyperboliques.
Et ce soir-là, Gaston entra à l'Institut et Parnet
à l'Académie.

Comme il faisait un froid de loup, Gaston s'opposa à ce que son ami regagnât, au milieu de la
nuit, la butte Montmartre et le força à accepter
son lit, tandis que lui, couchait sur son divan. Il
était convenu, d'ailleurs, puisqu'ils étaient seuls
dans Paris, qu'ils passeraient ensemble cette journée du lendemain, ce jour où il fait si bon être en
famille. Ils seraient leur famille à eux deux.

Le lendemain, ils furent réveillés par la femme
de ménage des dames de Menhoët, qui venait demander si la fontaine du sculpteur coulait encore ;
chez elles, on avait négligé d'envelopper les tuyaux
de paille, et c'était gelé.

Chez Gaston, l'eau coulait toujours, grâce à la
chaleur indispensable dans un atelier. Parnet remplit lui-même les brocs qu'apportait la domestique, et il la chargea de dire à Mme et à Mlle de
Menhoët que « M. le marquis de Naizant les priait
d'agréer ses biens respectueux hommages et tous
ses vœux pour la nouvelle année... »

— Es-tu fou ! s'écria Gaston, dès que la femme
fut sortie, d'abord, je ne porte jamais de titre de
marquis, et puis rien ne m'autorise à adresser si
cavalièrement mes compliments à ces dames !

Parnet caressa sa barbiche.

— Mon cher, tu n'as pas à rougir d'un titre qui
t'appartient bien authentiquement et qui est fort
honorable, quoi qu'en pense ton animal de beau-
père. Et, en second lieu, si je ne m'en mêlais pas,
vous resteriez, *ad vitam æternam*, Mlle de Menhoët
derrière sa fenêtre et toi derrière la tienne, sans
vous communiquer le délicieux sentiment que vous
éprouvez l'un pour l'autre..

— Mais, je te défends d'avancer que Mlle de
Menhoët... Est-ce que tu sais ?..

— Oh ! je t'en supplie, ne commençons pas l'année en nous disputant ! Est-ce que des personnes
de caractère [illegible]
et, à Mlle de Menhoët, ne l'auraient pas été
comprendre qu'elles le trouvaient impertinent, si les
amabilités leur avaient déplu ? Habillons-nous
vite tiens !

— Pourquoi ?

— Pour.. pour... Mais parce qu'il faut être vite
prêt, dit malicieusement Parnet... pour saluer la
nouvelle année.

Il avait son idée, et, au bout d'un instant, il
prononçait entre ses dents :

— Je m'en doutais !

De derrière le rideau de Gaston, il avait aperçu
Mme et Mlle de Menhoët sortant de chez elles,
Marguerite portant deux livres de messe.

— Ces dames n'ont pas de famille ? interrogea-t-il brusquement.

... je n'ai jamais vu personne chez elles, je te l'ai déjà dit.

— Alors, pour commencer leur année, elles vont naturellement à Celui qui est la famille de tout le monde. Ça va être leur unique visite d'aujourd'hui, Gaston : elles vous donnent un excellent exemple.

— Je ne te savais pas si religieux !

— Vas-tu refuser de m'accompagner à la messe ?

Quelques instants plus tard, les deux jeunes gens qui, depuis leur adolescence, ne pénétraient pas bien souvent dans les églises, entraient, joyeux d'abord, rieurs, mais très vite respectueux, dans l'église Saint-Lambert de Vaugirard — modeste et gentille église de quartier, à peu près déserte ce matin-là, où tout le monde est aux bonbons, aux cadeaux.

Il n'y avait guère qu'une demi-douzaine de personnes, entendant la messe, un vieillard et des femmes en noir.

Tout de suite, ils avaient reconnu la silhouette de Mme de Menhoët et de sa fille, et ils demeurèrent tout silencieux, au pied du chœur.

Un instant, ils eurent bien envie de railler cette décoration un peu criarde, ces branches de laurier en papier, ces statues en carton-pâte ou en pierre brutalement polychromée qui tranchent si étrangement sur les belles harmonies des vieilles églises.

— Mais qu'importe aux croyants ? dit Parnet. Leurs yeux voient Jésus, voient la Vierge, voient Dieu ! Et, pour eux, tout devient instantanément beau.

Et quant à lui, Parnet, pas très croyant, il n'avait jamais si bien senti son ambition et ses aspirations vers son idéal de justice et de bonté, que dans le recueillement de cette petite église.

Gaston voyait surtout, dans la lumière bleutée qui descendait des vitraux, la grâce de Mlle de Menhoët, la douceur inclinée de son agenouillement et le charme de ses mains jointes, ses longues mains patriciennes, comme on en voit aux dames de marbre des tombeaux.

Quand, la messe finie, elles se levèrent, il voulut parler.

— C'est de l'indiscrétion, disait-il.

Mais Parnet était entêté.

— Tu es venu à la messe, tu y rencontres tes voisines : c'est de la plus élémentaire politesse que tu leur offres l'eau bénite.

[illegible]

— Elles ont pris l'eau de la fontaine pour leur ménage ; nous refuseront-elles celle qui nous fait tous frères devant Dieu ?

Et Gaston osa enfin. Et il tendit ses doigts mouillés à Mme de Menhoët, puis à Marguerite, qui acceptèrent sans le moindre embarras. Seulement, Marguerite rougit un peu.

Sous le porche, Mme de Menhoët dit :

— Vous commencez l'année comme nous ?

— Quand on n'a pas de famille ! répondit Gaston.

Marguerite intervint, avec un mouvement, une amabilité qui, tout de suite, lui conquirent l'entière sympathie de Parnet.

— Mais, vous avez Mme votre mère, monsieur... Mlle votre sœur, une charmante jeune fille blonde que j'ai aperçue.

Gaston pâlit, ses lèvres frémirent ; il aurait voulu donner une explication. Ce fut Parnet qui la trouva.

— Il a bien une famille... Mais il est tout de même sans famille.

Marguerite leva les yeux au ciel ; et Parnet lut dans son regard :

« Comme nous alors ? »

Cependant ils s'étaient mis à marcher par la rue, regagnant la rue Alain-Chartier.

Cela s'était fait tout naturellement ; et Mme de

Menhoët n'essayait pas de se séparer de ces deux jeunes gens avec qui elle était tout à l'heure dans la maison de Dieu.

Gaston lui présenta Parnet, et elle dit :

— Ah ! le journaliste ?

Il s'inclina, très flatté d'être connu d'elle. Jamais sa notoriété naissante d'écrivain ne lui avait causé une aussi agréable sensation d'amour-propre. C'est qu'elle l'avait lu souvent, et ses écrits l'amusaient beaucoup...

— Parce que vous avez un feu, une verve, un emportement... que corrige heureusement votre bon sens, monsieur. Et vous avez écrit de petites nouvelles très attendrissantes... Tu te souviens, Marguerite ?

Marguerite se souvenait aussi ; et elle en nomma une qui l'avait fait...

— Oui, monsieur, qui m'a fait pleurer ! C'est l'histoire d'un volontaire qui voyage vingt-cinq heures aller et autant retour, pour donner à ses parents, ses vieux comme il les appelle, la joie de l'embrasser deux heures au jour de l'an.

— Ce qui prouve, dit un peu brusquement Parnet, voulant couper court à ces compliments qui l'attendrissaient lui aussi, car ces vieux parents ressemblaient beaucoup aux siens, ce qui prouve que le jour de l'an n'est pas le même pour tout le monde !

— Non... non ! dit mélancoliquement Marguerite. Mais, reprit-elle, n'avez-vous pas de famille, vous non plus ?

— Oh ! si, dit-il, avec une lueur dans les yeux, un bon vieux père très fin, très doux, très bon et qui, lorsque j'ai voulu entrer dans la littérature, ne m'a pas fait la classique et stupide objection des familles qui rend les débutants si malheureux, et une maman adorable, calme et bonne ; mais il faut bien avoir quelquefois le courage de vivre loin les uns des autres. Et ma seule famille à Paris, c'est mon excellent ami Gaston de Naizant.

Ils marchèrent très silencieux, ensuite, un long moment ; et, comme ils tournaient dans la rue Alain-Chartier, Parnet s'écria :

— Vous savez qu'il a un énorme talent, mon ami ?

— Je sais qu'il travaille beaucoup, dit Marguerite, d'une voix qui caressa le cœur de Gaston.

Et le sculpteur dit simplement :

— Le talent ne vient pas si vite que cela, mais je fais de mon mieux pour arriver.

... Mme de Menhoët et sa fille échangèrent un regard ; et, comme toutes ... d'avis que « c'était le moment », la mère se hasarda :

— Un buste... Un portrait ?... Est-ce que cela n'est pas trop ennuyeux à exécuter ?

Gaston frissonna des pieds à la tête. Oh ! avait-il deviné ?...

Et Mme de Menhoët continuait, un peu embarrassée :

— Parce que... nous avons songé, ma fille et moi... Oui, c'est une idée qui nous est venue. Comme vous êtes nos voisins... Nous ne sommes pas bien riches... Mais peut-être auriez-vous l'amabilité de nous traiter en amis ?... Et... si vous vouliez faire le buste de ma...

Marguerite interrompit vivement :

— Non, non, mère !

— Cela vous déplairait donc, mademoiselle ? dit gaîment Gaston, la voix étranglée.

Elle sourit, d'une façon charmante.

— C'est que nous sommes en désaccord sur un point très important, monsieur ; et c'est pour cela que nous ne nous en avions pas encore parlé. Ma mère désire qu'on fasse mon buste, et moi je veux le sien.

Les traits de Gaston s'épanouirent.

— Difficulté facilement arrangeable, dit-il ; puis...

me vous voulez bien avoir confiance en moi, je
serai très heureux de faire votre buste et celui de
Mme votre mère.

— C'est que nous ne serons certainement pas assez riches, monsieur...

Il ne répondit que d'un geste, mais si clair que
Mlle Marguerite insista.

— Oh ! monsieur, si, si, nous vous payerons, si
peu que ce soit ! Nous n'avons pas le droit de vous
faire perdre votre temps. Ce sera donc un cette
année et un autre l'année prochaine ; et vous commencerez par celui de ma...

— Permettez ! Permettez ! mademoiselle !

C'était Parnet qui interrompait.

— Si vous voulez convenir, mademoiselle et madame, que, d'être ainsi isolés dans ce coin de Paris, qui est comme au bout du monde, cela constitue, entre nous, des liens d'amitié... de très respectueuse amitié de notre part, madame... eh bien,
je vous demanderai à parler en toute franchise. Si
nous sommes amis, nous nous portons mutuellement intérêt, nous voulons mutuellement notre
réussite. Or, raisonnons. Vous savez, mademoiselle, qu'il y a, tous les ans, aux Champs-Elysées
et maintenant même au Champ-de-Mars, une exposition de peinture et sculpture ?

— Oui, dit Marguerite en riant ; quoique tout au
bout du monde, nous ne sommes pas tout à fait
des provinciales.

— Cette année, il est trop tard pour que mon
ami Gaston fasse un envoi au Salon ; et, du reste,
malgré mon admiration pour lui, je crois qu'il lui
faut encore une année de travail avant de se présenter au public... Mais, avec un an devant lui, il
peut faire un petit chef-d'œuvre...

— Ma chère maman a, justement, du moins je
le trouve ainsi, une physionomie si expressive !

— C'est entendu, mademoiselle ! Il fera, il aura
le temps de faire le buste de Mme votre mère ;
mais de vous, un buste, ce ne serait pas assez ! Et
puis, ce n'est pas avec un simple buste qu'on décroche une récompense !

— Toute une statue ?... Avec moi ? s'écria Marguerite en riant aux éclats. Et où la mettrais-je
ensuite ? Au milieu de notre cour ?... C'est qu'il
faudrait que je fasse des économies toute mon existence !

— Mademoiselle, vous m'interrompez avant la
fin de mon raisonnement. Pour faire une statue,
cela coûte très, très cher ! Il faut payer un modèle
à cinq et quelquefois même à dix francs la séance...

— Parnet ! Et Gaston ; dans quels détails entres-
tu ?

— Tais-toi, toi ! Je suis en train de vous mettre
d'accord.

— En effet, disait Marguerite avec un sourire
malicieux, j'ai aperçu une très jolie personne sortant de chez M. de Naizant : c'est votre modèle,
monsieur ?

— Un modèle qui court tous les ateliers, mademoiselle.

— Tais-toi donc, toi ! Vous devez bien penser,
mademoiselle, qu'un modèle aussi quelconque ne
peut réaliser l'idéal que s'est fait mon ami Gaston
pour sa Brodeuse.

— Parnet !

— Je vais te coudre les lèvres, tu sais ! — Oui,
mademoiselle, il rêve d'une statue exquise qui serait la jeune fille par excellence, le joli ange d'une
maison, assise, un peu courbée sur sa broderie,
donnant bien l'impression du calme pur dans le
travail..., ce qui n'exclut pas la rêverie qui hante
toute jeune fille. Voilà son grand projet, mademoiselle. Mon Dieu, mon Dieu... à peu près
comme vous êtes si souvent à votre fenêtre !...

Elle rougit et balbutia :

— Mais, je ne saurai pas... C'est peut-être très
difficile de poser...

— Oh ! vous consentiriez, mademoiselle ? s'écria
Gaston d'une voix suppliante. Oh ! madame, vous
voudriez bien aussi ?...

Certainement, elles eurent la sensation que
c'était une imprudence ; et, par leurs regards, elles
échangèrent leur inquiétude... Mais, dans leur isolement, dans l'immense mélancolie qui était au
fond de leur existence, quel joli sourire du ciel,
quel coin de poésie ! Et la flamme qui jaillissait des
yeux de ces deux jeunes gens était si loyale ! Et
elles sentaient qu'elles allaient les faire si heureux ! Car Parnet était aussi anxieux que son
ami ; et il développait l'argument pratique :

— Vous devez bien penser, mesdames, que jamais mon ami le marquis Gaston de Naizant n'acceptera de vous un payement pour son travail ;
et, ainsi, vous vous acquitteriez largement envers
lui...

Ils étaient arrivés à la porte de la maison. Il y
eut un moment de silence ; puis Marguerite dit :

— Si ma mère veut...

Et en même temps Mme de Menhoët prononçait :

— Si ma fille consent...

VI

LES DAMES DE MENHOËT

Peu de gens, dans l'immeuble de la rue Alain-
Chartier, auraient pu indiquer exactement l'époque
où les dames de Menhoët étaient venues l'habiter.

On les avait toujours connues là, reléguées dans
leur petit logis, ne sortant presque jamais, lisant
beaucoup, soignant les fleurs de leur jardinet.

Seule, une rentière qui vivait dans la maison
depuis sa construction, se souvenait de les avoir
vues arriver à la tombée de la nuit, il y avait de
cela bien des années, — la mère très jeune, presque encore une jeune fille ; une bonne coiffée d'un
bonnet aux blanches ailes comme on en porte du
côté de Saint-Malo ; et le bébé, magnifique.

La bonne appelait alors la mère « mademoiselle ».

Et cela seul expliquait la douloureuse situation
de cette jeune femme et pourquoi, malgré ce nom
ancien de Menhoët, elle était une isolée en ce
monde.

Et, tout d'abord, on ne l'avait pas vue avec sympathie, parce que l'on avait très vite su que la
bonne était l'ancienne nourrice de la fillette et que
le peuple n'aime pas beaucoup les mères qui ne
donnent pas leur lait à leurs enfants après leur
avoir donné la vie. Et, plus d'une fois, des épithètes malsonnantes traversèrent la cour aux moments où Mlle de Menhoët rentrait chez elle
ou en sortait. Elle semblait ne pas les entendre. Elle passait avec une fierté digne. Et puis, sa
fille l'absorbait.

Puis, devant l'extrême régularité de conduite de
Mlle de Menhoët, devant la douceur avec laquelle
elle supportait son excessive solitude, cette animosité tomba vite. L'enfant était d'ailleurs si gentille,
si vive, si souriante !

Et bientôt on ne parlait plus qu'avec une respectueuse sympathie, dans l'immeuble, de « Mme
Menhoët et sa demoiselle ».

On ne leur reprochait plus que cette fierté un peu
sauvage de ne pas se mêler aux autres, de demeurer des aristocrates dans ce milieu populaire ; mais
il y eut une épidémie de rougeole dans la maison ;
Marguerite en fut atteinte des premières, vite guérie ; et alors sa mère se consacra aux enfants des
autres ménages, en vraie sœur de charité ; et, désormais, on ne lui reprocha plus rien.

Si c'était son idée de se tenir à l'écart ?... Si elle ne voulait communiquer son chagrin à personne ?

Dur chagrin que n'interrompait jamais une visite et qui ne devait trouver un peu de consolation que dans des lettres, toujours de la même écriture, qui arrivaient de Bretagne ; et, après la réception de ces lettres, on la voyait un peu moins sombre un ou deux jours.

Oh ! qu'elle avait dû pleurer, qu'elle devait pleurer encore, si on en jugeait par les deux sillons rougis qui, du coin de ses yeux, descendaient le long de son nez jusqu'à sa bouche.

Dans ce temps-là, rappelait la vieille rentière, elle ne souriait qu'en parlant à l'enfant.

Et quoiqu'elle n'eût voulu conter son histoire à personne, on ne la devinait que trop clairement.

Une séduction, l'abandon ; puis, devant la honte, une famille impitoyable, la fuite.

Mais jamais à personne, Mlle — maintenant Mme de Menhoët ne dit une parole sur les circonstances qui avaient accompagné son malheur.

On essaya bien de faire parler la Bretonne ; mais elle était aussi peu bavarde que sa maîtresse ; et, du reste, au bout de deux ans, l'enfant n'ayant plus besoin des soins spéciaux de celle qui l'avait nourrie, élevée, la nourrice repartit pour son pays.

Et Mme de Menhoët demeura seule avec sa fille.

Son chagrin sembla alors s'apaiser un peu, comme si la présence de sa compatriote l'eût entretenu ; et puis, l'enfant commençait d'apprendre à lire, et c'était une grande distraction.

La fillette avait cinq ans, lorsque Mme de Menhoët reçut, pour la première fois, la visite de sa sœur, visite hâtive, furtive ; car sa sœur arriva à la nuit, et, pendant les trois jours qu'elle passa auprès d'elle, sortit à peine de la maison, pour aller à l'église ; et elle repartit à la nuit.

Personne n'entendit nommer cette dame, ni Mme de Menhoët donner une explication à son sujet ; et on sut qu'elle était sa sœur, uniquement parce que l'enfant l'appelait :

— Ma tante.

Et, dès cette première visite, on remarqua ce fait un peu étrange qu'il existait une beaucoup plus vive ressemblance entre la tante et la nièce qu'entre la mère et la fille ; mais chaque voisin se rappela une famille où il en était ainsi. — Et, quant à cette façon de venir faire visite à sa sœur, cela s'expliquait tout seul : cette femme devait avoir un mari qui n'avait pas voulu conserver de relations avec une fille qui le méritait.

Et pourtant, Dieu sait si l'existence que menait Mme de Menhoët à Paris méritait le respect !

Mais, chaque fois que la tante se montra rue Alain-Chartier, elle se montra ainsi. Elle devait profiter de l'absence de son mari pour accourir à Paris et manifester sa tendresse à ces deux créatures qu'elle adorait.

Car c'était une adoration qu'elle éprouvait pour elles, pour la fillette surtout, qu'elle ne cessait pas de manger de baisers durant son séjour.

Et tant que Marguerite était restée enfant, elle avait abondamment répondu à cette tendresse.

Mais, peu à peu, un changement s'était fait en elle. L'éducation, l'instruction de Paris, compliquées de l'isolement où elle vivait lui avaient appris à réfléchir de bonne heure ; et, bien jeune encore, elle avait compris sa situation et en avait beaucoup souffert, moins pour elle que pour sa mère, sa jeune mère dont les cheveux étaient presque blancs, dont les joues avaient été creusées par les larmes.

Oh ! que de fois cette brûlante question était venue à ses lèvres :

— Le nom de mon père !

Jamais elle ne l'avait prononcé. Aussi héroïque que sa mère, elle savait se contenter de cette expli-

cation donnée par Mme de Menhoët, peu de temps après sa première communion :

— ... Ton père est mort... Il ne faut jamais me parler de lui, ni à ta tante quand elle peut venir nous voir... Et Menhoët est mon nom de jeune fille...

Quel drame en ces quelques phrases ! Et de quelle abominable trahison sa mère avait été victime !

Car sa mère était une sainte, la créature du plus parfait dévouement, ne se plaignant jamais, ne proférant jamais une parole contre qui que ce soit ni contre le sort.

Un seul nom lui causait comme une révolution, celui de son beau-frère, M. de Koëllec, le mari de cette tante qui ne venait les embrasser qu'en cachette.

Et, bien petite, Marguerite l'avait détesté aussi, devinant aisément que c'était lui leur persécuteur, celui qui les excluait si rigoureusement de la famille. Oui, ce ne pouvait être que lui, puisque sa femme les aimait.

Et cela la révoltait. Si sa mère avait commis une faute — en admettant que cette âme si haute eût réellement commis quelque chose de mal — le devoir de sa famille n'était-il pas de la réconforter, de lui pardonner une heure de faiblesse à laquelle il devait y avoir eu, bien certainement, des circonstances atténuantes, de la réchauffer de son affection ?

Or, cet homme était impitoyable. Marguerite, quand sa mère et sa tante la croyaient endormie, avait surpris quelquefois des lambeaux de phrase :

— ... Plus sombre, plus dur que jamais... Il a défendu que je prononce votre nom devant lui... Et son humeur devient intraitable quand il songe qu'il n'a pas d'enfant !... Lui qui a été si impitoyable à celle-ci !... Mais rien, rien ne l'adoucit... rien...

— Alors, interrogeait Yvonne, comment peut-il te permettre de venir nous voir ?

— Il feint de l'ignorer, quoiqu'il ne puisse ignorer que, lorsque je m'absente, en disant que je vais chez mes parentes à Rennes, je ne viens, ne puis venir qu'ici, puisque je ne m'arrête qu'un jour à Rennes et que je demeure près d'une semaine hors de chez moi... Mais il accepte, comme nos domestiques, cette version, que j'ai passé tout ce temps à Rennes. Et, si quelque personne de notre pays lui disait qu'on m'a rencontrée à Paris, certainement il m'interdirait de jamais recommencer.

— Ah ! pauvre sœur ! C'est bien toi qui as la part la plus cruelle !

Et elles sanglotaient.

... ... plaignait sa tante d'être si malheureuse, si esclave, avec ce mari.

Mais elle avait fini par s'indigner contre sa faiblesse. C'était une suprême injustice que de toujours traiter sa mère comme une coupable ; et sa tante manquait de courage que de ne pas se révolter contre la rigueur de ce mari.

Et, vers quatorze ans, elle ne demandait plus de nouvelles de son oncle et ne chargeait plus sa tante de l'embrasser.

A seize ans même, elle infligea à la sœur de sa mère une cruelle humiliation.

Toujours, à chaque voyage, Mme de Koëllec la gâtait, emplissait sa petite bourse, lui demandait :

— Dis-moi bien ce que tu veux !

Et sa mère semblait trouver naturel que sa tante la comblât de cadeaux.

Mais, cette fois, Marguerite affirma qu'elle n'avait besoin de rien.

Mme de Koëllec voulut alors, comme d'habitude, remplir sa bourse, en disant :

— Tu achèteras donc ce que tu désireras, après mon départ, en pensant à moi.

Et Marguerite, cruelle comme le sont les meilleurs enfants dans leur implacable besoin de justice, répliqua :

— je ne désire rien que ma mère ne m'ait déjà donné.

Mme de Koëllec en eut les yeux pleins de larmes.

Et vainement la pauvre femme insista. Marguerite, d'un petit ton dur, s'étendait sur les bontés dont sa mère l'avait comblée ; et, passant des choses matérielles au domaine moral, elle affirmait qu'elles étaient si heureuses, toutes les deux, dans leur petit soin, qu'elles ne pouvaient rien désirer, ambitionner. Leur jardinet, leur coquet logis, très modeste, mais si gentiment arrangé, leurs livres, leurs journaux illustrés et de bonnes promenades dans la campagne, si charmante, de Touly, suffisaient amplement à toutes les aspirations de leur imagination et de leur cœur.

C'était dire à Mme de Koëllec combien elle y occupait peu de place.

Elle repartit horriblement malheureuse ; et bientôt une lettre d'elle apprenait à Yvonne et à Marguerite qu'un redoublement de douleur l'attendait en Bretagne.

Son mari, quoiqu'il n'eût pas atteint la limite d'âge, avait brusquement demandé sa mise à la retraite, à la suite d'une discussion avec un des ministres civils qui ont dirigé le Ministère de la marine.

Il ne pouvait servir, lui, descendant de tant d'hommes de mer, sous les ordres d'un ministre dont les expéditions nautiques n'avaient pas dû dépasser Bougival ou Chatou ; et le premier prétexte qu'il avait été bon, une histoire à propos d'un journal qu'il voulait interdire à son bord et qui justement était dirigé par la coterie du ministre...

Là, dédaignant le dernier grade qu'il était en droit d'espérer, il était rentré à Koëllec, trois ans plus tôt que sa femme ne s'y attendait, c'est-à-dire que le supplice qu'elle n'endurait autrefois qu'un ou deux mois par an, allait être maintenant de toutes les heures.

De là, quand Yvonne quitta le pays avec l'enfant, il avait voulu donner sa démission, « se consacrer » à sa femme. Elle avait réussi à l'en détourner, affirmant qu'elle serait une égoïste d'accepter cela, qu'il devait, comme tous ceux de son nom, poursuivre sa carrière jusqu'au bout.

Oh ! combien elle préférait sa solitude, et sa liberté d'échanger de longues lettres avec Yvonne !

Désormais, son mari n'allait plus bouger du château, et ce qui se passait aux alentours n'était pas fait pour l'égayer, avec la conception qu'il avait de la vie.

La baie de Saint-Malo se couvrait de villas ; tous les terrains avoisinant les plages se découpaient en morceaux grands comme des mouchoirs de poche. Et, quatre mois par an, deux surtout, ce coin de Bretagne était envahi par des Parisiens, des touristes. Le cap Fréhel était devenu un but d'excursion, et le château de Koëllec se trouvait sur la route, du moins sur un crochet qui partait de la route pour y revenir ; des bicyclistes avaient osé, l'année dernière, demander à visiter la vieille demeure.

Rien que ce bouleversement des pays environnants était une profanation pour M. de Koëllec.

Mais les choses ne s'arrêtaient pas là : un cabaret s'était ouvert dans son village, où l'on recevait le journal à propos duquel il avait donné sa démission ; aux prochaines élections, on nommerait peut-être un conseil municipal avancé, tout au moins une partie. Et des gars laissaient très bien passer le dimanche sans aller à la messe.

Et tout cela se compliquait d'un peu de gêne. Les terres se louaient moins bien qu'autrefois ; M. de Koëllec n'allait plus toucher qu'une retraite au lieu de sa solde ; il avait laissé un peu de sa fortune dans le krach de l'Union générale, comme tous les gens de son parti... Bref, il n'avait plus que bien juste les ressources nécessaires pour faire face à son budget.

Certes, il méprisait l'argent ; mais il souffrait d'être obligé, lui, de surveiller ses dépenses, de ne pouvoir effectuer des réparations indispensables au donjon, d'où des pierres s'étaient détachées, de n'avoir qu'un mauvais break.

Et il avait dit à sa femme :

— Vous n'avez donc rien surveillé pendant mon absence ?

— Mais, mon ami, je vous tenais au courant de tout, et vous disiez que vous vous occuperiez de toutes ces choses quand vous seriez à la retraite.

C'était exact ; mais il haussait les épaules, et :

— Je ne pouvais croire que vous laisseriez les choses s'en aller à ce point. Et au lieu de passer vos après-midi à écrire des lettres à votre sœur...

— Oh ! mon ami, pouvez-vous me reprocher ces pauvres lettres, le seul lien que nous ayons encore, ma sœur et moi ?

Il haussait les épaules, mais ne disait plus un mot d'Yvonne. N'avait-il pas défendu, lui-même, qu'on prononçât le nom de la coupable devant lui ?

Il le fit cependant encore au bout de quelques jours, parce qu'il découvrit que sa femme envoyait aux Parisiennes des dentelles qu'on ne trouve qu'à Saint-Malo.

— Votre sœur a eu plus que sa part, lui dit-il sèchement, puisque je vous ai autorisée à ajouter la moitié de ce que vous possédiez à ce qui lui revenait. Ne vous dépouillez pas davantage pour elle ; vous n'avez que juste assez pour tenir votre rang.

Et, après avoir répété ce propos, Marthe ajoutait :

J'ai à peine besoin de te le dire, chère sœur, que rien ne sera changé, que tout ce dont tu auras besoin, surtout pour ma chérie, te parviendra comme par le passé. Je serai seulement obligée à un peu plus de précautions...

Mais juge par cela à quel point j'ai besoin de votre tendresse ! Et dis bien à ma nièce, que mon cœur est plein d'elle, que je ne caresse qu'un rêve, et que je supporterai tout pour y arriver : l'avoir près de moi, dans notre vieux manoir, où nous étions si heureuses enfants, tu te rappelles, où nous avons eu tant peur et où nous nous sommes tant amusées... Comment y parviendrai-je ? Comment, de cet état continuel d'exaspération où il est aujourd'hui ramènerai-je cet homme à son véritable tempérament, qui est la générosité, la bonté ?... Enfin, espérons ! Et surtout, aimez-moi bien toutes deux !

À la suite de cette lettre, Marguerite, spontanément, écrivit à sa tante, de la manière la plus affectueuse, la plus délicate, pansant bien vite la blessure qu'elle lui avait faite et qui saignait dans cette phrase : « juge à quel point j'ai besoin de votre tendresse !... »

Mais elle dit à sa mère, d'un ton résolu :

— Tu vois combien j'ai eu raison de l'empêcher de se dépouiller pour nous !

Cependant, de la gêne pénétrait aussi dans le petit logis de la rue Alain-Chartier.

L'Exposition avait fait hausser tous les prix ; et ce n'était que grâce à leur situation de très anciennes locataires que les dames de Menhoël avaient dû de ne pas voir augmenter leur loyer.

Mais la vie leur devenait de plus en plus coûteuse, et au moment où Marguerite aurait eu le plus grand besoin de galeries.

Elle avait beau s'habiller d'un rien, se coiffer de chapeaux qui ne lui revenaient pas à dix francs, il fallait encore ces dix francs et le prix des robes qu'elle se confectionnait, et le prix de quelques leçons de musique. Jadis, une des galeries de Mme de Koëllec, qu'elle n'aurait pu renouveler aujourd'hui, avait été un piano.

Et, par-dessus le marché, le gouvernement, peu soucieux des ressources des petits rentiers, faisait des conversions, diminuait le taux de l'intérêt.

Et, un jour, après une indisposition de sa fem...

... avait occasionné une forte note chez le pharmacien, Marguerite décida qu'elle travaillerait.

Mme de Menhoët bondit. Sa fille, travailler !

— Mais s'il te manque quoi que ce soit, j'aime cent fois mieux me priver !... Mais une Menhoët ne travaille pas, ne doit pas travailler !

Elle avait, sur ce point, des idées presque aussi arriérées que celles de son beau-frère ; et la modestie de leur situation n'avait diminué en rien son orgueil de race.

— Et... si ta tante savait ?

— En quoi cela peut-il regarder ma tante ? répliqua la jeune fille.

Et douce mais très ferme :

— Si je ne suis pas une Parisienne de naissance, je suis Parisienne par mon long séjour, par ma vie au milieu de cette ville de travail, où tout le monde travaille, et où personne ne rougit de faire œuvre de ses dix doigts.

— Alors, alors... Moi, ce sera moi...

— Toi, maman ?

Et la jeune fille souriait.

— Toi, maman, tu as fait ta besogne en ce monde ; tu m'as donné la vie, tu m'as élevée, gâtée. C'est mon tour, maintenant ! Tu es mon enfant.

Et c'était bien vrai. L'énergie d'Yvonne de Menhoët, ce caractère qui la faisait autrefois résister à son beau-frère, s'étaient peu à peu émoussés à mesure que se développait le caractère tout aussi fier mais plus pratique, plus moderne de sa fille. Elle était devenue l'enfant, et Marguerite le chef de leur petite communauté.

Et Marguerite, frappée de l'exiguïté de leur budget, entendait l'augmenter.

— Ils nous ont enlevé près de mille francs avec leur conversion ; il faut que nous les retrouvions, maman.

— Oui, finit par dire Mme de Menhoët ; mais je t'aiderai.

Et il fut convenu qu'elles travailleraient à deux.

D'abord, de la lingerie ! Marguerite avait vu, souvent, au coin des rues, ces petits écriteaux à la main demandant des ouvrières. Elle se proposa dans deux ou trois maisons et eut bien de la difficulté à employer sa bonne volonté, parce qu'elle ne voulait que de la besogne à emporter chez elle. Et, quand elle eut trouvé, elle ne gagna que bien peu de chose.

— Tu perdras la vue ! s'écriait Mme de Menhoët ; et ça n'en vaut vraiment pas la peine !

Mais Marguerite était très entêtée ; elle poursuivait sa petite idée, et arriva à s'aboucher avec des magasins de fantaisie qui vendent ces bibelots faits de rien, de bouts d'étoffe, avec un peu de broderie, des galons, où toute la valeur ne repose que dans l'ingéniosité des mains qui les ont créés.

Cela l'amusait de broder, d'assembler des nuances ; et, comme sa mère lui avait appris le blason, elle était très experte dans la reproduction ou la combinaison d'armoiries. Elle se fit assez vite une spécialité et regagna bientôt, mais en travaillant beaucoup.

« ...le billet de mille que nous a volé le gouvernement ! » déclarait-elle maintenant avec beaucoup de bonne humeur.

Et elle ne pensait plus qu'à ses petits travaux et négligeait beaucoup son piano ; et, dans sa besogne constante, l'humiliation, la blessure que lui causait sa situation d'enfant naturelle, exclue de sa famille, de la société, s'atténuaient un peu ; et un calme bienfaisant l'enveloppait ; et elle ne pensait pas que rien pût désormais troubler leur vie, lorsque l'atelier situé en face de leur logement fut loué par Gaston de Naizant.

Jusqu'alors, il avait été occupé par un peintre paysagiste qui passait la plus grande partie de son temps hors de chez lui et qui, lorsqu'il était dans son atelier, y usait plus de tabac que de couleur.

L'arrivée de ce nouveau locataire, d'allure extrê-mement distinguée, de manières si douces, si réservées, causa une immédiate révolution chez les deux femmes ; mais elles ne s'en parlèrent que pour dire :

— Nous n'entendrons plus de tapage.

— Nous allons avoir un peu de calme maintenant.

Très vite, par la concierge, elles apprirent qu'il s'appelait M. de Naizant ; et Mme de Menhoët, très ferrée sur l'Armorial, se rappela que la famille de Naizant possédait un marquisat sous l'ancien régime.

C'était donc un jeune homme de leur rang, mais pas plus riche qu'elles, à en juger par la simplicité de sa vie.

Et elles se seraient plus tôt et plus aisément liées avec lui, sans ces visites qu'il recevait, de loin en loin, d'une dame et d'une jeune fille si élégantes, indiquant que sa famille occupait une grande situation.

Et quand elles surent que c'était sa mère et la fille du second mari de sa mère, elles se montrèrent encore plus réservées avec lui, jusqu'au jour où elles pressentirent, à la mélancolie de son regard, qu'il n'était peut-être pas en très bons termes avec le reste de sa famille. Mais, repoussé comme elles, de la société, il avait droit à leur sympathie ; et c'est pour cela qu'elles sourirent en répondant à ses saluts.

Bientôt, elles en savaient davantage, parce que Parnet ne se gênait pas pour bavarder quand la concierge faisait le ménage de Gaston, puis durant les poses du modèle, Mlle Louisette, laquelle ne s'en allait jamais sans tailler une bavette avec la concierge.

Non seulement, M. de Naizant était repoussé de la société, de sa famille ; mais, malgré son nom, il devait travailler pour gagner sa vie.

— Tu vois, mère !

Quel argument pour prouver à Mme de Menhoët combien elle avait eu raison elle-même !

Et comme cela augmentait l'estime que M. de Naizant leur avait tout de suite inspirée !

Elles connurent l'histoire des premiers petits objets vendus par Parnet, puis du paysage brossé dans la forêt de Meudon !

Et c'était d'un beau courage que ce jeune homme qui, évidemment, devait rêver de grandes choses, condescendît à ces petits travaux presque industriels, pour assurer sa vie, pour ne devoir sa réussite qu'à soi-même ! Marguerite qui aimait beaucoup les choses de l'art, qui avait tant lu sur les [illegible] lui, comprenait très bien tout [illegible]

Mais on l'aurait profondément surprise si on lui avait dit que son cœur, son petit cœur était pour une grande part dans son admiration.

Non. Elle rendait justice à cette abnégation, voilà tout ; et Mme de Menhoët, qui ne voyait plus que par elle, partageait facilement tous ses sentiments.

Et l'idée de demander leur buste à ce charmant voisin leur vint bien naturellement, et même avec la pensée que puisqu'elles le payeraient, tout travail méritant son salaire, elles seraient pour quelque chose dans sa réussite.

Et voilà que c'était fait, convenu que M. Parnet les avait convaincues, qu'elles avaient accepté que le buste de « maman » fût exécuté à titre amical, en échange des quelques séances de pose que Marguerite voudrait bien accorder à M. de Naizant.

Et c'était ce matin qu'elles allaient se rendre chez lui, pour la première séance.

Et, si naturelle que fût la chose, Mme de Menhoët était bien un peu tremblante, et Marguerite avait les joues en feu.

Et Gaston, de son côté, était les deux choses à la fois ; il tremblait et se sentait tout froid, alors que tandis que son sang bouillonnait dans sa tête et dans son cœur.

Elle allait venir !... chez lui !...

Dès le matin, il avait couru par les rues pour avoir des fleurs, beaucoup de fleurs. Et, comme il y avait eu des gelées, même dans le Midi, les marchandes des petites voitures n'avaient rien. Il avait dû pousser jusqu'aux beaux quartiers, aux grands magasins.

Et on lui avait demandé extrêmement cher pour une douzaine de roses, deux douzaines d'œillets et autant d'anémones, puis pour de grandes branches de ce mimosa monstre dont les boules sont légères comme de la neige.

Mais rien ne lui semblait d'un prix trop élevé; et il avait vidé joyeusement sa bourse.

Et il eut sa récompense dès que Mlle de Menhoët et sa mère pénétrèrent dans son atelier.

Marguerite sourit en regardant ces belles fleurs. Et quelle caresse que sa voix!

— Mais ça embaume, ici!

Cependant, elle gronda ensuite.

— Je ne viendrai plus si, à chaque séance, vous devez vous ruiner ainsi, monsieur!

Il protesta. Ce n'était rien; quelques bouquets de quatre sous ramassés dans les petites voitures des rues...

Mais elle le grondait toujours, du doigt; elle ne croyait pas cela. Car, depuis deux jours, on ne trouvait plus rien dans ces petites voitures, qui étaient ses uniques magasins à elle.

Enfin qu'il ne recommençât pas! Et:

— Qui de nous va poser, d'abord?... Maman ou moi?

— Voudrez-vous me permettre de mener les deux choses en même temps?

C'était le conseil de ce rusé de Parnet: commencer et le buste et la brodeuse; de cette façon, les séances où il verrait la brodeuse se doubleraient tout naturellement. Mais il en donna officiellement de bonnes raisons: il faut souvent attendre que les modelages aient pris une certaine consistance, avant de retravailler à côté; et puis, on se fatigue d'être toujours sur la même chose; et lui, aurait le bonheur de se reposer d'un morceau en s'attaquant à l'autre.

Après ce préambule, il passa dans sa chambre; et, assez embarrassé, il en ramena la maquette à laquelle il travaillait depuis plus de deux mois.

Mme de Menhoët sourit, heureusement surprise.

— Comment! depuis le jour de l'an, vous avez déjà fait cela? s'écria-t-elle tout naïvement.

Et on n'était qu'au 5 janvier.

— Oh!... j'ai voulu travailler, *de chic* comme nous disons dans notre argot... Un simple projet que je vais sans doute démolir, dès que mademoiselle m'aura donné une heure de pose.

Mais Marguerite ne fut pas dupe comme sa mère; et elle dit à voix basse:

— Je crois que vous n'avez pas attendu que je vous donne quelques séances de pose de bon gré?

Il balbutia:

— Pardonnez-moi mon indiscrétion!

Et son cœur se gonflait d'espérance, puisqu'elle ne se fâchait pas. Et il était heureux aussi de ce qu'elle comprît tout le travail qu'il y avait déjà dans cette ébauche.

— Alors, je vois quelle pose je dois prendre.

Mais, avant, elle examina la maquette, longuement. Mme de Menhoët disait:

— C'est que c'est tout à fait toi!

Marguerite remarqua:

— Il y a là de la manière de Talgrain, n'est-ce pas, monsieur? J'ai vu quelquefois, de ses petits bronzes à l'exposition des Champs-Elysées.

— C'est mon professeur, mademoiselle!

Et son enchantement continuait de voir qu'elle n'était pas une ignorante en art.

— Seulement, remarqua-t-elle, vous, c'est plus heurté, plus jeune, plus vigoureux... Moquez-vous de moi, si je dis des bêtises.

— Je ne vous ai jamais entendu dire, mademoiselle, que des choses très justes. Au travail, voulez-vous?

Elle lui donna, tout de suite, la pose qu'elle avait à sa fenêtre et qu'il avait si bien traduite dans son ébauche. Et, depuis deux mois, il s'était si bien pénétré de ses lignes, de son attitude, qu'il n'avait qu'à continuer, à affirmer le travail commencé.

Mais cela eût été trop vite terminé; et il démolit ce qu'il avait fait, en déclarant que ça ne s'emmanchait pas avec assez de solidité. Et il voulait marcher d'une façon sûre; car il ne demanderait de conseil à personne.

— Sauf à votre ami, M. Parnet?

— Oh! lui, il fait presque partie de moi-même!

Et Parnet leur servit, ce jour-là, de conversation. Et, à la façon dont Gaston parla de lui, il put montrer toute la chaleur de son âme, sa reconnaissance à ceux qui l'aimaient.

Et, à la fin de cette séance, leur amitié, à Marguerite et à lui, avait certainement fait un grand pas. Ils étaient bien certains, tous deux, qu'ils avaient le cœur épris, assoiffé de grandes choses, de générosité, de justice; et au-dessus de tout, planait l'art qu'ils chérissaient tous deux et qu'elle allait apprendre par lui; car elle se rendait compte qu'elle ne savait rien...

— Mais vous êtes au courant de tout, mademoiselle...

— Comme une petite fille qui lit beaucoup et qui ne connaissait personne qui pût lui expliquer la vérité, l'initier à cette religion du beau qui console, sur la terre, de tant de choses vilaines, intéressées!

A la fin, il fut convenu qu'il y aurait deux séances par semaine, une pour le buste, l'autre pour la brodeuse.

Mais il se trouva que la brodeuse absorbait les deux séances et, qu'au bout de deux mois, le buste n'était encore qu'un bloc de terre informe, dont il finit par ne plus être question.

Mme de Menhoët ne s'en plaignait pas; c'était justement ce qu'elle avait désiré. A quoi bon songeait-elle, le buste d'une vieille?... Et puis, elle remarquait que, depuis que ce nouvel élément était entré dans leur vie, un grand calme se produisait chez Marguerite; elle n'avait plus la moindre exaltation, plus la moindre révolte contre la société, plus une parole de mauvaise humeur contre son oncle. Son âme avait trouvé un aliment dans ces conversations sur le beau, sur l'art, la justice, l'histoire, la littérature.

Car ils causaient de bien des choses, de tout presque, excepté d'eux.

Et, au bout de trois mois, la petite maquette était devenue une statue grandeur nature, dans laquelle le rêve de Gaston apparaissait très clairement: c'était bien la jeune fille, dans l'apaisant travail de la maison, donnant bien l'impression de la pureté, de la douceur, du repos.

Mais, avec cela, Marguerite ne travaillait plus beaucoup. Deux après-midi entiers qu'elle passait dans l'atelier de Gaston, d'abord; et puis, chez elle, elle n'avait plus la même vivacité à la besogne: sa maison de vente se plaignait de ce que ses broderies fussent négligées. Elle éprouvait une sorte de langueur, quand elle était courbée sur son ouvrage, et souvent s'endormait.

Elle faillit se fâcher lorsqu'on lui adressa des observations: le vieux tempérament des Menhoët qui reparaissait! Mais elle entendait être moderne et pratique; et, plus que jamais, elle sentait le besoin de conquérir son indépendance par son travail. Elle fit répondre qu'elle avait été, en effet, un peu fatiguée, et que désormais, elle s'arrangerait pour ne plus recevoir que des compliments.

Et comme, maintenant, Gaston, ayant bien arrêté les grandes lignes de la statue, allait commencer l'étude de son visage, elle trouva cette combinaison:

— Il faut que je travaille. Puisque vous me représentez en train de broder, pourquoi ne feriez-vous pas ma figure chez nous, au milieu de mon petit entourage ?

Gaston frémit de bonheur.

Jamais il n'avait vu le logis des dames de Menhoët que de l'antichambre lorsqu'il leur portait des livres ou des journaux. Pénétrer chez elles, c'était pénétrer en leur vie ; et Mme de Menhoët le permettait...

Elle avait bien fait quelque difficulté, pourtant.

— Ce jeune homme chez nous !

Mais Marguerite avait répliqué par cet argument péremptoire :

— Que nous allions chez lui, ou qu'il vienne chez nous ?

N'était-ce pas la même chose ? Et ce serait si commode, pour leur travail à tous les deux !

Et Mme de Menhoët n'avait pas osé formuler l'objection qui était si souvent venue à ses lèvres depuis le début de ces relations, c'est qu'il y avait peut-être un danger à permettre à ces deux jeunes gens de vivre toujours si près l'un de l'autre...

Mais, parler de ce danger à Marguerite, n'était-ce pas justement en précipiter l'éclat ?

— Que se passait-il en sa fille ?

Elle ne le savait pas et sentait bien que de l'expérience lui manquait pour la conseiller, parce qu'elle n'avait jamais aimé.

Marguerite ne voyait-elle en Gaston que le représentant de toutes ces choses qui la passionnaient ? N'aimait-elle à l'entendre parler que parce qu'il traduisait si bien les sentiments, les opinions qu'elle éprouvait ?

Ou bien, était-ce sa voix qu'elle aimait ? Et était-ce simplement à la chaleur de ses yeux qu'elle se laissait prendre ?... En un mot, n'y avait-il entre eux qu'une sympathie toute naturelle, puisqu'ils se passionnaient pour les mêmes choses ?... Ou était-ce un amour naissant ?...

Et Mme de Menhoët, faible comme le sont toutes les mères, permit que Gaston vînt chez elles, puisque Marguerite avait décidé que c'était le plus sage, le plus commode.

On en glosa un peu dans l'immeuble, mais pas lorsqu'on eut vu de quelle manière cela se passait.

Marguerite se plaçait devant sa fenêtre ouverte, exactement comme autrefois, tout au moins avec les rideaux entièrement relevés si la température était trop fraîche, et elle travaillait ainsi que jadis.

Mme de Menhoët se plaçait auprès d'elle, dans son grand fauteuil, et ne les quittait pas un instant. Quant à Gaston, il était presque toujours silencieux ; et les gens qui l'apercevaient, de biais, en traversant la cour, constataient qu'il ne cessait pas de besogner.

Et pourtant, il n'achevait pas. — C'est que c'était si difficile, cette pose inclinée !

Et, un jour que Marguerite relevait un peu fièrement les yeux, avec son regard coutumier vers le ciel, Gaston, brusquement, repoussa la tête qu'il était en train de modeler. Et :

— Permettez, mademoiselle !

Et il sortait, tout frissonnant, allait chercher de la cire dans son atelier ; et il revenait aussitôt fiévreux, emporté ; et il n'eut pas besoin de dire une autre parole : Marguerite avait compris que l'inspiration jaillissait dans son âme, l'inspiration dont elle était la source ; et elle conserva cette pose, où elle était si différente de la jeune fille au travail : c'était maintenant le travail interrompu par la rêverie qui fait tomber l'aiguille des mains les plus courageuses, la rêverie où toute jeune fille, avant de le connaître, attend et aime celui qui l'a déjà vaincue et dont elle est déjà si orgueilleuse.

Ce fut une séance dont ils sortirent très las l'un et l'autre ; et Mme de Menhoët n'approuva pas d'abord cette modification qui supprimait un peu de la douce vision de sa fille, de leur tranquillité...

Mais cela était plus fier aussi, d'une poésie plus haute...

— Oh, oui, mère, disait Marguerite un soir, d'un ton passionné, ce sera mieux ainsi !

— C'est... c'est que cela te donne aussi comme un air de révolte...

— Si cela inspire mieux M. de Naizant, mère !

Elle avait réponse à tout. Et puis, sa mère la sentait si heureuse de tout ceci ! Et elle-même était bercée par le charme de cette histoire encore si pure ! Et ils étaient si beaux et d'âme si haute tous les deux ! Devait-elle donc enrayer leur bonheur, si ce bonheur était réalisable ? N'était-ce pas Dieu qui les avait mis sur le chemin l'un de l'autre ?...

Cette expression de révolte, par moments, dans son allure rêveuse, frappait bientôt Gaston et lui causait une grande difficulté.

— Je voudrais tant rendre ces deux choses, mademoiselle ! Je voudrais que l'on comprenne que votre travail, peu à peu, a glissé de vos doigts, sous une pensée, d'abord simplement mélancolique, puis un peu sombre... avec... une nuance d'angoisse... de colère peut-être... Car vos traits disent bien tout cela... Et les personnes qui regarderaient ma statue, notre statue, car un modèle tel que vous est un collaborateur, ne verraient cela, qu'au bout d'un instant... Oh ! je voudrais mettre tant de choses dans l'expression de votre visage !

— C'est qu'il y a tant de choses en moi ! murmura Marguerite avec une indicible mélancolie qui, tout de suite, pénétra Gaston d'attendrissement.

Et pourtant, tout était gai autour d'eux : un chaud soleil déversait sa bonne lumière sur l'immeuble de la rue Alain-Chartier, sur la cour où se roulait une grouillante marmaille, sur les jardinets où poussait la flore parisienne des plantes grimpantes. Et, par la fenêtre du logis de Marguerite, passait justement un rayon un peu tamisé qui arrivait sur le front de Mme de Menhoët.

Et voilà que l'excellente femme s'était endormie, son crochet entre ses doigts sur ses genoux !

Un long moment, Gaston et Marguerite se contemplèrent, tout silencieux.

Et Marguerite jugea que l'heure était venue de parler à Gaston de Naizant de ce qu'il y avait de si douloureux dans sa situation... Pourquoi ?... Elle ne savait pas bien... C'était honnête, voilà tout. Quand on vit si près les uns des autres, si intimement, on doit se connaître entièrement...

— Oui, reprit-elle, il y a tant de choses en moi, que je ne suis pas toujours bonne...

— Oh ! mademoiselle !

— C'est que je souffre. Vous, monsieur, j'ai bien deviné, vous avez été exclu... ou à peu près... de votre famille, uniquement parce que vous suivez une carrière qui lui déplaît.

— Qui déplaît à mon beau-père, seulement ; car de ma mère et de ma sœur — c'est ma sœur, pour moi — je n'ai jamais eu qu'encouragement et tendresse.

— Eh bien... moi...

Elle hésita un peu ; puis, montrant la dormeuse d'un geste lourd d'affection, d'un geste où il y avait et du respect et de la protection :

— Voici mon unique famille !

— Mais... mais il me semble avoir entendu dire qu'une... Oui, une tante vient bien vous voir quelquefois ?... Pardonnez-moi si je suis si exactement informé sur votre compte ; je vous assure que ce n'est pas de ma faute... Cette tante doit vous aimer ?...

Marguerite eut un sourire plein d'amertume.

— Oui,... une tante,... un oncle... Un oncle qui nous a chassées de sa famille, comme on coupe un membre malade ; il paraît que c'est l'expression dont il s'est servi à notre égard... Une tante qui, n'ayant pas d'enfant et n'étant retenue par rien dans son pays, a trouvé le moyen de venir nous cinq ou six fois depuis que je suis au monde... Voilà toute ma famille, monsieur !

— Et ?...

Il n'osait pas achever sa question. Pourtant, si Marguerite avait commencé cette confidence, n'irait-elle pas jusqu'au bout ? Ne parlerait-elle pas de son père ?...

De nouveau, la main de Marguerite s'étendit sur Mme de Menhoël, et son regard la couvrit de vénération.

— Elle et moi... c'est tout.

— Et... elle ne vous a jamais dit ?... interrogea Gaston, le cœur serré.

Lentement, elle prononça :

— Jamais... Et jamais je n'ai osé lui demander... Puisque, d'elle-même, elle ne me disait rien...

Alors, Gaston conclut avec gravité, traduisant non seulement son sentiment mais celui qu'il lisait dans les yeux de Marguerite :

— C'est qu'elle ne devait pas, sans doute !

Mais Marguerite se secoua ; et, avec un mouvement presque joyeux :

— Allons, au travail, monsieur !

Maintenant que la chose était dite, elle avait la conscience plus légère ; et il ne lui restait qu'une inquiétude : c'est que cette confidence produirait peut-être un changement dans les manières de Gaston de Naizant à leur égard.

Et un changement se produisit en effet, mais tel qu'elle était en droit de l'attendre de ce cœur si haut : il lui montra, désormais, à elle, une sympathie un peu plus vive, et à Mme de Menhoël certainement plus de respect.

Quand arriva l'automne, l'étude de la tête de Marguerite était à peu près achevée. Gaston ne s'en déclarait pas satisfait ; mais Parnet remarqua, malicieusement, que tant que Mlle de Menhoël aurait la bonté de poser pour lui, il ne se lasserait pas de la faire poser.

— À la statue tout entière, maintenant, ordonna-t-il presque.

Et Marguerite appuya :

— À votre statue !... À la nôtre ! ajoutait-elle en riant ; et je vais tant prier, et vous tant travailler, que nous aurons une récompense !

La première récompense de Gaston fut la naïve admiration de sa concierge. Le jour où elle se trouva en face de la « Brodeuse » à peu près mise en place, elle écarta tragiquement son balai, de ce geste familier à toutes les concierges de Paris, majestueux comme celui de Louis XIV s'appuyant sur sa canne, et elle s'écria :

— Oh !... mais ce que c'est la demoiselle d'en face !

Cette ressemblance si frappante causa une certaine appréhension au sculpteur. Si sa mère avait rencontré Mlle de Menhoël en venant rue Alain-Chartier ?... Si elle allait s'étonner de ce qu'il eût fait ce portrait ? Car elle y verrait surtout un portrait !... Jamais encore il ne lui avait parlé de ses plans, par timidité, par pudeur. Leur amitié restait un secret entre elles, Parnet et lui.

Évidemment, un jour, bientôt peut-être, il conterait sa jolie histoire à Mme Darsans et les espérances qu'elle avait fait naître en son cœur, mais tout d'un coup, par exemple si son œuvre était choisie au Salon.

Jusque-là, le secret ne devait pas être trahi. Et même, il avait l'impression très nette que, le jour où il serait connu des siens, de Paul Darsans surtout, si impitoyable à tout ce qui n'était pas régulier, de sa douleur recommencerait pour lui.

Il ne laissa donc pas la « Brodeuse » dans son atelier. Elle passa dans sa chambre et fut cachée par un rideau.

Mais, le soir, il écartait ce rideau et s'endormait dans la contemplation de la jeune fille ; et, lorsqu'il la ramenait dans son atelier pour y travailler, il fermait sa porte à clef, — que personne ne pût le surprendre.

Vers la fin de l'année, alors que l'adresse du jour de l'an commençait à renaître, et pour lui et surtout pour Henriette et sa mère, et, au fond, pour Paul Darsans, celui-ci annonça, brusquement, qu'il avait besoin de quelques semaines de repos, et partit, avec sa femme et sa fille, pour Monte-Carlo.

Ainsi fut évitée la fameuse soirée de l'année précédente. Et là-bas, sur la rive ensoleillée de la Mer Bleue, Henriette et Mme Darsans purent se figurer qu'il n'y avait pas de brouille entre Darsans et son beau-fils... Une simple séparation...

Et Paul Darsans ne fit aucune remarque désagréable, lorsqu'il surprit les deux femmes en train de confectionner un immense panier de fleurs à destination de la rue Alain-Chartier. Le soleil de la Méditerranée porte si bien à l'indulgence ! Mais il ne dit aucune parole non plus qui permît de deviner que sa colère s'émoussait.

Oh ! quelle joie à l'atelier quand arrivèrent les belles fleurs de Monte-Carlo ! Comme une bouffée de printemps.

Ainsi que l'année précédente, Parnet était venu passer la soirée avec son ami. Et déjà ils étaient extraordinairement joyeux, parce qu'ils sentaient qu'ils avaient conquis cet avenir qui, si peu de temps auparavant, leur semblait tout lointain.

Parnet avait signé un traité avec un des meilleurs éditeurs de Paris : un roman paraîtrait de lui l'année prochaine, dans le plus populaire des journaux français ; ses chroniques commençaient à passer régulièrement ; et il n'avait pas besoin d'avoir recours au reportage ni à la diversité de petits métiers, pas toujours agréables, qu'il lui avait fallu exercer au début pour assurer sa vie. Il se sentait devenir quelqu'un... et en était peut-être un peu fier. Vraiment, il ne l'avait dû qu'à lui-même.

Quant à Gaston, le sculpteur Talgrain le jugeait hors d'affaire et, puisqu'il ne voulait pas suivre la filière des prix de Rome, lui conseillait de marcher de ses propres ailes, de commencer quelque grande figure.

À ce conseil, Gaston souriait intérieurement. Sa grande figure était très avancée ; mais il ne la découvrirait à personne avant le Salon.

— ... Où l'on te couvrira de fleurs !

Juste comme Parnet disait cela, le soir du 31 décembre, un employé du chemin de fer cogna à la porte de l'atelier.

Et, cinq minutes plus tard, Parnet, avec un entrain endiablé, tressait une couronne de fleurs envoyées de Monte-Carlo, la mettait sur la tête de son ami, en faisait une autre pour en couronner la statue.

Et, tandis que Gaston souriait de ces enfantillages, Parnet, soudain, devenait pensif.

En achevant de déballer les fleurs, il avait vu, dans un coin du panier, un petit paquet enveloppé de papier de soie, sur lequel une carte était piquée avec son nom. La voix un peu étranglée, il dit :

— Tiens !... On a pensé à moi aussi...

C'était une carte de Mme Darsans, et c'était Mme Darsans qui avait tracé son nom ; mais, en retournant la carte, il vit une écriture plus fine, écriture de jeune fille !

Et il n'y avait que sept mots, — sept mots qui disaient pourtant beaucoup de choses :

« Pour le bon ami de mon frère ! »

Il toussa un peu, glissa la carte dans sa poche, puis déplia le papier de soie ; et un bouquet de violettes, de violettes fraîches comme si on venait de les cueillir, apparut...

— Pour me rappeler à la modestie, dit Parnet, éclatant de rire, afin de ne pas pleurer.

— Et se rappeler à toi !... fit Gaston en montrant un bouton de rose mousse, un seul, planté au milieu des violettes... Jusqu'à son parfum préfé-

...titres étaient entourées de feuilles de ...

— Croire qu'elle est venue ici ! s'écria Parnet.

Le lendemain, sauf le bouquet de Parnet et une gerbe de mimosa que garda Gaston, toutes les fleurs passèrent chez les dames de Menhoël, Gaston affirmant qu'il ne saurait pas les soigner.

Ensemble, ainsi que l'année précédente, ils allèrent à la messe de leur petite église, dans le lieu qui est la maison de famille de ceux qui n'en ont plus.

Et puis, chacun reprit sa besogne, Gaston avec un peu de fièvre ; car, quoiqu'il fût déjà prêt, il voulait sans cesse retoucher sa « Brodeuse », ne la trouvant jamais assez achevée, et avec la sensation qu'il aurait encore à y travailler lorsque tomberait la date des envois aux Champs-Elysées.

Il ne la ramenait plus dans sa chambre maintenant. Il ne redoutait plus de visites de sa mère ou de sa sœur. Darsens, se trouvant bien à Monte-Carlo, ne paraissait plus du tout.

Et, au commencement de février, il était en posture d'examen, se demandant, pour la centième fois, s'il avait bien rendu la finesse, les ondulations de cette toile, lorsqu'un tambourinement retentit à la porte de son atelier.

— Entre donc ! cria-t-il ; la clef est à la serrure.

Il était foncièrement persuadé que seul Parnet pouvait ainsi s'annoncer chez lui ; et c'était, en effet, de ses façons habituelles. Et, quand la porte eut été ouverte, il ne se retourna pas ; et la main gauche sur les yeux, la droite décrivant les contours de la statue, il dit :

— Trouves-tu que ça y soit absolument, mon vieux ?... Sent-on bien frémir sa poitrine ?

Une petite voix qu'on grossissait répondit :

— Pas mal, oui... Et elle doit être encore mieux dans le costume habituel aux statues... c'est-à-dire sans costume du tout !

Gaston se retourna, stupéfait.

— Henriette !

— Moi-même, monsieur !

— Moi qui vous croyais dans le Midi, jusqu'à...

— Avec papa, tu sais, ça n'est pas long, un départ. Quelque chose de détraqué rue d'Hauteville, et il nous a fait rentrer dare-dare... Et je n'en suis pas fâchée ! Ce que j'avais envie d'embrasser mon petit frère !

Elle l'étouffa de baisers.

— Comment as-tu pu t'échapper, chérie ?

— Toujours la même chose, tu sais !... La Madeleine !... Ce que je l'aime, cette sainte !

— Quelque ... ...

— Ne perds pas ma tête, hein ! — Maman viendra demain. Elle avait tout l'hôtel à mettre en état aujourd'hui... Et tu penses si... Mais, en fait de ... Ah ! ça, oh ! ça...

Elle quittait son frère et allait se placer sous la statue.

— Rudement jolie personne !... C'est en cinq semaines, depuis notre départ pour le Midi, que tu as fait ça ?

... ... épaules

— Oh ! le vilain cachottier !

— Je ne voulais te montrer la chose qu'une fois achevée.

Mais elle mit un doigt sur sa paupière inférieure, et la tirant avec un geste gamin :

— Tu sais... pas à moi !

Et, secouant sa tête menue :

— C'est la demoiselle d'à côté ?... pas ?

— C'est-à-dire que... qu'elle a eu l'amabilité... Entre voisins, il faut s'aider un peu... Et les modèles qui courent les ateliers sont si communs, si ...

— Mais tu batouilles, mon pauvre ami ! Tu batouilles !

Et elle était impayable de gravité.

— Faut pas m'en conter, tu sais, à moi ! C'est la demoiselle d'à côté ; et je vais te dire : je la trouve joliment gentille... c'est-à-dire joliment jolie... Oh ! elle a de beaux yeux bleus et des cheveux noirs magnifiques ! Si tu crois que je ne connais pas ton immeuble ! Et, dans la façon dont tu as fait cette statue, il y a de... Jure-moi qu'il n'y a pas de l'amour ?

— Est-ce que je sais ? fit-il lentement.

— Oh ! le laid, de n'avoir rien confié à sa sœur !

Et elle lui tira la moustache.

— Je devrais t'en vouloir, te punir. — Comment s'appelle-t-elle ?

— Marguerite.

— Et... elle sait que j'existe ?

— Tu sais bien, toi, qu'elle existe, elle !

— Et... pendant les poses, vous avez dû... bavarder, hein ?

— Elle n'est pas tout à fait aussi bavarde que toi.

— Maman !... Dis, comment cela t'est-il arrivé ?... Comment l'as-tu aimée ?... Comment t'a-t-elle dit qu'elle t'aimait ?... Je veux que tu me racontes tout !

Et, dans son enjouement, il y avait bien un peu de mélancolie, le sentiment que son Gaston ne lui appartenait plus comme autrefois, un rien de jalousie, mais tout de suite aussi le désir d'aimer cette jeune fille si cette jeune fille aimait son frère. Il dit :

— Petit oiseau, tu voles toujours vite, vite... Rien de tout cela n'est arrivé. Ma voisine est bonne et aimable, voilà tout : sa mère...

— Cette jolie vieille à bandeaux gris ?

— Tu vois donc tout ?

— Tout ce qui te concerne, oui. Eh bien, sa mère ?...

— ... désirait le buste de sa fille, et la jeune fille le buste de sa maman.

— C'est gentil, ça.

— Elles se sont adressées à moi ; et j'ai changé le marché. Je ferai le buste de la maman, je refuse naturellement tout payement, et la jeune fille a eu la bonté, c'est dur, va ! de me poser cette grande figure, avec laquelle j'espère débuter au Salon.

— Et... pendant les séances... Rien ?

— Penses-tu que j'aurais profité de sa complaisance, pour...

— Parnet, j'en suis certaine, serait allé plus vite en besogne.

— Ce qu'il a été content de son bouquet de violettes ! s'écria Gaston, saisissant le premier prétexte pour changer de conversation.

— Ah ! fit-elle avec un bon rire, j'ai écrit sur la carte de maman, pendant que maman ... ... adresse et que papa, oui papa qui était là, respirait des roses. Mais...

Il ne fallait pas écarter ce qui la préoccupait en ce moment ; et elle y revenait tout de suite.

— Elle est venue chez toi ?

— Pour la pose du corps, oui ; mais, pour qu'elle ne perde pas trop son temps, j'ai fait la tête chez elle, tandis qu'elle brodait ; car cela s'appellera la « Brodeuse ».

— ... ... fini ...

— Oh ! tu sais, on travaille jusqu'au dernier moment !

— Non... Il ne faut pas... C'est bien, ainsi : gracieux, ressemblant, et si poétique !... N'y touche plus... Je t'en prie, n'y touche plus !

Puis, faisant asseoir son frère sur un fauteuil et se mettant elle-même sur un des bras :

— Je vais te demander quelque chose.

— Quoi ?

— Dis oui, d'abord...

— Mais...

— Ah ! pas de façon, ou je me fâche. Dis oui !

Et elle le couvrait de caresses, en répétant :

— Dis oui ! Dis oui ! Dis oui ! Dites oui, monsieur ! Ou alors, je serais jalouse !

— De qui ?

Elle montra la statue. Il se mit à rire :

— Ne veux-tu donc pas que j'essaie de remporter une récompense au Salon ?

— Si... Mais... mais pas avec elle toute seule... Je veux y être, moi aussi !

— Crois-tu donc que j'aurai le temps, d'ici le mois de mars, de refaire un aussi grand morceau ?

— Oh ! le laid qui ne songe qu'à soulever des difficultés ! Mais je ne demande pas du tout d'être un grand morceau, moi ! C'est bon pour la demoiselle d'en face... Moi, un buste, un médaillon, un buste, oh ! un buste, dis, et je serai contente... Oh ! je serai si contente que tu vas dire oui tout de suite...

— Soit... Mais...

— Quoi encore ?

— Pourras-tu venir ?... Il me faut au moins une quinzaine de séances de pose ?

— D'abord, tu as tout plein de photographies de moi... Et puis... et puis, je m'arrangerai... Mais je veux être au Salon, moi aussi !...

— Alors... tu ne seras plus jalouse de la demoiselle d'en face ?

— Non, si je suis avec elle... Et il y a une chose à laquelle tu ne songes pas...

La mélancolie envahissait son fin visage, assez vite chassée par une expression de malice.

— Si tu fais quelque chose de joli... et, avec moi enfin, si tu l'appliques, ça ne sera pas trop laid, n'est-ce pas ?... Eh bien, on le remarquera, mon buste, au Salon... Quelqu'un que tu devines, surtout... Et c'est peut-être là le moyen, vois-tu, pour que tu retournes à l'hôtel... Tu ne crois pas ? fit-elle vivement.

Il avait eu un geste de doute ; et, en même temps, il s'apercevait qu'il y tenait beaucoup moins qu'autrefois. Il dit :

— Tu sais combien ton père est entêté... Moi aussi... Je crains plutôt que nous ne l'irritions !

— De telle sorte que tu vas encore me dire que tu ne veux pas faire mon buste ?

— Je ferai tout ce que tu voudras, si mère consent.

— Oh !... ce que je la ferai consentir !... Et puis, demande son avis à Parnet !

Il sourit.

— Je vois que l'opinion de mon ami Parnet a toujours une grande importance pour toi.

Elle eut l'air piqué.

— Il me semble qu'il ne t'a jamais donné que de bons conseils, impertinent !

Mais ses fâcheries ne duraient qu'une seconde ; et, tout de suite, elle ajouta, d'un ton mystérieux :

— Il paraît que son roman est très joli.

— Qui te l'a dit ?

— Le conseiller.

— Il l'a donc lu ?

— Non ; mais il connaît le directeur du journal auquel Parnet a porté son manuscrit. Il paraît que c'est mouvementé, endiablé... tout comme lui...

— Et... la jeune fille ?

— Quelle jeune fille ?

— Le conseiller ne t'a pas parlé de l'héroïne du roman ? Car tu n'en as pas beaucoup lu ; mais tu sais bien que, dans un roman, il y a toujours une héroïne ?

— Et après ?

— Il ne t'a pas dit que celle de Parnet était... blonde ?

— Ma foi non !

— Et... qu'elle s'appelait Henriette ?

Elle rougit fortement ; mais, ne voulant pas perdre contenance, elle déclara tranquillement :

— Les saints et les saintes du calendrier appartiennent à tout le monde. — Adieu, monsieur !

— Alors... tu ne veux pas en savoir davantage sur le roman de Parnet ?

— J'aime mieux le lire.

Et elle s'envola vers la porte ; mais sur le seuil elle dit :

— Et puis... tu me contes des blagues.

Il la rejoignit et, emprisonnant sa taille dans ses mains, l'embrassa follement.

— Tu es un amour de petite sœur.

— Ça oui... si tu fais mon buste.

— Puisque tu le veux et que tout le monde t'obéit... Je te reconduis jusqu'au bord de l'eau.

— Non ! nous n'aurions qu'à rencontrer papa, par hasard !

Elle voulait seulement remettre en voiture. Et, à ce moment, Mme de Menhoët et sa fille sortaient de la maison.

— La première, Henriette les salua, et si gentiment, si aimablement, que du bonheur se peignit tout de suite sur les traits de Marguerite et que Gaston jeta, dans une ardente caresse, à Henriette, avant son départ :

— Oh ! oui, tu es bien un amour de petite sœur !

VII

LE PETIT BUSTE ET LA GRANDE STATUE

Mlle Henriette Darsans se découvrit, à cette époque, une véritable passion pour la charité.

Et son père s'en choqua un peu.

— La charité, lui disait-il, ne peut avoir d'effet que si elle est exercée d'une manière administrative. Nous versons, pour cela, chaque année, au bureau de bienfaisance...

Sa fille l'interrompait, doucement, finement.

— Oui, père, c'est votre manière à vous !

Mais sa manière à elle, c'était de se mettre en relation directe avec les malheureux qu'elle voulait secourir ; et il y en avait des tas et des tas dans Paris !

Des listes à lui prendre des après-midi entières ! Darsans marmonnait contre cette nouvelle manie ; mais Henriette objectait que l'hiver avait été si rude !...

— Tandis que nous étions, là-bas, si tranquilles, si chaudement à Monte-Carlo.

Et le hasard, ce hasard si favorable aux malicieuses personnes telles que Mlle Henriette Darsans, faisait qu'elle avait beaucoup de pauvres dans le quartier de Vaugirard : par le curé de la Madeleine qui s'était renseigné auprès de celui de Saint-Lambert, elle en avait de façon à ne pas chômer tant que son buste ne serait pas achevé.

Et les choses se passaient ainsi. Elle quittait l'hôtel, avec la voiture remplie de provisions ; et elle et sa mère allaient vite les distribuer ; et le bien qu'elles faisaient était le rachat de leur petite ruse, presque du mensonge.

Puis, elles disaient au cocher qu'elles avaient à voir de pauvres gens à qui elles ne donnaient que de l'argent et lui ordonnaient de les attendre boulevard des Invalides, où elles le rejoindraient dans une heure.

Cette heure en devenait presque toujours deux, et elles s'enfuyaient rue Alain-Chartier.

La première fois où elles y arrivèrent ainsi, Henriette fut toute surprise de ne pas voir la statue « de la demoiselle d'en face » dans l'atelier de son frère.

Mais elle lui dit, aussitôt à l'oreille :

— Je comprends ; tu ne veux pas qu'on parle encore à maman de ta « Brodeuse » !

— Pas tant qu'elle ne sera pas absolument achevée. Tu ne lui en as rien dit, au moins ?

— Non, tu penses !... Je ne suis pas tout à fait une bête, va !

Elle sentait bien que, si bonne que fût Mme Dar-

que cette amitié de son fils avec de si modestes
voisines la choquerait un peu, au premier abord,
l'étonnerait tout au moins. La jalousie de leur mère
serait sans doute plus difficile à vaincre que la
sienne.

Et le buste, assez rapidement, s'enlevait. Gaston
savait si bien son Henriette par cœur qu'il pouvait
travailler en dehors des séances ; et déjà, elle
vivait, riante, mutine, sous les doigts de son frère.

Talgrain vint la voir, indiqua à peine de très
légères corrections, promit presque que le buste
serait bien placé au Salon. Et ce joli travail lui
inspira cette critique :

— Pourquoi n'avoir pas essayé, dès cette année,
une grande figure, un morceau de nu ?

Gaston balbutia vaguement qu'il ne s'était peut-
être pas senti tout à fait assez prêt. Et Mme Darsans appuya l'opinion du maître.

— Comment, mon cher fils, tu manquerais de
confiance, toi, après toutes les preuves d'énergie que
tu as données !

Il rougit, ne répondit pas ; et alors, tout d'un
coup, Mlle Henriette éclata de rire.

Oh ! en même temps, elle demandait pardon des
yeux, à Gaston. Cela avait été plus fort qu'elle ; il
fallait bien que ce secret, qu'elle gardait si sérieusement, éclatât de quelque manière.

Et, avant de quitter l'atelier, elle dit à Gaston :

— Tu sais... je crois que ce serait le moment.

Du regard, il fit signe que « oui ». Et elle comprit que ce serait pour la prochaine fois.

Or, comme il reconduisait sa mère et sa sœur, ils
croisèrent les dames de Menhoët qui traversaient
la cour.

Il les salua, très respectueusement, heureux de la
première occasion qui s'offrait à lui de manifester,
devant sa mère, en quelle estime il les tenait.

Elles étaient passées, un peu dignes, un peu rai-
des même, avec l'appréhension d'inévitables difficultés.

Cependant, Mme Darsans s'était inclinée, puisque son fils saluait.

— Des voisines ? demanda-t-elle, quand ils furent
dans la rue.

— Oui, mère.

— Elles semblent fort distinguées.

— Elles le sont, mère : elles s'appellent Mme et
Mlle de Menhoët.

— Et la jeune fille est joliment jolie ! déclara Henriette, toujours amour de petite sœur.

Mme Darsans rectifia :

— Oh ! non. Pas jolie seulement. Belle.

Et ce fut tout. Et ils ne parlèrent plus, jusqu'à
ce que Gaston leur dit adieu au boulevard des Invalides.

Une heure après, Parnet tombait à l'atelier.
C'était une de ses joies de venir, les jours où Henriette avait posé, s'enivrer de son parfum, voir les
progrès du buste, vivre dans l'atmosphère qu'elle
avait respirée. Jamais il ne s'était permis d'oser
arriver à l'improviste tandis qu'elle était là : cela
eût trop furieusement exaspéré Paul Darsans si le

Gaston lui conta ce qui s'était passé.

Parnet, aussitôt, passa dans la chambre, où était
la statue de la « Brodeuse », et, d'un ton décidé :

— Aide-moi.

— Alors, tu crois ?...

— Qu'on ne doit pas faire de plus long mystère
à une maman exquise comme la tienne. Ramenons
Mlle de Menhoët dans ton atelier, et qu'elle n'en
bouge plus !

Trois jours plus tard, lorsque Mme Darsans arr-
riva avec Henriette, la statue était en pleine lumière, au milieu de la pièce ; et Gaston, pâle, tremblant, osait à peine regarder sa mère.

Celle-ci eut une petite secousse, certainement ; car
les mères ont si vite deviné !

Mais elle voulut plaisanter, d'abord.

— Tu as vite suivi et surtout bien vite exécuté le
conseil de M. Talgrain.

Et elle venait se placer tout près de la statue. Là,
elle fut tout de suite assez grave :

— Je te pardonne ton manque de confiance envers moi pour la jolie chose que tu as faite !

— Maman, je ne la trouvais jamais assez achevée pour oser vous la montrer.

— Est-ce bien pour cela ?... Mais je parierais que
Mlle ma belle-fille l'avait déjà contemplée ?

— Les sœurs sont plus indulgentes, mère...

— ... et moins perspicaces que les mères. Est-ce
ce que tu redoutais, Gaston ?

— Oh !... moins perspicaces ! fit Henriette d'un
ton futé.

Il y eut un instant de silence, un peu cruel, pour
Gaston et pour Mme Darsans, cette minute toujours douloureuse où une mère doit s'incliner devant la loi naturelle qui veut que son fils lui soit
enlevé, l'angoisse que celle qui la remplacera n'aimera pas son enfant comme elle juge qu'il mérite
d'être aimé, et puis la simple jalousie de perdre
une grande partie de ce cœur qui était presque tout
entier à vous.

Et, dans le beau travail de son Gaston, elle devinait tant d'amour ! Elle demanda :

— C'est... la jeune fille, que nous avons rencontrée l'autre jour, qui t'a posé la figure ?

— Qui a eu l'exquise bonté, mère, de me poser
toute la statue. Un modèle de métier n'aurait pas
eu cette grâce, cette chasteté, cette honnêteté... qui
doivent se deviner, il me semble, dans son attitude
comme dans ses traits.

— Alors... alors, Gaston, si tu es reçu au Salon,
si même tu y remportes une récompense, tu le devras un peu... c'est-à-dire que nous le devrons, à
cette jeune fille ?

— Oui, mère.

— Ce qui fait que... je devrais, moi... la remercier ?

— Oh ! mère !... Vous feriez cela ?

Très gravement, un peu tristement, elle inclina
la tête. Le sacrifice était accompli dans son esprit, sinon complètement encore dans son cœur.

— Si tu le désires, Gaston ?

— Oh ! mère... de toute mon âme !

— Et... le désire-t-elle, elle ?

— Je ne sais pas... Je ne sais pas... Et puis, pro-
nonça-t-il, la voix sourde, il peut y avoir tant de
motifs qui empêchent la réalisation de mes espérances !

— Mais... aucun motif dont nous ayons à rougir ?

— Sur ma foi de gentilhomme, mère, aucun !

— Ainsi... rien n'empêcherait que cette Mlle de
Menhoët se trouve ici, en même temps qu'Henriette... en même temps que ta sœur ?

— Oh ! mère ! Ce serait une sainte auprès d'un
petit ange !

— Eh bien !... eh bien !... Va. Non.

Elle réfléchissait que ces dames devaient être
dans une bien modeste situation de fortune pour
vivre en ce logis tout au fond du pauvre quartier ; et cela nécessitait plus d'égards ; c'était à
elle de faire la première démarche.

— Mon Gaston...

Elle lui mit les deux mains sur les épaules.

— Tu es un homme... Tu as souffert... Je comprends les consolations que tu as trouvées en ceci
et qui, peut-être autant que notre tendresse, t'ont
permis de supporter les duretés du début... Tu connais bien la vie, maintenant, et l'importance de
toute chose... Songe à mon mari, songe à celle qui
est ta sœur... Gaston, je vais aller remercier, tout
de suite, la jeune fille qui t'a fait ce sacrifice, car
c'est un sacrifice que d'avoir accompli, auprès de
toi, ce métier, ce dur métier de modèle. Il y a là
une preuve d'amitié que je serais très ingrate de

ne pas [se remettre] immédiatement. Mais tu sens bien quelles peuvent être les conséquences de ma visite à ces dames?

— Mère, dit-il les yeux pleins de larmes, c'est à genoux que je vous en remercierai!

Alors, elle se dirigea vers la porte de l'atelier, un peu tremblante, mais résolue, et elle dit:

— Venez avec moi, mes enfants!

Une certaine tristesse, faite surtout d'inquiétude, qu'elle ne s'avouaient ni l'une ni l'autre, s'était emparée, depuis six semaines, de Mme et Mlle de Menhoët, c'est-à-dire depuis le jour où Mlle Henriette avait déclaré qu'elle aussi voulait être du Salon.

Mise au courant, le soir même, de ce désir, Marguerite de Menhoët l'avait déclaré parfaitement naturel; mais, tout de suite, un peu de mélancolie lui avait étreint le cœur.

— Cependant, que c'est vilain d'être jalouse! se disait-elle. Pourquoi, de quel droit, serais-je la seule à être pour quelque chose dans le succès qu'ambitionne M. de Naizant?

Et c'était vraiment de toute justice que cette charmante jeune fille blonde, qui aimait son frère comme si des liens du sang avaient existé entre eux, fût son modèle aussi, son inspiratrice, d'autant qu'elle n'était pas exigeante: rien qu'un petit buste! alors qu'elle, était l'œuvre importante, la grande statue: le bouton de rose auprès d'une magnifique fleur.

Mais, au bout de deux jours, Marguerite s'apercevait qu'elle n'était pas du tout jalouse, qu'elle s'était très aisément accoutumée à cette idée; et pourtant une sourde angoisse l'envahissait de plus en plus, et elle n'osait pas bien regarder au fond de son cœur parce qu'elle y aurait trouvé ceci:

Ce n'est pas de Mlle Henriette ni de Mme Darsans qu'elle était jalouse, tout à coup, ni de l'affection qui existait entre elles et Gaston. Son inquiétude lui venait, et à Mme de Menhoët aussi, de l'importance que sa mère et sa sœur avaient soudain reprise dans sa vie.

Hier, il était un abandonné, comme elles. Aujourd'hui il était sur le chemin de la réconciliation avec son beau-père.

Elles l'avaient senti tout de suite, avec l'impression que cela leur enlevait leur aimable voisin.

Gaston n'avait pas eu besoin de leur fournir de longues explications pour qu'elles comprissent tout le plan de Mlle Henriette: le buste charmant qu'on arrangerait, pour mettre en bonne place aux Champs-Élysées, devant lequel on amènerait doucement M. Darsans; et, inévitablement, il serait attendri. Et, que Gaston fût près de lui, et les mains se serreraient toutes seules. Et il s'en reviendrait dans sa famille.

Et ce serait fini de leur jolie amitié.

Mais elles auraient l'héroïsme de s'en réjouir.

Chaque fois que Marguerite allait encore poser, elle examinait longuement le petit buste. Et, comme elle avait souvent aperçu Henriette, elle [...] aider Gaston. Cela lui fit bien souffrir; car elle se disait que, plus le buste serait réussi, et plus grand serait le succès qui éloignerait d'elle le sculpteur; mais jamais il ne le devina. Elle était de celles qui savent souffrir en silence.

Aussi, quel bouleversement, quelle délicieuse émotion lorsque, ce jour-là, ayant ouvert après un certain coup de sonnette donné par Mlle Henriette, elle se trouva en face des deux femmes et de Gaston, qui se tenait un peu en arrière, tout frissonnant!

Mme Darsans lui tendait la main et demandait:
— Puis-je voir Mme votre mère?
— Maman, maman! fit-elle, la voix étranglée; maman, la mère de M. de Naizant!
Mme de Menhoët eut bien une seconde de trouble,

et tout de suite ses lunettes s'obscurcirent; mais, très vite, elle avait repris sa dignité. Et Mme de Menhoët ne s'étonnait de recevoir aucune visite. Un peu gestueusement, elle offrait un fauteuil à Mme Darsans.

Et pendant ce temps, Henriette allait plus vite en besogne; elle sautait au cou de Marguerite et disait:
— Je vous garantis que nous aurons une récompense. Talgrain me l'a promis!
— Oh! que vous êtes bonne! murmura Marguerite [...] une pluie de larmes. Que vous êtes bonne!
Mais Henriette n'aimait pas s'attarder aux attendrissements. Elle se retournait, d'une petite colère vers Gaston.
— Oui, nous, monsieur! Car c'est autant à nous qu'à vous qu'on donnera une médaille! Et ce n'est pas avec les modèles d'atelier que tu aurais fait ces jolies choses!
— Comme vous devez aimer Mlle votre sœur, monsieur! murmura Marguerite en tendant les deux mains à Gaston.
Et une nouvelle et radieuse espérance illuminait son beau regard.
Maintenant, Mme Darsans remerciait Mme de Menhoët:
— Et si je ne l'ai pas fait plus tôt, madame, c'est que je viens seulement d'apprendre quelle amabilité vous avez montrée à mon fils, quelle indulgence. Et vous, mademoiselle, par votre complaisance, vous l'aurez aidé à réussir; car cette petite folle a, [...] son; ce n'est pas avec des modèles d'atelier qu'il aurait pu accomplir cette jolie chose; et vous aurez droit à une part de la récompense qu'il remportera, je l'espère.
— Madame, prononça doucement Marguerite en baissant les yeux, ma meilleure récompense, c'est le merci que vous venez de me dire.
Et puis il y eut un long silence, non pas qu'ils n'eussent tous beaucoup de choses à se dire, mais par où commencer, une fois la connaissance faite? Et puis, ils éprouvaient tous quelque embarras.
— Vous aimez les fleurs, mademoiselle? dit enfin Mme Darsans apercevant, par la fenêtre, les bandes de terreau bien tassées, déjà ensemencées, du jardinet de Marguerite. Si j'avais su cela, je vous aurais envoyé une bourriche du Midi... Mais mon grand fils me faisait mystère de son amitié avec vous!
— Si vous croyez, mère, prononça malicieusement Henriette, que vos fleurs de Monte-Carlo ne sont pas venues toutes seules jusqu'ici!
Et cette exclamation les fit rire. Et désormais, la glace était complètement rompue. Et très vite la sympathie grandissait entre Mme Darsans et Mme de Menhoët; et entre Henriette et Marguerite, c'était de l'amitié, tout bonnement, tout de suite.
Mais déjà une tristesse s'y mêlait, comme à toute joie humaine. Henriette disait:
— Chaque fois que je viendrai rue Alain-Chartier, nous tiendrons une bonne...
Hélas, plus bien souvent! Car son buste était presque achevé. Trois ou quatre séances encore; et le buste et la statue partiraient pour les Champs-Élysées.
Et après, ce serait les usages d'autrefois qui reprendraient: Henriette ne pourrait plus venir que de très loin en très loin visiter son frère; il ne fallait pas s'exposer, sans raison sérieuse, à la colère de M. Darsans.
Et leur amitié, à peine née, semblait presque menacée de mort. Car — elles ne se le disaient pas, mais le comprenaient que trop — leur amitié n'était possible que là, dans ce petit coin, en dehors de la société de Paul Darsans; c'était une chose charmante mais passagère, à moins qu'il ne se produisît... Oui, de graves événements pouvaient se produire; mais qu'en résulterait-il?

encore, Henriette vint poser, accom-
... sa mère. Les quatre fois, elles se ren-
... chez les dames de Menhoët, mais rapidement,
... le temps pressait pour les envois au Salon ; et
... peut-être avaient-elles peur de leur nouvelle
... ? Et de la mélancolie retombait dans l'âme
de Marguerite, plus amère qu'auparavant.

La quatrième fois, Henriette et Marguerite se
dirent presque adieu. M. Darsans avait lancé quelques allumettes soupçonneuses sur ces courses cha-
... que faisait sa fille et nommé toutes les mai-
... notamment celle de Mme Nonlain, où on se
... pouvait de ne plus voir sa femme et sa fille...

Et, d'un grand mois, nous n'oserons plus nous
risquer ! avouait Henriette ; mais nous nous reverrons au moment du Salon, mademoiselle !

Marguerite hocha tristement la tête. Elle avait la
certitude que l'ouverture du Salon serait la fin de
son bonheur.

Pourtant, le matin où la statue et le buste furent
emballés sur un camion amené par Parnet, Henriette et sa mère osèrent encore.

Elles avaient voulu souhaiter bonne chance à ces
morceaux de plâtre en lesquels étaient toutes leurs
espérances.

Elles arrivèrent comme tous les locataires de l'immeuble étaient à leurs fenêtres et ceux du rez-de-
chaussée dans la cour même, en train de surveiller l'opération que Parnet, en bras de chemise
suant formidablement, dirigeait avec l'animation
qu'il portait à tout.

Et justement, il jurait, d'une voix formidable.
— Mais sacré tonnerre de...
Il y avait une corde qu'on n'avait pas suffisam-
ment tendue, et le petit buste dodelinait.

Il retendit la corde, cala le buste entre de gros
tampons d'ouate, et avec tant de soin qu'on eût dit
qu'il s'agissait d'une personne vivante.

Et cela lui procura le remerciement d'Henriette :
— S'il lui arrive malheur, à cette demoiselle, ce
ne sera pas de votre faute, mon cher monsieur !
— Comment ! vous !... mademoiselle !... Ici !
Mme Darsans !... Pardonnez-moi... J'ignorais que
vous dussiez venir aujourd'hui... Je ne me serais
pas permis...

Et, les ayant hâtivement saluées, il se précipitait
vers l'atelier pour faire un bout de toilette, repasser
son vêtement ; mais, du seuil, il s'aperçut que la
« Brodeuse » oscillait encore quelque peu ; en une
seconde, il bondissait de nouveau, sur le camion,
refaisait les nœuds, redoublait les tampons d'ouate.

Et enfin, tout lui parfaitement arrangé.
... ...
— Ah ! mais non ! s'écria Parnet.
Qu'un accident arrivât en route... qui donc serait
là pour le réparer ? On eût vraiment dit que c'était
lui l'artiste ; et Gaston expliquait à sa mère que,
depuis ce matin, c'était ainsi : Parnet avait tout fait,
amené le camion, préparé l'emballage ; et il lui
avait dit :
— Toi, ne te mêle pas de ce qui ne te regarde
pas !

Et Marguerite l'admirait :
— L'image de l'amitié, affirmait-elle.

Et dans la figure joyeuse d'Henriette passait un
peu de mélancolie, et elle disait, elle :
— Oui, quand il aime, c'est pour de bon !... Mais
où est-il ?... On ne le voit plus...

Il avait fait le tour de l'atelier de Gaston et pénétra dans sa chambre par la fenêtre.

Et, au bout d'un instant, il reparaissait, correct,
élégant, mais un peu pâle. Et il causa assez longuement avec Mme Darsans, lui demanda, avec déférence, des nouvelles de son mari.

Et il causait aussi avec Mme de Menhoët, avec
Marguerite ; et il n'y avait qu'une personne à qui
il n'adressât pas la parole, Mlle Henriette Darsans ;
... ... que les plus grands audacieux perdent quelquefois de leur audace.

Mais le cocher du camion vint dire qu'il était
temps de partir si l'on voulait arriver avant midi.
— Je vous suis, dit Parnet.

Et, dans le brouhaha des adieux, lui et Henriette
se trouvèrent, deux secondes, seuls, derrière tout
le monde.
— Fâchés donc ? murmura Henriette, plus triste
du tout !

Et alors, il lui saisit la main, la broya un peu et
tragique :
— Vous verrez ça, quand j'aurai réussi ! Vous
verrez ça !

Et le visage de la jeune fille s'épanouit ; et elle
sentit, mieux qu'elle ne l'avait fait jusque-là, que
s'il était un ami, un modèle d'ami pour les autres,
eh bien, pour elle, il était certainement quelque
chose de plus en son rêve, son ambition !

Cependant, le camion partait ; et les dames de
Menhoët rentraient chez elles, le cœur serré
comme si leur bonheur était enlevé par le lourd
véhicule.

Et Parnet filait à côté, les yeux sur le buste, la
statue, sur le buste surtout, tremblant à tous les
cahots.

Et Gaston suivait, entre sa mère et Henriette,
mais il était entendu qu'elles allaient, tout de suite,
remonter dans leur fiacre qui longeait le trottoir.

Pourtant, on était sorti de la rue Alain-Chartier,
on prenait par la rue Blomet ; et ils marchaient
toujours, silencieux, les yeux fixés sur le camion.

Et puis, ce fut la rue Lecourbe. Au coin de la
grande ligne des boulevards, Mme Darsans dit :
— Allons, mes enfants.

C'était le moment de se quitter ; mais Henriette
supplia :
— Jusqu'aux Invalides, mère !

Et, aux Invalides, il lui sembla que cette gentille
conduite pouvait bien durer jusqu'au bord de l'eau.
— Mais... ton père, ma chérie !
— Papa, à cette heure-ci, revient de son bureau.
Pas de danger que nous le rencontrions.
— Mais nous serons en retard.
— Nous dirons que nous venons du Bon Marché.

Et cela, d'ailleurs, ne valait-il pas une gronderie
que d'aller tous ensemble jusqu'au Palais de l'Industrie ?

Car ils traversèrent l'eau et arrivèrent, sans se
quitter, aux Champs-Élysées, où ils rencontrèrent
d'autres camions, des porteurs, des voitures à bras
chargées de tableaux, de groupes, de statues,
d'aquarelles...

C'était le dernier jour, l'encombrement.
... ...
... ... qui précède sa lueur tombant de la verrière, ils eurent une grande émotion. Le camion
pénétra un peu, et des hommes s'avancèrent pour
le débâtage.
— Mon Dieu ! fit Mme Darsans, j'ai peur... Si
on allait ne pas les recevoir ?

Et c'était aussi la crainte de Gaston, à la dernière minute. Mais Parnet n'acceptait pas de doute,
ni Henriette. Et la jeune fille tendit son ombrelle
vers le milieu.
— Nous serons reçus, décidait-elle, à la place
d'honneur.

Et elle se voyait déjà au jour du vernissage, arrivant avec son père, jouissant de sa stupéfaction.
Et alors elle accomplirait son œuvre, elle !
— Au revoir !... Au vernissage ! dit-elle, toute
vibrante d'espoir, d'enthousiasme. Au vernissage !

Et sa mère l'entraîna. Et Gaston et Parnet, le
menèrent le jour, s'assurer qu'aucune anicroche
ne se produisait.

Puis Parnet courut à ses affaires, à ses journaux ; et Gaston revint, tout pensif, rue Alain-
Chartier, prenant un long détour pour faire ce
chemin pourtant très long ; mais son logis allait lui
paraître si vide, maintenant que l'image presque
vivante de Marguerite ne l'animerait plus !

Et une grande tristesse l'envahissait. La statue partie, il n'avait plus de motif pour revoir assidûment la jeune fille.

Il finit par se mettre à errer dans les rues de Paris et ne rentra chez lui qu'à la nuit.

Il essaya de lire, il ne put pas. Et, dès que le calme, le repos furent tombés sur la vieille bâtisse, il s'accouda à sa fenêtre, d'où il voyait la fenêtre de Marguerite.

Elle n'avait pas encore fermé ses volets. Et, à travers les rideaux, il put distinguer sa silhouette agenouillée.

Elle priait et elle pleurait, car, par moments, elle était toute secouée ; et il devinait son cher visage sillonné de larmes...

Quel chagrin était donc venu troubler sa douce et pure existence de jeune fille !...

VIII

LE VERNISSAGE

Paul Darsans aurait cru manquer à ses devoirs d'homme de goût et de protecteur éclairé des arts s'il n'avait pas assisté à la cérémonie du vernissage. Et, chaque année, il s'y rendait avec la solennité qu'il mettait en toutes choses.

Cela se passait toujours suivant le même programme : d'abord, un fin déjeuner où il réunissait ses intimes, *chez lui*, afin de protester contre l'encombrement tapageur et bohème des restaurants qui avoisinent le palais de l'Industrie ; car, malgré ses principes démocratiques, il détestait la foule, et cela le choquait profondément de rencontrer, dans cette foule, les fournisseurs de sa femme ou les siens, et il regrettait le temps où l'on vernissait le jour du vernissage et où cette petite fête était vraiment une fête artistique.

De même, il protestait contre ces Salons hâtifs, fiévreux que publient les journaux le matin du vernissage, avec de simples énumérations pour la plupart des envois et pas plus de quinze à vingt lignes pour les œuvres les plus importantes.

Et il enrageait de ce que ces journalistes eussent la prétention de faire d'avance son opinion au public. Et, lorsqu'il rencontrait de braves gens en train, leur journal à la main, de s'orienter dans les salles du palais de l'Industrie, il grommelait des... « stupide... ridicule... absurde... »

Comme si tout homme libre et intelligent ne doit pas se faire une opinion à soi !

Pour sa part, il ne voulait rien lire, rien ! A quoi bon, puisqu'il était certain qu'il ne se laisserait jamais influencer par les belles phrases d'un écrivailleur.

Il entendait apporter, au Salon, un esprit vierge, et échanger ensuite ses idées avec les artistes qu'il honorait de son estime et de son amitié.

Il n'avait donc lu qu'un seul article, ce matin, quoique depuis plusieurs semaines, il sût que son beau-fils avait été reçu et que son envoi se composait d'un buste et d'une statue.

La chose avait été annoncée, de la manière suivante, dans presque tous les journaux :

« Signalons le début, au Salon, d'un jeune sculpteur auquel semble réservé un grand avenir, M. Gaston de Naizant. Il a envoyé un délicieux buste de jeune fille et une *Brodeuse* de l'effet le plus exquis. Ce sera certainement un des succès de cette année. »

Cet écho avait sauté aux yeux de Paul Darsans ; mais il n'en avait pas dit un mot à sa femme.

Et il fallut que le conseiller en parlât, malicieusement, à haute voix, au milieu d'une partie de billard, pour que Darsans jetât brusquement cette remarque :

— C'est du Parnet tout pur !

— Mais ce n'est pas sous sa signature ! riposta le conseiller.

— Si vous croyez que la signature des autres le gêne pour dire des bêtises, celui-là ! répliqua Darsans.

Voyant un soupçon de larmes dans les yeux d'Henriette, le conseiller n'insista pas. Et il interrogea doucement, à l'oreille de la jeune fille :

— Ce délicieux buste... est-ce que vous ne le connaîtriez pas ?

Elle ne répondit que par un sourire craintif. Et ainsi, le conseiller fut presque mis au courant du complot.

— Hum ! fit-il, un gros coup à risquer...

— Qui ne risque rien, n'a rien ! prononça fiévreusement la jeune fille.

— Et la... *Brodeuse* ?

— Oh ! ce n'est pas moi.

— Un modèle alors ?

— Vous verrez, le jour du vernissage... Car nous comptons bien sur vous ?

— Pour amortir le choc ?

Henriette, montrant qu'elle avait une grande connaissance de l'état d'âme de son père, répondit :

— Que Gaston réussisse !... et il n'y aura pas de choc.

C'était aussi l'avis de Parnet, et il déploya une extraordinaire habileté, dans ce dernier mois, pour obtenir de remplacer un critique mort récemment.

Car, autrement moderne que Darsans, il prétendait qu'aucun succès ne peut jaillir complètement s'il n'est travaillé, surchauffé.

Sa première attaque avait été cette note lancée dans tous les journaux, l'attention déjà attirée sur son ami ; et il se promettait de lui consacrer, dans quelque jeune revue, une magnifique étude.

Mais ce ne serait pas assez. Et pendant les quelques jours qui précédèrent l'ouverture du Salon, on le vit faire le plus intrigant manège. Il avait en quelques heures, très matinales, pris ses notes essentielles sur la peinture ; et, dès que les critiques habituels apparaissaient dans le jardin de la sculpture, Parnet y descendait et se mettait à son poste, c'est-à-dire devant le buste de Mlle Henriette Darsans.

Or, tout critique, même influent, même sérieux, est badaud, pour peu qu'il ait respiré l'atmosphère parisienne, et l'attitude de cet autre critique planté en admiration devant un buste, l'attirait immanquablement.

Et, pour peu que Parnet le connût, lui eût été présenté dans quelque salle de première, la conversation était vite engagée, et le gros critique notait tout de suite, sur son carnet, le buste d'Henriette parmi les jolies choses du Salon.

— Alors, je ne suis donc pas tout à fait un imbécile ? s'écriait Parnet avec un imperturbable sérieux.

Et il avouait que c'était la première fois qu'on le chargeait du Salon et que cela l'avait beaucoup inquiété parce qu'il n'avait, en art, que des connaissances très superficielles, surtout en sculpture, et qu'il allait, tout bonnement, comme les ignorants, aux choses qui l'attiraient.

— Ainsi, cette *Brodeuse*, dont la besogne a été interrompue par la rêverie... moi, je trouve ça... j'ai peut-être tort, mais je trouve ça délicieux...

Et il montrait la statue, placée au fond d'un petit rond-point entouré de verdure.

Et le gros critique, après l'avoir examinée, déclarait qu'elle était charmante, en effet, et que le jeune Naizant avait déjà l'instinct artistique très développé.

La gaieté de Gaston aurait sans doute été un peu blessée de cette propagande « roublarde » à laquelle le journaliste se livrait pour lui ; mais Parnet ne lui en parlait pas, et le jeune écrivain était du reste de ceux qui ne demanderaient jamais rien pour eux-mêmes mais qui sont toujours prêts à tout demander pour les autres.

Le résultat de cette petite manœuvre fut immédiat.

Parnet avait ainsi happé au passage une vingtaine de critiques ; et chacun d'eux, dans la persuasion où il était d'avoir déniché un jeune talent — l'oiseau rare — en avait parlé à deux ou trois autres ; de telle sorte que, dans le petit monde qui s'agite autour du Palais de l'Industrie, retentissait continuellement cette phrase :

— Avez-vous vu les Gaston de Naizant ?

Et le matin du vernissage, il n'y avait pas un compte rendu où le sculpteur n'occupât une place importante.

Naturellement, Paul Darsans ne voulait pas les lire ; et jamais il ne s'était senti plus de dédain pour les opinions toutes faites qu'on trouve dans son journal.

Mais, dès le jour, Mme Darsans avait un monceau de journaux sur son lit ; et Henriette, le visage en feu, les cheveux en désordre, sa robe de chambre pas complètement boutonnée, les lisait avec elle.

Et c'était déjà une joie délirante, car le succès se dessinait partout, et avec la note uniforme répandue par Parnet, annonçant le début vraiment sensationnel d'un jeune artiste, dont personne encore n'avait parlé, qui n'avait fréquenté aucune école, qui avait dédaigné la filière habituelle du Prix de Rome, et à qui seul le sculpteur Talgrain avait donné quelques conseils. — Un artiste original, personnel, qui ne procédait d'aucun des maîtres vivants, mais se rattachait à l'école si gracieuse du XVIIIe siècle, si vivante, si près de la nature malgré son afféterie ; et ce qui caractérisait bien la manière de Gaston de Naizant, c'est que cette grâce ancienne se mêlait à la morbidesse la plus moderne, la plus aiguë.

III

... Oui, vraiment, s'écriait Parnet, son buste de jeune fille si souriant, si mutin, presque un peu fripon, évoque tout de suite la pensée de la cour de Louis XV ; mais sa magistrale figure de la Brodeuse nous ramène tout de suite, à cette fin du XIXe siècle où de graves pensées agitent toutes les jeunes têtes. On comprend que, tout à l'heure, elle était absorbée par sa besogne, par cet écusson qu'elle brode sur un carrelet de vieux velours, et soudain une angoisse l'a enlevée au travail ; car il y a de l'angoisse dans son beau regard ; et même en l'examinant longuement, on y trouve presque de la révolte. Et alors, c'est tout un drame que cette statue.

Jamais un morceau de plâtre ne nous avait donné cette expression de vie. On devine toute une histoire : une jeune fille de grande race obligée de recourir à ces petits travaux qu'elle achetait autrefois pour ses ventes de charité, pour orner sa chambrette... Un de ces drames si fréquents de la vie parisienne !... Et, tout à coup, le ressouvenir d'autrefois s'est dressé entre ses yeux et sa broderie... Elle se rappelle l'existence brillante qu'elle avait alors, les hommages dont elle était l'objet. Et on l'a abandonnée, et cela la révolte. Mais elle est une hardie, une courageuse, cela se voit à son arcade sourcilière, au dessin de son front, à la flamme de son regard, car un foyer rayonne de ses yeux ; et, tout à l'heure, elle se remettra à la besogne, brave et forte, envisageant tranquillement l'avenir, confiante dans la justice finale des choses... Et voilà un des côtés du monde de pensées qu'évoque cette belle figure de M. Gaston de Naizant !

— Que de choses dans une statue ! fit Mme Darsans en riant.

Henriette faillit se fâcher.

— Comment ! c'est de votre fils qu'on parle ainsi et vous plaisantez cette critique ?...

— Critique !.. Hum ! Il n'y en a guère ; et je crains que, dans son affection, notre ami Parnet n'ait un peu dépassé la mesure. Enfin, va vite t'habiller ; il ne faut pas faire attendre ton père aujourd'hui.

— Ah ! mais non ! fit la jeune fille en bondissant.

Et tout de suite pleine d'inquiétude :

— Oh ! mère, mère, allons-nous réussir ?

— Demandons à Dieu de nous protéger ! répondit simplement Mme Darsans.

Certes, Mlle Henriette était d'avis que, l'aide de Dieu leur serait d'une grande utilité ; mais, comme Dieu a la réputation de ne soutenir que ceux qui s'aident eux-mêmes, elle s'étudia à bien séduire son père ce matin-là.

D'abord, elle fut prête dix minutes avant onze heures ; et cela lui attira ce compliment de M. Darsans :

— En quel honneur as-tu donc changé tes habitudes aujourd'hui ?

C'est qu'elle les avait changées tout à fait : il n'y avait plus un brin de poudre de riz sur ses joues, malgré la terreur que lui inspirait l'appréhension de devenir rouge comme une pivoine ; pas le moindre rose aux lèvres, quoiqu'une petite fièvre les eût desséchées ; et son lacet de corset était très lâche.

Darsans le remarqua tout de suite.

— Voilà comment tu devrais toujours être pour digérer à ton aise.

Et elle ne dit pas une bêtise pendant tout le déjeuner. Pourtant, elle mourait d'envie de bavarder ; et, à chaque instant, elle était secouée d'un besoin de rire.

Le conseiller, en arrivant, lui avait dit :

— Très bien. Petit frère a un succès.

— Ah ! avait-elle répondu simplement.

Oh ! ne pouvoir dire que c'était elle, ce succès, elle... avec la demoiselle d'en face !

Le sculpteur Talgrain n'avait eu qu'un mot, mais le répéta, plusieurs fois, avec une conviction grandissante :

— Étonnant... étonnant.. étonnant..

Le portraitiste habituel de nos hommes d'État, interrogé sur l'impression qui, selon lui, devait se dégager de cette exposition, répondit, dans sa barbe, de son air un peu brutal :

— Comme toujours, des choses très bien... des choses étonnantes... Mais, j'en sommerai, c'est particulier à la peinture... Par exemple, en fait de sculpture... ah ! dame !

Et il se tut ; et, d'un coup d'œil, il montra, à tout le monde, l'impassible visage de Paul Darsans.

Il ne pouvait parler devant lui.

Darsans avait parfaitement compris ; mais il était très dégagé ; et il continua de manger de fort bon appétit, puis protesta contre cette statue de danseuse nue qu'un célèbre sculpteur exposait cette année.

Et il fit une très belle tirade sur l'inconvenance en art ; et il stigmatisa cette école qui a perdu tout idéal, qui ne sait plus reproduire que la nature.

— Autant se contenter de la photographie ou du moulage, alors ! concluait-il.

Le conseiller et l'ancien directeur des Beaux-Arts, en leur qualité de vieux piliers de coulisses, ne nourrissaient pas, à l'égard de cette statue, déjà fameuse, — peut-être un peu dénudée — les idées prud'hommesques de Paul Darsans ; mais, après s'être fait tous les deux un signe du coin de l'œil, ils eurent l'air d'approuver ; et le conseiller dit :

— Il y a heureusement de jeunes artistes qui ne partagent pas cette façon d'envisager l'art ; et il n'est question, dans le monde artistique, que d'une ravissante statue, une « Brodeuse », de M. de...

Il s'arrêta. Le regard de Paul Darsans s'était durci. Et un froid courut par toute la table.

Pourtant, l'ancien directeur des Beaux-Arts osa demander au maître de la maison :

— N'avez-vous pas vu, ce matin, dans les comptes rendus du Salon ?... dans tous les journaux ?...

Mais Darsans s'emporta, et avec une animation qui prouvait qu'il avait fort probablement vu :

— En vérité, et je vous l'ai dit cent fois, je trouve stupide cette manie de chercher son opinion dans les journaux ! Je n'ai pas besoin des critiques d'un [illegible] pour me former une idée sur un tableau ou sur un morceau de sculpture... Et puis, est-ce qu'ils peuvent s'être sérieusement formé une opinion eux-mêmes, avec cette façon qu'ils ont maintenant de faire le Salon en quelques heures ?

Cela l'exaspérait.

— Trois ou quatre jours avant le vernissage, les tableaux pas encore tous posés, la sculpture pas en place, on leur ouvre les portes ; et ils arrivent à la hâte, font un tour, leur carnet à la main ; ils prennent des notes, sans regarder ou à peu près ; ils constatent que les tableaux sont grands ou petits, que les statues sont en bronze, en marbre ou en terre. Et c'est avec ça et de mauvaises plaisanteries qu'ils s'en vont écrire leur critique ! Et vous voudriez que je les lise ?

Personne n'osa lui répondre ; et le froid augmentait autour de la table. Et sa colère grandit.

— Mais vous voilà bien, artistes, écrivains, érudits, lettrés, qui vous laissez prendre à la magie si factice des mots, au lieu d'étudier les dessous réels de la vie ! Et je vais vous dire, moi, avec quoi, *par-dessus tout*, ils les fabriquent leurs critiques, *avec la camaraderie*, avec cette franc maçonnerie qui fait qu'un garçon a ou n'a pas de talent suivant qu'il est ou n'est pas votre ami ! Et quand vous lisez l'éloge d'un artiste écrit par un journaliste, soyez certain que le journaliste n'en pense pas la moitié, mais qu'il est le compagnon d'amusement de l'artiste ou... ce qui est encore moins propre... que l'artiste lui a fait cadeau de l'ébauche de son œuvre ! Et vous voudriez que je lise les élucubrations de ces farceurs ?... Allons donc !

C'était une telle condamnation de l'article de Parnet que le conseiller lui-même, malgré son habitude de mettre les pieds dans le plat, acheva de déjeuner en silence. Et, à la dérobée, il jeta un regard inquiet à Mme Darsans et à Henriette.

La journée s'annonçait mal décidément.

Et quand ils partirent, en bande, pour le Palais de l'Industrie, les deux pauvres femmes n'avaient plus leur bel espoir de ce matin...

Le temps était d'une douceur exquise, un peu mélancolique, avec un ciel indécis où apparaissaient de longues traînées bleues et cette atmosphère d'un gris clair si favorable au teint des Parisiennes.

Et, de tous les coins de la ville, une multitude de jolies femmes accourait, avec empressement, vers le Palais de l'Industrie, mondaines, actrices, modèles, femmes de peintres, tout ce flot qui donne sa plus grande grâce aux réunions artistiques, les toilettes des Parisiennes étant, la plupart du temps, des œuvres d'art.

Mais, en un des quartiers les plus excentriques de Paris, il y avait deux femmes qui ne s'apprêtaient qu'avec une grande inquiétude à se rendre au vernissage.

Depuis quelques jours déjà, Mme et Mlle de Menhoët répétaient, avec la plus sincère conviction, à Parnet :

— Non, vraiment, nous ne tenons pas à nous trouver au milieu de cette cohue... Nous aimons mieux aller, comme autrefois, au Salon, modestement, avec le bon public... N'essayez donc pas de nous avoir des entrées quand même...

Le secrétaire se montrait, en effet, très avar[e] d'invitations ; et cela avait fourni à Parnet l'occasion d'aller faire un peu de tapage au Palais de l'Industrie, où il affirmait, avec très juste raison d'ailleurs, que ces entrées qu'on n'accordait qu'avec d'énormes difficultés à de pauvres diables d'hommes de lettres, de journalistes ou d'artistes, étaient répandues à profusion parmi les boursiers, les fourrisseurs, les fournisseurs et tout un monde qu'on est ahuri de rencontrer à une manifestation artistique.

— Et puis, disait Mme de Menhoët, c'est si simple de payer dix francs, si nous voulons y aller.

Raisonnement de gens pauvres, toujours plus généreux que les riches.

Mais Parnet s'entêtait : il voulait des entrées pour ces dames, des entrées personnelles ; car elles avaient refusé aussi de pénétrer au Salon en même temps que Gaston, lequel, avec sa carte d'exposant, aurait pu en introduire une le matin et une l'après-midi. Elles entendaient ne pas le gêner.

Et, ce matin, elles se préparaient à passer leur journée bien sagement dans leur petit logis ; et leur pensée seule accompagnerait Gaston... Mais, de bonne heure, Parnet arriva.

Et il était triomphant. Il avait failli étrangler le secrétaire de la Société des Champs-Elysées et lui avait arraché deux cartes, qu'il apportait enfin aux dames de Menhoët.

Et Marguerite s'aperçut alors qu'elle se mentait à elle-même depuis huit jours et qu'elle aurait le plus grand plaisir à assister, cet après-midi même, au succès de son voisin.

— Car vous sentez le succès, n'est-ce pas, monsieur Parnet ?

— Il n'y a que ça dans l'air ! déclara énergiquement le journaliste ; et... nous allons partir, n'est-ce pas, mesdames ?

Avec une douce fermeté, elles dirent que non, elles demeureraient dans l'ombre, qui convenait à des personnes inconnues comme elles.

Elles n'avouaient que cela mais songeaient aussi que, si Dieu voulait que Gaston se trouvât sur le chemin de son beau-père, elles ne devaient pas être un empêchement à une effusion toute naturelle qui ferait cesser cette vilaine brouille entre les deux hommes.

— Et puis, vous avez tant de choses à voir, vous autres, au Salon. Tandis que nous, nous ne nous intéresserons guère qu'au petit buste et à la « Brodeuse ».

Il y avait aussi la complication du déjeuner, cette dépense à faire en dehors de leur budget coutumier et qu'elles ne voulurent pas imposer aux jeunes gens : les petites bourses sont généralement les plus délicates.

Parnet et Gaston partirent donc de bonne heure ; et, vers midi, Mme de Menhoët et Marguerite, ayant très peu déjeuné parce que les morceaux ne passaient pas très facilement dans leur gorge, étaient toutes prêtes ; et, cependant, elles ne se décidaient pas.

Marguerite avait toujours quelque point à revoir dans la simple robe noire de sa mère, et elle-même n'était pas contente des fleurs de son chapeau, de la façon dont tombait sa jupe de soie noire — une occasion extraordinaire d'un des derniers vendredis du Bon Marché — au-dessous d'un corsage de taffetas quadrillé noir et blanc à manches ballon.

Jamais elle n'avait été aussi coquette que pour cette robe : elle était allée chercher le modèle des manches et de la jupe dans un magasin de journaux de modes ; mais, officiellement, vis-à-vis de sa mère ce n'était pas de la coquetterie.

— Seulement, mère, si nous allions au vernissage, il ne faudrait pas être ridicules, n'est-ce pas ?

Elle était adorablement belle dans sa simplicité. Et, à peine arrivée au boulevard des Invalides, elle provoqua bien des regards ; car il avait bien

...der à partir, et elles allaient à pied, parce qu'tout à l'heure, elles étouffaient...

Lorsqu'elles débouchèrent aux Champs-Élysées, dans l'encombrement de la foule et des voitures, elles eurent un peu peur, elles habituées à tant de calme.

— Oh! mère, nous allons être perdues là-dedans... Et nous ne parviendrons peut-être pas à retrouver nos amis... Si nous repartions pour chez nous?...

Mais Mme de Menhoët, quoique pleine d'appréhension elle aussi, fit observer à sa fille qu'elles n'avaient pas besoin de retrouver leurs amis, puisque, justement, elles n'avaient pas voulu les gêner. En second lieu, elles n'auraient pas besoin de monter à la peinture, elles verraient, tout de suite, la sculpture, où il ne devait pas y avoir grand monde en ce moment; et puis, elles s'en retourneraient.

— En effet, mère... oui... Et puis, ce serait impoli de ne pas profiter des cartes que M. Parnet a eu tant de mal à se procurer.

Et ni l'une ni l'autre n'avouaient peut-être à elle-même le principal motif de leurs hésitations, de leur inquiétude, c'est que le hasard pouvait les mettre face à face avec la famille de M. Paul Darsans, ce Paul Darsans qui était comme un épouvantail pour elles. Et, si cela arrivait, Mme Darsans et Henriette oseraient-elles saluer?... Et si, dans la terreur du mari et du père, elles n'étaient pas saluées par ces dames, quelle humiliation pour elles!

Mais voilà qu'elles étaient entrées et que le tourbillon des arrivants, le passage des bandes sortant de la sculpture pour monter à la peinture, les interpellations des artistes entre eux, les ahurissaient.

Elles se glissèrent le long du vestiaire et, dans leur instinctive crainte de la foule, gagnèrent une des basses allées de la sculpture par un de ces intérieurs qu'un bazar de tapis orientaux organise aux Champs-Élysées.

Et là, elles tombèrent, tout de suite, sur un groupe très animé qui discutait, à propos de la danseuse de Falguière.

Et un homme, que Marguerite avait aperçu quelquefois sortant de l'atelier de Gaston, s'emportait.

— Mais, mon cher, c'est du nu! Vous ne pouvez pas empêcher que le nu ne soit nu! Et sacrebleu, c'est toujours avec le nu qu'on a fait les plus belles choses en sculpture, comme en peinture... Tenez, le mouvement des bras est délicieux!

La personne à qui s'adressait cette réplique, un homme de haut... [illegible] ... les épaules...

— Vous êtes absurde, Talgrain, avec vos partis pris! Et c'est toujours la même chose, la camaraderie! Parce que vous êtes le camarade de Falguière, il faut qu'on l'admire, même dans ses manifestations les plus folles! Je n'ai jamais, pour ma part, aimé ses Diane, que je trouve épaisses, communes; mais enfin, je ne protestais pas contre elles, c'était une forme de l'art. Tandis que ceci!... Du nu, dites-vous?... Ce n'est pas une femme nue, ceci; c'est une femme déshabillée! Et c'est pour cela qu'il ne m'a pas convenu de rester plus longtemps, avec ma fille, au milieu de la foule des badauds qui est là en extase!... Viens donc, Henriette!

Le groupe continua sa marche vers le fond du Palais; et, alors seulement, Marguerite et sa mère aperçurent Henriette et Mme Darsans que leur bande d'amis leur cachait.

Instinctivement, elles se dissimulèrent presque, derrière une grande tenture faite d'un tapis.

Et elles se sentirent glacées; elles venaient de ... celui dont elles ne parlaient jamais et en qui, au fond de leur cœur, elles devinaient leur ennemi.

— Le père de Mlle Henriette! murmura Mme de Menhoët.

Marguerite essaya de plaisanter.

— Il n'a pas l'air commode, ce monsieur!

— Il faut bien qu'il ait le caractère très sévère pour que cette scission, sans aucun motif sérieux, se soit produite entre lui et son beau-fils.

— Et puis, fit Marguerite un peu tremblante, s'il a déjà vu les envois de son beau-fils... et que cela lui ait déplu?

Mme de Menhoët eut un mouvement de fierté.

— C'est affaire entre eux... Cela ne regarde qu'eux...

En quoi cela pouvait-il les intéresser, elles, que M. Darsans fût de bonne ou mauvaise humeur?

— Et allons voir, nous, l'envoi de notre jeune ami.

Par les explications de Parnet, elles savaient que le buste et la statue étaient du côté opposé, dans un demi-cercle d'arbustes.

Comme elles en approchaient, elles eurent une délicieuse sensation qui effaça presque la tristesse qu'elles venaient d'éprouver. Elles entendaient des phrases dans ce genre:

— Mais c'est exquis!

— Et si jeune! Si frais!

— Et c'est, dites-vous, de?...

On cherchait dans le livret.

— D'un inconnu: Gaston de Naizant.

— Un inconnu qui sera très connu ce soir!

— Quelle grâce, dans ce buste!

— Et que cette statue est faite! C'est la nature même...

Leur cœur, comprimé tout à l'heure, se regonflait; et elles marchaient très lentement pour bien tout entendre.

Soudain, elles virent le buste et la statue et eurent d'abord la sensation que c'était tout petit, cela leur paraissait certainement beaucoup plus grand dans l'atelier du sculpteur.

Mais Parnet, qui ne lâchait pas cet emplacement, les avait aperçues et se précipitait au-devant d'elles.

— C'est moi qui vais vous faire les honneurs! Gaston est absorbé par son succès.

Gaston était au milieu de la grande allée de la sculpture, entouré d'une douzaine d'hommes, ses confrères ou critiques qui le complimentaient; et, très rouge, très embarrassé, il remerciait.

Dès qu'il eut aperçu Marguerite et sa mère, il voulut se dégager de ces messieurs, venir à elles; mais la jeune fille, aussitôt, lui fit signe de ne pas bouger, de le dédaigner momentanément; elle comprenait... et une salle... gênée en part...

Parnet dit, d'ailleurs:

— Il y a cinq ou six membres du jury dans le paquet.

Justement, ils se rapprochaient; et un célèbre peintre militaire, président de la Société, promena sa main, comme une caresse, sur le buste d'Henriette; et il prononça:

— D'un très joli sentiment. Un portrait sans doute?

— Oui, monsieur.

— Qui doit être très ressemblant?

— Je l'espère.

— Et votre *Brodeuse*, là... un peu trop moderne, trop prise sur la vie... Mais voilà un reproche qui ne saurait déplaire à un jeune artiste... Et quelle expression étrange dans la figure!

Marguerite eut alors un machinal mouvement de recul. N'allait-on pas la regarder, la reconnaître?

Et, entraînant sa mère, elle passa dans le cercle de verdure voisin de celui où était la statue.

Parnet les avait suivies.

— Mais rejoignez votre ami, dit Marguerite. Laissez-nous... Nous n'avons aucun besoin de...

— Je ne vous quitte pas... Ce n'est d'ailleurs pas le moment de me montrer.

Et, d'un geste un peu fiévreux, il désignait une bande qui arrivait par la grande allée.

— Ah ! la famille de M. Gaston ! murmura Mlle de Menhoël, la voix étranglée.

Darsans s'avançait, très important, entre le conseiller, le sculpteur Talgrain, le portraitiste habituel des hommes d'Etat et l'ancien directeur des Beaux-Arts.

Et, en arrière, flottaient les jolis chapeaux de Mme Darsans et d'Henriette, et les plumes quelque peu défraîchies de l'excellente Mme Nordain.

Gaston chercha des yeux et Parlet et ses amies de la rue Alain-Chartier ; et, ne les voyant plus, il se tassa au milieu du groupe qui venait de le complimenter.

Justement, le peintre militaire arrêtait le célèbre portraitiste.

— Avez-vous ceci ?

Et il désignait la *Brodeuse*. Bien naturellement, Darsans s'arrêta aussi.

Et il ne remarqua pas, d'abord, le nom tracé au bas du plâtre. Et, tout de suite, il fut charmé et conquis ; puis il frissonna.

Autour de lui, on attendait, avec une extrême anxiété qu'il parlât. Selon sa coutume, il cherchait une belle phrase.

Il finit par dire :

— Voici qui est tout aussi moderne que du Falguière et qui repose de sa danseuse.

Et, se tournant vers le sculpteur Talgrain :

— De qui est-ce donc ?

Etait-ce sincèrement qu'il avait posé cette question ? Ignorait-il réellement que cette ravissante statue fût l'œuvre de son beau-fils ?... Ou bien ne lui déplaisait-il pas qu'on vainquît sa volonté de vive force ?... On ne savait jamais exactement avec ce diable d'homme...

Talgrain commença, timidement :

— Un débutant, je crois... Monsieur... monsieur... Mais Mlle Henriette qui a le livret vous dira son nom mieux que moi...

Rouge comme une pivoine, la jeune fille se glissa entre la statue et son père.

Et le nom de son frère lui apparaissait, énorme ; elle ne comprenait pas que Darsans ne l'eût pas lu tout de suite. Et elle tremblait... elle tremblait... Et le livret ne voulait pas s'ouvrir à la bonne place... Elle se plaça de façon à cacher la signature de la statue, et elle cherchait toujours fiévreusement dans le livret, en répétant le numéro :

— ...3715... 3715... 3715... 715... 15.

Et c'était extraordinairement long à trouver :

— *Brodeuse* par... par M. Gaston de Naizant...

Et un sanglot souleva sa petite poitrine.

Darsans ferma un instant les yeux, peut-être pour y renfermer une larme ; puis il dit à Talgrain :

— Voilà les mystères que vous me faites, vous !

— Mon cher, je vous jure que je n'ai vu ceci que lorsque c'est passé devant le jury.

— Alors, ceci a été exécuté sans vos conseils ?... Une œuvre absolument originale ?... C'est donc un véritable artiste que mon beau-fils

Mme Darsans avait pris le poignet de son mari ; et, à voix basse, suppliante :

— Oh ! mon ami, mon ami !... Oh ! daignez être bon ! Si vous saviez comme il le mérite !

Darsans ne lui répondit pas ; mais il demanda à Henriette :

— Est-ce tout ce qu'a envoyé M. le marquis Gaston de Naizant ?

— Non, père ; et... si vous voulez bien regarder par ici ?

Déjà toute mutine, parce qu'elle renaissait à l'espérance, elle prenait Paul Darsans par la main, le menait à son buste à elle, placé à une légère distance.

Cette petite tête...

— Oui, fit Darsans, un rien... un portrait... le portrait d'une petite personne... très désobéissante !

— Oh ! père, grondez-la tant que vous voudrez, elle, si...

— Si... quoi ?

— Oh ! père... vous savez bien !

Et, bien doucement, elle appuyait sa petite main sur la main de Darsans ; et ses yeux, anxieusement, cherchaient autour d'elle.

Oh ! son frère, n'allait-il pas se trouver là ?... Ne rôdait-il donc pas dans les environs de son exposition ?...

Elle l'aperçut, enfin, très pâle, à quelques pas d'elle, au milieu d'une douzaine d'hommes ; et, au regard, impérativement, elle l'appela. Avec une très simple fierté, il commença par fixer ses pupilles noires sur les yeux gris de son beau-père, attendant un muet appel de lui aussi.

Mais il y eut une commotion entre les deux hommes : chez Gaston le souvenir de toutes les bontés de Darsans, la sollicitude dont il l'avait toujours entouré et qui n'avait eu que le défaut de devenir trop absorbante, trop autoritaire ; chez Darsans, avant tout, l'attendrissement causé par ce buste si vivant, par cette reproduction si souriante, si caressante de sa fille... Il y avait trop d'affection entre ces deux êtres pour qu'il les fît souffrir plus longtemps. Et puis enfin, son esprit de justice ne pouvait garder plus longtemps rancune à cet enfant qui avait si bien prouvé qu'il était un artiste.

Et son regard gris dit clairement :

« Viens ! »

Gaston se précipita, le cœur tout débordant, avec une hâte folle d'être serré dans les bras de son beau-père.

Mais aussitôt, Darsans lui disait, en anglais :

— Prends garde... pour le public !

Puisque lui-même n'avait jamais raconté à personne qu'une brouille était survenue entre lui et son beau-fils, il n'était nul besoin d'afficher une réconciliation ; et, d'autre part, des gens de leur rang allaient-ils se donner en spectacle ?

Il tendit fort tranquillement la main à Gaston, et :

— C'est une chance que de nous être rencontrés au milieu de cette cohue, mon cher enfant.

Tout son entourage comprit sa pensée, son désir d'éviter jusqu'à une allusion à ce qui venait de se passer.

Et on serra très discrètement la main à Gaston. Sa mère dut se détourner pour cacher les quelques larmes qu'elle ne pouvait retenir.

Quant à Henriette, elle n'avait plus d'attendrissement du tout ; elle exultait et aurait eu envie de danser.

— Alors, père, interrogea-t-elle, en se plaçant près de son buste, vous me trouvez ressemblante !

— Si ressemblante que je me demande comment Gaston a pu exécuter ce buste sans que tu ailles poser même une fois chez lui !

Il avait dit cela avec une imperturbable ironie qui signifiait :

— Je vois très bien comment on m'a trompé, mais je n'en veux rien savoir officiellement.

— Oh ! il avait tant de portraits de moi ! dit Henriette, en baissant les yeux.

— Et puis, dit Gaston, je l'avais toujours si présente à l'esprit, ma chère petite sœur !

Darsans s'écarta du buste, revint à la *Brodeuse*.

— Voici, tout de même, ton meilleur morceau, et tu n'as pas besoin de chercher un acquéreur. Je l'achète.

— Oh ! père, vous pensez bien que je serai trop heureux si vous me permettez de vous l'offrir ?...

— Non !... Non ! dit catégoriquement Darsans.

Et, mettant la main sur l'épaule de Gaston :

— Tu sais, fit-il, toujours avec un peu d'ironie, chacun touche aux arts comme il peut. Tu m'offriras le buste d'Henriette, c'est naturel, c'est juste.

je l'accepte... Mais ceci t'a coûté un énorme travail,
de grosses dépenses, ne fût-ce que de modèle...

Gaston eut un frisson, l'instinctif besoin de parler tout de suite de « ce modèle... ». La prudente
Henriette lui pressa le bras et murmura à son
oreille :

— Pas trop en un jour, frère chéri !

Darsans poursuivait, d'ailleurs :

— Il faut que tu rentres dans tes déboursés et
que tu aies un bénéfice pour te remettre à une nouvelle œuvre. Or, tu ne veux devoir rien qu'à toi-
même ; donc il faut que tu vendes... Et j'achète.
C'est, hélas ! la seule façon dont un pauvre amateur tel que moi peut toucher à l'art... Allons, viens !

Et il l'entraînait.

Gaston chercha autour de lui. Où donc était passé
son ami Parnet ? N'avait-il pas mérité, lui aussi,
cette journée de bonheur, de réparation ?

Et, tout à l'heure, n'avait-il pas vu les dames de
Menhoët ? Si, pour obéir à sa sœur, pour « ne pas
tout faire en un jour », il ne les présentait pas à son
père, du moins voulait-il les saluer devant lui ?

Elles avaient disparu, comme Parnet, timides, dis-
crètes.

Mme Darsans, comprenant l'inquiétude de son
fils, lui dit, en se pressant contre lui :

— Ne gâtons rien, aujourd'hui !... Et puis, et
puis, petit, que nous t'ayons rien qu'à nous !

Depuis tant de mois, n'était-ce pas ces dames de
là-bas qui l'avaient eu surtout, qui avaient possédé
son intimité ?

Et la bande de Darsans s'éloignait, emmenant
Gaston ; et la cordialité reprenait, tout entière, entre
le sculpteur et son beau-père, et plus la moindre
allusion n'était faite à cette brouille qui venait de se
terminer si heureusement.

Et, à une bien petite distance de ce bonheur, trois
êtres étaient immensément attristés.

De derrière leur rideau d'arbustes, les dames de
Menhoët et le journaliste Parnet avaient assisté à
la scène de la réconciliation. Ils étaient glacés, im-
mobiles, presque cloués sur place.

Entre les Darsans et eux ne s'élevait qu'une bien
petite barrière de fusains et de palmiers...

Et cependant que la distance était grande entre
eux ! Comme entre le petit appartement des dames
de Menhoët, l'artistique mais bien modeste logis de
Parnet et le somptueux hôtel du commissionnaire
en marchandises !

Jamais encore, Marguerite n'avait beaucoup réfléchi à la demeure des Darsans. Elle savait, par
Gaston, par Parnet surtout, que c'était très vaste,
trop grand pour Paris ; mais cela empêchait-il qu'elle eut
un très coquet jardinet et que les petites pièces où
elle vivait avec sa mère fussent adorablement gen-
tilles ?

Et, en voyant ce Paul Darsans, ses manières hau-
taines, en entendant sa voix autoritaire, il lui avait
semblé que son hôtel se dressait aussi à ses yeux,
cette demeure seigneuriale où ne pénétraient pas
de petites gens telles que sa mère et elle !

Et puis, c'était la famille, régulière, correcte, lé-
gale, où l'on dédaigne les enfants dont la naissance
a été entourée de circonstances douloureuses, pauvres enfants qui ne demandaient pas à venir dans
ce monde d'humiliation et de douleur !

Et Marguerite eut pourtant le courage de dire à
Parnet :

— Voici Mlle Henriette au comble de ses vœux !

Et rien sur son visage n'indiquait combien la réalisation de ce bonheur des autres mettait en danger
ses chères espérances !

Oh ! quand Darsans parla d'acheter, de payer
cette statue, faite d'elle !

Oh ! ce lui fut presque une insulte !

Avec quel dédain il avait prononcé les mots de
grosses dépenses, ne fût-ce que de modèle... »

— Que je voilà bien ! grognait Parnet entre ses
dents. Il veut toujours jouer au grand seigneur,
mais aboutit toujours, inévitablement, à des calculs,
à la force de son argent !

Puis, le journaliste voulut faire un mot :

— Parce qu'il éclaire, il se croit un protecteur
éclairé des arts.

Mais il avait la voix étranglée, et le sourire mourut sur ses lèvres. Il y avait trop de bonheur de
l'autre côté de la petite rangée de fusains, trop de
mélancolie de celui-ci...

Car c'était fini. Gaston leur était enlevé ; sa famille le reprenait dans son succès.

— Mais il vous cherche ! dit Marguerite à Parnet, comme le sculpteur jetait ses yeux de tous
côtés.

— Il nous cherche tous, n'en doutez pas, dit le
journaliste, car son cœur ne nous abandonne pas,
lui ! Mais notre présence gâterait peut-être tout ; et
il ne faut pas...

— Oh, non ! Que rien ne trouble sa joie ! Que
rien ne se dresse en travers de cette réconciliation !

Et si d'autres cœurs souffraient du bonheur de
cette famille réconciliée, n'était-ce pas la loi per-
pétuelle du monde ? La joie des uns n'est-elle pas
continuellement faite des larmes des autres ?

Cependant, Marguerite insistait.

— Nous... Évidemment non, monsieur Parnet !
Mais vous, qui étiez jadis l'intime de la famille...
Je vous assure que vous devez rejoindre votre
ami... Vous avez tant de soutiens auprès de M.
Darsans ! fit-elle, avec un pâle sourire !

Parnet répondit vivement :

— Permettez-moi de n'être aujourd'hui qu'à vous!

Marguerite lui serra la main.

— Merci, monsieur ! Je vois que vous ne voulez
pas que nous soyons tout à fait abandonnées ?...

Il dit, d'un ton enjoué :

— C'est pour me faire une compagnie à moi-
même ! Et allons-nous-en tout de suite, voulez-
vous ?

— Avez-vous assez vu le Salon ? interrogea
Mme de Menhoët.

Ah ! il s'intéressait bien au Salon, maintenant !
Il avait, du reste, bien assez de notes, pour ce
qu'il lui restait d'articles à écrire ! Et il ne désirait
plus que s'en aller ! Il avait le cœur presque aussi
serré que ce jour de l'An où il s'était trouvé seul
dans Paris. Et sûrement, lorsqu'il porta sa main
à ses yeux « parce que de la poussière y était entrée », ce fut des larmes qu'il essuya.

Et ils s'en allaient lentement, silencieusement,
par une allée latérale, à peu près déserte...

prendre le bras du journaliste, qui, pour écarter
leur mélancolie, lui montrait quelques œuvres, un
archevêque sur son tombeau, des bustes, des mé-
daillons, l'inévitable Jeanne d'Arc qu'on voit à tous
les Salons, un Du Guesclin, un Danton, un Bara...

Et Marguerite avait l'air de regarder et d'écouter ; mais sans cesse sa tête se retournait vers le
gros de la foule dont ils s'éloignaient ; et, parfois,
elle distinguait les élégants chapeaux de Mme Darsans et d'Henriette.

Et puis soudain, ils furent dans un vide un peu
noir ; et puis la lumière au dehors des aveugles,
succédant à la tranquille lueur qui descend de la
verrière du Palais de l'Industrie.

Justement, le soleil, avant de disparaître, avait
percé l'enveloppe grise du ciel ; et c'était une joie
éclatante qui tombait sur la ville.

Et, par les Champs-Élysées, jusqu'à l'Arc de
Triomphe, c'était d'interminables et étincelantes
rangées de voitures ; et, partout rayonnaient des
toilettes printanières.

C'était Paris, la cité de luxe éblouissant, auprès
de laquelle Marguerite et sa mère avaient, jusqu'alors, vécu si tranquilles, dans leur petite province de Vaugirard.

Un instant, par leur présence au vernissage

elles avaient été mêlées à cette vie ; et elles n'en rapportaient que de la tristesse, avec un hâtif besoin de retomber à leur modeste existence.

Et elles marchèrent un peu vite jusqu'au pont des Invalides parce que, une fois l'eau passée, elles seraient déjà presque chez elles dans les larges avenues que n'encombre jamais la foule parisienne.

Là, elles voulurent prendre congé de Parnet.

Mais le journaliste entendait ne les quitter qu'à leur porte. Le Paris de l'autre côté de l'eau lui était un peu odieux ce soir ; et ce Paris si calme versait de l'apaisement en son cœur.

— Allons-nous à pied, mère ?

— Oh ! oui, oui, je suis fatiguée ; mais j'ai besoin de respirer. Le vernissage n'est décidément pas fait pour les vieilles femmes telles que moi.

Quelques instants ils reparlèrent du Salon, du vernissage ; mais leur conversation tombait, car ce n'était pas à cela qu'ils pensaient. Et Marguerite, tout à coup, demanda :

— Y a-t-il un atelier chez ce M. Paul Darsans ?

— Non, mademoiselle ; mais il y a tout l'espace nécessaire pour en construire un dans le jardin.

Et, après ces mots, ils ne parlèrent presque plus jusqu'à la rue Blomet ; mais là, hâtivement, la jeune fille posa encore ces questions :

— Ce M. Darsans... est très riche, n'est-ce pas ?

— Il a plusieurs millions, mademoiselle, et sa maison de commission lui rapporte encore de gros bénéfices tous les ans.

— Et, Mme la marquise de Naizant n'avait pas de fortune, je crois, quand elle l'a épousé ?

— D'après ce qu'il a expliqué à Gaston, lors de leur rupture, elle ne possédait en effet absolument plus rien lorsqu'elle s'est remariée.

— Par suite... M. Gaston n'a pas de fortune à attendre ?

Oh ! que cette perspective aurait été agréable à la jeune fille !

Mais Parnet lui jeta cette douche :

— Si, si, il sera riche, de toutes manières : d'abord parce que son beau-père, maintenant qu'ils sont réconciliés et qu'il aura tout lieu d'être fier de lui, voudra lui constituer une belle situation... et vous pensez bien que ce n'est pas Mlle Henriette Darsans qui s'y opposera ?

— Oh ! non, la délicieuse créature !

— En second lieu, Paul Darsans donnera sûrement une part de sa fortune à sa femme, car il l'adore. Et je sais, du reste, qu'autrefois c'était son intention de traiter Gaston presque comme un fils.

— C'est donc une très bonne chose, conclut Marguerite, que M. Gaston se soit réconcilié avec lui.

Elle avait prononcé cette phrase sans une faiblesse dans la voix ; mais ses jambes flageolaient. Mon Dieu ! mon Dieu, que la distance se faisait grande entre elle et lui !

— Et c'est fort beau, chez ce M. Paul Darsans ?

Parnet décrivit l'hôtel, les magnifiques salles de réception, ce billard tapissé de gobelins ;

Et en ce moment ils arrivaient au coin de la rue Alain-Chartier. Et le petit immeuble apparaissait, avec ses trois étages seulement, la cour où piaillait la marmaille, les fenêtres où du linge était suspendu, ses murs de plâtre fendillés qui auraient été d'une tristesse lugubre sans quelques rangées de pots de fleurs sur des planchettes et les plantes grimpantes faisant des grilles de verdure.

Immeuble de petites gens, souvent de misérables !

— Adieu, monsieur Parnet ! Merci !

Marguerite le congédia très vite. Elle avait hâte de se trouver dans sa chambre ; elle sentait un flot de larmes monter à sa gorge.

Et, tandis que sa mère disait plus posément adieu au journaliste, elle rentra chez elle presque en courant.

Et un instant après, lorsque Mme de Mantost pénétra dans leur cher petit logis, elle entendit un sanglot.

— Ah ! mais je ne veux pas qu'on me la rende malheureuse ! s'écria-t-elle avec un mouvement de révolte.

Et elle se précipita dans la chambre de Marguerite.

— Ma chérie !... mon aimée !... Que t'a-t-on fait ! Oh ! dis-moi pourquoi tu pleures ?

Et, de voir sa mère si frappée par sa douleur, cela rendit sa superbe énergie à la jeune fille.

— Mais je ne pleure pas, mère... Ce n'est rien, c'est nerveux...

Et elle se raidissait, et elle parvenait à sourire.

— Tu le disais tout à l'heure, mère : nous ne sommes pas faites pour cette vie parisienne, pour ces fiévreuses cérémonies d'inauguration... Cela nous énerve. Je pleurais, mais par un effet tout physique... Pourquoi pleurerais-je ?... N'avons-nous pas eu un beau succès ?... Ne suis-je pas adorée par ma petite mère ?

Et elle eut le courage d'affirmer, de proclamer son bonheur, quoique, par sa fenêtre, elle vît le logis de Gaston de Naizant et qu'elle eût le cœur broyé par cette pensée.

— C'est fini... c'est fini. Il ne reviendra plus... que pour nous dire adieu !...

IX

L'ENVERS D'UNE RÉCONCILIATION

— Oh ! au Bois, maintenant !

C'était Mlle Henriette qui venait de prononcer ces mots, d'un ton presque autoritaire, à la sortie du vernissage.

Et M. Darsans avait beau objecter qu'on l'attendait à son bureau, pour signer le courrier, et Gaston qu'il devait retrouver « ses amis » perdus dans la foule, Mlle Henriette répétait :

— Au Bois !... Au Bois !... Tout de suite !...

Car cela ne lui suffisait pas que la réconciliation de Gaston avec son père eût été constatée par le Tout-Paris entassé dans le Palais des Champs-Élysées.

Il lui fallait cette constatation devant le public de l'allée des Acacias, où, depuis si longtemps, on n'avait plus vu Gaston dans la voiture de ses parents.

Et le courrier de son père attendrait.

— D'abord, il serait trop tard pour que vous puissiez lire les lettres ; vous signeriez sans se voir !

Et Gaston retrouverait « ses amis » demain !...

— Tu es à nous, aujourd'hui, rien qu'à nous !

Et déjà elle avait découvert leur cocher, à gauche du Palais de l'Industrie ; et elle faisait signe ; et le fringant équipage venait se ranger devant elle ; et, dans son bonheur, elle caressait les chevaux de son père.

— Allons, allons ! Montez, tout le monde !... Pour une fois, on fera bien ma volonté !

Pouvait-on résister à une prière si... impérieuse ?

Et bientôt, la famille Darsans « au complet » filait vers l'Arc de Triomphe.

Et les chevaux n'avaient pas fait cent mètres qu'il y avait un encombrement de voitures ; et, de cinq ou six équipages, on saluait les Darsans.

D'habitude, c'était un des moments, des rares moments où Mlle Henriette avait un peu de ..., se permettait même un peu de « pose », ne saluait qu'avec une petite nuance de dédain, oh ! pas par orgueil, pour s'amuser, pour attirer plus d'hommages, en ayant l'air de ne pas les apercevoir aujourd'hui, elle saluait avec exubérance ; ses amis, avant même d'avoir remarqué la présence de Gaston auprès d'elle, devaient comprendre son bonheur à l'éclat de son visage.

Et il en fut ainsi jusqu'à l'Arc de Triomphe, puis jusqu'à la porte du Bois.

Là, Darsans, sa femme et Gaston furent d'accord pour demander qu'on allât dans les allées tranquilles, presque désertes. Ils n'avaient pas besoin de la foule, eux, pour jouir de leur bonheur.

Ils avaient plutôt besoin d'un peu de calme après leur émotion. Et Henriette consentit à être de leur avis, parce que, au retour, il faudrait lui obéir encore.

Le bonheur de Mme Paul Darsans était sans mélange. Son fils lui était rendu ; et, de nouveau, l'affection, la confiance régnaient entre ces deux hommes qu'elle aimait différemment mais également.

Au bonheur de son mari se mêlait, au contraire, [illegible]. Il pensait [illegible] de lui, que ni sa femme, ni sa fille n'avaient respecté ses volontés et que la manie charitable d'Henriette n'avait été qu'un prétexte, une tromperie.

Et la joie de Gaston était un peu traversée par le remords d'avoir laissé Parnet s'écarter de lui, de n'avoir rien fait pour retrouver les dames de Menhoët au Salon. Bien certainement, dans son bonheur et sous l'influence d'Henriette et de sa mère, il s'était laissé aller à une petite faiblesse, presque une lâcheté.

Et ce remords et cette vexation faisaient que Darsans et son beau-fils étaient comme pénétrés de mélancolie.

Et un moment, leurs yeux étant presque clos, Henriette s'écria :

— Vous vous endormez ?

Ils répondirent qu'ils se laissaient bercer par le mouvement de la voiture sous la fraîcheur des arbres.

Henriette les secoua vivement. Il y avait en elle un tel besoin de vie, de mouvement !

— Ah, mais, j'en ai assez, de ces allées où on ne rencontre pas un chat !

Et toujours maîtresse, elle ordonna au cocher de gagner les Acacias.

— Pour te faire saluer par tes *flirts* ? interrogea malicieusement Gaston.

Ses *flirts* !... Comme si elle en avait ! Comme si elle n'avait pas toujours professé le plus entier mépris pour ces petits inutiles qui viennent exhiber, dans les environs du Tir aux Pigeons, la toilette [illegible] anoblie à Londres par des ouvrières parisiennes !

Mais elle voulait montrer son frère à tous ceux qui avaient été mis au courant de la rupture.

Après cela, qu'il arrivât des... anicroches, peu importait ! Son père ne pourrait pas revenir sur une chose... publiquement constatée.

Et leur retour, par l'allée des Acacias ressembla à un triomphe. Darsans était si répandu dans les divers mondes, de la colonie étrangère, de la finance, du commerce, de l'art, de la politique, qu'il connaissait bien près de la moitié des personnes qui se trouvaient, ce jour-là, entre la Cascade et la Porte Maillot.

Et ce n'était plus seulement des coups de chapeau, des sourires, mais des bouts de causette, des félicitations, aux continuels arrêts des voitures.

Et plus d'une fois, la petite brise, qui leur arrivait toute parfumée d'avoir passé sous les arbres, leur apporta des lambeaux de phrase :

— Mais si !... Ce jeune homme brun... Mais oui... Je vous assure que c'est l'auteur de cette statue qui a été si remarquée aujourd'hui...

Ou bien :

— Ce petit buste ?... Parfaitement !... Cette jolie jeune fille blonde, dans ce landau, auprès d'un jeune homme brun, qui est son frère et l'auteur de son portrait.

Comme ils sortaient du Bois, Darsans dit avec un contentement qui n'était pas dénué d'ironie :

— Te voilà l'homme du jour !

Gaston répliqua vivement :

— Grâce à mes amis qui m'ont fait connaître, peut-être un peu plus tôt que je ne le méritais en réalité.

Mais aussitôt le visage de Darsans se rembrunissait. Et il affirma, d'un ton sec qui serra le cœur de son beau-fils et amena presque une larme aux yeux de sa fille :

— Grâce à toi seul, à ton travail, à ton talent ! Ce n'est pas quelques méchants articles qui t'ont appris ton métier !

Il indiquait bien ainsi que, s'il avait pardonné à son beau-fils, sa rancune demeurait entière contre Parnet.

Et un peu de gêne régnait entre eux tous quand [illegible] ment pendant le repas.

Darsans voulut interroger Gaston sur ses travaux, ses premiers essais ; il prononça même, en plaisantant, le mot de « vache enragée... »

Or Gaston ne pouvait parler de rien de tout cela sans nommer l'ami si fidèle dont le dévouement l'avait soutenu aux heures difficiles.

Et ce nom de Parnet suffisait à faire froncer les sourcils à Paul Darsans.

L'abandon n'était plus possible entre eux comme autrefois. Ils s'étaient bien réconciliés ; mais quelque chose était changé entre eux qui ne reviendrait peut-être jamais à son état primitif.

Et la conversation finit par tourner à la banalité, comme toutes les fois où l'on doit surveiller ce qu'on va dire.

Et cependant, ils avaient tous été si malheureux de leur séparation, qu'ils étaient sous l'impression du charme le plus pénétrant, même lorsqu'ils parlaient à peine. Être ensemble effaçait presque tous les autres chagrins.

Et vers onze heures, ce fut comme une révolution parce que Gaston annonça qu'il allait regagner la rue Alain-Chartier.

Darsans en fut tout choqué. Pourquoi son fils s'en allait-il de la maison à peine revenu ?

— Ta chambre est toujours prête, mon enfant.

— Merci, mon père ; mais j'ai plusieurs petites choses à faire dans mon atelier. C'est là, du reste, que m'arrivent mes lettres...

Il n'en attendait pas beaucoup et il ne travaille[illegible] protestation muette contre l'exclusivisme dans lequel Darsans voulait tenir ce qui était relatif à sa nouvelle vie.

Tout ce soir, il n'avait pu être question, ni de Parnet ni de Mme et Mlle de Menhoët ; et, sans doute en serait-il longtemps encore ainsi, dans cette maison où tout devait s'incliner devant les idées de son beau-père ? Aussi retournait-il, sans hésiter, vers les compagnons de sa « vache enragée ».

Il n'éprouvait pas le besoin de protester de vive voix, de se répandre en quelques belles périodes, comme n'eût pas manqué de le faire Parnet ; il agissait : il réparait, résolument, sa petite faiblesse de l'après-midi.

Doucement, Mme Darsans dit :

— Soit !... Mais tu ne nous quitteras pas toujours ainsi ?

Et Henriette proposa :

— Dans ce coin du jardin où je jouais autrefois au croquet, on aurait si vite construit un atelier !

Et, souriant câlinement à Darsans :

— N'est-ce pas, père ?... Vous voudrez bien pour que nous ayons toujours Gaston auprès de nous ?...

Darsans répliqua avec une nuance de raideur

— Les artistes préfèrent toujours leur liberté... Il y a, chez eux, des allées et venues de modèles qui gêneraient Gaston... justement à cause de toi !

Gaston ne répondit qu'en s'inclinant.

Et il partit, un peu mélancolique de la tristesse qu'il avait lue, à la dernière minute, dans les yeux de sa mère et d'Henriette, mais fier et heureux d'avoir si tranquillement défendu son indépendance, c'est-à-dire la fidélité à ses amitiés nouvelles. Dieu veut, en effet, que nous aimions profondément ceux qui nous ont donné la vie, ceux qui nous ont élevés ; mais il nous commande également de nous attacher aux cœurs qu'il met sur notre chemin pour la félicité de notre existence.

— J'irai te voir bientôt ! lui avait dit son beau-père sur le seuil de l'hôtel, en lui jetant un regard aigu, presque soupçonneux.

— Quand vous voudrez, père.

— Est-il besoin de te prévenir ?

— Nullement, père.

Et il s'en allait, tout léger, par les rues, n'entendant pas l'appel des cochers qui, voyant son pas pressé, le hélaient, ne sentant aucune fatigue.

Et il était plus heureux, plus content de lui, à mesure qu'il approchait de son logis.

Pourtant, il ne la verrait pas ce soir ; mais il serait près d'elle ; il contemplerait la petite fenêtre derrière laquelle elle dormait... Peut-être avait-elle eu quelque inquiétude en fermant les yeux ? Mais comme cette inquiétude serait vite dissipée demain matin lorsque, à son réveil, elle constaterait le retour de son voisin !

Et son modeste logis lui parut charmant, même au sortir de la somptueuse demeure de son beau-père.

C'est qu'il était là chez lui. Et, avant de se coucher, il passa l'inspection de ses bibelots, pas nombreux ni luxueux, mais si aimés ! Des morceaux de vieilles étoffes, des bouts de sculptures anciennes, de vieilles gravures, quelques belles armes... Généralement des trouvailles de Parnet.

Il alla s'accouder un instant à sa fenêtre, en face des volets de Marguerite de Menhoët.

Puis, comme aux premiers temps de son joli roman, il sauta dans son jardinet, passa par-dessus la balustrade qui le séparait de celui de sa voisine ; et, près d'une demi-heure, il s'embauma de ses fleurs naissantes.

— Allons ! fit-il, se sentant extraordinairement fort, un peu de repos ; et demain au travail, le bon travail qui m'a donné ma liberté !

Et il rentra dans sa chambrette et se coucha.

Tout d'abord, il crut qu'il ne dormirait pas, tellement son esprit était envahi de pensées ; mais bientôt un lourd sommeil le prenait. Et il faisait grand jour quand il s'éveilla.

Vite, en costume du matin, il courut à sa fenêtre.

Marguerite de Menhoët sortait justement de chez elle, un coquet panier au bras, le visage mélancolique.

Mais la mélancolie de la jeune fille s'envola comme par enchantement, dès que Gaston apparut.

Ce costume matinal lui indiquait que leur voisin était revenu pour de bon, puisqu'il avait couché chez lui. Elle l'avait soupçonné à tort la veille.

Ils commencèrent par se sourire sans parler, ils se disaient, du reste, tant de choses par le regard !

Enfin, montrant son panier, elle prononça, comme amusée de la besogne qu'elle allait faire :

— Notre femme de ménage est patraque, c'est moi qui vais aux provisions.

C'était une chose que Mme de Menhoët n'aimait pas beaucoup, un reste de ses habitudes aristocratiques ; mais Marguerite, sage et moderne jeune fille, ne rougissait de rien de ce qui est accompli honnêtement.

Et Gaston dit, avec un geste flatteur :

— La jolie ménagère !

Elle répondit, très enjouée :

— Quand on n'est pas riche...

Alors il voulut s'excuser.

— J'étais désolé, hier... Vous avez disparu si vite !...

— Oh ! fit-elle, mutine, nous avions M. Parnet !

— Il vous a reconduites, j'espère ?

— Oui, et jusqu'à notre porte, monsieur ! Il fallait bien le consoler de sa solitude...

— C'est qu'il s'est dérobé au moment même où...

— Il a pensé, et c'était plus sage en effet, que ce premier jour, il serait peut-être une gêne pour vous. Mais que nous étions heureux de vous voir au bras de votre père !

Le visage de Gaston s'assombrit un peu ; et il déclara :

— Chacun aura son tour.

Elle ne voulut pas prolonger cette conversation, qui allait peut-être devenir difficile.

— Il ne faut pas que je me mette en retard ! Je suis la bonne aujourd'hui !

Elle s'en fut, et Gaston, tout pensif, passa dans son atelier. Et, presque aussitôt, on frappa chez lui.

Il alla ouvrir.

— Mon père !

— Oui ! Nous nous sommes si peu vus, hier, j'éprouvais le besoin de causer plus longuement avec toi.

Il l'accueillit, tout joyeux de cette marque d'affection. Et, du reste, son beau-père semblait charmant.

Il commença par se promener dans l'atelier, par examiner les maquettes de Gaston. Et celui-ci, maintenant, plus confiant qu'hier, se laissait aller à mieux dire ses débuts, la difficulté qu'il avait eue à se tirer d'affaire ; mais il contait cela gaîment et, cinq ou six fois, il avait prononcé le nom de Parnet, sans que Darsans en parût choqué.

Soudain, celui-ci interrogea, d'un ton dédaigneux :

— C'est ton petit... modèle que j'ai rencontré tout à l'heure, à l'entrée de la maison ?

Et, en une seconde, le charme fut brisé. Et Gaston comprenait que c'était une très autoritaire, une très jalouse sollicitude qui avait poussé son beau-père à se présenter si promptement, si inopinément chez lui : *il avait voulu le surprendre dans sa vie de garçon.* Et, sur ses lèvres, cette expression de « petit modèle » avait presque la signification de « ... la maîtresse ! »

Cependant, si le sculpteur fut bouleversé d'indignation à la pensée d'un tel soupçon, il eut la sagesse de se dire que de trop vives réponses amèneraient tout de suite une nouvelle rupture entre Paul Darsans et lui.

Et il se contenta de faire l'étonné.

— Quel... petit modèle, père ?

— Mais... cette jeune personne brune ?

— Eh bien, père ?

— Ce n'est pas... ton modèle ?

— Non, père...

— Pourtant...

Et Darsans marchait vers la maquette de la *Brodeuse.*

— Il y a une étrange ressemblance...

— Naturellement, mon père, puisque cette statue est en même temps un portrait.

— Explique-toi alors, car je ne comprends pas. L'habitude des affaires m'a donné la manie de la clarté.

— Oh ! c'est fort simple, mon père. Jamais un modèle de profession, un modèle d'atelier n'aurait pu me donner cette chasteté d'attitude, cette distinction ; et c'est une de mes voisines, Mlle Marguerite de Menhoët qui a bien voulu...

— Ah ! ah !...

Très vite, Paul Darsans ricanait.

— Une voisine !... Eh ! voilà qui a dû être commode pour toi !

Gaston se mordit les lèvres, et :

— Mlle de Menhoët y a mis, en effet, beaucoup de complaisance.

— Alors... cette jolie... grisette, que j'ai rencontrée tout à l'heure, se nomme Mlle *de* Menhoët ?

Il avait appuyé sur « grisette », puis sur cette particule ; cela le mettait en joie.

— Mes compliments, mon cher ! Jolie et d'ancienne race ! Il n'y a que les faubourgs parisiens pour vous fournir de si charmantes... occasions !

— Je ne vois pas très bien, mon père, ce que vous pouvez trouver à railler dans la situation d'une fille d'ancienne race, comme vous dites, de très ancienne race, qui accepte, avec la plus digne simplicité, et la gêne, et la loi moderne du travail devant laquelle nous devons tous nous incliner, vous surtout qui ne voulez être que de ce siècle !

— Voilà de bien grands mots, mon enfant, pour une amourette parisienne !

— Ce n'est pas une amourette, mon père !

— Eh !... qu'est-ce donc ?

— Mon intention n'était pas de vous en parler aujourd'hui même ; mais vous m'y provoquez.

— Ma foi, les situations nettes sont toujours les meilleures !... Je t'écoute.

— Je pense que vous m'avez déjà compris, mon père ?

Il y eut un lourd silence, pendant lequel Darsans, les yeux mauvais, tourna dans l'atelier.

Puis, s'arrêtant brusquement devant son fils :

— Ta mère et Henriette sont venues ici... pour le buste ?

— Naturellement !

— J'aime à croire que jamais elles n'y ont rencontré ta... ta... voisine ?

— Pardon, mon père !

— Morbleu !

— Ma mère et Henriette n'ont évidemment pas envisagé les choses de la même manière que vous ; car, dès qu'elles ont su le grand service que m'avait si délicatement rendu Mlle Marguerite de Menhoët, elles sont allées la remercier, ainsi que sa mère, d'avoir consenti à cette complaisance...

— Ah !... il y a une mère, par-dessus le marché ?... Mère complaisante, en effet ?

Et, entre ses dents :

— C'est complet. Il était temps que je m'en mêle.

Et, de nouveau, un long silence tomba. Darsans s'était remis à rôder par l'atelier en jetant des regards en dessous à son beau-fils qui, lui, restait là bien tranquillement ; il se sentait si trempé pour la lutte !

Pendant ce silence, le commissionnaire en marchandises s'était rendu maître de son premier mouvement de colère ; et, du reste, il sentait bien que ce grand garçon lui avait échappé, qu'il allait être forcé de le persuader, de le séduire...

Et il s'assit sur le divan et offrit un cigare à Gaston.

— Causons de bonne amitié, veux-tu ?

— Mais je ne demande que cela, mon père.

— Cela ne signifie pas que nous nous entendrons, car je pressens que de nouvelles et très grosses difficultés vont surgir entre nous ; mais, au moins, nous ne nous fâcherons plus. C'est trop bête.

Et ce dernier mot émut beaucoup Gaston, parce que ces façons lui rendaient son beau-père d'autrefois, qu'il le prenait, si aisément, pour son vrai père.

Darsans continuait, bonhomme :

— Tu as trouvé, n'est-ce pas, ladite... Mlle de Menhoët installée ici quand tu y es arrivé ?

— Oui, mon père, au rez-de-chaussée comme moi, avec un jardinet mitoyen au mien.

— C'est ton excuse...

— Mais, je n'ai pas besoin d'excuse, mon père.

— Si, si !... Et, je t'en prie, laisse-moi t'ouvrir les yeux et, pour cela, te conter ton histoire, que je connais aussi bien, mieux même que toi, tellement c'est toujours la même chose. Sa beauté t'a frappé...

— Ne reconnaissez-vous pas qu'elle est belle !

— Et puis, dans ce quartier, fort honnête mais quelque peu retiré, tu me permettras de penser que tu n'étais pas gâté sous le rapport de la jolie femme ?

Il avait prononcé cette phrase avec beaucoup de raillerie ; mais, vite, il refaisait le bon garçon.

— Vous vous êtes prêté des semences par-dessus la haie...

C'était vrai.

— Et cette haie ne doit pas être d'une extrême hauteur ?... La connaissance s'est faite tout de suite.

— Pas du tout, mon père !

— C'est que tu étais un timide, tout le contraire de cette jeune personne qui a des yeux superbes mais pleins de feu. Enfin, vous avez fait connaissance...

— Oui, mon père, après bien des essais infructueux de ma part.

— C'est qu'elle est adroite.

— Elle est la pureté, l'honneur même !

— Quand on est si la pureté, si l'honneur même que cela, on ne vient pas poser chez un sculpteur !

— C'est moi qui l'en ai suppliée, mon père ! Et aucun de nous n'a le droit de le lui reprocher !

— Si !... moi !... Mais je ne lui reproche rien ! Elle a fait, naïvement, honnêtement si tu le veux, son métier de jeune fille à la recherche d'un mari.

— Est-ce donc un crime que de vouloir se marier ?

— Ce n'est pas très délicat, quand on est dans la gêne, tu me l'as dit tout à l'heure, et qu'on doit travailler pour vivre, que de provoquer l'amour de M. le marquis Gaston de Naizant, lequel aura, un jour, une bonne part de ma fortune !

— Mon père, vous n'avez pas le droit de suspecter la loyauté, le désintéressement de Mlle de Menhoët !

— Ne nous emportons pas, mon petit ! Il est entendu que nous causons de bonne amitié ; et il est de mon droit comme de mon devoir de te faire entendre des paroles de bon sens. Je t'enlève des illusions ; mais c'est le rôle, le rôle souvent bien cruel, des parents. »

Il caressa sa belle barbe poivre et sel à la Henri IV.

— Que cette Mlle de Menhoët soit une honnête jeune fille, dans le sens le plus brutal du mot, je le crois ; sans cela, tu n'aurais pas permis que la mère et ta sœur la connussent.

Il fit une pause, et :

— Comme j'ai été joliment berné dans tout ceci !... Mais enfin, c'est le lot des pères... Et puis, je ne veux pas revenir sur cette triste complication de notre vie à tous... Elle est oubliée... Je passe condamnation. Nous voilà tous les quatre redevenus très bons amis ; pensons à notre avenir, et arrangeons-le pour ne plus souffrir les uns par les autres.

— Il ne faudrait pas, père, que, pour en arriver là, les uns souffrent pour les autres.

— Dans cette vie, mon enfant, il faut savoir s'imposer quelques sacrifices. J'avais rêvé de te donner ma fille...

— Père, vous savez bien qu'elle-même n'a, pour moi, qu'une affection toute fraternelle !

— Aussi n'en parlé-je que comme mémoire. C'était le rêve le plus cher de ma vie ; mais on ne peut rendre les enfants heureux malgré eux, et j'y ai sincèrement renoncé. Henriette se mariera, plus tard, Dieu sait avec qui, car je ne vois vraiment pas à qui la donner...

— Je verrais bien, moi ! osa avancer Gaston avec un mouvement d'enthousiasme.

Car, pour sa sœur et pour Parnet, il avait toutes les audaces ; mais son beau-père l'arrêta.

— Oh ! je t'en prie, pas d'extravagances ! La vie n'est pas un roman.

— Quelquefois, mon père.

— Ceux qui la prennent ainsi en sont toujours malheureux. — Occupons-nous donc de toi. Tu as prouvé que tu étais un homme et un artiste de valeur ; tu as donné tort à toutes mes prévisions, et j'en suis grandement heureux. Tu peux gagner largement ta vie par le métier que tu aimes ; et tu auras d'autant moins besoin de recourir, désormais, aux petits travaux que tu exécutais incognito...

— Quoi !... Vous avez su ?...

— Oui, j'ai su tout ce que tu faisais ; et si ton ami Parnet a si facilement écoulé tes premiers petits amours, c'est qu'on avait l'ordre de les acheter pour mon compte. Je te les montrerai, cachés dans mon armoire...

— Oh ! mon père ! fit Gaston, avec un mélange de reconnaissance et d'humiliation d'avoir été si discrètement aidé par Darsans à ses débuts.

— Ne me remercie donc pas, sacrebleu ! C'est insignifiant. Tu aurais bien trouvé d'autres acheteurs ; je n'ai fait que t'avancer de quelques mois. Par exemple, tu ne recommenceras pas ; et, maintenant tu ne me refuseras plus ce que te doit un père, c'est-à-dire d'assurer ta vie matérielle. Je comprends que tu ne veuilles plus vivre chez moi, mais tu auras un atelier, un bel atelier dans notre quartier. Tu seras le marquis Gaston de Naizant qui se glorifie de travailler et donne ainsi une leçon à ses pareils, mais ne travaille pas pour vivre. Plus tard, ma fortune sera partagée, inégalement, entre toi et Henriette ; Henriette voudrait que ce soit également. Je sais que tu ne l'accepterais pas...

— Je n'ai droit à rien de votre fortune, mon père.

— Légalement, non ! Mais tu es le fils de mes pensées ; dans ce qu'il y a de bon, de généreux en toi, tu reconnaîtras bien que j'ai mis quelque chose ?.. Refuserais-tu d'être mon fils... parce que nous nous sommes un peu heurtés ?

— Mais, père, c'est oublié !

— Donc, tu es mon fils, tu portes un beau nom, auquel toi-même ajouteras de la gloire ; tu auras, ma vie durant, une vingtaine de mille francs de rente et, après ma mort, au moins le double... Trouves-tu que, dans ces conditions, Mlle de..., de... de Menhoët, n'est-ce pas ?

— Oui, mon père, fit Gaston, les lèvres serrées.

— Trouves-tu donc délicat, de sa part, d'aspirer à ta main ?... Car, tu voulais tout à l'heure que j'aie compris tes intentions ; soit ! Tu comptes l'épouser ?

— Oui, mon père, si elle y consent.

— Elle y consentirait, va !

— Rien ne me l'a indiqué jusqu'ici !

— Parce qu'elle est une fine mouche et toi..., comme tous les artistes, absolument aveugle.

Gaston dut encore se mordre les lèvres pour ne pas relever, avec trop de vivacité, la mauvaise opinion que M. Darsans osait porter sur Marguerite ; il devait tenir compte de l'affection, de la générosité dont son beau-père faisait si simplement preuve à son égard.

— Je vous remercie, dit-il, de si bien me traiter en fils ; mais permettez-moi de vous assurer que vous vous trompez étrangement en jugeant Mlle de Menhoët d'une façon si défavorable. Tout d'abord, elle est d'une excellente famille...

— La connais-tu, sa famille ?

— Je sais que les Menhoët sont une des plus anciennes maisons de Bretagne...

— Oh ! en Bretagne, fit Darsans avec un dédaigneux haussement d'épaules. Ils sont tous plus nobles que le roi !

Ce nom de Menhoët ne lui disait rien jadis, dans sa folle aventure avec la baronne de Koëllec il avait bien entendu parler d'une sœur de sa maîtresse qui s'appelait Yvonne, et c'était tout. Jamais le nom de Menhoët n'avait été prononcé devant lui.

Et tout cela était, d'ailleurs si loin et de sa mémoire et de son cœur !

— Les Menhoët, répéta Gaston avec tout le respect que lui inspiraient Marguerite et sa mère, sont de très vieille maison. Leur demi-ruine ne saurait vous offusquer, vous homme si moderne qui jugez les gens selon leurs œuvres et non selon leurs millions... Il n'y a qu'une tare... si c'est une tare, dans la vie de ces dames, tare qui pourrait peut-être éloigner un aristocrate de sentiment, mais qui trouvera auprès de vous, si bon, si large d'idées, si moderne, la plus entière indulgence ; aussi n'hésité-je pas à vous la faire connaître tout de suite...

Il frémissait cependant un peu.

— Achève, fit M. Darsans en pâlissant.

— Menhoët est le nom de jeune fille de la mère de Mlle Marguerite de Menhoët.

— Et... et ?...

— Elle ne connaît pas le nom de son père !

— En vérité, je me demande si tu n'es pas fou, mon pauvre Gaston, mon pauvre enfant !

Et Paul Darsans bondissait du divan.

— Tu t'es figuré que j'allais accepter ?... Mais songe à ta mère, à ta sœur !... C'est... cela une... bâtarde, fille de Dieu sait qui, que tu oserais introduire dans notre maison ?

Tous ses sentiments d'homme régulier, d'homme d'ordre en étaient révoltés.

Blême, Gaston déclara :

— Si elle veut porter mon nom, elle sera ma femme !

— Jamais !

Et Darsans lui saisissait les deux mains.

— Entendons-nous, malheureux égaré. Quand je dis jamais ! je sais parfaitement que je n'ai aucun droit sur toi et que ta mère seule pourrait s'opposer à cette folie ; mais je n'ai Dieu merci pas perdu toute autorité sur elle ; et, moi vivant, tu ne parviendras pas à lui arracher son consentement ! Tu te marieras, oui, mais en recourant au droit que te donne la loi de te révolter contre ta famille ! Et après, tu n'auras plus de sœur, tu n'auras plus de père, tu n'auras plus de mère...

— Ah ! vous voyez bien, s'écria Gaston, la gorge déchirée, que les uns doivent souffrir pour les autres !

— Enfant ! Je te défends contre toi-même ! Plus tard, tu me diras merci !

L'AVEU

Il y avait près d'une heure que Paul Darsans était parti, et Gaston demeurait atterré, tantôt à demi étendu sur son divan, la tête entre les mains, tantôt allant et venant dans l'atelier, les jambes chancelantes, le cœur battant d'une façon désordonnée.

Et le tourbillon de paroles de son beau-père bourdonnait encore à ses oreilles.

Car Paul Darsans ne s'en était pas tenu à sa première exclamation de colère contre Mlle

...et ce ne me unique exposition de l'avenir qu'il voulait pour son beau-fils.

Il avait fait à Gaston tout un cours de sociologie, des devoirs de chacun envers sa famille. Dix fois il lui avait répété les mêmes choses:

— L'homme ne peut vivre qu'à l'état de société; or, rien n'existe de ce qui ne repose pas sur des bases solides, et la première base de la société est la famille.

Certes, il avait l'esprit trop généreux, trop libéral pour reprocher sa naissance irrégulière à une jeune fille; mais les enfants naturels devaient rester à leur place, dans leur classification, se marier entre eux pour effacer dans leurs enfants la tache de leur origine, ou n'ambitionner d'entrer que dans de petites familles... Mais songer à s'introduire dans une famille telle que la sienne, apporter dans cet ordre parfait leur élément de désordre, peut-être de dissolution!... Non, non! Paul Darsans ne pouvait admettre cela.

Et vainement Gaston avait objecté qu'il y avait là une contradiction flagrante avec toutes les idées modernes, dont son beau-père se disait le représentant; celui-ci répliquait:

— Oui, j'ai l'esprit le plus large! Mais, en tout ce qui touche la famille, je suis résolument conservateur. Je ne demande qu'à être généreux, mais à la condition qu'on n'essaye pas de me forcer à l'être au delà du point que je me suis fixé.

Et il n'accepterait jamais, jamais, auprès de sa fille, cette jeune personne rencontrée au fond d'un faubourg parisien, dans des conditions sur lesquelles il préférait ne pas s'étendre.

Oh! il se rendait bien compte de l'immense chagrin qu'il faisait à son beau-fils.

— Mais quand on découvre un mal, il ne faut pas hésiter à y apporter immédiatement le remède!

Gaston avait fini par ne plus répondre.

Du reste, toute discussion lui était odieuse, et les grands mots de son beau-père ne changeraient rien à sa résolution formelle d'épouser Marguerite de Menhoët si elle daignait y consentir; mais, pour Henriette, pour sa mère, il supportait tout ce verbiage, ayant simplement hâte que ce fût fini.

Et ce fut seulement après le départ de son beau-père qu'il réfléchit entièrement et mesura l'étendue des difficultés qui s'ouvraient devant lui.

S'il n'avait été qu'un cœur vulgaire ou un tempérament emporté, il aurait tout de suite couru à la solution par laquelle il prouverait à Paul Darsans à quel point il méprisait sa fortune: il aurait, immédiatement, offert son nom à Marguerite et fort de son consentement, [illegible] sa famille.

Mais un esprit réfléchi et doux, tel que le sien, ne pouvait se résoudre si vite aux moyens extrêmes.

— Parce que je ne suis pas seul! Et maintenant que nous sommes bien réconciliés...

Ah! si cette réconciliation n'avait pas eu lieu, s'il avait toujours été obstinément exclu de la famille, il aurait pu résister ouvertement, épouser Marguerite malgré toutes les objections de Darsans; et cela aurait peut-être mieux valu, car, ensuite, son beau-père se serait trouvé en face d'une situation acquise qu'il aurait tout naturellement reconnue en tendant la main à son beau-fils.

Mais enfin, le premier fait acquis était cette réconciliation qu'il devait respecter, non seulement pour sa mère et sa sœur, mais pour son beau-père lui-même; car cet homme agissait suivant les idées qu'il croyait justes, respectables, un vieux fond de bourgeoisisme, irréfragablement fermé à la générosité de la jeunesse actuelle, laquelle, tout en n'étant pas très religieuse, aime beaucoup à s'inspirer de la bonté de celui qui pardonna toutes les fautes...

Donc, quoique, dans sa douceur, Gaston eût le caractère très entier, il ne résisterait pas de front à Paul Darsans.

Il le conquerrait.

C'est à cela qu'aboutissait sa longue méditation:

— J'attendrai; mais je l'amènerai à ce que je veux!

Avec quelle facilité Darsans avait accepté la réconciliation, hier! Comme il lui avait aisément tendu la main! Et que la cordialité était vite revenue entre eux!

— Il faut lui résister sans l'offusquer.

Darsans comprendrait combien ses intentions étaient formelles, lorsqu'il le verrait s'obstiner à demeurer rue Alain-Chartier et refuser de lui tout subside.

Il ne serait plus question entre eux de ce qui les séparait; mais comme ce silence signifierait:

— Je ne puis rien recevoir de vous, puisque je suis fermement résolu à vous désobéir!

Et, à cette résistance passive se joindrait certainement un sourd travail, par les soins de sa mère et d'Henriette, une lente persuasion qui vaincrait Paul Darsans sans qu'il s'en aperçût.

— Je vais aller les voir, mes chéries! Et certes, elles me soutiendront; mais elles ont tant de droits sur moi que j'ai le devoir de songer à elles autant qu'à mon amour.

Et vers deux heures, il se préparait à quitter la rue Alain-Chartier.

Il aurait voulu, auparavant, causer avec Marguerite; mais il avait vu sortir Mme de Menhoët, et il ne se serait pas permis de se présenter chez la jeune fille en l'absence de sa mère.

Il alla, un instant, dans son jardinet, se figurant qu'elle devinerait son désir, qu'un instinct secret avertirait son amie de son besoin de contempler ses traits... Oh! ne se mettrait-elle pas un instant à sa fenêtre?... Ou seulement même, ne soulèverait-elle pas son rideau?...

La fenêtre demeura close, et le rideau ne fut pas soulevé. Et Gaston partit, un peu attristé par ce simple détail.

L'explosion de tendresse par laquelle sa mère et Henriette l'accueillirent eut vite dissipé cette impression; mais:

— Figure-toi que nous avons peur! lui dit tout de suite Mme Darsans.

— Oh! moi, j'étais toute tremblante! s'écriait Henriette en le couvrant de baisers. Si tu avais vu papa, lorsqu'il est revenu de chez toi!...

— Ah! fit Gaston, avec un petit frisson...

— Qu'y a-t-il donc eu? interrogea sa mère. En ne nous a dit que des éloges de toi!... En [illegible], nous pressentions... Qu'y a-t-il [illegible]? Nous espérions qu'il te ramènerait pour le déjeuner...

— Tiens! mets ta main dessus!

Henriette lui prenait la main, la posait sur son cœur.

— Il bat comme ça depuis le retour de père...

— Ne vous alarmez donc pas! prononça Gaston en souriant.

— C'est que, dit sa mère, en le serrant contre elle, c'est tout notre bonheur que d'être unis... Et... et... la pensée que quelque chose aurait pu tout remettre en danger...

— Mais calmez-vous, mes chéries! Rien n'est en danger.

Comme il avait eu raison de penser à elles autant qu'à lui! Elles ne vivaient plus que par lui; il ne pouvait vouloir que son bonheur leur coûtât le moindre chagrin.

— Père est reparti pour son bureau? demanda-t-il.

— Oui, comme d'habitude.

— Et il ne vous a rien dit de... spécial... sur mon compte?

— Non! et elles parlaient toutes deux à la fois.

Il n'a été question que de ton atelier, de ton travail, de tes ébauches..., puis de ton désir de te voir te rapprocher de nous...; de son intention de te fournir tout ce qu'il te faudra pour que tu ne fasses que du grand art...

C'était Mlle Henriette qui appuyait gravement sur le grand art.

— Seulement, ajoutait-elle avec malice, j'ai dit à père que tu devais aimer ton quartier, les... les camarades que tu as par là-bas... et que... et que l'air de Vaugirard devait être favorable à l'éclosion de tes chefs-d'œuvre.

— Qu'a-t-il dit alors ? prononça un peu fiévreusement Gaston.

Car, dans sa naïveté, Henriette avait mis le doigt sur la plaie.

— Rien, répondit-elle. Peut-être a-t-il un peu froncé les sourcils... Et puis... et puis, ça a été tout...

Il n'avait donc fait aucune allusion au sujet principal de l'entretien qu'il avait eu avec son fils.

— Mais enfin, répéta Mme Darsans, qu'y a-t-il donc eu entre vous ? Car je devine, à ton attitude autant qu'à la sienne, qu'il s'est passé quelque chose d'anormal...

Il fit signe que « oui » ; et comme déjà, elles frissonnaient :

— Rassurez-vous. Rassurez-vous ! répéta-t-il plusieurs fois, avec cette mélancolique satisfaction du devoir accompli.

— Oh ! supplia Mme Darsans, que plus rien ne vienne mettre en danger notre bonne affection ! Vis où tu voudras, comme tu voudras ! Que nous ne te voyions que de loin en loin... quand cela te plaira... Mais, pour Dieu, ne sois plus supprimé de notre vie ! Car vivre sans jouir ouvertement de ses enfants est la plus abominable des souffrances !

— Mère, encore une fois, ne craignez rien ! Si j'ai eu la force de ne pas m'emporter aujourd'hui... je l'aurai toujours ! Je n'ai du reste que des hommages à rendre à mon beau-père... à mon père, pour sa générosité, sa tendresse. Il veut voir en moi un fils, qu'il aime presque autant que sa fille.

— Oh ! qu'il t'aime autant !... Je n'en serai pas jalouse, va !

— C'est qu'il m'aime un peu trop ! fit Gaston en hochant la tête. Il m'aime au point de me vouloir heureux à sa manière ; et cette manière diffère essentiellement de la mienne, puisqu'il supprime l'élément essentiel de mon bonheur.

Il s'arrêta, et il y eut un instant de silence. Elles avaient compris, toutes les deux.

Et, malgré leur volonté de ne pas être jalouses, un peu d'irritation grondait en elles contre la voisine de Gaston. Mme Darsans dit, en baissant les yeux :

— Mlle de Menhoël ?...

— Oui, mère.

— Tu as donc parlé... tout de suite... à ton père ?

— Ce n'est pas de ma faute, mère. Je réservais cela pour beaucoup plus tard ; mais il eût été indigne de moi, de mon nom, de notre caractère à vous de tromper mon père, dès le moment que lui-même me parlait d'une jeune fille dont j'ai l'espoir de faire ma femme.

— Mais... à quel propos ?...

— Il venait de la rencontrer, sur le seuil de notre maison... Sa ressemblance avec ma statue l'a frappé tout de suite... Et... vous devinez quelle a pu être notre conversation ?

— Sans doute, mon enfant... Mais... mais redis-la-nous tout entière... pour... pour que nous sachions bien de... de quelle manière te soutenir auprès de ton père ?

— Oh !... mère, vous voulez bien ?

Il se jetait à son cou. Et elle répondit, avec une tendresse un peu triste

— Puisque tu l'aimes, mon chéri !

— Et tu veux bien, toi aussi, Yvette ?

La jeune fille l'arracha à l'étreinte de Mme Darsans : et, d'un petit air colère :

— C'est à moi, d'abord, qu'il faut demander la permission ! Car enfin, c'est avec moi, quoique ma maman soit toute jeune, que d'après les lois naturelles — c'est une expression de mon papa — elle doit vivre le plus longtemps !... Dis, elle m'aimera bien, moi aussi ?

— Est-ce que tu ne sais pas déjà qu'elle t'adore ?

— Alors, je consens ! déclara gravement Henriette en l'embrassant. Maintenant, conte-nous la bataille ! Ça a dû être dur...

— Non... mais pénible, pour moi.

Et il répéta toute sa conversation avec Darsans. Il n'hésita que lorsqu'il dut avouer la situation si douloureuse de Marguerite, non pas qu'il ne voulût la dire tout entière et bien nettement, mais parce qu'il avait peur de heurter les chastes oreilles de sa sœur.

Et il fut tout stupéfait d'entendre Henriette s'écrier :

— Mais je l'avais deviné tout de suite, moi !

Et, comme Mme Darsans lui jetait un regard étonné :

— Et, maman, vous vous trompez si vous me prenez pour une bête !... Et c'est justement à cause de tout ça qu'il faut mieux aimer Mlle de Menhoël.

Mme Darsans inclina lentement la tête ; et elle dit :

— Cette parole de ton petit cœur est celle de la sagesse.

— Mais certainement ! s'exclama la jeune fille. S'ils nous laissaient tout arranger avec notre cœur à nous, les choses iraient toujours beaucoup mieux ! Et, puisque vous reconnaissez que j'ai de la sagesse, maman, voulez-vous me permettre de parler ?

— Fais, petite ! Je crois, d'ailleurs, que personne ne t'empêcherait de dire ton opinion !

— Mon opinion, c'est que... d'abord mon cher frère n'a pas été un malin. A sa place, j'aurais dit à papa : « ... Voisine charmante... fort bien élevée... vieille famille... » Et pas plus... Je l'aurais intrigué... Puis j'aurais arrangé une petite circonstance où on se serait rencontré... par hasard... Enfin, ça n'a pas eu lieu comme ça... Acceptons la situation telle qu'elle est... Rentre à ton atelier ; remets-toi au travail... Ne dis plus rien à père...

— Oh ! sois tranquille là-dessus !

— Aie l'air de lui céder...

— Ce n'est pas très honnête...

— Mon grand frère, la fin justifie les moyens. Je ne sais pas qui a dit ça, mais c'est très bien. Accepte ses idées... pour l'avenir... Voici l'été, tu n'as pas besoin de déménager avant l'automne. Nous allons partir pour Paramé. Or, j'ai remarqué que papa dépouille toujours un peu de son grand personnage quand il est à la mer. J'irai avec lui en bateau...

— Où vous me faites frémir tous deux ! interrompit Mme Darsans.

— Oui, maman ; mais c'est encore le meilleur moyen de lui en monter un !

Et cette expression gamine les fit tous rire.

— Et, à l'hiver, au plus tard au printemps prochain, je vous parie que nous marions M. le marquis Gaston de Nalzant avec Mlle Marguerite de Menhoël !

Et, emportée par son enthousiasme, elle ajouta :

— Je voudrais être aussi sûre d'arracher à papa son consentement à...

Mais elle s'arrêta, en rougissant comme une pivoine.

Et sa mère et Gaston interrogèrent, malicieux à leur tour :

— Son consentement... à quoi ?

Elle mit son index sur sa fine bouche :

— Chut !... Il ne faut pas courir deux lièvres à la

— Voilà qui est encore très bien, et je sais qui l'a dit. C'est Racine. Vous voyez que je sais quelquefois mes classiques.

— Et elle cita le vers :

Ah ! dame on ne court pas deux lièvres à la fois !

Et, grâce à elle, toute la mélancolie, toute l'inquiétude de cet entretien avait disparu.

Et Gaston repartit pour la rue Alain-Chartier, tout réconforté. Et il allait vite, vite, ayant une grande hâte de revoir sa voisine. Combien il valait mieux qu'il n'eût pas eu l'occasion de lui parler avant d'avoir pris, dans la tendresse de sa mère et de sa sœur, cette provision de courage !

Il attendit le soir, cependant, pour se mettre à la fenêtre qui donnait sur son jardinet, comme s'il avait su, déjà, que ce serait le moment de pouvoir parler en tête à tête avec Mlle de Menhoët.

Vers huit heures, en effet, Marguerite était seule au milieu de ses minuscules plates-bandes. Elle s'était sentie un peu fatiguée et n'avait pas accompagné sa mère au « mois de Marie ».

— Simplement un peu lasse, mère ! Pas autre chose, je t'assure.

C'est ce qu'elle avait répondu, plusieurs fois, à Mme de Menhoët, au cours de l'après-midi, parce que l'excellente femme lui trouvait mauvaise mine, les yeux plombés, la peau un peu trop chaude, avec une moiteur de fièvre.

Mais Marguerite s'était refusée à se reconnaître souffrante. Était-il donc étonnant qu'après cette écrasante journée du vernissage, après toutes les émotions par lesquelles elles avaient passé, il lui restât une grande fatigue ?

— C'est que tu n'étais pas ainsi ce matin, objectait Mme de Menhoët. Je t'ai vue si gaie au moment où tu partais pour le marché !...

Mais là encore, Marguerite avait une explication des plus raisonnables.

C'est à ce marché, sous le soleil un peu trop cuisant aujourd'hui, qu'elle avait le plus senti sa lassitude.

— Aussi je ne t'accompagnerai pas au mois de Marie.

Deux ou trois fois, elles avaient parlé de leur voisin, mais d'une façon banale.

— Il n'a pas voulu rester dans sa famille, disait Mme de Menhoët, enchantée.

— Il ne restera pas longtemps ici, va, mère ! Et ... voir décider son départ sans doute... Et M. Gaston s'en est allé cet après-midi... Quelle bonne chose que cette brouille soit finie !

Elle avait toujours le courage de le dire ; mais son cœur était bien serré, et une grande humiliation l'emplissait depuis le matin, qu'elle avait hâte de communiquer à Gaston de Naizant. Son orgueil avait été blessé ; et c'est ce qui le faisait le plus cruellement souffrir, même en cet après-midi où elle songeait que c'en était fini de ses beaux rêves.

Et c'est pour cela qu'elle envoyait sa mère seule au mois de Marie et que, malgré la fraîcheur de cette soirée succédant à une journée un peu trop chaude, elle s'était résolument rendue dans son jardinet.

Et quoique, dans la demi-obscurité, elle eût l'air de s'occuper de ses plates-bandes, elle avait les yeux fixés sur le logis de son voisin.

Sans doute comprendrait-il qu'elle était là... et qu'il lui fallait un entretien tout de suite ?...

Mais toute sa mélancolie s'envola quand la fenêtre de Gaston s'ouvrit et que, doucement, tendrement retentit l'appel.

— Bonsoir, voisine !

Elle fit, assez naturellement, l'enjouée :

— Bonsoir, mon voisin ! Savez-vous que les journaux disent des merveilles sur votre compte ?

— Les journaux ? prononça Gaston, flatté. Je croyais que vous ne lisiez habituellement que le Soleil !

— Parfaitement, monsieur, parce qu'il ne coûte qu'un sou ! Et avec les suppléments du Petit Parisien et du Petit Journal, c'est à peu près toute la lecture que peut se permettre une modeste bourse comme la nôtre. Mais, un lendemain de vernissage, on se livre à des dépenses folles : Gaulois, Figaro, Journal, Echo de Paris... etc... J'en ai eu pour plus de vingt sous ! Mais j'ai lu pour plus de vingt sous de votre éloge...

— Qui est le vôtre en même temps, mademoiselle.

Il avait sauté dans son jardin, passait la main par-dessus la haie, haute à peine d'un mètre, qui les séparait. Et elle se laissa aller à lui donner une bonne, une longue étreinte... Les moments de bonheur sont si rares dans la vie ; et ce n'était certes pas mal que de jouir un peu de celui-ci.

— Madame votre mère est sortie ?

— Oui, elle est à l'église.

— Priant Dieu pour nous, n'est-ce pas ?

Elle retira sa main et rectifia.

— Priant Dieu et la Vierge pour moi d'abord... et puis pour tous ceux qui m'aiment.

— Alors, elle doit prier autant pour moi que pour vous-même ; car je vous aime autant... Non, je vous aime plus que moi-même... Et, ce n'est pas encore cela ! Je vous aime si complètement que mon âme et mon cœur sont en vous !

L'aveu lui était venu tout simplement, tout naturellement.

Cinq minutes auparavant, il n'aurait même pas osé songer à s'exprimer avec cette netteté. Et, dans la fraîche douceur de cette soirée, dans le calme qui les entourait, toute crainte comme toute raison avait disparu ; et son cœur avait parlé.

Oh ! la jouissance qu'éprouva Marguerite fut infinie ; et elle sentit que quelque chose d'indicible la pénétrait, une chaleur qui faisait couler son sang plus vite.

— Et, naïvement, elle murmura :

— Oh ! monsieur Gaston, que venez-vous de dire là ?

Il voulut, par-dessus la petite haie, lui reprendre la main. Mais elle s'éloigna un peu.

— Je vous remercie, monsieur Gaston ! Je suis profondément honorée et touchée de vous avoir inspiré un tel sentiment ; mais, comme il est sans issue, permettez-moi de le trouver un peu blessant pour une pauvre et fière fille telle que moi !

[illegible] ... tion.

— Et permettez-moi de vous ... son !

Il répliqua, passionnément :

— Mademoiselle, les paroles que je viens de prononcer ne sont que l'expression de la plus respectueuse tendresse ! Et je me demande, en vérité, ce que vous pouvez y trouver de blessant ?

Elle hocha tristement la tête.

— Si vous n'étiez qu'un pauvre artiste, monsieur Gaston, gagnant durement sa vie ; s'il vous fallait, alors, une compagne brave et forte, pour partager vos mauvais jours — car, malgré votre succès d'hier, vous en auriez encore — en attendant la gloire ; oui, votre sentiment ne pourrait que m'honorer, m'emplir de la plus orgueilleuse joie... Et peut-être alors y répondrais-je ?... Ma fierté y trouverait son compte tout autant que mon cœur, car c'est une chose belle, enviable, que de se consacrer à un artiste, de croire en lui, de le soutenir, d'être l'âme de sa maison et sa servante, jusqu'au moment où l'on est la compagne enviée de son succès.

— Oh ! parlez ! Parlez ! Parlez ainsi ! s'écria-t-il, car je sens votre âme vibrer dans la mienne.

Elle eut un frisson, avec un léger grondement de sanglot.

— Non ! non ! monsieur ! Il est inutile de parler

mais, parce que tout cela ne peut pas être. Vous êtes... que Dieu en soit béni, reconnue avec votre famille, il n'est que trop naturel que vous y repreniez votre place... Et nous... nous serons un gentil souvenir de vos deux premières années de lutte... Je ne vous fais pas l'injure de croire que vous nous oublierez; mais nous suivrons, désormais, des routes si différentes!

— Taisez-vous! Taisez-vous! prononça Gaston avec emportement. Vous êtes en train de déraisonner, vous la personne, habituellement si raisonnable et pratique. Car nous suivrons désormais même route, tous les deux, la main dans la main!

— Allons donc! fit-elle, avec un mouvement d'impatience. Votre famille...

Il l'interrompit, tout triomphant de pouvoir répliquer:

— Ma mère connaît mon amour! Et je ne me serais pas permis de vous l'avouer tant que je n'aurais pas obtenu son approbation.

Marguerite eut une lueur d'espérance.

— Et... votre mère... a consenti?

— Ma mère m'aime et aimera celle que j'aime...

— Pas quand elle... saura...

— Elle sait, il eût été déloyal, de ma part, de ne pas lui tout dire.

De grosses larmes d'attendrissement jaillirent des yeux de la jeune fille. Oh! Dieu la voulait-il donc heureuse?

Mais aussitôt elle se raidissait; et, presque subitement, sa voix s'enrouait.

— Ne nous laissons pas aller ainsi à l'illusion qu'un tel rêve serait réalisable, monsieur Gaston! Vous ne me parlez, vous ne pouvez me parler que de votre mère...

— Ma sœur?...

— Oh! la chère enfant! Est-il besoin de parler de ce cœur d'or qui est tout bonté, tout amour et qui aime sans réfléchir, rien que parce qu'il se sent aimé?... Mais ne dépendez-vous pas par-dessus tout du mari de votre mère? Et ne devez-vous pas le ménager pour que votre bonne mère ne souffre pas? Et pourriez-vous me dire que vous avez trouvé auprès de lui, la même bonté, la même indulgence?

Gaston courba un peu la tête.

— Il faut que je vous explique, mademoiselle, ce qu'est M. Paul Darsans, quel mélange il y a en lui de bonté et de raideur, d'entêtement et d'abandon, de générosité... Et lorsque je vous l'aurai fait connaître...

— Je le connais! prononça sourdement Marguerite.

— Mais non, mademoiselle! Ce n'est pas seulement d'après sa raideur envers moi, dans une circonstance où je lui avais peut-être un peu vivement résisté, ce n'est pas d'après les idées de Paul, qui ne s'est pas entendu avec lui, qu'il faut juger mon beau-père.

— Aussi n'est-ce pas d'après cela que je me permets d'avoir une opinion sur M. Paul Darsans, mais d'après un ensemble de choses qui ne me trompe pas, et surtout d'après deux regards... où, pour moi, son âme s'est révélée tout entière... Votre beau-père et moi, nous nous connaissons depuis ce matin... Et je crains bien qu'une barrière infranchissable n'existe à jamais entre nous!

— Oui, fit Gaston embarrassé, je crois que vous vous êtes rencontrés; mais vous vous ignorez l'un et l'autre.

— Non! déclara énergiquement Marguerite, et laissez-moi achever.

Puis, lentement, évoquant bien en son esprit, tout ce qu'elle racontait:

— Lorsque, pour la première fois, votre mère a fait attention à moi, a bien voulu me saluer, j'ai senti, tout de suite, que je l'aimais. Ce matin, quand, en traversant la cour, j'ai rencontré votre père...

Oh! que l'impression a été mauvaise! Au premier coup d'œil, j'essayai qu'il était... surprenait dans cette modeste besogne de ménagère, mon panier à la main, telle une petite ouvrière qui va aux provisions!... Que se sera-t-il figuré? Aura-t-il vu, en moi, le simple modèle qui sert aux artistes?...

— Mademoiselle... balbutia Gaston effrayé par cette divination de la jeune fille.

— Sans doute vous aura-t-il parlé de moi aussitôt?

— Oui! Mais bourgeoisement, loyalement, je vous répéterai notre conversation.

— Je la devine, hélas! rien qu'à ce que vous me dites là! Mais j'achève. Dès cette minute, j'ai compris combien ma présence le choquait et qu'il me trouvait de trop dans votre vie, qui... ou quoi que je fusse! Son regard m'a transpercée; et je m'en suis allée au marché, les jambes flageolantes, la poitrine toute glacée. Je ne sais quel temps je suis restée dehors; j'avais peur de revenir, de le croiser encore... Et hélas, comme je rentrais dans la rue Alain-Chartier, je me suis presque heurtée à sa voiture... Son cocher a crié, insolemment. Je ne me rangeais pas assez vite... Et lui, alors, s'est à demi redressé pour voir qui gênait son passage... Et son regard était encore plus méprisant que tout à l'heure... Ah! vous lui avez parlé de moi? Eh bien, vous ne l'avez pas convaincu, sans doute... Car il m'a semblé qu'il m'écrasait de son mépris... Et cependant je n'étais qu'une pauvre petite chose, toute tassée contre le mur, sur ce trottoir où il y a à peine le passage d'une personne!... Et, depuis ce matin, j'en souffre horriblement!

Elle se tut. Et, Gaston lui tendant la main, elle y mit la sienne.

— Mais c'est pour vous dire adieu, mon voisin! Car je suis trop fière pour supporter de telles humiliations.

Et avec une soudaine explosion:

— Pourtant, si vous lui avez parlé de moi, comment a-t-il pu?...

— Écoutez-moi, Marguerite!

C'était la première fois qu'il osait s'adresser à elle avec cette intimité.

— Vous êtes une âme très haute à qui dissimuler la vérité serait une petitesse.

— Oh! certes! Je veux bien tout savoir, quitte à souffrir davantage ensuite...

— Les idées... erronées de mon beau-père, déclara Gaston, ne peuvent vous infliger ni humiliation, ni souffrance. C'est un homme très bon, très généreux, qui revendique vis-à-vis de moi son titre de père pour avoir le droit de m'aimer; mais sa vie perpétuellement prise par les affaires, a donné à son esprit une tournure bourgeoise, un amour de la régularité, des principes de la famille absolument en désaccord avec nos idées à nous...

— Vous lui avez révélé... ma situation?

— Comme à ma mère. Dès l'instant que je lui parlais de vous, la vérité absolue m'était imposée.

— Vous avez bien fait, dit-elle héroïquement, car je n'en rougis pas.

— Et moi, je m'en suis montré fier devant lui! Mais je ne pouvais espérer le convaincre en une fois. Je lui ai dit que je vous aimais, et que, si vous daigniez accepter ma tendresse, je vous voulais pour femme...

— Et il m'a repoussée! Cela, vous n'avez pas besoin de me le dire...

— Je reconnais que ce projet l'a heurté; mais n'en est-il pas ainsi chaque fois qu'il s'agit d'un mariage d'amour? — S'il n'y avait eu en présence que lui et moi, j'aurais, dès cet instant, brisé de nouveau avec lui, malgré l'affection et la générosité qu'il venait de me montrer...

— Mais... vous avez pensé à votre mère, à Mlle Henriette... murmura mélancoliquement Marguerite.

songe, et vous êtes une trop droite pour ne [rien] reprocher, que j'avais des devoirs rigoureux envers elles, que je ne devais pas compromettre leur bonheur à peine ressuscité. Je me suis contenté de répondre, à mon beau-père, que mon intention, dès que vous l'auriez approuvée, serait irrévocable.

— Et lui vous a annoncé que son opposition ne le serait pas moins ?

— C'est qu'il ne sait pas de quelle manière le siège de son cœur va être fait par sa fille, par sa femme ! Et toute son opposition ne sera rien, devant notre volonté à tous que je sois par vous le plus heureux des hommes, comme j'espère faire de vous la plus heureuse des femmes. Et ma mère et ma sœur ont décidé — voyez à quel point elles vous aiment et vous apprécient ! — que je ne quitterais pas ce cher petit coin, que je continuerais d'y attendre mon bonheur, en vous prouvant, par ma [bravoure] continuelle, que ce bonheur n'est qu'en vous, ...en vous toute ma vie !

Il y eut un silence, et Marguerite laissait sa main à l'étreinte passionnée de Gaston.

Mais elle dit bientôt :

— Adieu, monsieur ! Adieu, pour toujours...

— Mais je ne veux pas ! s'écria-t-il, la voix pleine de larmes. Est-ce donc de vous que va me venir maintenant le désespoir ?

Elle lui enleva sa main, fit un pas vers son logis. Puis, se retournant à demi :

— J'ai sans doute tort d'être une orgueilleuse, monsieur ; mais, si j'ai rêvé d'être aimée, ce n'est pas ainsi !

— Oh !... cruelle...

— Ayez pitié de moi, monsieur Gaston ! Ne m'adressez aucun reproche ! Je vous approuve, moi !... Quand on est entre deux devoirs, il faut choisir le plus dur ; c'est toujours le plus vrai. Et vaincre ses passions est encore une grande jouissance. Sans doute votre père a-t-il raison, et les filles telles que nous ne doivent-elles jamais pénétrer dans les familles comme la vôtre... Nous ne réussirions à réaliser notre rêve qu'au prix d'une humiliation qui l'empoisonnerait à jamais ; et, si l'amour m'en consolait, moi, il y a quelqu'un qui en souffrirait toujours : ma mère... Elle va rentrer de l'église... Laissez-moi revenir auprès d'elle.

— Oh, mademoiselle !

— Laissez-moi revenir auprès d'elle, entièrement, uniquement. Et oubliez-moi !

XI

CHANTAGE

Un dernier geste d'adieu, un sanglot mal étouffé... Et elle avait disparu.

Deux ou trois secondes, Gaston songea à franchir la petite haie, à forcer la porte de Marguerite, à aller se jeter à ses pieds ; et il lui aurait dit :

— Puisque nous nous aimons, je brave tout ! Notre amour est le premier de nos devoirs... J'écarte toutes considérations de famille... Vous êtes tout pour moi...

Mais, comme il cherchait la parole la plus convaincante par laquelle il pourrait commencer, une petite toux retentit dans la cour et un pas léger auxquels il reconnaissait Mme de Menhoët. Elle rentrait du mois de Marie.

Ce serait donc pour demain seulement.

Et il repassa vite dans son logis.

Oh ! l'horrible nuit, pendant laquelle il s'adressa les plus violents reproches !

Tout d'abord, il s'en prenait à Paul Darsans de son immense déception ; mais cette remarque, si pratique et si vraie de Parnet, lui revint :

« On ne doit jamais s'en prendre qu'à soi-même de tout ce qui vous arrive de malheureux. »

En ceci, chacun avait agi selon son rôle habituel, selon ses idées. Darsans ne pouvait que lui résister, sa sœur que le soutenir et sa mère, avec une légère mélancolie, que vouloir ce qui le rendrait heureux.

Lui seul avait eu tort de vouloir ménager tous les cœurs qu'il aimait, de faire momentanément plier son amour devant des devoirs de famille. Et demain, en quelques mots, il imposerait sa volonté immédiate à tous !

— Mais qu'elle ne souffre plus, elle... elle, si chère !

Demain !... Parole fatale qui a causé, qui causera encore tant de désillusions !

Le lendemain, quand il s'éveilla, quoiqu'il fût un peu tard, les volets de la chambre de Marguerite étaient clos.

Et il fut tout saisi de ne pas la voir à sa besogne comme de coutume... Mais peut-être était-elle allée au marché ainsi que la veille ? Non. Justement, la femme de ménage apparaissait à la porte du petit logis de ces dames, pour secouer un tapis.

Et bientôt c'était Mme de Menhoët, les traits tirés, les yeux rougis ; et les deux sillons qui traversaient ses joues pâlies s'étaient comme aggravés.

— Madame sort ? interrogea la femme de ménage étonnée.

Elle répondit assez bas ; mais Gaston avait entr'ouvert sa fenêtre, et il put distinguer des lambeaux de phrases.

Oui... Elle sortait... Mademoiselle dormait. Et après cette nuit de fièvre, son sommeil allait sans doute durer quelques heures.

— Et je vais chercher un médecin.

— J'y serais bien allée, madame.

— Non, non... Il faut que ce soit moi-même !

— Mais qu'est-ce qu'on dira à mademoiselle si mademoiselle s'éveille tout à coup ?

— Que... que je suis à l'église... Et ça ne la troublera pas, cela...

Et elle serait revenue avant le départ de la femme de ménage.

Atterré, Gaston se traîna à la porte de son atelier ; et il voulut arrêter Mme de Menhoët pour avoir des nouvelles plus détaillées. Mais le sentiment que c'était lui la cause de cette soudaine indisposition [mourut] dans ses lèvres ; et il prononça seulement :

— Mademoiselle Marguerite...

Et Mme de Menhoët essayait de lui sourire, en expliquant que ce n'était qu'un léger malaise, un peu de fatigue, l'arrivée du printemps... Mais sa bouche ne parvenait pas à être aimable... Et puis, elle n'avait pas le temps.

Et déjà elle s'éloignait, sa tête de madone affreusement triste.

Un temps gris avait succédé à la belle journée de la veille ; une petite pluie fine tombait, depuis le matin, couvrant de boue les rues de Paris.

Ainsi la douleur avait remplacé dans leur âme, à sa Marguerite et à elle, les belles illusions des jours passés.

Elle alla d'abord s'agenouiller dans leur église ; et elle pria, mais avec un sentiment de révolte, parce que, si elle se résignait à la souffrance pour elle-même, elle ne pouvait admettre que Dieu frappât sa chère fille...

— Oh ! ma Marguerite ! Marguerite !... Il faut que tu sois heureuse, toi !... Il le faut, puisqu'il t'aime !

Elle prononçait cela entre ses dents en se rendant à l'omnibus de Vaugirard-Gare Saint-Lazare ; et quand elle y monta, elle s'aperçut que, rien que dans ce court trajet, elle avait abominablement crotté sa robe... Comme Marguerite l'aurait, autrefois, grondée pour cela !... Elle ne gronderait pas aujourd'hui...

Elle s'assit au fond de l'omnibus ; et, très vite, elle s'assoupit dans le bercement cahoteux de la lourde machine. Et elle rêvait, revoyant ses premières années, le sombre château de Koëllec, ses courses folles dans les rochers avec sa sœur et ce cousin qui devait devenir son terrible beau-frère... C'était le bonheur alors... Puis, son esprit sautait des années ; et il lui semblait qu'elle était au moment de son départ, chassée par cet homme implacable, pour la faute d'une autre...

Puis, l'omnibus roulant sur la chaussée douce du pont Royal, et de la rue des Tuileries, elle s'apaisait, se revoyait heureuse dans la belle floraison de son enfant...

— Place, s'il vous plaît !

Et on la secoua un peu.

— C'est vous, n'est-ce pas, qui n'avez pas payé de l'autre côté de l'eau ?

Et toute vision de bonheur s'envola.

Elle paya et se redressa, le corps tout endolori. C'était pourtant si bon ce rêve de bonheur !...

Et la réalité, c'est que Marguerite était malade, que, la veille, en rentrant du mois de Marie, elle l'avait trouvée jetée en travers sur son lit, glacée presque inanimée.

Et cependant, ce n'était pas chez le médecin qu'elle se rendait. Les médecins ne guérissent pas ces maladies-là...

Oh ! la cruelle confidence de cette nuit ! Confidence arrachée phrase à phrase !... Car Marguerite ne voulait pas parler, pour que sa mère n'eût pas à partager son humiliation... Mais Mme de Menhoët avait voulu tout savoir ; et une chose avait stupéfié Marguerite, la tranquillité avec laquelle sa mère parlait de leur situation, de ce déshonneur qui les entachait toutes deux. Bien certainement elle n'en souffrait pas. Cela était, voilà tout.

Mais ce qui lui déchirait l'âme, le corps, c'étaient les aveux de Marguerite, cet amour auquel elle s'était si naïvement laissée aller, qu'elle croyait possible si peu de temps auparavant et qui s'effondrait à la fois devant l'implacable caractère de ce Paul Darsans et devant l'orgueil de Marguerite.

Car la résolution de la jeune fille était formelle. Malgré l'irrégularité de sa naissance, elle n'était pas de celles qui se glissent dans les familles ; et elle repoussait énergiquement ce plan, ébauché dans les cœurs plus doux de Mme Darsans et d'Henriette, de conquérir peu à peu, ou plutôt de séduire cet autoritaire commissionnaire en marchandises, si fier de sa situation, de sa fortune, de l'irréprochabilité de sa vie !

Et elle briserait avec Gaston ! Et, si Mme Darsans et Henriette venaient encore rue Alain-Chartier, elle ne les verrait pas.

— Rien que nous deux, mère ! Bien serrées l'une contre l'autre ! Oh ! montrons-leur bien de quelle fierté sont capables deux pauvres femmes telles que nous !

Mais Mme de Menhoët n'était pas de cet avis. Elle avait bien, cette nuit, répondu « oui » à sa fille ; elle l'avait, du reste, approuvée en toutes choses... Ne fallait-il pas, avant tout, calmer ce grand chagrin, obtenir un peu de repos ?

Seulement, ce matin, elle allait à cet ennemi terrible. Elle allait, sans orgueil, plaider la cause de son enfant, supplier. Oh ! il lui en coûtait affreusement ! Elle, la petite-fille de cet Yves de Menhoët que fusillèrent les Bleus devant son château incendié, la descendante de ce Koëllec qui se fit sauter pendant la guerre d'Amérique, demandant grâce à M. Paul Darsans, commissionnaire en marchandises !...

Mais qu'était-ce que ces blessures d'orgueil si elle y gagnait le bonheur de sa fille ?

Oh ! ne plus la voir pleurer comme cette nuit ! Ne plus entendre les soubresauts de ce cœur chéri, cette respiration haletante ! ne plus sentir la fièvre de ses mains !

Tout... tout, plutôt que cela !

Elle ne connaissait pas le numéro de l'hôtel des Darsans, mais le trouva après quelques recherches.

Et Joseph la reçut presque malhonnêtement. Il avait des ordres précis : son maître donnant beaucoup au bureau de bienfaisance et aux diverses caisses de secours de son arrondissement, était un oracle contre ces solliciteuses qui se présentaient à domicile.

Et ce fut l'impression qu'avec son visage consterné et sa robe crottée elle fit au majestueux domestique.

— Monsieur n'est pas chez lui ! déclara-t-il d'un ton plus que bourru.

— Où pourrai-je le voir, ce matin même ?

Et, comme il haussait les épaules, n'ayant pas envie de « se faire attraper » en livrant l'adresse du bureau, elle se rappela que ce valet de pied honorait jadis M. Parnet de sa bienveillance. Parnet leur avait décrit tous les habitants de cet hôtel.

— Je n'ai pas pensé, dit-elle, à demander à M. Parnet... M. Parnet m'aurait certainement renseignée...

Au nom de Parnet, Joseph s'amadoua ; et puis cette dame avait une grande douceur dans la voix.

— Rue d'Hauteville, 27 bis, madame... Mais dites bien que c'est pour affaire personnelle, ou les employés ne vous laisseraient pas arriver jusqu'à lui.

Elle se jeta dans une voiture, cette dépense de la dernière heure pour les petites bourses. Elle était très lasse ; et il fallait songer à revenir rue Alain-Chartier.

Au bureau du commissionnaire en marchandises son humiliation recommença.

— M. Darsans lui-même ?

L'employé auquel elle s'adressa et qui était en train de ficeler un paquet lança cette exclamation comme s'il s'était agi de la chose la plus énorme, la plus invraisemblable.

— Mais, madame, M. Darsans ne reçoit jamais les offres de service !

Car, pour l'employé, la dame, en qui Joseph avait vu une solliciteuse, ne pouvait être qu'une placière.

— Monsieur, c'est pour affaire personnelle, nullement pour des offres de service ! Veuillez me conduire auprès de M. Darsans.

Elle avait parlé avec une certaine sécheresse. L'employé, un peu médusé, s'exécuta. Il disparut par un petit escalier tournant, tout au fond des magasins, mais revint aussitôt.

— Le patron regrette, madame... Il a tout son courrier à dépouiller.

Cette fois, elle rougit. Et, se décidant à donner sa carte à l'employé, elle cria, presque comme un ordre :

— Tenez, monsieur ! Et dites à M. Darsans que j'entends le voir immédiatement !

Le commissionnaire ne sourcilla même pas en voyant le nom de Mme de Menhoët. Il dit, simplement, d'un ton ennuyé, à son employé :

— Bon... Bon, faites monter.

Et l'employé alla chercher Mme de Menhoët. Elle traversa trois ou quatre magasins, se heurtant à des paquets laissés à terre, à une bascule ; et pas un employé ne se rangeait sur son passage... Ils n'avaient pas le temps, c'était un « jour de bateau ».

Elle faillit tomber, dans le petit escalier tortueux, et se trouva, tout à coup, dans une salle d'assez grandes dimensions, mais basse, lourde, étouffée, donnant sur une cour sombre, humide. C'était le cabinet de Paul Darsans. Il avait essayé, du reste, d'en faire un coin artistique, au milieu du désordre et de la banalité poussiéreuse de ses magasins, laissant à son ou ses successeurs le soin de les moder-

maître de la maison. C'était Mme Darsans qui devait remettre les choses au point.

— Son mari et son fils, expliquait-elle doucement, s'étaient heurtés ; chacun d'eux s'était ensuite enfoncé dans son idée ; il fallait laisser au temps et à leur tendresse à tous, le soin de guérir ces blessures d'amour-propre.

Elle disait cela ; et leur tendresse n'osait pourtant rien essayer.

Chaque dimanche, Henriette projetait de prononcer, comme par hasard, devant son père, le nom de Gaston ; et toujours le regard glacial de Paul Darsans l'arrêtait. Et ses soirées se passaient à marquer les points au billard, à ramasser les billes, et à servir le thé.

Elle bénissait l'ancien bonapartiste qui, assez souvent, se glissait auprès d'elle, — tandis que Darsans combinait un coup par les bandes — et interrogeait :

— Bonnes nouvelles de Gaston ?

— Oui... Mère l'a vu la semaine dernière. Il travaille... Oh ! il réussira !... Je suis certaine qu'il réussira...

— Et... ici ?

— Ici, faisait-elle désolée ; toujours la même chose.

Elle aimait bien aussi le sculpteur Talgrain. Il venait plus rarement ; et ses visites s'étaient encore plus espacées depuis que Darsans avait si durement traité son beau-fils. Mais, chaque fois, il prenait Henriette à part, en lui criant d'abord à haute voix :

— Eh bien, quand voulez-vous que je fasse votre buste, vous ?

— Quand vous voudrez, m'sieu !

— Voyons, si la figure est bien au point ?

Et il l'entraînait sous la lumière d'un candélabre et avait très sérieusement l'air d'étudier ses traits. Mais ils parlaient à voix basse.

— Gaston fait de grands progrès.

— Ah ! merci, monsieur !

— Et il travaille avec un acharnement admirable.

— Oh ! je sais qu'il est courageux, allez !

— Et... ici ?

L'enthousiasme que ce bout de conversation avait mis sur les joues d'Henriette, faisait vite place à une morne désolation ; et elle prononçait lamentablement :

— Ici ?... Toujours la même chose !

Que ce « toujours la même chose ! » avait causé de tristesses !... Comme la défense de jamais prononcer devant Paul Darsans le nom de son beau-fils était rigoureusement observée par tous les intimes, sauf par le conseiller. Car lui, entendait conserver son franc-parler. Tant pis pour les caractères susceptibles !

Darsans, du reste, n'avait jamais annoncé, à personne, sa rupture avec son beau-fils.

C'est sa femme qui avait dû prendre chacun de leurs amis en particulier, et leur dire, d'une voix étranglée par le chagrin :

— Ne parlez plus de Gaston devant mon mari ! Cette question de carrière les a momentanément séparés. Mais nous comptons bien que cela ne dépassera pas la fin de l'année...

Et on observait la consigne. Ce diable d'homme imposait à tout le monde, — excepté au conseiller, qui avait haussé les épaules contre ces « manies d'autorité ! »

Et lui, ne se gênait pas pour ramener assez souvent le nom de Gaston dans ses boutades, et même celui de Parnet. Et il clignait malicieusement des yeux vers Darsans, en affirmant qu'il avait lu un excellent article du journaliste...

— Un garçon qui percera, vous verrez !

Le plus souvent, Darsans ne semblait pas avoir entendu ; ou il prononçait un « ah ! » plein de la plus dédaigneuse indifférence. Mais il conservait une attitude tout aussi glaciale, quand Mme Nordain faisait des allusions aux pères énergiques « qui ne se laissent pas manger la laine sur le dos par la jeunesse ! » Et elle avait beau ajouter qu'elle avait été aussi énergique qu'un père dans la direction de l'éducation de son fils, Darsans ne paraissait s'intéresser qu'à son billard.

Son billard et ses affaires ! C'était sa vie... Cette maison de commerce — sa chose — dont Gaston n'avait pas voulu, que peut-être autrefois, il eût cédée à Parnet, si Parnet... Ah ! ses rêves d'autrefois !...

Et malgré cette attitude de rigidité, il souffrait beaucoup lui aussi, et attendait, avec une profonde angoisse, la fin de l'année ; car lui aussi nourrissait le secret espoir que cette date amènerait un rapprochement.

C'était sa pensée presque continuelle, au billard, à son bureau, dans sa voiture. Oh ! si Gaston allait venir à lui, tout simplement, ne voulant pas finir l'année sans l'étreinte de son bon père ! Un élan du cœur, passant par-dessus toutes les questions d'amour-propre ! Cet élan qui leur avait également manqué, à tous les deux, le jour où il l'avait vu pour la dernière fois, au pied de l'escalier, où Gaston avait, avec une si tranquille fierté, refusé d'accepter plus longtemps une pension de Darsans, où il lui avait même jeté comme un défi ces mots de « vache enragée. »

La dernière semaine de décembre, Mme Darsans lut, presque, dans les yeux de son mari :

« Écrivez à Gaston de revenir. »

Oh ! que la lettre eût été vite rédigée !

« Accours !... Tout est oublié ! »

Mais les lèvres de Paul Darsans ne traduisirent pas ce que trahissait son regard.

Et la pauvre femme, ni Henriette, n'osèrent prendre aucune initiative.

Gaston, pressenti par sa mère, avait répondu :

« On m'a chassé ; il faut qu'on me rappelle ! »

Et ces deux caractères bons et loyaux souffraient et faisaient souffrir, uniquement pour satisfaire leur orgueil.

La soirée du 31 décembre fut navrante, à l'hôtel Darsans. Et elle était si joyeuse, jadis !

Henriette, toute silencieuse, évoquait en elle-même le souvenir de tant de ces bonnes soirées. Elle avait toujours eu la permission, même petite, petite, d'attendre minuit ; et alors, elle grimpait sur les genoux de son père, et Gaston était à côté, et Mme Darsans était derrière le fauteuil de son mari, toute penchée ; et ils attendaient le premier coup de minuit, et chacun d'eux avait l'ambition d'être le premier à lancer l'heureux cri de :

« Bonne année ! Bonne année ! »

Et puis des poches de papa ou de dessous le billard sortaient les étrennes.

Et c'était une joie presque aussi grande que de préparer ensuite, sur le billard, l'infinité de cadeaux qu'on faisait à tous les amis. Darsans ne voulait pas qu'à cette date aucune personne connue de lui fût oubliée.

Quel changement ! Quel silence ! O morne et triste soirée, sans presque un mot !

Gaston avait écrit seulement à Henriette et à sa mère, deux pages de la plus chaude affection ; et, jusqu'à minuit, Henriette tourna la sienne dans sa poche :

... Sans lui rien dire, petite sœur, tu serreras ton père bien fort en mon nom : car, aujourd'hui, je ne veux plus savoir ce qui s'est passé cette année, pour ne me souvenir que de nos joies d'autrefois, de ses bontés. Et si mon nom, par hasard, venait à ses lèvres, oh, alors, vite en voiture envoyez-moi prendre !... Vite, vite !...

Si son nom venait à ses lèvres ?... Il ne vint pas. Et pourtant chaque grondement de voiture faisait tressaillir Darsans.

Sa femme et sa fille lui présentèrent leurs souhaits, très courts, presque sans caresse. Non pas que leur affection eût diminué ; mais elles auraient craint de pleurer si cela avait duré.

Et quand le calme régna par l'hôtel, Mme Darsans quitta sa chambre pour aller pleurer dans celle de son fils.

Henriette y était déjà, tout en sanglots, la tête sur le pied du lit de Gaston.

— Oh ! mère, mère, s'écria-t-elle, la voix déchirée, il faut que cela soit fini pour l'autre jour de l'an !

Le lendemain, Darsans ne reçut aucune visite et ne bougea pas de l'hôtel ; mais, pas plus que la veille, il ne dit une parole indiquant qu'il espérait la venue de son beau-fils ; et le soir, très désappointé au fond de l'âme, impassible à la surface, il ne songeait plus qu'à ceci :

— Ne m'avoir même pas écrit !... Il n'a donc plus de cœur ? Ah ! l'ingratitude humaine !

Au 2 janvier, il reprenait fiévreusement ses absorbantes occupations.

La fin de l'année avait été plus joyeuse à l'atelier de la rue Alain-Chartier.

Depuis un mois, la vache enragée semblait définitivement reléguée dans sa vilaine étable, toujours grâce à Parnet, qui avait mis Gaston en relation avec un fabricant de petits bronzes, connu par lui lorsqu'il était employé chez Darsans ; et ce fabricant, ayant eu quelque peu à souffrir de l'autoritarisme du grand patron au sujet de livraisons en retard, était enchanté, par simple esprit de contradiction, d'alimenter son beau-fils de commandes, modestes mais régulières et suffisantes pour assurer ses premiers besoins. Ce n'était plus l'idée du bibelot, du vase, de l'amour sculpté au hasard et que Parnet devait aller vendre de porte en porte des magasins.

Une visite furtive d'Henriette et de Mme Darsans, faite le 31 décembre, avait considérablement atténué le chagrin qu'aurait le sculpteur de ne pas se trouver auprès d'elles le soir, si son beau-père ne le demandait pas.

Parnet arriva à six heures, avec une bourriche vraiment envoyée du Midi et qui contenait de très excellentes choses, au parfum peut-être un peu loin.

Cela n'empêcha pas le journaliste de humer l'atmosphère de l'atelier et de deviner.

— Elles sont venues, hein ?

Il reconnaissait surtout l'odeur de verveine qui suivait Mlle Darsans ; et, quoique ce ne fût plus qu'un bien peu de chose, il s'en grisa un instant, les yeux à demi clos. Et :

— T'ont-elles apporté la réconciliation ?

— Serais-je ici ? répliqua lentement Gaston...

— Bien. Et moi !... Tu m'aurais fâché, alors !

Et il se mettait presque en colère, parce qu'il ne voulait pas se laisser attendrir par la mélancolie de Gaston. Le sculpteur ne protesta que d'un geste !...

— C'est à cause d'elles seules, tu penses bien ?

— Mon vieux, à nous deux, je te déclare que nous serons plus gais ici que dans le magnifique hôtel de ton beau-père ! Allons ! installons la table !... Du concierge a apporté le bouillon ?

— Oui, il est sur le gaz, dans mon semblant de cuisine.

Cuisine installée dans un recoin à peine grand comme une armoire, mais suffisant pour réchauffer un repas apporté du dehors.

Il du reste, avec Parnet, rien jamais n'était embarrassant. À sept heures précises, il annonçait :

— Nous sommes servis !

Et Gaston constatait, avec ahurissement, la présence de trois couverts sur la table et de trois chaises autour.

— Quel convive attends-tu donc, Parnet ?

Gravement, le journaliste passa dans la chambre reculée de son ami ; et Gaston entendit :

— Permettez-moi de vous conduire à table, mademoiselle !

Puis, un roulement sur le plancher... et Parnet revint, poussant devant lui la selle sur laquelle Gaston avait ébauché la silhouette de Mlle de Menhoël.

Gaston commença par hausser les épaules, devant l'imperturbable sérieux de Parnet qui installait une chaise, mettait la selle contre la table et allait dîner.

Et toute tristesse s'envola, d'autant que Parnet, tenant à la petite comédie qu'il avait organisée, parlait avec la statuette, lui servait les meilleurs morceaux, qu'il avalait ensuite, lui versait ses bons vins de Gascogne qu'il forçait ensuite Gaston à boire.

Et, au milieu de la soirée, dans les fumées du cigare et de l'armagnac, ils n'avaient peut-être plus, Parnet surtout, tout leur bon sens ; et ils portèrent encore les toasts les plus hyperboliques. Et, ce soir-là, Gaston entra à l'Institut et Parnet à l'Académie.

Comme il faisait un froid de loup, Gaston proposa à ce que son ami regagnât, au milieu de la nuit, la butte Montmartre et le força à accepter son lit, tandis que lui couchait sur son divan. Il était convenu, d'ailleurs, puisqu'ils étaient dans Paris, qu'ils passeraient ensemble cette journée du lendemain, ce jour où il fait si bon être en famille... Ils seraient leur famille à eux deux.

Le lendemain, ils furent réveillés par la femme de ménage des dames de Menhoël qui venait demander si la fontaine du sculpteur coulait encore : chez elles, on avait négligé d'envelopper les tuyaux de paille, et c'était gelé.

Chez Gaston, l'eau coulait toujours, grâce à la chaleur indispensable dans un atelier. Parnet remplit lui-même les brocs qu'apportait la domestique ; et il la chargea de dire à Mme et à Mlle de Menhoël que « M. le marquis de Naizant les priait d'agréer ses biens respectueux hommages et tous ses vœux pour la nouvelle année... »

— Es-tu fou ! s'écria Gaston, dès que la femme fut sortie ; d'abord, je ne porte jamais ce titre de marquis, et puis rien ne m'autorise à adresser si cavalièrement mes compliments à ces dames !

Parnet caressa sa barbiche.

— Mon cher, tu n'as pas à rougir d'un titre qui t'appartient bien authentiquement et qui est fort honorable, quoi qu'en pense ton animal de père. Et, en second lieu, si je ne m'en mêlais pas, vous resteriez, *ad vitam æternam*, Mlle de Menhoël derrière sa fenêtre et toi derrière la tienne, sans vous communiquer le délicieux sentiment que vous éprouvez l'un pour l'autre.

— Mais, je te défends d'avancer que Mlle de Menhoël... Est-ce que tu sais ?...

— Oh ! je t'en supplie, ne commençons pas l'année en nous disputant ! Est-ce que des personnes du caractère que nous pouvons supposer à toi et à Mlle de Menhoël ne seraient pas déjà à comprendre qu'elles se trouvaient importun, si les amabilités leur avaient déplu ? Habillons-nous vite, tiens !...

— Pourquoi ?

— Pour... pour... Mais parce qu'il faut être prêt, dit malicieusement Parnet... pour saluer la nouvelle année.

Il avait son idée ; et, au bout d'un instant, il prononçait entre ses dents :

— Je m'en doutais !

De derrière le rideau de Gaston, il avait aperçu Mme et Mlle de Menhoël sortant de chez elles, Marguerite portant deux gros livres de messe.

— Ces dames... n'ont pas de famille ? interrogea-t-il brusquement.

je n'ai jamais vu personne chez elle, je le sais déjà dit.

Alors, pour commencer leur année elles vont naturellement à Celui qui est la famille de tout le monde. Ça va être leur unique visite d'aujourd'hui, Gaston... elles nous donnent un excellent exemple.

— Je ne te savais pas si religieux !

— Veux-tu refuser de m'accompagner à la messe ?

Quelques instants plus tard, les deux jeunes gens qui, depuis leur adolescence, ne pénétraient pas bien souvent dans les églises, entraient, joyeux d'abord, rieurs, mais très vite respectueux, dans l'église Saint-Lambert de Vaugirard — modeste et gentille église de quartier, à peu près déserte ce matin-là, où tout le monde est aux bonbons, aux cadeaux.

Il n'y avait guère qu'une demi-douzaine de personnes, entendait la messe, un vieillard et des...

Tout de suite, ils avaient reconnu la silhouette de Mme de Menhoët et de sa fille, et ils demeurèrent tout silencieux, au pied du chœur.

Un instant ils eurent bien envie de railler cette décoration un peu criarde, ces branches de laurier en papier, ces statues en carton-pâte ou en pierre brutalement polychromées qui tranchent si étrangement sur les belles harmonies des vieilles églises.

Mais qu'importa aux croyants ? dit Parnet. Leurs yeux voient Jésus, voient la Vierge, voient Dieu ! Et, pour eux, tout devient instantanément...

Et quant à lui, Parnet, pas très croyant, il n'avait jamais si bien senti son ambition et ses aspirations vers un idéal de justice et de bonté, que dans le recueillement de cette petite église.

Gaston voyait surtout, dans la lumière bleutée qui descendait des vitraux, la grâce de Mlle de Menhoët, la pose inclinée de son agenouillement et le charme de ses mains jointes, ses longues mains patriciennes, comme on en voit aux dames de marbre des tombeaux.

Quand la messe finie, elles se levèrent, il voulut partir.

— C'est de l'indiscrétion, disait-il.

Mais Parnet était entêté.

— Tu es venu à la messe, tu y rencontres tes voisines : c'est de la plus élémentaire politesse que tu leur offres l'eau bénite.

Et en plaisantant :

— Elles ont pris l'eau de la fontaine pour leur [...] devant Dieu.

Et Gaston eut enfin. Et il tendit ses doigts moulés à Mme de Menhoët, puis à Marguerite, qui acceptèrent sans le moindre embarras. Seulement, Marguerite rougit un peu.

Sous le porche, Mme de Menhoët dit :

— Vous commencez l'année comme nous ?

— Quand on n'a pas de famille ! répondit Gaston.

Marguerite intervint, avec un mouvement, une franchise qui, tout de suite, lui conquirent l'entière sympathie de Parnet.

— Mais... vous avez Mme votre mère, monsieur... Mlle votre sœur, une charmante jeune fille blonde que j'ai aperçue...

Gaston pâlit, ses lèvres tremblèrent ; il aurait voulu fonder une explication. Ce fut Parnet qui le trouva.

— Il a bien une famille... Mais il est tout de même sans famille...

Marguerite leva les yeux au ciel ; et Parnet lut dans son regard :

« Comme vous alors ? »

Cependant, ils s'étaient mis à marcher par la rue [...], regagnant la rue Alain-Chartier.

Cela s'était fait tout naturellement ; et Mme de Menhoët n'essayait pas de se séparer de ces deux jeunes gens avec qui elle était tout à l'heure dans la maison de Dieu.

Gaston lui présenta Parnet, et elle dit :

— Ah ! le journaliste ?

Il s'inclina, très flatté d'être connu d'elle. Jamais sa notoriété naissante d'écrivain ne lui avait causé une aussi agréable sensation d'amour-propre. C'est qu'elle l'avait lu souvent, et ses écrits l'amusaient beaucoup...

— Parce que vous avez un feu, une verve, un emportement... que corrige heureusement votre bon sens, monsieur. Et vous avez écrit de petites nouvelles très attendrissantes... Tu te souviens, Marguerite ?

Marguerite se souvenait aussi ; et elle en nomma une qui l'avait fait...

— Oui, monsieur, qui m'a fait pleurer ! C'est l'histoire d'un volontaire qui voyage vingt-cinq heures aller et autant retour, pour donner à ses parents, ses vieux comme il les appelle, la joie de l'embrasser deux heures au jour de l'an.

— Ce qui prouve, dit un peu brusquement Parnet, voulant couper court à ces compliments qui l'attendrissaient lui aussi, car ces vieux parents ressemblaient beaucoup aux siens, ce qui prouve que le jour de l'an n'est pas le même pour tout le monde !

— Non, non ! dit mélancoliquement Marguerite. Mais, reprit-elle, n'avez-vous pas de famille, vous non plus ?

— Oh ! si, dit-il, avec une lueur dans les yeux, un bon vieux père très fin, très doux, très bon et qui, lorsque j'ai voulu entrer dans la littérature, ne m'a pas fait la classique et stupide objection des familles qui rend les débutants si malheureux, et une maman adorablement câline et bonne ; mais il faut bien avoir quelquefois le courage de vivre loin les uns des autres... Et ma seule famille à Paris, c'est mon excellent ami Gaston de Naizant.

Ils marchèrent très silencieux, ensuite, un long moment ; et, comme ils tournaient dans la rue Alain-Chartier, Parnet s'écria :

— Vous savez qu'il a un énorme talent, mon ami ?

— Je sais qu'il travaille beaucoup, dit Marguerite, d'une voix qui caressa le cœur de Gaston.

Et le sculpteur dit simplement :

— Le talent ne vient pas si vite que cela, mais je fais de mon mieux pour arriver.

Alors Mme de Menhoët et sa fille échangèrent [un regard, comme] toutes les deux étaient d'avis que « c'était le moment », la mère se hasarda :

— Un buste... Un portrait ?... Est-ce que cela n'est pas trop ennuyeux à exécuter ?

Gaston frissonna des pieds à la tête. Oh ! avait-il deviné ?...

Et Mme de Menhoët continuait, un peu embarrassée :

— Parce que... nous avons songé, ma fille et moi... Oui, c'est une idée qui nous est venue... Comme vous êtes nos voisins... Nous ne sommes pas bien riches... Mais peut-être auriez-vous l'amabilité de nous traiter en amis ?... Et... si vous vouliez faire le buste de ma...

Marguerite interrompit vivement :

— Non, non, mère !

— Cela vous déplairait donc, mademoiselle ? dit gaîment Gaston, la voix étranglée.

Elle sourit, d'une façon charmante :

— C'est que nous sommes en désaccord sur un point très important, monsieur, et c'est pour cela que nous ne vous en avions pas encore parlé. Ma mère désire qu'on fasse mon buste, et moi je veux le sien.

Les traits de Gaston s'épanouirent.

— Difficulté facilement arrangeable, dit-il, puis...

que vous voulez bien avoir confiance en moi, je serai très heureux de faire votre buste et celui de Mme votre mère.

— C'est que nous ne serons certainement pas assez riches, monsieur...

Il ne répondit que d'un geste, mais si clair que Mlle Marguerite insista :

— Oh ! monsieur, si, si, nous vous payerons, si peu que ce soit ! Nous n'avons pas le droit de vous faire perdre votre temps. Ce sera donc un cette année et un autre l'année prochaine ; et vous commencerez par celui de ma...

— Permettez ! Permettez ! mademoiselle !

C'était Parnet qui interrompait.

— Si vous voulez convenir, mademoiselle et madame, que, d'être ainsi isolés dans ce coin de Paris, qui est comme au bout du monde, cela constitue, entre nous, des liens d'amitié..., de très respectueuse amitié de notre part, madame... eh bien je vous demanderai à parler en toute franchise. Si nous sommes amis, nous nous portons mutuellement intérêt, nous voulons mutuellement notre réussite. Or, raisonnons. Vous savez, mademoiselle, qu'il y a, tous les ans, aux Champs-Élysées et maintenant même au Champ-de-Mars, une exposition de peinture et sculpture ?...

— Oui, dit Marguerite en riant : quoique tout au bout du monde, nous ne sommes pas tout à fait des provinciales.

— Cette année, il est trop tard pour que mon ami Gaston fasse un envoi au Salon ; et, du reste, malgré mon admiration pour lui, je crois qu'il lui faut encore une année de travail avant de se présenter au public... Mais, avec un an devant lui, il peut faire un petit chef-d'œuvre...

— Ma chère maman a, justement, du moins je le trouve ainsi, une physionomie si expressive !

— C'est entendu, mademoiselle ! Il fera, il aura le temps de faire le buste de Mme votre mère ; mais de vous, un buste, ce ne serait pas assez ! Et puis, ce n'est pas avec un simple buste qu'on décroche une récompense !

— Toute une statue ?... Avec moi ? s'écria Marguerite en riant aux éclats. Et où la mettrais-je ensuite ? Au milieu de notre cour ?... C'est qu'il faudrait que je fasse des économies toute mon existence !

— Mademoiselle, vous m'interrompez avant la fin de mon raisonnement. Pour faire une statue, cela coûte très, très cher ! Il faut payer un modèle à cinq et quelquefois même à dix francs la séance...

— Parnet ! fit Gaston ; dans quels détails entres-tu ?

— Tais-toi, toi ! Je suis en train de vous mettre d'accord.

— En effet, disait Marguerite avec un sourire malicieux, j'ai aperçu une très jolie personne sortant de chez M. de Naizant : c'est votre modèle, monsieur ?

— Un modèle qui court tous les ateliers, mademoiselle.

— Tais-toi donc, toi ! Vous devez bien penser, mademoiselle, qu'un modèle aussi quelconque ne peut réaliser l'idéal que s'est fait mon ami Gaston pour sa *Brodeuse*.

— Parnet !

— Je vais te coudre les lèvres, tu sais ! — Oui, mademoiselle, il rêve d'une statue exquise qui serait la jeune fille par excellence, le joli ange d'une maison, assise, un peu courbée sur sa broderie, donnant bien l'impression du calme pur dans le travail... ce qui n'exclut pas la rêverie qui hante toute jeune fille... Voilà son grand projet, mademoiselle... Mon Dieu, mon Dieu, à peu près comme vous êtes si souvent à votre fenêtre !...

Elle rougit et balbutia :

— Mais... je ne saurai pas... C'est peut-être très difficile de poser...

— Oh ! vous consentiriez, mademoiselle ? s'écria Gaston d'une voix suppliante. Oh ! madame, vous voudriez bien aussi ?...

Certainement, elles eurent la sensation que c'était une imprudence ; et, par leurs regards, elles échangèrent leur inquiétude... Mais, dans leur isolement, dans l'immense mélancolie qui était au fond de leur existence, quel joli sourire du ciel, quel coin de poésie ! Et la flamme qui jaillissait des yeux de ces deux jeunes gens était si loyale ! Et elles sentaient qu'elles allaient les faire si heureux ! Car Parnet était aussi anxieux que son ami ; et il développait l'argument pratique :

— Vous devez bien penser, mesdames, que jamais mon ami le marquis Gaston de Naizant n'acceptera de vous un payement pour son travail ; et, ainsi, vous vous acquitteriez largement envers lui...

Ils étaient arrivés à la porte de la maison. Il y eut un moment de silence ; puis Marguerite dit :

— Si ma mère veut...

Et en même temps Mme de Menhoët prononçait :

— Si ma fille consent...

VI

LES DAMES DE MENHOËT

Peu de gens, dans l'immeuble de la rue Alain-Chartier, auraient pu indiquer exactement l'époque où les dames de Menhoët étaient venues l'habiter.

On les avait toujours connues là, reléguées dans leur petit logis, ne sortant presque jamais, lisant beaucoup, soignant les fleurs de leur jardinet.

Seule, une rentière qui vivait dans la maison depuis sa construction, se souvenait de les avoir vues arriver à la tombée de la nuit, il y avait de cela bien des années — la mère très jeune, presque encore une jeune fille ; une bonne coiffée d'un bonnet aux blanches ailes comme on en porte du côté de Saint-Malo ; et le bébé, magnifique.

La bonne appelait alors la mère « mademoiselle ».

Et cela seul expliquait la douloureuse situation de cette jeune femme et pourquoi, malgré ce nom ancien de Menhoët, elle était une isolée en ce monde.

Et, tout d'abord, on ne l'avait pas vue avec sympathie, parce que l'on avait très vite su que la bonne était l'ancienne nourrice de la fillette et que le peuple n'aime pas beaucoup les mères qui ne donnent pas leur lait à leurs enfants après leur avoir donné la vie. Et, plus d'une fois, des épithètes malsonnantes traversèrent la cour aux moments où Mlle de Menhoët rentrait chez elle ou en sortait. Elle semblait ne pas les entendre. Elle passait avec une fierté digne. Et puis, sa fille l'absorbait.

Puis, devant l'extrême régularité de conduite de Mlle de Menhoët, devant la douceur avec laquelle elle supportait son excessive solitude, cette animosité tomba vite. L'enfant était d'ailleurs si gentille, si vive, si souriante !

Et bientôt on ne parlait plus qu'avec une respectueuse sympathie, dans l'immeuble, de « Mme Menhoët et sa demoiselle ».

On ne leur reprochait plus que cette fierté un peu sauvage de ne pas se mêler aux autres, de demeurer des aristocrates dans ce milieu populaire ; mais il y eut une épidémie de rougeole dans la maison. Marguerite en fut atteinte des premières, vite guérie ; et alors sa mère se consacra aux enfants des autres ménages, en vraie sœur de charité ; et, désormais, on ne lui reprocha plus rien.

... c'était son idée de se tenir à l'écart ?... Si elle
ne voulait communiquer son chagrin à personne ?...

Dur chagrin que n'interrompait jamais une visite et qui ne devait trouver un peu de consolation
que dans des lettres, toujours de la même écriture,
qui arrivaient de Bretagne ; et, après la réception
de ces lettres, on la voyait un peu moins sombre
un ou deux jours.

Oh ! qu'elle avait dû pleurer, qu'elle devait pleurer encore, si on en jugeait par les deux sillons
rougis qui, du coin de ses yeux, descendaient le
long de son nez jusqu'à sa bouche.

Dans ce temps-là, rappelait la vieille rentière,
elle ne souriait qu'en parlant à l'enfant.

Et quoiqu'elle n'eût voulu conter son histoire à
personne, on ne la devinait que trop clairement.

Une séduction, l'abandon ; puis, devant la honte,
une famille impitoyable, la fuite...

Mais jamais à personne, Mlle — maintenant Mme
de Menhoët ne dit une parole sur les circonstances
qui avaient accompagné son malheur.

On essaya bien de faire parler la Bretonne ; mais
elle était aussi peu bavarde que sa maîtresse ; et,
du reste, au bout de deux ans, l'enfant n'ayant plus
besoin des soins spéciaux de celle qui l'avait nourrie, élevée, la nourrice repartit pour son pays.

Et Mme de Menhoët demeura seule avec sa fille.

Son chagrin sembla alors s'apaiser un peu, comme si la présence de sa compatriote l'eût entretenu ; et puis, l'enfant commençait d'apprendre à lire, et c'était une grande distraction.

La fillette avait cinq ans, lorsque Mme de Menhoët reçut pour la première fois, la visite de sa
sœur, visite hâtive, furtive ; car sa sœur arriva à
la nuit, et, pendant les trois jours qu'elle passa auprès d'elle, sortit à peine de la maison, pour aller à
l'église ; et elle repartit à la nuit.

Personne n'entendit nommer cette dame, ni Mme
de Menhoët donner une explication à son sujet ;
et on sut qu'elle était sa sœur, uniquement parce
que l'enfant l'appelait :

— Ma tante.

Et, dès cette première visite, on remarqua ce fait
un peu étrange qu'il existait une beaucoup plus vive ressemblance entre la tante et la nièce qu'entre
la mère et la fille ; mais chaque voisin se rappela
une famille où il en était ainsi — Et, quant à cette
façon de venir faire visite à sa sœur, cela s'expliquait tout seul : cette femme devait avoir un mari
qui n'avait pas voulu conserver de relations avec
une parente déshonorée.

Et pourtant, Dieu sait si l'existence que menait
Mme de Menhoët à Paris méritait le respect !

Mais chaque fois que la tante se montra rue
Alain-Chartier, elle se montra ainsi. Elle devait
profiter de l'absence de son mari pour accourir à
Paris et manifester sa tendresse à ces deux créatures qu'elle adorait...

Car c'était une adoration qu'elle éprouvait pour
elles, pour la fillette surtout, qu'elle ne cessait pas
de manger de baisers durant son séjour.

Et tant que Marguerite était restée enfant, elle
avait abondamment répondu à cette tendresse.

Mais, peu à peu, un changement s'était fait en
elle. L'éducation, l'instruction de Paris, compliquées de l'isolement où elle vivait lui avaient appris à réfléchir de bonne heure ; et, bien jeune encore, elle avait compris sa situation et en avait
beaucoup souffert, moins pour elle que pour sa mère, sa jeune mère dont les cheveux étaient presque
blancs, dont les joues avaient été creusées par les
larmes.

Oh ! que de fois cette brûlante question était venue à ses lèvres :

— Le nom de mon père !

Jamais elle ne l'avait prononcé. Aussi héroïque
que sa mère, elle savait se contenter de cette expli-

cation donnée par Mme de Menhoët, peu de temps
après sa première communion :

— Ton père est mort... Il ne faut jamais me
parler de lui... ni à la tante quand elle peut venir
nous voir... Et Menhoët est mon nom de jeune
fille...

Quel drame en ces quelques phrases ! Et de quelle abominable trahison sa mère avait été victime !

Car sa mère était une sainte, la créature du plus
parfait dévouement, ne se plaignant jamais, ne proférant jamais une parole contre qui que ce soit ni
contre le sort.

Un seul nom lui causait comme une révolution,
celui de son beau-frère, M. de Koëllec, le mari de
cette tante qui ne venait les embrasser qu'en cachette.

Et, bien petite, Marguerite l'avait détesté aussi,
devinant aisément que c'était lui leur persécuteur,
celui qui les excluait si rigoureusement de la famille. Oui, ce ne pouvait être que lui, puisque sa
femme les aimait.

Et cela la révoltait. Si sa mère avait commis une
faute — en admettant que cette âme si haute eût
réellement commis quelque chose de mal — le devoir de sa famille n'était-il pas de la réconforter, de
lui pardonner une heure de faiblesse, à laquelle il
devait y avoir eu, bien certainement, des circonstances atténuantes, de la réchauffer de son affection ?...

Or, cet homme était impitoyable. Marguerite,
quand sa mère et sa tante la croyaient endormie,
avait surpris quelquefois des lambeaux de phrase :

— Plus sombre, plus dur que jamais... Il a défendu que je prononce votre nom devant lui... Et
son humeur devient intraitable quand il songe qu'il
n'a pas d'enfant !... Lui qui a été si impitoyable à
celle-ci !... Mais rien, rien ne l'adoucit... rien...

— Alors, interrogeait Yvonne, comment peut-il te
permettre de venir nous voir ?

— Il feint de l'ignorer, quoiqu'il ne puisse ignorer
que, lorsque je m'absente, en disant que je vais
chez mes parentes à Rennes, je ne viens, ne puis
venir qu'ici, puisque je ne m'arrête qu'un jour à
Rennes et que je demeure près d'une semaine hors
de chez moi... Mais, il accepte, comme nos domestiques, cette version, que j'ai passé tout ce temps à
Rennes. Et, si quelque personne de notre pays lui
disait qu'on m'a rencontrée à Paris, certainement
il m'interdirait de jamais recommencer...

— Ah ! pauvre sœur ! C'est bien toi qui as la part
la plus cruelle !

Et elles sanglotaient.

... sa tante d'ê-
tre si malheureuse, si esclave avec...

Mais elle avait fini par s'indigner contre sa faiblesse. C'était une suprême injustice que de toujours traiter sa mère comme une coupable ; et sa
tante manquait de courage que de ne pas se révolter contre la rigueur de ce mari.

Et, vers quatorze ans, elle ne demandait plus de
nouvelles de son oncle et ne chargeait plus sa tante
de l'embrasser.

A seize ans même, elle infligea à la sœur de sa
mère une cruelle humiliation.

Toujours, à chaque voyage, Mme de Koëllec la
gâtait, emplissait sa petite bourse, lui demandait :

— Dis-moi bien ce que tu veux !

Et sa mère semblait trouver naturel que sa tante
la comblât de cadeaux.

Mais, cette fois, Marguerite affirma qu'elle n'a-
vait besoin de rien.

Mme de Koëllec voulut alors, comme d'habitude,
remplir sa bourse en disant :

— Tu achèteras donc ce que tu désireras, après
mon départ, en pensant à moi.

Et Marguerite, cruelle comme le sont les meilleurs enfants dans leur impitoyable besoin de justice, répliqua :

… je ne désire rien que ma mère ne m'ait déjà donné.

Mme de Koëllec en eut les yeux pleins de larmes.

Et vainement la pauvre femme insista. Marguerite, d'un petit ton dur, s'étendait sur les bontés dont sa mère l'avait comblée ; et, passant des choses matérielles au domaine moral, elle affirmait qu'elles étaient si heureuses, toutes les deux, dans leur petit coin, qu'elles ne pouvaient rien désirer, ambitionner. Leur jardinet, leur coquet logis, très modeste, mais si gentiment arrangé, leurs livres, leurs journaux illustrés et de bonnes promenades dans la campagne si charmeuse de Paris, suffisaient amplement à toutes les ... de leur imagination et de leur cœur.

C'était dire à Mme de Koëllec combien elle y occupait peu de place.

Elle repartit horriblement malheureuse ; et bientôt une lettre d'elle apprenait à Yvonne et à Marguerite qu'un redoublement de douleur l'attendait en Bretagne.

Son mari, quoiqu'il n'eût pas atteint la limite d'âge, avait brusquement demandé sa mise à la retraite, à la suite d'une discussion avec un des ministres civils qui ont dirigé le Ministère de la marine.

Il ne pouvait servir, lui, descendant de tant d'hommes de mer, sous les ordres d'un ministre dont les expéditions nautiques n'avaient pas dû dépasser Bougival ou Chatou ; et le premier prétexte lui avait été bon, une histoire à propos d'un journal qu'il voulait interdire à son bord et qui justement était dirigé par la coterie du ministre...

Et dédaignant le dernier grade qu'il était en droit d'espérer, il était rentré à Koëllec, trois ans plus tôt que sa femme ne s'y attendait, c'est-à-dire que le supplice qu'elle n'endurait autrefois qu'un ou deux mois par an, allait être maintenant de tous les jours, de toutes les heures.

Déjà, quand Yvonne quitta le pays avec l'enfant, il avait voulu donner sa démission, « se consacrer » à sa femme. Elle avait réussi à l'en détourner, affirmant qu'elle serait une égoïste d'accepter cela, qu'il devait, comme tous ceux de son nom, poursuivre sa carrière jusqu'au bout.

Oh ! combien elle préférait sa solitude, et sa liberté d'échanger de longues lettres avec Yvonne !

Désormais, son mari n'allait plus bouger du château ; et ce qui se passait aux alentours n'était pas fait pour l'égayer, avec la conception qu'il avait de la vie.

La baie de Saint-Malo se couvrait de villas ; tous les terrains avoisinant les plages se découpaient en morceaux grands comme des mouchoirs de poche ; et quatre mois par an, deux surtout, ce coin de Bretagne était envahi par des Parisiens, des touristes. Le cap Fréhel était devenu un but d'excursion ; et le château de Koëllec se trouvait sur la route, du moins sur un crochet qui partait de la route pour y revenir, des bicyclistes avaient osé, la saison dernière, demander à visiter la vieille demeure.

Rien que ce bouleversement des pays environnants était une profanation pour M. de Koëllec.

Mais les choses ne s'arrêtaient pas là ; un cabaret s'était ouvert dans son village, où l'on recevait un journal à propos duquel il avait donné sa démission ; aux prochaines élections, on nommerait peut-être un conseil municipal avancé, tout au moins une partie. Et des gars laissaient très bien passer le dimanche sans aller à la messe.

Et tout cela se compliquait d'un peu de gêne. Les terres se louaient moins bien qu'autrefois ; M. de Koëllec n'allait plus toucher qu'une retraite au lieu de sa solde. Il avait laissé un peu de sa fortune dans le krach de l'Union générale, comme tous les gens de son parti... Bref, il n'avait plus que bien juste les ressources nécessaires pour faire face à son budget.

Certes, il méprisait l'argent ; mais il enrageait d'être obligé, lui, de surveiller ses dépenses, de pouvoir effectuer des réparations indispensables, ... d'où des pierres s'étaient détachées, de ne voir qu'un mauvais break.

Et il avait dit à sa femme :

— Vous n'avez donc rien surveillé pendant mon absence ?

— Mais, mon ami, je vous tenais au courant de tout, et vous disiez que vous vous occuperiez de toutes ces choses quand vous seriez à la retraite.

C'était exact ; mais il haussait les épaules, et :

— Je ne pouvais croire ... les choses s'en aller à ce point. Et au lieu de passer vos après-midi à écrire des lettres à votre sœur...

— Oh ! mon ami, pouvez-vous me reprocher ces pauvres lettres, le seul lien que nous ayons encore, ma sœur et moi ?...

Il haussait les épaules, mais ne disait plus un mot d'Yvonne. N'avait-il pas défendu, lui-même, qu'on prononçât le nom de la coupable devant lui ?

Il le fit cependant encore au bout de quelques jours, parce qu'il découvrit que sa femme envoyait aux Parisiennes des dentelles qu'on ne trouve qu'à Saint-Malo.

— Votre sœur a eu plus que sa part, lui dit-il sèchement, puisque je vous ai autorisée à ajouter la moitié de ce que vous possédiez à ce qui lui revenait. Ne vous dépouillez pas davantage pour elle ; vous n'avez que juste assez pour tenir votre rang.

Et, après avoir répété ce propos, Marthe ajoutait :

J'ai à peine besoin de te le dire, chère sœur, que rien ne sera changé, que tout ce dont tu auras besoin, surtout pour ma chérie, te parviendra comme par le passé. Je serai seulement obligée à un peu plus de précaution...

Mais juge par cela à quel point j'ai besoin de ta tendresse ! Et dis bien à ma nièce, que mon cœur est plein d'elle, que je ne caresse qu'un rêve et que je supporterai tout pour y arriver : l'avoir près de moi, dans notre vieux manoir où nous étions si heureuses enfants, tu te rappelles, où nous avons eu tant peur et où nous nous sommes tant amusées... Comment y parviendrai-je ? Comment, de cet état continuel d'exaspération où il est aujourd'hui ramènerai-je cet homme à son véritable tempérament, qui est la générosité, la bonté ?... Enfin espérons ! Et surtout, aimez-moi bien toutes deux !

A la suite de cette lettre, Marguerite, spontanément, écrivit à sa tante, de la manière la plus affectueuse, la plus délicate, pansant bien vite la blessure qu'elle lui avait faite et qui saignait dans cette phrase : *juge à quel point j'ai besoin de votre tendresse !...*

Mais elle dit à sa mère, d'un ton résolu :

— Tu vois combien j'ai eu raison de l'empêcher de se dépouiller pour nous !

Cependant, de la gêne pénétrait aussi dans le petit logis de la rue Alain-Chartier.

L'Exposition avait fait hausser tous les prix ; et ce n'était que grâce à leur situation de très anciennes locataires que les dames de Mennoët avaient dû de ne pas voir augmenter leur loyer.

Mais la vie leur devenait de plus en plus coûteuse, et au moment où Marguerite aurait eu le plus grand besoin de gâteries.

Elle avait beau s'habiller d'un rien, se coiffer de chapeaux qui ne lui revenaient pas à dix francs, il fallait encore ces dix francs et le prix des robes qu'elle se confectionnait, et le prix de quelques leçons de musique. Jadis, une des gâteries de Mme de Koëllec, qu'elle n'aurait pu renouveler aujourd'hui, avait été un piano...

Et, par-dessus le marché, le gouvernement, peu soucieux des ressources des petits rentiers, faisait des conversions, diminuait le taux de l'intérêt.

Et, un jour, après une indisposition de sa mère

occasionne une autre note chez le fleu-
riste. Marguerite décida qu'elle travaillerait.

Mme de Menhoët bondit. Sa fille, travailler !

— Mais s'il te manque quoi que ce soit, j'aime
cent fois mieux me priver !... Mais une Menhoët
ne travaille pas, ne doit pas travailler !

Elle avait, sur ce point, des idées presque aussi
fières que celles de son beau-frère ; et la modestie de leur situation n'avait diminué en rien
son orgueil de race.

— Et... si ta tante savait ?

— En quoi cela peut-il regarder ma tante ? répliqua la jeune fille.

Et d'une voix très ferme :

— Si je ne suis pas une Parisienne de naissance,
je suis Parisienne par mon long séjour, par ma
vie au milieu de cette ville de travail, où tout le
monde travaille et où personne ne rougit de faire
œuvre de ses dix doigts.

— Alors... alors... Moi... ce sera moi...

— Toi, maman ?

Et la jeune fille souriait.

— Toi, maman, tu as fait ta besogne en ce monde ; tu m'as donné la vie, tu m'as élevée, gâtée...
C'est mon tour, maintenant ! Tu es mon enfant...

Et c'était bien vrai. L'énergie d'Yvonne de
Menhoët, ce caractère qui la faisait autrefois résister à son beau-frère, s'étaient peu à peu émoussés à mesure que se développait le caractère tout
aussi fier mais plus pratique, plus moderne de sa
fille. Elle était devenue l'enfant, et Marguerite le
chef de leur petite communauté.

Et Marguerite, frappée de l'exiguïté de leur budget, entendait l'augmenter.

— Ils nous ont enlevé près de mille francs avec
leur conversion ; il faut que nous les retrouvions,
maman.

— Oui, finit par dire Mme de Menhoët ; mais
je t'aiderai.

Il fut convenu qu'elles travailleraient à deux.

D'abord, de la lingerie ! Marguerite avait vu,
souvent, au coin des rues, ces petits écriteaux à
la main demandant des ouvrières. Elle se proposa
dans deux ou trois maisons et eut bien de la difficulté à employer sa bonne volonté, parce qu'elle
ne voulait que de la besogne à emporter chez elle.
Et, quand elle eut trouvé, elle ne gagna que bien
peu de chose.

— Tu perdras la vue ! s'écriait Mme de Menhoët ;
et ça n'en vaut vraiment pas la peine !

Mais Marguerite était très entêtée ; elle poursuivait sa petite idée, et arriva à s'aboucher avec des
magasins de fantaisie qui vendent ces bibelots faits
en de bouts d'étoffe, avec un peu de broderie,
des galons, où toute la valeur réside dans
l'ingéniosité des mains qui les ont créés.

Cela l'amusait de broder, d'assembler des nuances, et, comme sa mère lui avait appris le blason,
elle était très experte dans la reproduction ou la
combinaison d'armoiries. Elle se fit assez vite une
spécialité et regagna bientôt, mais en travaillant
beaucoup.

— Le billet de mille que nous a volé le gouvernement ! » déclarait-elle maintenant avec beaucoup
de bonne humeur.

Et elle ne pensait plus qu'à ses petits travaux et
négligeait beaucoup son piano ; et, dans sa besogne constante, l'humiliation, la blessure que lui
faisait sa situation d'enfant naturelle, exclue de
sa famille, de la société, s'atténuaient un peu ; et
un calme bienfaisant l'enveloppait ; et elle ne pensait pas que rien pût désormais troubler leur vie,
lorsque l'atelier situé en face de leur logement fut
loué par Gaston de Naizant.

Jusqu'alors, il avait été occupé par un peintre
vigueur qui passait la plus grande partie de son
temps hors de chez lui et qui, lorsqu'il était dans
son atelier, y usait plus de tabac que de couleur.

L'arrivée de ce nouveau locataire, d'allure extrêmement distinguée, de manières si douces, si réservées, causa une immédiate révolution chez les
deux femmes ; mais elles ne s'en parlèrent que
pour dire :

— Nous n'entendrons plus de tapage.

— Nous allons avoir un peu de calme maintenant.

Très vite, par la concierge, elles apprirent qu'il
s'appelait M. de Naizant ; et Mme de Menhoët,
très ferrée sur l'Armorial, se rappela que la famille de Naizant possédait un marquisat sous
l'ancien régime.

C'était donc un jeune homme de leur rang, mais
pas plus riche qu'elles, à en juger par la simplicité de sa vie.

Et elles se seraient plus tôt et plus aisément liées
avec lui, sans ces visites qu'il recevait, de loin en
loin, d'une dame et d'une jeune fille si élégantes,
indiquant que sa famille occupait une grande situation.

Et quand elles surent que c'était sa mère et la
fille du second mari de sa mère, elles se montrèrent encore plus réservées avec lui, jusqu'au jour
où elles pressentirent, à la mélancolie de son regard, qu'il n'était peut-être pas en très bons termes avec le reste de sa famille. Mais, repoussé,
comme elles, de la société, il avait droit à leur
sympathie ; et c'est pour cela qu'elles sourirent en
répondant à ses saluts.

Bientôt, elles en savaient davantage, parce que
Parnet ne se gênait pas pour bavarder quand le
concierge faisait le ménage de Gaston, puis durant
les poses du modèle, Mlle Louisette, laquelle ne
s'en allait jamais sans tailler une bavette avec la
concierge.

Non seulement, M. de Naizant était repoussé de
la société, de sa famille ; mais, malgré son nom, il
devait travailler pour gagner sa vie...

— Tu vois, mère !

Quel argument pour prouver à Mme de Menhoët
combien elle avait eu raison elle-même !

Et comme cela augmentait l'estime que M. de
Naizant leur avait tout de suite inspirée !

Elles conçurent l'histoire des premiers petits objets vendus par Parnet, puis du paysage brossé
dans la forêt de Meudon !

Et c'était d'un beau courage que ce jeune homme
qui, évidemment, devait rêver de grandes choses,
condescendît à ces petits travaux presque industriels, pour assurer sa vie, pour ne devoir sa réussite qu'à soi-même ! Marguerite qui aimait beaucoup les choses de l'art, qui avait tant lu sur les
artistes, comprenait très bien tout cela.

Mais on l'aurait profondément surprise si on lui
avait dit que son cœur, son petit cœur était pour
une grande part dans son admiration.

Non. Elle rendait justice à cette abnégation, voilà
tout ; et Mme de Menhoët, qui ne voyait plus que
par elle, partageait facilement tous ses sentiments.

Et l'idée de demander leur buste à ce charmant
voisin leur vint bien naturellement, et même avec
la pensée que puisqu'elles le payeraient, tout travail méritant son salaire, elles seraient pour quelque chose dans sa réussite.

Et voilà que c'était fait, convenu, que M. Parnet
les avait convaincues, qu'elles avaient accepté que
le buste de « maman » fût exécuté à titre amical,
en échange des quelques séances de pose que Marguerite voudrait bien accorder à M. de Naizant.

Et c'était ce matin qu'elles allaient se rendre
chez lui pour la première séance.

Et, si naturelle que fût la chose, Mme de Menhoët
était bien un peu tremblante, et Marguerite avait
les joues en feu.

Et Gaston, de son côté, était les deux choses à
la fois : il tremblait et se sentait tout froid dans
le dos, tandis que son sang bouillonnait dans sa
tête et dans son cœur.

Elle allait venir !... chez lui !...

Dès le matin, il avait couru par les rues pour avoir des fleurs, beaucoup de fleurs. Et, comme il y avait eu des gelées, même dans le Midi, les marchandes des petites voitures n'avaient rien. Il avait dû pousser jusqu'aux beaux quartiers, aux grands magasins.

Et on lui avait demandé extrêmement cher pour une douzaine de roses, deux douzaines d'œillets et autant d'anémones, puis pour de grandes branches de ce mimosa monstre dont les boules sont légères comme de la neige.

Mais rien ne lui semblait d'un prix trop élevé; et il avait vidé joyeusement sa bourse.

Et il eut sa récompense lorsque Mlle de Menhoët et sa mère pénétrèrent dans son atelier.

Marguerite sourit en regardant ces belles fleurs. Et quelle caresse que sa voix !

— Mais ça embaume, ici !

Cependant, elle gronda ensuite.

— Je ne viendrai plus si, à chaque séance, vous devez vous ruiner ainsi, monsieur !

Il protesta. Ce n'était rien; quelques bouquets de quatre sous ramassés dans les petites voitures des rues...

Mais elle le grondait toujours, du doigt; elle ne croyait pas cela. Car depuis deux jours, on ne trouvait plus rien dans ces petites voitures, qui étaient ses uniques magasins à elle.

Enfin qu'il ne recommençât pas ! Et :

— Qui de nous va poser, d'abord ?... Maman ou moi ?

— Voudrez-vous me permettre de mener les deux choses en même temps ?

C'était le conseil de ce rusé de Parnet : commencer et le buste et la brodeuse; de cette façon, les séances où il verrait la brodeuse se doubleraient tout naturellement. Mais il en donna officiellement de bonnes raisons : il faut souvent attendre que les modelages aient pris une certaine consistance, avant de retravailler à côté; et puis, on se fatigue d'être toujours sur la même chose; et lui, aurait le bonheur de se reposer d'un morceau en s'attaquant à l'autre.

Après ce préambule, il passa dans sa chambre; et, assez embarrassé, il en ramena la maquette à laquelle il travaillait depuis plus de deux mois.

Mme de Menhoët sourit, heureusement surprise.

— Comment ! depuis le jour de l'an, vous avez déjà fait cela ? s'écria-t-elle tout naïvement.

Et on n'était qu'au 5 janvier.

— Oh !... j'ai voulu travailler, de chic comme nous disons dans notre argot. Un simple projet que je vais sans doute démolir, dès que mademoiselle m'aura donné une heure de pose.

Mais Marguerite ne fut pas dupe comme sa mère; et elle dit à voix basse :

— Je crois que vous n'avez pas attendu que je vous donne quelques séances de pose de bon gré ?

Il balbutia :

— Pardonnez-moi mon indiscrétion !

Si son cœur se gonflait d'espérance, puisqu'elle ne se fâchait pas. Et il était heureux aussi de ce qu'elle comprît tout le travail qu'il y avait déjà dans cette ébauche.

— Alors, je vois quelle pose je dois prendre.

Mais, avant, elle examina la maquette, longuement, Mme de Menhoët disait :

— C'est que c'est tout à fait toi !

Marguerite remarqua :

— Il y a, là, de la manière de Talgrain, n'est-ce pas, monsieur ? J'ai vu, quelquefois, de ses petits bronzes à l'exposition des Champs-Elysées.

— C'est mon professeur, mademoiselle !

Et son enchantement continuait de voir qu'elle n'était pas une ignorante en art.

— Seulement, remarqua-t-elle, vous, c'est plus heurté... plus jeune... plus vigoureux... Moquez-vous de moi, si je dis des bêtises...

— Je ne vous ai jamais entendu dire, mademoi-selle, que des choses très justes. Au travail, voulez-vous ?

Elle lui donna, tout de suite, la pose qu'elle avait à sa fenêtre et qu'il avait si bien traduite dans son ébauche. Et, depuis deux mois, il s'était si bien pénétré de ses lignes, de son attitude, qu'il n'avait qu'à continuer, à affirmer le travail commencé.

Mais cela eût été trop vite terminé; et il démolit ce qu'il avait fait, en déclarant que ça ne s'emmanchait pas avec assez de solidité. Et il voulait marcher d'une façon sûre; car il ne demanderait de conseil à personne.

— Sauf à votre ami, M. Parnet ?

— Oh ! lui, Il fait presque partie de moi-même !

Et Parnet leur servit, ce jour-là, de conversation. Et, à la façon dont Gaston parla de lui, il put montrer toute la chaleur de son âme, sa reconnaissance à ceux qui l'aimaient.

Et, à la fin de cette séance, leur amitié, à Marguerite et à lui, avait certainement fait un grand pas. Ils étaient bien certains, tous deux, qu'ils avaient le cœur épris, assoiffé de grandes choses, de générosité, de justice; et, au-dessus de tout, planait l'art qu'ils chérissaient tous deux et qu'elle allait apprendre par lui; car elle se rendait compte qu'elle ne savait rien...

— Mais vous êtes au courant de tout, mademoiselle..

— Comme une petite fille qui lit beaucoup et qui ne connaissait personne qui pût lui expliquer la vérité, l'initier à cette religion du beau qui console, sur la terre, de tant de choses vilaines, intéressées !

A la fin, il fut convenu qu'il y aurait deux séances par semaine, une pour le buste, l'autre pour la brodeuse.

Mais il se trouva que la brodeuse absorbait les deux séances et, qu'au bout de deux mois, le buste n'était encore qu'un bloc de terre informe, dont il finit par ne plus être question.

Mme de Menhoët ne s'en plaignait pas; c'était justement ce qu'elle avait désiré. A quoi bon, songeait-elle, le buste d'une vieille ?... Et puis, elle remarquait que, depuis que ce nouvel élément était entré dans leur vie, un grand calme se produisait chez Marguerite : elle n'avait plus la moindre exaltation, plus la moindre révolte contre la société, plus une parole de mauvaise humeur contre son oncle. Son âme avait trouvé un aliment dans ces conversations sur le beau, sur l'art, la justice, l'histoire, la littérature...

Car ils causaient de bien des choses, de tout presque, excepté d'eux.

Et, au bout de trois mois, la petite maquette était devenue une statue grandeur nature, dans laquelle le rêve de Gaston apparaissait très clairement : c'était bien la jeune fille, dans l'apaisant travail de la maison, donnant bien l'impression de la pureté, de la douceur, du repos...

Mais, avec cela, Marguerite ne travaillait plus beaucoup. Deux après-midi entiers qu'elle passait dans l'atelier de Gaston, d'abord; et puis, chez elle, elle n'avait plus la même vivacité... [illegible]... maison de vente se plaignait de ce que ses broderies fussent négligées. Elle éprouvait une sorte de langueur, quand elle était courbée sur son ouvrage, et souvent s'endormait.

Elle faillit se fâcher lorsqu'on lui adressa des observations : le vieux tempérament des Menhoët qui reparaissait ! Mais elle entendait être moderne et pratique; et, plus que jamais, elle sentait le besoin de conquérir son indépendance par son travail. Elle fit répondre qu'elle avait été, en effet, un peu fatiguée, et que désormais, elle s'arrangerait pour ne plus recevoir que des compliments.

Et comme, maintenant, Gaston, ayant bien arrêté les grandes lignes de la statue, allait commencer l'étude de son visage, elle trouva cette combinaison

Il faut que je travaille. Puisque vous me représentez en train de broder, pourquoi ne feriez-vous pas ma figure chez nous, au milieu de mon petit entourage ?

Gaston frémit de bonheur.

Jamais il n'avait vu le logis des dames de Menhoët que de l'antichambre lorsqu'il leur portait des livres ou des journaux. Pénétrer chez elles, c'était pénétrer en leur vie ; et Mme de Menhoët le permettait.

Elle avait bien fait quelque difficulté, pourtant.

— Ce jeune homme chez nous !

Mais Marguerite avait répliqué par cet argument péremptoire :

— Que nous allions chez lui, ou qu'il vienne chez nous ?

N'était-ce pas la même chose ? Et ce serait si commode, pour leur travail à tous les deux !

Et Mme de Menhoët n'avait pas osé formuler l'objection qui était si souvent venue à ses lèvres depuis le début de leur relation, bien qu'il y avait peut-être un danger à permettre à ces deux jeunes gens de vivre toujours si près l'un de l'autre...

Mais, parler de ce danger à Marguerite, n'était-ce pas justement en précipiter l'éclat ?

Que se passait-il en sa fille ?

Elle ne le savait pas et sentait bien que de l'expérience lui manquait pour la conseiller, parce qu'elle n'avait jamais aimé.

Marguerite ne voyait-elle en Gaston que le représentant de toutes ces choses qui la passionnaient ? N'aimait-elle à l'entendre parler que parce qu'il traduisait si bien les sentiments, les opinions qu'elle éprouvait ?

Ou bien, était-ce sa voix qu'elle aimait ? Et était-ce simplement à la chaleur de ses yeux qu'elle se laissait prendre ?... En un mot, n'y avait-il entre eux qu'une sympathie toute naturelle, puisqu'ils se passionnaient pour les mêmes choses ?... Ou était-ce un amour naissant ?...

Et Mme de Menhoët, faible comme le sont toutes les mères, permit que Gaston vînt chez elles, puisque Marguerite avait décidé que c'était le plus sage, le plus commode.

On en glosa un peu dans l'immeuble, mais pas lorsqu'on eut vu de quelle manière cela se passait.

Marguerite se plaçait devant sa fenêtre ouverte, exactement comme autrefois, tout au moins avec les rideaux entièrement relevés si la température était trop fraîche, et elle travaillait ainsi que jadis.

Mme de Menhoët se plaçait auprès d'elle, dans son grand fauteuil, et ne les quittait pas un instant. Quant à Gaston, il était presque toujours silencieux ; et les gens qui l'apercevaient de biais, en traversant la cour, constataient qu'il ne cessait pas de besogner.

Et pourtant, il n'achevait pas. — C'est que c'était difficile, cette pose inclinée !

Et, un jour que Marguerite relevait un peu fièrement les yeux, avec son regard coutumier vers le ciel, Gaston, brusquement, repousse la tête qu'il était en train de modeler. Et :

— Permettez, mademoiselle !

Et il sortait, tout frissonnant, allait chercher de la cire dans son atelier ; et il revenait aussitôt l'avoir remanié, emporté ; et il n'eut pas besoin de dire une autre parole : Marguerite avait compris que l'inspiration jaillissait dans son âme, l'inspiration dont elle était la source ; et elle conserva cette pose, où elle était si différente de la jeune fille au travail : c'était maintenant le travail interrompu par la rêverie qui fait tomber l'aiguille des mains les plus courageuses, la rêverie où toute jeune fille, avant de le connaître, attend et aime celui qui l'a déjà vaincue et dont elle est déjà si orgueilleuse.

Ce fut une séance dont ils sortirent très las l'un et l'autre ; et Mme de Menhoët n'approuva pas d'abord cette modification qui supprimait un peu de la douce vision de sa fille, de leur tranquillité...

Mais cela était plus fier aussi, d'une poésie plus haute...

— Oh, oui, mère, disait Marguerite un soir, d'un ton passionné, ce sera mieux ainsi !

— C'est... c'est que cela te donne aussi comme un air de révolte...

— Si cela inspire mieux M. de Naizant, mère !

Elle avait réponse à tout. Et puis, sa mère la sentait si heureuse de tout ceci ! Et elle-même était bercée par le charme de cette histoire encore si pure ! Et ils étaient si beaux et d'âme si haute tous les deux ! Devait-elle donc enrayer leur bonheur si ce bonheur était réalisable ? N'était-ce pas Dieu qui les avait mis sur le chemin l'un de l'autre ?...

Cette expression de révolte, par moments, dans son allure rêveuse, frappait bientôt Gaston et lui causait une grande difficulté.

— Je voudrais tant rendre ces deux choses, mademoiselle ! Je voudrais que l'on comprenne que votre travail, peu à peu, a glissé de vos doigts, sous une pensée, d'abord simplement mélancolique, puis un peu sombre... avec... une nuance d'angoisse... de colère peut-être... Car vos traits disent bien tout cela... Et les personnes qui regarderaient ma statue, notre statue, car un modèle tel que vous est un collaborateur, ne verraient cela qu'au bout d'un instant... Oh ! je voudrais mettre tant de choses dans l'expression de votre visage !

— C'est qu'il y a tant de choses en moi, murmura Marguerite avec une indicible mélancolie qui, tout de suite, pénétra Gaston d'attendrissement.

Et pourtant, tout était gai autour d'eux : un chaud soleil déversait sa bonne lumière sur l'immeuble de la rue Alain-Chartier, sur la cour où se roulait une grouillante marmaille, sur les jardinets où poussait la flore parisienne des plantes grimpantes. Et, par la fenêtre du logis de Marguerite, passait justement un rayon un peu tamisé, qui arrivait sur le front de Mme de Menhoët.

Et voilà que l'excellente femme s'était endormie, son crochet entre ses doigts sur ses genoux !

Un long moment, Gaston et Marguerite se contemplèrent, tout silencieux.

Et Marguerite jugea que l'heure était venue de parler à Gaston de Naizant de ce qu'il y avait de si douloureux dans sa situation... Pourquoi ?... Elle ne savait pas bien... C'était honnête, voilà tout... Quand on vit si près les uns des autres, si intimement, on doit se connaître entièrement...

— Oui, reprit-elle, il y a tant de choses en moi, que je ne suis pas toujours bonne...

— Oh ! mademoiselle !

— C'est que je souffre. Vous, monsieur, si j'ai bien deviné, vous avez eu aussi... ou à peu près... de votre famille, uniquement parce que vous suivez une carrière qui lui déplaît...

— Qui déplaît à mon beau-père, seulement ; car, de ma mère et de ma sœur — c'est ma sœur, pour moi — je n'ai jamais eu qu'encouragement et tendresse...

— Eh bien... moi...

Elle hésita un peu ; puis, montrant la dormeuse d'un geste lourd d'affection, d'un geste où il y avait et du respect et de la protection :

— Voici mon unique famille !

— Mais... mais il me semble avoir entendu dire qu'une... Oui, une tante vient bien vous voir quelquefois ?... Pardonnez-moi si je suis si exactement informé sur votre compte ; je vous assure que ce n'est pas de ma faute... Cette tante doit vous aimer ?...

Marguerite eut un sourire plein d'amertume.

— Oui... une tante... un oncle... Un oncle qui nous a chassées de sa famille, comme on coupe un membre malade ; il paraît que c'est l'expression dont il s'est servi à notre égard... Une tante qui, n'ayant pas d'enfant et n'étant retenue par rien dans son pays, a trouvé le moyen de venir nous

vre cinq ou six fois depuis que je suis au monde...
Voilà toute ma famille, monsieur !

— Et ?...

Il n'osait pas achever sa question. Pourtant, si Marguerite avait commencé cette confidence, n'irait-elle pas jusqu'au bout ? Ne parlerait-elle pas de son père ?

De nouveau, la main de Marguerite s'étendit sur Mme de Menhoël, et son regard la couvrit de vénération.

— Elle et moi... c'est tout...

— Et... elle ne vous a jamais dit ?... interrogea Gaston, le cœur serré.

Lentement, elle prononça :

— Jamais... Et jamais je n'ai osé lui demander... Puisque, d'elle-même, elle ne me disait rien...

Alors, Gaston conclut avec gravité, traduisant non seulement son sentiment mais celui qu'il lisait dans les yeux de Marguerite :

— C'est qu'elle ne devait pas, sans doute !

Mais Marguerite se secoua ; et, avec un mouvement presque joyeux :

— Allons, au travail, monsieur !

Maintenant que la chose était dite, elle avait la conscience plus légère ; et il ne lui restait qu'une inquiétude, c'est que cette confidence produirait peut-être un changement dans les manières de Gaston de Naizant à leur égard.

Et un changement se produisit en effet, mais tel qu'elle était en droit de l'attendre de ce cœur si haut : il lui montra, désormais, à elle, une sympathie un peu plus vive, et à Mme de Menhoël certainement plus de respect.

Quand arriva l'automne, l'étude de la tête de Marguerite était à peu près achevée. Gaston ne s'en déclarait pas satisfait, mais Parnet remarqua, malicieusement, que, tant que Mlle de Menhoël aurait la bonté de poser pour lui, il ne se lasserait pas de la faire poser.

— A la statue tout entière, maintenant, ordonna-t-il presque.

Et Marguerite appuya :

— A votre statue ! — A la nôtre ! ajoutait-elle en riant, et je vais tant prier, et vous tant travailler, que nous aurons une récompense !

La première récompense de Gaston fut la naïve admiration de sa concierge. Le jour où elle se trouva en face de la « Brodeuse » à peu près mise en place, elle éprouva tragiquement son béat, de ce geste familier à toutes les concierges de Paris, majestueux comme celui de Louis XIV s'appuyant sur sa canne, et elle s'écria :

— Oh !... mais ce que c'est la demoiselle d'en face !

Cette ressemblance si frappante causa une certaine appréhension au sculpteur. Si sa mère avait rencontré Mlle de Menhoël en venant rue Alain-Chartier ?... Si elle allait s'étonner de ce qu'il eût fait ce portrait ? Car elle y verrait surtout un portrait !... Jamais encore il ne lui avait parlé de ses voisines, par timidité, par pudeur... Leur amitié...

Évidemment, un jour, bientôt peut-être, il conterait sa jolie histoire à Mme Darsans et les espérances qu'elle avait fait naître en son cœur, mais tout d'un coup, par exemple si son œuvre était admise au Salon.

Jusque-là, le secret ne devait pas être trahi. Et même, il avait l'impression très nette que, le jour où il serait connu des siens, de Paul Darsans surtout, si impitoyable à tout ce qui n'était pas régulier, de la douleur recommencerait pour lui.

Il ne laissa donc pas là « Brodeuse » dans son atelier. Elle posée dans sa chambre et fut cachée par un rideau.

Mais, le soir, il écartait ce rideau et s'endormait dans la contemplation de la jeune fille ; et, lorsqu'il la ramenait dans son atelier pour y travailler, il

fermait sa porte à clef, — que personne ne surprendre.

Vers la fin de l'année, alors que l'angoisse du... de l'an commençait à renaître, et pour lui et... tout pour Henriette et sa mère, et, au fond, pour Paul Darsans, celui-ci annonça brusquement qu'il avait besoin de quelques semaines de repos, et partit, avec sa femme et sa fille, pour Monte-Carlo.

Ainsi fut évitée la fameuse soirée de l'année précédente. Et là-bas, sur la rive ensoleillée de la mer Bleue, Henriette et Mme Darsans purent se figurer qu'il n'y avait pas de brouille entre Darsans et son beau-fils... Une simple séparation...

Et Paul Darsans ne fit aucune remarque désagréable, lorsqu'il surprit les deux femmes en train de confectionner un immense panier de fleurs à destination de la rue Alain-Chartier. Le soleil de la Méditerranée porte si bien à l'indulgence ! Mais il ne dit aucune parole non plus qui permît de deviner que sa colère s'émoussait.

Oh ! quelle joie à l'atelier quand arrivèrent les belles fleurs de Monte-Carlo ! Comme une bouffée de printemps.

Ainsi que l'année précédente, Parnet était venu passer la soirée avec son ami. Et déjà ils étaient extraordinairement joyeux, parce qu'ils sentaient qu'ils avaient conquis cet avenir qui, si peu de temps auparavant, leur semblait tout lointain.

Parnet avait signé un traité avec un des meilleurs éditeurs de Paris : un roman paraîtrait de lui l'année prochaine, dans le plus populaire des journaux français ; ses chroniques commençaient à passer régulièrement ; et il n'avait pas besoin d'avoir recours au reportage ni à la diversité de petits métiers, pas toujours agréables, qu'il lui avait fallu exercer au début pour assurer sa vie. Il se sentait devenir quelqu'un... et en était peut-être un peu fier. Vraiment, il ne l'avait dû qu'à lui-même.

Quant à Gaston, le sculpteur Talgrain le jugeait hors d'affaire et, puisqu'il ne voulait pas suivre la filière des prix de Rome, lui conseillait de marcher de ses propres ailes, de commencer quelque grande figure.

A ce conseil, Gaston souriait intérieurement. La grande figure était très avancée ; mais il ne la découvrait à personne avant le Salon.

— ... Où l'on te couvrira de fleurs !

Juste comme Parnet disait cela, le soir du... décembre, un employé du chemin de fer cognait à la porte de l'atelier.

Et, cinq minutes plus tard, Parnet, avec un entrain endiablé, tressait une couronne de fleurs envoyées de Monte-Carlo, la mettait sur la tête de son ami, en faisait une autre pour en couronner la statue.

Et, tandis que Gaston souriait de ces enfantillages, Parnet, soudain, devenait pensif.

En achevant de déballer les fleurs, il avait vu, dans un coin du panier, un petit paquet enveloppé de papier de soie, sur lequel une carte était piquée avec son nom. La voix un peu étranglée, il dit :

— Tiens !... On a pensé à moi aussi !...

C'était une carte de Mme Darsans, et c'était Mme Darsans qui avait tracé son nom ; mais, en retournant la carte, il vit une écriture plus fine, écriture de jeune fille.

Et il n'y avait que sept mots, — sept mots qui disaient pourtant beaucoup de choses :

« Pour le bon ami de mon frère ! »

Il toussa un peu, glissa la carte dans sa poche, puis déplia le papier de soie ; et un bouquet de violettes, de violettes fraîches comme si on venait de les cueillir, apparut.

— Pour me rappeler à la modestie, dit Parnet éclatant de rire, afin de ne pas pleurer.

— Et se rappeler à toi ! fit Gaston en montrant un bouton de rose moussue, un seul, planté au milieu des violettes... Jusqu'à son parfum...

... violettes étaient entourées de feuilles de ...

— Croire qu'elle est venue ici ! s'écria Parnel.

Le lendemain, sauf le bouquet de Parnel et une botte de mimosa que garda Gaston, toutes les fleurs allèrent chez les dames de Menhoël. Gaston affirmant qu'il ne saurait pas les soigner.

Ensemble ainsi que l'année précédente, ils allèrent à la messe de leur petite église, dans le lieu qui est la maison de famille de ceux qui n'en ont point.

Puis, chacun reprit sa besogne, Gaston avec une sorte de fièvre ; car, quoiqu'il fût déjà prêt, il voulait sans cesse retoucher sa « Brodeuse », ne la trouvant jamais assez achevée, et avec la sensation qu'il aurait encore à y travailler lorsque tomberait la date des envois aux Champs-Elysées.

Il ne la ramenait plus dans sa chambre, maintenant. Il ne redoutait plus de visites de sa mère ou de sa sœur. Darsens, se trouvant bien à Monte-Carlo, ne partait plus du tout.

... au commencement de février, il était en possession d'examen, se demandant, pour la centième fois, s'il avait bien rendu la finesse, les ondulations de cette taille, lorsqu'un tambourinement retentit à la porte de son atelier.

— Entre donc ! cria-t-il ; la clef est à la serrure.

Il était foncièrement persuadé que seul Parnel pouvait ainsi s'annoncer chez lui ; et c'était, en effet, de ses façons habituelles. Et, quand la porte fut ouverte, il ne se retourna pas ; et la main gauche sur les yeux, la droite décrivant les contours de la statue, il dit :

— Trouves-tu que ça y soit absolument, mon vieux ?.. Sent-on bien frémir sa poitrine ?

Une petite voix qu'on grossissait répondit :

— Pas mal, oui... Et elle doit être encore mieux dans le costume habituel aux statues... c'est-à-dire sans costume du tout !

Gaston se retourna, stupéfait.

— Henriette ?

— Moi-même, monsieur !

— Moi qui vous croyais dans le Midi, jusqu'à...

— Avec papa, tu sais, ça n'est pas long, un départ. Quelque chose de détraqué rue d'Hauteville, et nous a fait rentrer dare-dare... Et je n'en suis pas fâchée ! Ce que j'avais envie d'embrasser mon petit frère !

Elle l'étouffa de baisers.

— Comment as-tu pu t'échapper, chérie ?

— Toujours la même chose, tu sais !.. La Madeleine !.. Ce que je l'aime, cette sainte !

— Quoique ce ne soit pas une sainte de jeune ...

— ... Te paie pas ma tête, hein ! — Maman viendra demain ; elle avait tout l'hôtel à mettre en état aujourd'hui.. Et tu penses si... Mais, en fait de ... Ah ! ça !.. ah ! ça...

Elle quittait son frère et allait se placer sous la statue.

— Rudement jolie personne !.. C'est en cinq semaines, depuis notre départ pour le Midi, que tu as fait ça !

Il ne répondit pas et rougit. Et elle haussait les épaules.

— Oh ! le vilain cachottier !

— Je ne voulais te montrer la chose qu'une fois achevée.

Mais elle mit un doigt sur sa paupière inférieure, et la tirant, avec un geste gamin :

— Tu sais.. pas à moi !

Et, secouant sa tête menue :

— C'est la demoiselle d'à côté ?.. pas ?

— ... C'est-à-dire que... qu'elle a eu l'amabilité... Entre voisins, il faut s'aider un peu... Et les modèles qui courent les ateliers sont si communs, si ...

— Tu m'en bafouilles, mon pauvre ami ! Tu bafouilles !

Et elle était impayable de gravité.

— Faut pas m'en conter, tu sais.. à moi ! C'est la demoiselle d'à côté ; et je vais te dire : je la trouve joliment gentille... c'est-à-dire joliment jolie... On ! elle a de beaux yeux bleus et des cheveux noirs magnifiques ! Si tu crois que je ne connais pas ton immeuble ! Et dans la façon dont tu as fait cette statue, il y a de... Jure-moi qu'il n'y a pas de l'amour ?

— Est-ce que je sais.. fit-il lentement.

— Oh ! le laid, de n'avoir rien confié à sa sœur ! Et elle lui tira la moustache.

— Je devrais t'en vouloir, te punir. — Comment s'appelle-t-elle ? »

— Marguerite.

— Et... elle sait que j'existe ?

— Tu sais bien, toi, qu'elle existe, elle !

— Et... pendant les poses, vous avez dû... bavarder, hein ?

— Elle n'est pas tout à fait aussi bavarde que toi... Marguerite !.. Dis... comment cela t'est-il arrivé ?.. Comment l'as-tu aimée ?.. Comment t'a-t-elle dit qu'elle t'aimait ?.. Je veux que tu me racontes tout !

Et dans son enjouement il y avait bien un peu de mélancolie, le sentiment que son Gaston ne lui appartenait plus comme autrefois, un rien de jalousie, mais tout de suite aussi le désir d'aimer cette jeune fille si cette jeune fille aimait son frère. Il dit :

— Petit oiseau, tu voles toujours vite, vite... Rien de tout cela n'est arrivé. Ma voisine est bonne et aimable, voilà tout : sa mère...

— Cette jolie vieille à bandeaux gris ?

— Tu vois donc tout ?

— Tout ce qui te concerne, oui. Eh bien, sa mère ?..

— ... désirait le buste de sa fille, et la jeune fille le buste de sa maman.

— C'est gentil, ça.

— Elles se sont adressées à moi... et j'ai changé le marché. Je ferai le buste de la maman, je refuse naturellement tout payement, et la jeune fille a eu la bonté, c'est dur, va ! de me poser cette grande figure, avec laquelle j'espère débuter au Salon.

— Et... pendant les séances... Rien ?

— Penses-tu que j'aurais profité de sa complaisance, pour...

— Parnel, j'en suis certaine, serait allé plus vite en besogne.

— Ce qu'il a été content de son bouquet de violettes ! s'écria Gaston, saisissant le premier prétexte pour changer de conversation.

— Ah ! fit-elle avec un bon rire. J'ai écrit sur la carte de maman, pendant que maman donnait ton adresse et que papa, oui papa qui était là, respirait des roses. Mais...

Il ne fallait pas écarter ce qui la préoccupait en ce moment ; et elle y revenait tout de suite.

— Elle est venue chez toi ?

— Pour la pose du corps, oui ; mais, pour qu'elle ne perde pas trop son temps, j'ai fait la tête chez elle, tandis qu'elle brodait, car cela s'appellera la « Brodeuse »...

— Et... et tu as fini ?

— Oh ! tu sais, on travaille jusqu'au dernier moment !

— Non... Il ne faut pas... C'est bien, ainsi : gracieux, ressemblant, et si poétique !... N'y touche plus... Je t'en prie, n'y touche plus !

Puis, faisant asseoir son frère sur un fauteuil et se mettant elle-même sur un des bras :

— Je vais te demander quelque chose.

— Quoi ?

— Dis oui, d'abord...

— Mais..

— Ah ! pas de façon, ou je me fâche. Dis : oui !

Et elle le couvrait de caresses, en répétant :

— Dis oui.. Dis oui.. Dis oui.. Dites oui, monsieur ! Ou alors, je serais jalouse !

— De qui ?

Elle montra la statue. Il se mit à rire :

— Ne veux-tu donc pas que j'essaie de remporter une récompense au Salon ?

— Si... Mais... mais pas avec elle toute seule... Je veux y être, moi aussi !

— Crois-tu donc que j'aurai le temps, d'ici le mois de mars, de refaire un aussi grand morceau ?

— Oh ! le laid qui ne songe qu'à soulever des difficultés ! Mais je ne demande pas du tout d'être un grand morceau, moi ! C'est bon pour la demoiselle d'en face... Moi, un rien, un médaillon, un buste, oh ! un buste, dis, et je serai contente... Oh ! je serai si contente que tu vas dire oui tout de suite...

— Soit... Mais...

— Quoi encore ?

— Pourras-tu venir ?... Il me faut au moins une quinzaine de séances de pose !

— D'abord, tu as tout plein de photographies de moi... Et puis... et puis, je m'arrangerai... Mais je veux être au Salon, moi aussi !...

— Alors... tu ne seras plus jalouse de la demoiselle d'en face ?

— Non, si je suis avec elle... Et il y a une chose à laquelle tu ne songes pas...

La mélancolie envahissait son fin visage, assez vite chassée par une expression de malice.

— Si tu fais quelque chose de joli... et, avec moi enfin, si tu t'appliques, ça ne sera pas trop laid, n'est-ce pas ?... Eh bien, on le remarquera, mon buste, au Salon... Quelqu'un que tu devines, surtout. Et c'est peut-être là le moyen, vois-tu, pour que tu retournes à l'hôtel... Tu ne crois pas ? fit-elle vivement.

Il avait eu un geste de doute ; et, en même temps, il s'apercevait qu'il y tenait beaucoup moins qu'autrefois. Il dit :

— Tu sais combien ton père est entêté... Moi aussi... Je crains plutôt que nous ne l'irritions !

— De telle sorte que tu vas encore me dire que tu ne veux pas faire mon buste ?

— Je ferai tout ce que tu voudras, si mère consent.

— Oh !... ce que je la ferai consentir !... Et puis, demande son avis à Parnet !

Il sourit.

— Je vois que l'opinion de mon ami Parnet a toujours une grande importance pour toi !

Elle eut l'air piqué.

— Il me semble qu'il ne t'a jamais donné que de bons conseils, impertinent !

Mais ses fâcheries ne duraient qu'une seconde ; et, tout de suite, elle ajoutait, d'un ton mystérieux :

— Il paraît que son roman est très joli.

— Qui te l'a dit ?

— Le conseiller.

— Il l'a donc lu ?

— Non ; mais il connaît le directeur du journal auquel Parnet a porté son manuscrit. Il paraît que c'est mouvementé, endiablé... tout comme lui...

— Et... la jeune fille ?

— Quelle jeune fille ?

— Le conseiller ne t'a pas parlé de l'héroïne du roman ? Car tu n'en as pas beaucoup lu ; mais tu sais bien que, dans un roman, il y a toujours une héroïne ?...

— Et après ?

— Il ne t'a pas dit que celle de Parnet était... blonde ?

— Ma foi non !

— Et... qu'elle s'appelait Henriette ?

Elle rougit fortement ; mais, ne voulant pas perdre contenance, elle déclara tranquillement :

— Les saints et les saintes du calendrier appartiennent à tout le monde. — Adieu, monsieur !

— Alors... tu ne veux pas en savoir davantage sur le roman de Parnet ?

— J'aime mieux le lire.

Et elle s'envola vers la porte ; mais, sur le seuil, elle dit :

— Et puis... tu me contes des blagues.

Il la rejoignit et, emprisonnant sa taille dans ses mains, l'embrassa follement.

— Tu es un amour de petite sœur.

— Ça oui... si tu fais mon buste.

— Puisque tu le veux et que tout le monde t'obéit... — Je te reconduis jusqu'au bord de l'eau.

— Non ! nous n'aurions qu'à rencontrer papa, par hasard !

Elle se laissa seulement remettre en voiture. À ce moment, Mme de Menboët et sa fille sortaient de la maison.

La première, Henriette les salua, et si gentiment, si aimablement, que du bonheur se peignit tout de suite sur les traits de Marguerite et que Gaston répéta, dans une ardente caresse, à Henriette, avant son départ :

— Oh ! oui, tu es bien un amour de petite sœur !

VII

LE PETIT BUSTE ET LA GRANDE STATUE

Mlle Henriette Darsans se découvrit, à cette époque, une véritable passion pour la charité.

Et son père s'en choqua un peu.

— La charité, lui disait-il, ne peut avoir d'effet que si elle est exercée d'une manière administrative. Nous versons, pour cela, chaque année, au bureau de bienfaisance...

Sa fille l'interrompait, doucement, finement :

— Oui, père, c'est votre manière à vous !

Mais sa manière à elle, c'était de se mettre en relation directe avec les malheureux qu'elle voulait secourir ; et il y en avait des tas et des tas dans Paris !

Des listes à lui prendre des après-midi entières !

Darsans marmonnait contre cette nouvelle manie ; mais Henriette objectait que l'hiver avait été si rude !...

— Tandis que nous étions, là-bas, si tranquilles, si chaudement à Monte-Carlo.

Et le hasard, ce hasard si favorable aux malicieuses personnes telles que Mlle Henriette Darsans faisait qu'elle avait beaucoup de pauvres dans le quartier de Vaugirard : par le curé de la Madeleine qui s'était renseigné auprès de celui de Saint-Lambert, elle en avait de façon à ne pas chômer tant que son buste ne serait pas achevé.

Et les choses se passaient ainsi. Elle quittait l'hôtel, avec la voiture remplie de provisions ; et elle et sa mère allaient vite les distribuer ; et le bien qu'elles faisaient était le rachat de leur petite ruse presque du mensonge.

Puis, elles disaient au cocher qu'elles avaient à voir de pauvres gens à qui elles ne donnaient que de l'argent et lui ordonnaient de les attendre boulevard des Invalides, où elles le rejoindraient dans une heure.

Cette heure en devenait presque toujours deux et elles s'enfuyaient rue Alain-Chartier.

La première fois où elles y arrivèrent ainsi, Henriette fut toute surprise de ne pas voir la statue « de la demoiselle d'en face » dans l'atelier de son frère.

Mais elle lui dit, aussitôt à l'oreille :

— Je comprends ; tu ne veux pas qu'on parle encore à maman de la « Brodeuse » ?

— Pas tant qu'elle ne sera pas absolument achevée. Tu ne lui en as rien dit, au moins ?

— Non, tu penses !... Je ne suis pas tout à fait une bête, va !

Elle sentait bien que, si bonne que fût Mme Dar-

...ans, cette amitié de son fils avec de si modestes
...mmes la choquerait un peu, au premier abord,
...tonnerait tout au moins. La jalousie de leur mère
...rait sans doute plus difficile à vaincre que la
...ienne.

Et le buste, assez rapidement, s'enlevait. Gaston
...avait si bien son Henriette par cœur qu'il pouvait
...travailler en dehors des séances; et déjà, elle
...vivait, riante, mutine, sous les doigts de son frère.

Telgrain vint la voir, indiqua à peine de très
légères corrections, promit presque que le buste
serait bien placé au Salon. Et ce joli travail lui
inspira cette critique:

— Pourquoi n'avoir pas essayé, dès cette année,
une grande figure, un morceau de nu?

Gaston balbutia vaguement qu'il ne s'était peut-
être pas senti tout à fait assez prêt. Et Mme Darsans appuya l'opinion du maître.

— Comment, mon cher fils, tu manquerais de
confiance, toi, après toutes les preuves d'énergie que
tu as données!

Il rougit, ne répondit pas; et alors, tout d'un
coup, Mlle Henriette éclata de rire.

Oh! en même temps, elle demandait pardon des
yeux, à Gaston. Cela avait été plus fort qu'elle: il
fallait bien que ce secret, qu'elle gardait si sérieusement, éclatât de quelque manière.

Et, avant de quitter l'atelier, elle dit à Gaston:

— Tu sais... je crois que ce serait le moment.

Du regard, il fit signe que « oui ». Et elle comprit que ce serait pour la prochaine fois.

Or, comme il reconduisait sa mère et sa sœur, ils
croisèrent les dames de Menhoët qui traversaient
la cour.

Il les salua, très respectueusement, heureux de la
première occasion qui s'offrait à lui de manifester,
devant sa mère, en quelle estime il les tenait.

Elles étaient passées, un peu dignes, un peu rai-
des même, avec l'appréhension d'inévitables difficultés.

Cependant, Mme Darsans s'était inclinée, puisque son fils saluait.

— Des voisines? demanda-t-elle, quand ils furent
dans la rue.

— Oui, mère.

— Elles semblent fort distinguées.

— Elles le sont, mère: elles s'appellent Mme et
Mlle de Menhoët.

— Et la jeune fille est joliment jolie! déclara Henriette, toujours amour de petite sœur.

Mme Darsans rectifia:

— ... Jolie seulement... Belle...

Et ce fut tout. Et ils ne parlèrent plus, jusqu'à
ce que Gaston leur dit adieu au boulevard des Invalides.

Une heure après, Parnet tombait à l'atelier.
C'était une de ses joies de venir, les jours où Henriette avait posé, s'enivrer de son parfum, voir les
progrès du buste, vivre dans l'atmosphère qu'elle
avait respirée. Jamais il ne s'était permis d'oser
arriver à l'improviste tandis qu'elle était là: cela
eut trop furieusement exaspéré Paul Darsans si le
hasard le lui avait appris.

Gaston lui conta ce qui s'était passé.

Parnet, aussitôt, passa dans la chambre, où était
la statue de la « Brodeuse »; et, d'un ton décidé:

— Aide-moi.

— Alors, tu crois?...

— Qu'on ne doit pas faire de plus long mystère
à une maman exquise comme la tienne. Ramenons
Mlle de Menhoët dans ton atelier; et qu'elle n'en
bouge plus!

Trois jours plus tard, lorsque Mme Darsans arriva avec Henriette, la statue était en pleine lumière au milieu de la pièce; et Gaston, pâle, tremblant, osait à peine regarder sa mère.

Celle-ci eut une petite secousse, certainement; car
mères ont si vite deviné!

Mais elle voulut plaisanter d'abord.

— Tu as vite suivi et surtout bien vite exécuté le
conseil de M. Telgrain...

Et elle venait se placer tout près de la statue. Là,
elle fut tout de suite assez grave.

— Je te pardonne ton manque de confiance envers moi pour la jolie chose que tu as faite!

— Maman, je ne la trouvais jamais assez achevée pour oser vous la montrer.

— Est-ce bien pour cela?... Mais je parierais que
Mlle ma belle-fille l'avait déjà contemplée?

— Les sœurs sont plus indulgentes, mère...

— ... et moins perspicaces que les mères. Est-ce
ce que tu redoutais, Gaston?

— Oh!... moins perspicaces! fit Henriette d'un
ton futé.

Il y eut un instant de silence, un peu cruel, pour
Gaston et pour Mme Darsans, cette minute toujours douloureuse où une mère doit s'incliner devant la loi naturelle qui veut que son fils lui soit
enlevé, l'angoisse que celle qui la remplacera n'aimera pas son enfant comme elle juge qu'il mérite
d'être aimé, et puis la simple jalousie de perdre
une grande partie de ce cœur qui était presque tout
entier à vous.

Et, dans le beau travail de son Gaston, elle devinait tant d'amour! Elle demanda:

— C'est... la jeune fille, que nous avons rencontrée l'autre jour, qui t'a posé la figure?

— Qui a eu l'exquise bonté, mère, de me poser
toute la statue. Un modèle de métier n'aurait pas
eu cette grâce, cette chasteté, cette honnêteté, qui
doivent se deviner, il me semble, dans son attitude
comme dans ses traits?

— Alors, alors, Gaston, si tu es reçu au Salon,
si même tu y remportes une récompense, tu le devras un peu... c'est-à-dire que nous le devrons à
cette jeune fille?

— Oui, mère.

— Ce qui fait que... je devrais, moi... la remercier?

— Oh! mère!... Vous feriez cela?

Très gravement, un peu tristement, elle inclina
la tête. Le sacrifice était accompli dans son esprit... sinon complètement encore dans son cœur.

— Si tu le désires, Gaston?

— Oh! mère... de toute mon âme!

— Et... le désire-t-elle, elle?

— Je ne sais pas... Je ne sais pas... Et puis, pro-
nonça-t-il, la voix sourde, il peut y avoir tant de
motifs qui empêchent la réalisation de mes espérances!

— Mais... [illegible] motif, dont nous aurons à rougir?

— Sur ma foi de gentilhomme, mère, aucun!

— Ainsi... rien n'empêcherait que cette Mlle de
Menhoët se trouve ici en même temps qu'Henriette... en même temps que ta sœur?...

— Oh! mère! Ce serait une sainte auprès d'un
petit ange!

— Eh bien!... eh bien!... Va... Non...

Elle réfléchissait que ces dames devaient être
dans une bien modeste situation de fortune pour
vivre en un des petits logis de la rue Alain-Chartier; et cela nécessitait plus d'égards; c'était à
elle de faire la première démarche.

— Mon Gaston...

Elle lui mit les deux mains sur les épaules.

— Tu es un homme. Tu as souffert. Je comprends les consolations que tu as trouvées en ceci
et qui, peut-être autant que notre tendresse, t'ont
permis de supporter les duretés du début. Tu connais bien la vie, maintenant, et l'importance de
toute chose... Songe à mon mari, songe à celle qui
est ta sœur... Gaston, je vais aller remercier, tout
de suite, la jeune fille qui t'a fait ce sacrifice, car
c'est un sacrifice que d'avoir accompli, auprès de
toi, ce métier, ce dur métier de modèle... Il y a là
une preuve d'amitié que je serais très ingrate de

ne pas reconnaître immédiatement. Mais je sens bien quelles peuvent être les conséquences de ma visite à ces dames ?

— Mère, dit-il les yeux pleins de larmes, c'est à genoux que je vous en remercierai !

Alors, elle se dirigea vers la porte de l'atelier, un peu tremblante, mais résolue, et elle dit :

— Venez avec moi, mes enfants !

Une certaine tristesse, faite surtout d'inquiétude, qu'elle ne s'avouaient ni l'une ni l'autre, s'était emparée, depuis six semaines, de Mme et Mlle de Menhoët, c'est-à-dire depuis le jour où Mlle Henriette avait déclaré qu'elle aussi voulait être du Salon.

Mise au courant, le soir même, de ce désir, Marguerite de Menhoët l'avait déclaré parfaitement naturel ; mais, tout de suite, un peu de mélancolie lui avait étreint le cœur.

Cependant que c'est vilain d'être jalouse ! se disait-elle. Pourquoi, de quel droit, serais-je la seule à être pour quelque chose dans le succès qu'ambitionne M. de Naizant ?

Et c'était vraiment de toute justice que cette charmante jeune fille blonde, qui aimait son frère comme si des liens du sang avaient existé entre eux, fût son modèle aussi, son inspiratrice, d'autant qu'elle n'était pas exigeante : rien qu'un petit buste alors qu'elle, était l'œuvre importante, la grande statue ; le bouton de rose auprès d'une quelque fleur.

Mais, au bout de deux jours, Marguerite s'apercevait qu'elle n'était pas du tout jalouse, qu'elle s'était très aisément accoutumée à cette idée ; et pourtant une sourde angoisse l'envahissait de plus en plus ; et elle n'osait pas bien regarder au fond de son cœur parce qu'elle y aurait trouvé ceci :

Ce n'est pas de Mlle Henriette ni de Mme Darsans qu'elle était jalouse, tout à coup, ni de l'affection qui existait entre elles et Gaston. Son inquiétude lui venait, et à Mme de Menhoët aussi, de l'importance que sa mère et sa sœur avaient soudain reprise dans sa vie.

Hier, il était un abandonné, comme elles. Aujourd'hui, il était sur le chemin de la réconciliation avec son beau-père.

Elles l'avaient senti tout de suite, avec l'impression que cela leur enlevait leur aimable voisin.

Gaston n'avait pas eu besoin de leur fournir de longues explications pour qu'elles comprissent tout le plan de Mlle Henriette : ce buste charmant qu'en s'arrangerait pour mettre en bonne place aux Champs-Élysées, devant lequel on amènerait doucement M. Darsans ; et inévitablement, il serait attendri. Et, que Gaston fût près de là, et les choses se feraient toutes seules... Et il s'en reviendrait dans sa famille.

Et ce serait fini de leur jolie amitié.

Mais elles auraient l'héroïsme de s'en réjouir.

Chaque fois que Marguerite allait encore poser, elle examinait longuement le petit buste. Et comme elle avait souvent aperçu Henriette, elle donnait d'excellents conseils à Gaston. Cela la faisait bien souffrir ; car elle se disait que, plus le buste serait réussi, et plus grand serait le succès, qui éloignerait d'elle le sculpteur ; mais jamais il ne le devina. Elle était de celles qui savent souffrir en silence.

Aussi, quel bouleversement, quelle délicieuse émotion, lorsque, ce jour-là, ayant ouvert, après un hésitant coup de sonnette donné par Mlle Henriette, elle se trouva en face des deux femmes et de Gaston, qui se repelait un peu en arrière, tout frissonnant !

Mme Darsans lui tendait la main et demandait :

— Puis-je voir Mme votre mère ?

— Maman, maman ! fit-elle, la voix étranglée ; maman, la mère de M. de Naizant !

Mme de Menhoët eut bien une seconde de trouble,

et tout de suite ses lunettes s'obscurcirent ; mais très vite, elle avait repris sa dignité. Une mère ne s'étonne de recevoir aucune visite. Un peu majestueusement, elle offrait un fauteuil à Mme Darsans.

Et, pendant ce temps, Henriette allait plus vite en besogne ; elle sautait au cou de Marguerite, disait :

— Je vous garantis que nous aurons une récompense. Talgrain me l'a promis.

— Oh ! que vous êtes bonne ! murmura Marguerite, les yeux pleins de larmes. Que vous êtes bonne !

Mais Henriette n'aimait pas s'attarder aux tendrissements. Elle se retournait, d'un petit air de colère vers Gaston.

— Oui, nous, monsieur ! Car c'est autant à nous qu'à vous qu'on donnera une médaille ! Et c'est avec tes modèles d'atelier que tu aurais fait jolies choses !

— Comme vous devez aimer Mlle votre sœur, monsieur ! murmura Marguerite en tendant les deux mains à Gaston.

Et une nouvelle et radieuse espérance illuminait son beau regard.

Maintenant, Mme Darsans remerciait Mme de Menhoët.

— Et, si je ne l'ai pas fait plus tôt, madame, c'est que je viens seulement d'apprendre quelle amabilité vous avez montrée à mon fils, quelle indulgence ! Et vous, mademoiselle, par votre complaisance, vous l'aurez aidé à réussir ! car cette petite fois... non... ce n'est pas avec des modèles d'atelier qu'il aurait pu accomplir cette jolie chose ; et vous aurez bien droit à une part de la récompense qu'il remportera, je l'espère.

— Madame, prononça doucement Marguerite en baissant les yeux, ma meilleure récompense est le merci que vous venez de me dire.

Et puis il y eut un long silence, non pas qu'ils n'eussent tous beaucoup de choses à se dire, mais par où commencer, une fois la connaissance faite ? Et puis, ils éprouvaient tous quelque embarras.

— Vous aimez les fleurs, mademoiselle ? dit enfin Mme Darsans apercevant, par la fenêtre, les bandes de terreau bien tassées, déjà ensemencées du jardinet de Marguerite. Si j'avais su cela, vous aurais envoyé une bourriche du Midi. Mon grand fils me faisait mystère de son amitié avec vous !

— Si vous croyez, mère, prononça malicieusement Henriette, que vos fleurs de Monte-Carlo ne sont venues toutes seules jusqu'ici !

Et cette exclamation les fit rire. Et désormais la glace était complètement rompue. Et très vite, sympathie grandissait entre Mme Darsans et Mme de Menhoët ; et, entre Henriette et Marguerite, c'était de l'amitié, tout bonnement, tout de suite.

Mais déjà une tristesse s'y mêlait, comme à toute joie humaine. Henriette disait :

— Chaque fois que je viendrai rue Alain-Chartier, nous bâtirons une nouvelle.

Hélas ! plus bien souvent ! Car son buste était presque achevé. Trois ou quatre séances encore, le buste et la statue partiraient pour les Champs-Élysées.

Et après, ce serait les usages d'autrefois qui reprendraient : Henriette ne pourrait plus venir de très loin en très loin visiter son frère ; il ne fait pas s'exposer, sans raison sérieuse, à la cour de M. Darsans.

Et leur amitié, à peine née, semblait presque menacée de mort. Car — elles ne se le disaient ni, mais, ne la comprenaient que trop — leur amitié n'était possible que là, dans ce petit coin, en dehors de la société de Paul Darsans : c'était une chose charmante mais passagère, à moins qu'il ne produisît ! Oui, de gros événements pourraient produire : mais qu'en résulterait-il ?

Henriette vint poser, accompagnée de sa mère. Les quatre fois, elles se rendaient chez les dames de Menhoët, mais rapidement, le temps pressait pour les envois au Salon; et peut-être avaient-elles peur de leur nouvelle [...] la mélancolie retombait dans l'âme [...] plus amère qu'auparavant.

Une dernière fois, Henriette et Marguerite se dirent presque adieu. M. Darsans avait lancé quelques lunettes soupçonneuses sur ces courses chaque jour que faisait sa fille et nommé toutes les maisons, notamment celle de Mme Nordain, où on se plaignait de ne plus voir sa femme et sa fille.

— Et, d'un grand mois, nous n'oserons plus nous manquer! avouait Henriette; mais nous nous reverrons au moment du Salon, mademoiselle!

Marguerite hocha tristement la tête. Elle avait la certitude que l'ouverture du Salon serait la fin de son bonheur.

Pourtant, le matin où la statue et le buste furent emballés sur un camion amené par Parnet, Henriette et sa mère osèrent encore.

Elles avaient voulu souhaiter bonne chance à ces morceaux de plâtre en lesquels étaient toutes leurs espérances.

Elles arrivèrent comme tous les locataires de l'immeuble étaient à leurs fenêtres et ceux du rez-de-chaussée dans la cour même, en train de surveiller l'opération que Parnet, en bras de chemise, suant formidablement, dirigeait avec l'animation qu'il portait à tout.

Et justement, il jurait, d'une voix formidable.

— Mais sacré tonnerre de...

Il y avait une corde qu'on n'avait pas suffisamment tendue; et le petit buste dodelinait. Il retendit la corde, cala le buste entre de gros tampons d'ouate, et avec tant de soin qu'on eût dit qu'il s'agissait d'une personne vivante.

Mais un embarrassé remerciement d'Henriette:

— Ce serait un vrai malheur, à cette demoiselle; ce ne serait pas de votre faute, mon cher monsieur!

— Comment!... vous!... mademoiselle!... Ici!... Mlle Darsans!... Pardonnez-moi... J'ignorais que vous dussiez venir aujourd'hui... Je ne me serais pas permis...

Et les ayant hâtivement saluées, il se précipitait à l'atelier, pour faire un bout de toilette, repasser son vêtement; mais, du seuil, il s'aperçut que la statue oscillait encore quelque peu; en une [...] bondissant de nouveau sur le camion, resserrait les nœuds, redoublait les tampons d'ouate. [...] arrangé.

[...] un accident arrivât en route, qui donc serait là pour le réparer? On eût vraiment dit que c'était l'artiste; et Gaston expliquait à sa mère que depuis ce matin, c'était ainsi. Parnet avait tout fait, amené le camion, préparé l'emballage, et il lui avait dit:

— Toi, ne te mêle plus de ce qui ne te regarde pas.

Et Marguerite l'admirait.

— L'image de l'amitié, affirmait-elle.

Et dans la figure joyeuse d'Henriette passait un peu de mélancolie, et elle disait, elle:

— Oui, quand il aime, c'est pour de bon!... Mais quand!... On ne le voit plus...

Elle avait fait le tour de l'atelier de Gaston et pénétra dans sa chambre par la fenêtre.

Et, au bout d'un instant, il reparaissait, correct, souriant, mais un peu pâle. Et il causa assez longuement avec Mme Darsans, lui demanda, avec déférence, des nouvelles de son mari.

Il causait aussi avec Mme de Menhoët, avec Marguerite; et il n'y avait qu'une personne à qui il n'adressait pas la parole, Mlle Henriette Darsans, comme si les plus grands audacieux perdent quelque chose de leur audace.

Mais le cocher du camion vint avertir qu'il était temps de partir si l'on voulait arriver avant midi.

— Je vous suis, dit Parnet.

Et, dans le brouhaha des adieux, lui et Henriette se trouvèrent, deux secondes, seuls, derrière tout le monde.

— Fâchés donc! murmura Henriette, plus riche du tout.

Et alors, il lui saisit la main, la broya un peu en tragique:

— Vous verrez ça, quand j'aurai réussi!... Vous verrez ça!

Et le visage de la jeune fille s'épanouit; et elle sentit, mieux qu'elle ne l'avait fait jusque-là, que s'il était un ami, un modèle d'ami pour les autres, eh bien, pour elle, il était certainement quelque chose de plus en son rêve, son ambition!

Cependant, le camion partait; et les dames de Menhoët rentraient chez elles, le cœur serré, comme si leur bonheur était enlevé par le lourd véhicule.

Et Parnet filait à côté, les yeux sur le buste, la statue, sur le buste surtout, tremblant à tous les cahots.

Et Gaston suivait, entre sa mère et Henriette, mais il était entendu qu'elles allaient, tout de suite, remonter dans leur fiacre qui longeait le trottoir.

Pourtant, on était sorti de la rue Alain-Chartier, on prenait par la rue Biomel; et ils marchaient toujours, silencieux, les yeux fixés sur le camion.

Et puis, ce fut la rue Lecourbe. Au coin de la grande ligne des boulevards, Mme Darsans dit:

— Allons, mes enfants.

C'était le moment de se quitter; mais Henriette supplia:

— Jusqu'aux Invalides, mère!

Et, aux Invalides, il lui sembla que cette gentille conduite pouvait bien durer jusqu'au bord de l'eau.

— Mais, son père, ma chérie!...

— Papa, à cette heure-ci, revient de son bureau. Pas de danger que nous le rencontrions.

— Mais nous serons en retard.

— Nous dirons que nous venons du Bon Marché.

Et cela, d'ailleurs, ne valait-il pas une grondée que d'aller tous ensemble jusqu'au Palais de l'Industrie?

Car ils traversèrent l'eau et arrivèrent, sans se quitter, aux Champs-Élysées, où ils rencontrèrent d'autres camions, des porteurs, des voitures à bras chargées de tableaux, de groupes, de statues, d'aquarelles...

C'était le dernier jour, l'encombrement [...] par[...] qui précéda le leur tomba en [...]. Le [...] rière, ils eurent une grande émotion. Le camion pénétra un peu, et des hommes s'avancèrent pour le déballage.

— Mon Dieu! fit Mme Darsans, j'ai peur... Si on allait ne pas les recevoir?

Et c'était aussi la crainte de Gaston, à la dernière minute. Mais Parnet n'acceptait pas ce doute, ni Henriette. Et la jeune fille tendit son ombrelle vers le milieu.

— Nous serons là-bas, décréta-t-elle, à la place d'honneur.

Et elle se voyait déjà au jour du vernissage arrivant avec son père, jouissant de sa stupéfaction! Et alors elle accomplirait son œuvre, elle!

— Au revoir!... Au vernissage! dit-elle, toute vibrante d'espoir, d'enthousiasme. Au vernissage!

Et sa mère l'entraîna. Et Gaston et Parnet demeurèrent pour s'assurer qu'aucune anicroche ne se produisait.

Puis Parnet courut à ses affaires, à son journal, et Gaston revint, tout pensif, rue Alain-Chartier, prenant un long détour pour faire ce chemin pourtant très long; mais son logis allait lui paraître si vide, maintenant que l'image presque vivante de Marguerite ne l'animerait plus!

Et une grande tristesse l'envahissait. La statue partie, il n'avait plus de motif pour revoir assidûment la jeune fille.

Il finit par se mettre à errer dans les rues de Paris et ne rentra chez lui qu'à la nuit.

Il essaya de lire, il ne put pas. Et, dès que le calme, le repos furent tombés sur la vieille bâtisse, il s'accouda à sa fenêtre, d'où il voyait la fenêtre de Marguerite.

Elle n'avait pas encore fermé ses volets. Et, à travers les rideaux, il put distinguer sa silhouette agenouillée.

Elle priait et elle pleurait, car, par moments, elle était toute secouée ; et il devinait son cher visage sillonné de larmes...

Quel chagrin était donc venu troubler sa douce et pure existence de jeune fille ?...

VIII

LE VERNISSAGE

Paul Darsans aurait cru manquer à ses devoirs d'homme de goût et de protecteur éclairé des arts s'il n'avait pas assisté à la cérémonie du vernissage. Et, chaque année, il s'y rendait avec la solennité qu'il mettait en toutes choses.

Cela se passait toujours suivant le même programme : d'abord, un fin déjeuner où il réunissait ses intimes, *chez lui*, afin de protester contre l'encombrement tapageur et bohème des restaurants qui avoisinent le palais de l'Industrie ; car, malgré ses principes démocratiques, il détestait la foule, et cela le choquait profondément de rencontrer, dans cette foule, les fournisseurs de sa femme ou les siens, et il regrettait le temps où l'on vernissait le jour du vernissage et où cette petite fête était vraiment une fête artistique.

De même, il protestait contre ces Salons hâtifs, fiévreux que publient les journaux le matin du vernissage, avec de simples énumérations pour la plupart des envois et pas plus de quinze à vingt lignes pour les œuvres les plus importantes.

Et il enrageait de ce que ces journalistes eussent la prétention de faire d'avance son opinion au public. Et, lorsqu'il rencontrait de braves gens en train, leur journal à la main, de s'orienter dans les salles du palais de l'Industrie, il grommelait des... « stupide... ridicule... absurde... »

Comme si tout homme libre et intelligent ne doit pas se faire une opinion à soi !

Pour sa part, il ne voulait rien lire, rien ! A quoi bon, puisqu'il était certain qu'il ne se laisserait jamais influencer par les belles phrases d'un écrivailleur ?

Il entendait apporter, au Salon, un esprit vierge, et échanger ensuite ses idées avec les artistes qu'il honorait de son estime et de son amitié.

Il n'avait donc pas lu un seul article, ce matin, quoique, depuis plusieurs semaines, il sût que son beau-fils avait été reçu et que son envoi se composait d'un buste et d'une statue.

La chose avait été annoncée, de la manière suivante, dans presque tous les journaux :

« Signalons le début, au Salon, d'un jeune sculpteur auquel semble réservé un grand avenir : M. Gaston de Naizant. Il a envoyé un délicieux buste de jeune fille et une *Brodeuse* de l'effet le plus exquis. Ce sera certainement un des succès de cette année. »

Cet écho avait sauté aux yeux de Paul Darsans ; mais il n'en avait pas dit un mot à sa femme.

Et il fallut que le conseiller en parlât, malicieusement, à haute voix, au milieu d'une partie de billard, pour que Darsans jetât brusquement cette remarque :

— C'est du Parnet tout pur !

— Mais ce n'est pas sous sa signature ! riposta le conseiller.

— Si vous croyez que la signature des autres le gêne pour dire des bêtises, celui-là ! répliqua Darsans.

Voyant un soupçon de larmes dans les yeux d'Henriette, le conseiller n'insista pas. Et il interrogea doucement, à l'oreille de la jeune fille :

— Ce délicieux buste... est-ce que vous ne le connaîtriez pas ?

Elle ne répondit que par un sourire craintif. Et ainsi, le conseiller fut presque mis au courant du complot.

— Hum ! fit-il, un gros coup à risquer...

— Qui ne risque rien, n'a rien ! prononça fièvreusement la jeune fille.

— Et la... *Brodeuse* ?

— Oh ! ce n'est pas moi.

— Un modèle alors ?

— Vous verrez, le jour du vernissage... Car nous comptons bien sur vous ?

— Pour amortir le choc ?

Henriette, montrant qu'elle avait une grande connaissance de l'état d'âme de son père, répondit :

— Que Gaston réussisse !... et il n'y aura pas de choc.

C'était aussi l'avis de Parnet, et il déploya une extraordinaire habileté, dans ce dernier mois, pour obtenir de remplacer un critique mort récemment.

Car, autrement moderne que Darsans, il prétendait qu'aucun succès ne peut jaillir complètement s'il n'est travaillé, surchauffé.

Sa première attaque avait été cette note lancée dans tous les journaux, l'attention déjà attirée sur son ami ; et il se promettait de lui consacrer, dans quelque jeune revue, une magnifique étude.

Mais ce ne serait pas assez. Et pendant les quelques jours qui précédèrent l'ouverture du Salon, on le vit faire le plus intrigant manège. Il avait, en quelques heures, très matinales, pris ses notes essentielles sur la peinture ; et, dès que les critiques habituels apparaissaient dans le jardin de la sculpture, Parnet y descendait et se mettait à son poste, c'est-à-dire devant le buste de Mlle Henriette Darsans.

Or, tout critique, même influent, même sérieux, est badaud, pour peu qu'il ait respiré l'atmosphère parisienne, et l'attitude de cet autre critique, planté en admiration devant un buste, l'attirait immanquablement.

Et, pour peu que Parnet le connût, lui eût été présenté dans quelque salle de première, la conversation était vite engagée, et le gros critique notait tout de suite, sur son carnet, le buste d'Henriette parmi les jolies choses du Salon.

— Alors, je ne suis donc pas tout à fait un imbécile ? s'écriait Parnet avec un imperturbable sérieux.

Et il avouait que c'était la première fois qu'on le chargeait du Salon et que cela l'avait beaucoup inquiété parce qu'il n'avait, en art, que des connaissances très superficielles, surtout en sculpture, et qu'il allait, tout bonnement, comme les ignorants, aux choses qui l'attiraient.

— Ainsi, cette *Brodeuse*, dont la besogne a été interrompue par la rêverie... moi, je trouve ça... j'ai peut-être tort, mais je trouve ça délicieux...

Et il montrait la statue, placée au fond d'un petit rond-point entouré de verdure.

Et le gros critique, après l'avoir examinée, déclarait qu'elle était charmante, en effet, et que le jeune Parnet avait déjà l'instinct artistique très développé.

l'entouraient de sa belle fortune, pourvu que sa susceptibilité de père et plutôt encore, de chef de famille fût respectée.

Et lorsque, quelques semaines plus tard, son monde, « toute sa petite bande », comme il aimait à dire, fut installée dans une des plus jolies villas de Paramé, il semblait qu'il eût retrouvé un regain de jeunesse ; et, aidé par Parnet, il s'ingéniait à ce que chacun fût heureux et gâté autour de lui.

Pour son ami le peintre, il avait organisé, en haut de la maison, un atelier où le célèbre artiste put travailler, compléter les ébauches qu'il prenait sur la plage ; pour le conseiller de la Cour des comptes et l'ancien directeur des Beaux-Arts, qui avaient des rapports à terminer, un cabinet bien clos, bien calme, donnant sur les terres, où il était interdit de se présenter avant l'après-midi ; pour Mme Nordain, il avait apporté un ballot de tous les romans nouveaux, car elle était une grande liseuse ; et pour son fils, il avait disposé une chambre noire, car le jeune Nordain faisait de la photographie, la seule chose où il réussit un peu.

Et non seulement Darsans avait voulu être accompagné de ses intimes parisiens ; mais il attendait d'autres et nombreuses visites, de telle sorte qu'il n'y avait rien d'étonnant à ce que Parnet fût au nombre des habitants de sa villa. Mais il se remettait, tout à coup, à l'honorer d'une telle confiance, d'une telle amitié, que Mme Nordain n'osait plus formuler contre lui la moindre objection ; et la désolation qui se peignait sans cesse sur les traits de cette « bonne âme » était la joie d'Henriette, de Gaston et de Parnet.

Le matin, chacun était « à ses petites affaires », Mme Darsans à la direction de son intérieur, Henriette à ses toilettes, qu'elle soignait tout particulièrement ; et Darsans, aidé de son beau-fils et de Parnet, s'en allait traîner un long filet, avec lequel ils raclaient le fond de la mer, en se mettant dans l'eau jusqu'à mi-corps ; et c'était des triomphes quand la pêche avait été bonne.

L'après-midi, un grand break à deux chevaux emmenait toute la bande dans la campagne, à Rothéneuf, à Cancale, à Dol ; et le soir, on se couchait, harassé. On n'avait pas encore eu le temps ni la force d'aller au Casino.

Jamais Darsans et son entourage n'avaient paru plus calmes, plus heureux.

Et Darsans ne faisait la grimace que lorsqu'on lui parlait d'une excursion au cap Fréhel, ou vers un point quelconque situé de l'autre côté de Dinard.

— Mais ce serait toute une histoire ! s'écriait-il aussitôt. Il faut aller à Saint-Malo, prendre le bac... impossible, naturellement, de traverser notre break et nos chevaux... Et, de l'autre côté de la Rance, nous ne trouverions que de mauvaises voitures de louage traînées par des rosses... Et nous aurions à peine fait quelques kilomètres qu'il faudrait nous en retourner, pour ne pas manquer le dernier bac... Je vous assure que ce serait toute une histoire...

On s'aperçut vite que cela le contrariait ; et on ne lui en parla plus ni du cap Fréhel, ni de toute cette partie de la côte.

Dès son arrivée dans le pays, il avait secrètement pris des informations, auprès de fournisseurs de Saint-Malo, sur « un ancien officier de marine, M. de Koëllec, qui devait habiter quelque vieux manoir, du côté du cap Fréhel... »

Et tous avaient été unanimes à lui répondre que ce baron de Koëllec, un vieil original de loup de mer, ne quittait jamais son domaine, son rocher, durant la saison des bains de mer, tellement l'invasion de la Bretagne par les étrangers lui était odieuse... Et on ne voyait pas plus sa femme que lui.

Il y avait donc bien peu de probabilités pour que le hasard le remît face à face avec son ancienne maîtresse. Mais ce hasard, s'il se produisait, lui serait extrêmement désagréable... Et vraiment, on trouvait bien assez d'excursions à faire sur la rive droite de la Rance, pour qu'il négligeât tout le côté de Dinard.

Il avait seulement promis à sa petite bande que, lorsque le temps serait exceptionnellement beau et la marée favorable, c'est-à-dire lorsqu'on pourrait partir et revenir avec elle, il louerait un petit yacht à Saint-Malo et organiserait l'excursion au cap Fréhel...

— Nous ne pouvons y aller que par mer, affirmait-il. Par terre, il faudrait deux jours... coucher dans de mauvaises auberges... Ce serait absurde.

Et personne, naturellement, ne soupçonnait qu'il y eût un motif secret à de si judicieuses raisons.

L'expédition organisée ainsi ne lui inspirait aucune inquiétude. Le yacht arriverait en vue du fameux cap ; les plus audacieux se rendraient à terre par le canot, et ils auraient à peine eu le temps de grimper jusqu'au phare qu'il faudrait repartir.

Aussi, lorsque, au bout d'une quinzaine de jours, toutes les excursions de la rive droite de la Rance épuisées, le conseiller demanda, en raillant, si ce cap Fréhel était un paradis inaccessible, Darsans répliqua-t-il, fort tranquille, qu'il avait déjà loué le yacht qui les y mènerait.

Et, la semaine suivante, Parnet et Gaston, par un temps exquis, avec une mer calme comme un lac et un ciel tout bleu, partirent au milieu de la matinée pour Saint-Malo.

Et, vers midi, un joli yacht aux grandes voiles blanches se balançait en face de la villa, à guère plus de deux cents brasses de la plage.

Un canot s'en détacha aussitôt. Et Darsans s'écria joyeusement :

— En route pour le cap Fréhel !

Il avait ainsi arrangé sa mise en scène, dans son besoin de faire les choses en grand.

Bientôt, le canot n'était plus qu'à quelques mètres du sable. Deux matelots en descendirent, pieds nus, et vinrent chercher les invités de Darsans... comme des paquets...

Ce fut, du moins, l'expression d'Henriette, lorsqu'elle vit Mme Nordain, pas du tout rassurée, entre les mains d'un fort gaillard qui l'enlevait presque à la hauteur de ses épaules pour que ses longues jambes ne touchassent pas l'eau.

— A vous, ma chère amie, dit alors Darsans à sa femme.

Mais Mme Darsans répondit, bien naturellement :

— Permettez-moi de ne pas vous accompagner aujourd'hui, mon ami. Je n'ai pas voulu faire manquer votre promenade, dont tout le monde avait si grande envie ; mais, depuis ce matin, j'ai une forte migraine... La mer m'achèverait... Oh, ce n'est rien de sérieux, je vous assure... J'irai même me promener cet après-midi... Seulement, le mouvement du bateau me fait peur...

Darsans, un peu ennuyé, dit :

— Je ne vous quitterai pas, ma chère amie... Ils feront bien leur promenade sans moi...

Henriette, qui allait grimper à califourchon sur un matelot, revint vers sa mère, en proposant :

— C'est moi qui resterai avec maman...

— Ni l'un, ni l'autre, déclara Mme Darsans ; vous surtout, mon ami... Je ne serais plus tranquille si vous ne dirigiez pas le bateau... J'aimerais mieux m'embarquer...

— Mais nous pouvons parfaitement remettre cette excursion à un autre jour...

— Dieu non ! Ne leur enlevez pas ce plaisir... Ils se font tous une fête de cette promenade... Et toi, petite, je t'en prie, va avec ton père...

Mais, résolûment, Henriette demeura auprès de sa mère ; et Darsans, après un instant d'hésitation, se laissa emporter par un matelot. Il se devait à ses invités.

Henriette dit alors, en se serrant contre Mme Darsans :

— Pardonnez-moi, maman.. J'ai deviné.. Vous n'êtes pas plus malade que moi.. Pardonnez-moi,.. je veux être avec vous !

IV

PAS VERS L'ABIME

Lorsque le baron de Koëllec vit ce beau soleil, il s'écria joyeusement :

— J'espère que rien ne nous empêchera, aujourd'hui, de faire notre visite à Menhoët..

Car, deux fois déjà, il avait essayé d'y conduire sa nièce : la première fois, ils avaient été forcés de rebrousser chemin devant un orage ; et, la seconde, le terrain était si détrempé, autour des ruines, avec une si large flaque d'eau, devant la porte du haut grillage élevé par le baron, que celui-ci avait dit :

— Il ne serait pas prudent de pousser plus loin notre visite tant que le terrain ne sera pas redevenu sec ; il pourrait nous arriver quelque accident au milieu de ces vieilles pierres..

Et il se rappelait, enfant, avoir dégringolé dans un souterrain dont la voûte, maintenant, n'était plus qu'un tapis de verdure ; il le raconta à Marguerite qui affirma :

— Mais ce devait être très amusant, mon oncle !..

— Pour un garçon, oui.. quoique, entre nous, j'eus terriblement peur.. Ce ne sont pas des aventures pour une belle demoiselle telle que toi.

Et cependant, elle était d'une bravoure de garçon ; et récemment, elle était descendue jusqu'au pas du cap Fréhel, sans trembler une seconde ; et elle était allée aux magnifiques grottes, en forme de cathédrale, qui se trouvent du côté de Saint-Brieuc, en sautant de rocher en rocher sans que son pied manquât une fois le but.

— Pied breton, disait orgueilleusement son oncle.

Même le pied marin ; car, dès qu'il le voulait bien, elle l'accompagnait sur mer et commençait à faire connaissance avec « bâbord, tribord, les écoutes, les drisses, les ris.. »

La baronne de Koëllec et sa sœur, qui étaient rarement de ces expéditions, car elles n'avaient plus ni le pied marin ni le pied breton de leur jeunesse, frémissaient quand elles les voyaient partir, si droits, si vaillants tous deux ; et, timidement, elles leur recommandaient la prudence.

Ils répondaient en riant, elle qu'elle n'avait rien ... son oncle lui que sa nièce était solide comme ses meilleurs matelots d'autrefois.

Et les deux femmes étouffaient leurs inquiétudes. Cela leur était si bon de voir se développer cette tendresse, de sentir que Marguerite avait à jamais un appui presque paternel.

— Oh ! s'écriait souvent Marthe, que je serais heureuse, sans ce remords de n'avoir pas tout avoué à mon mari !

Mais Yvonne lui imposait énergiquement silence :

— Tais-toi ! tais-toi ! Est-ce que ce bonheur eût été possible, s'il avait connu la vérité ? Et d'ailleurs, cette vérité, nous l'avons détruite, puisque la faute ...

est devenue mienne et que je a été d'ailleurs... la joie de ma vie.. Voilà Marguerite rétablie.. l'automne, nous nous en irons à Paris, tu ... rejoindras, ton mari nous l'a promis.. Peut-être viendra-t-il lui-même ?.. Nous laisserons peu à peu savoir, à la famille de M. Paul Darsans..

Mais dès qu'Yvonne prononçait ce nom, le visage de la baronne de Koëllec s'assombrissait ; et c'était sa sœur, alors, qui devait prendre la défense de l'homme qui les avait insultées, elle et Marguerite.

— Oui, oui, faisait-elle, je comprends bien ta colère contre celui qui nous a repoussées, nous ... même.. maltraitées ; mais sa conduite s'expliqu... Il y avait des apparences contre nous.. Il est si riche, nous si pauvres.. Et nous étions si peu de chose, si abandonnées, dans ce faubourg parisien..

Mme de Koëllec, quoique, sans cesse, l'aveu fût près de ses lèvres, ne se décidait pourtant jamais à le prononcer ; elle laissait sa sœur dans cette illusion que la cruelle impression que lui causait le nom seul de Paul Darsans provenait uniquement de la façon odieuse dont il avait traité ces deux créatures si dignes de respect.

Et elle disait même :

— L'amour de Marguerite est-il donc de ceux qu'on ne peut arracher de son cœur ? Elle ne nous en parle plus..

— Parce qu'elle est fière !.. Et puis aussi, parce qu'elle sait que ce que nous avons fait est l'acheminement vers la réalisation de son rêve.. Mais, Marthe, à Paris, n'étais-tu pas d'avis toi-même ?

Et Yvonne jetait de grands regards étonnés à sa sœur. Et celle-ci, baissant les yeux, donnait de mauvaises raisons.

Oui, à Paris, dans le premier moment de la surprise, dans le besoin de rendre la vie, le bonheur à son enfant, elle n'avait pas hésité devant l'unique moyen qui s'était présenté à leur esprit. Il fallait prouver à la famille de M. Gaston de Naizant que Mlle Marguerite de Menhoët méritait autant de respect que l'amour.

— Mais alors, Yvonne, nous ne pensions qu'à une réconciliation politique entre vous deux et mon mari ; nous ne nous figurions pas que Jean ferait, pour ainsi dire, de Marguerite,.. sa fille,.. en tout cas son héritière..

— Eh bien, interrompait Yvonne, n'est-ce donc pas encore plus que tout ce que nous avions pu rêver ? Et M. Darsans osera-t-il soulever encore la moindre objection, lorsqu'il saura ?..

— Et.. si c'était mon mari qui allait en soulever des objections ?.. M. Darsans, en somme, n'est qu'un.. commerçant enrichi.. Une telle alliance peut très bien déplaire au baron de Koëllec..

— Oublies-tu que M. Darsans n'est que le beau-père de M. Gaston de Naizant, du.. marquis de Naizant ?.. Voyons, voyons, Marthe, s'écriait Yvonne abasourdie ; mais ça n'a pas le sens commun, tes objections à toi..

Et la baronne, sourdement, répliquait :

— Enfin.. ne pressons rien.. laissons faire le temps.. Qui sait si Marguerite ne préférera pas choisir un mari parmi les vieilles familles qui nous entourent et chez lesquelles nous la conduirons bientôt ?..

Alors Yvonne n'insistait plus ; car, si l'amour de Marguerite pour M. de Naizant s'évanouissait, certes elle regretterait ce charmant jeune homme, qui avait si bien peuplé la solitude de leur existence parisienne, mais elle ne regretterait pas l'important commissionnaire en marchandises qui l'avait si cruellement foudroyée du haut de ses millions.

Et Mme de Koëllec pouvait éloigner l'atroce vision de son mari face à face avec l'homme qui lui avait volé son honneur. Sans doute, son mari ne savait rien, ne pourrait rien savoir, puisqu'elle ...

[illegible] et les circonstances voulaient qu'elle
[illegible] retrouvât en présence de Paul Darsans,
[illegible] aurait certainement la galanterie d'oublier...
— Mais quelle abominable comédie il fau-
drait encore !

[illegible] son égoïsme maternel lui suggérait cette
[illegible] Paul Darsans admettrait-il ce mensonge.
Marguerite était la fille de sa sœur Yvonne ?
[illegible] ne lui ferait-il remarquer l'air de ressem-
[illegible] qui existait entre lui et la jeune fille ? Et
[illegible] comparant les dates, pour peu qu'il sur-
[illegible] trop vif élan de tendresse entre elle et la
[illegible] fille, ne pressentirait-il pas la vérité ?
[illegible] quand il aurait découvert que Marguerite était
[illegible] ne la volerait-il pas à sa tendresse ?... Cela
[illegible] rait si aisé ! Il n'aurait qu'à consentir avec
[illegible] ne grâce au mariage de son beau-fils avec Mar-
[illegible] erite ; le jeune ménage habiterait forcément Paris
[illegible] rait dans l'intimité de Darsans... intimité d'où
[illegible]
[illegible] à jamais la baronne de Koël.

[illegible] Elle s'abandonnait à l'illusion que l'image de
[illegible] au cœur de sa fille et que
[illegible] M. de Koëllec l'enveloppait
[illegible] ment allait la leur retenir en Bretagne...
[illegible] malgré la privation que cela lui imposait,
[illegible] elle ravie, lorsqu'elle voyait l'oncle et sa nièce
[illegible] les deux, rien qu'eux deux, pour ces tr-
[illegible] où leur lien se resserrait peut-être encore
[illegible] au château.

[illegible] peine si, l'après-midi où ils s'en allèrent aux
[illegible] de Menhoët, objecta-t-elle que le ciel était
[illegible] bleu trop foncé, métallique et la chaleur trop
[illegible]

[illegible] Signe d'orage brusque, annonça-t-elle.
[illegible] de Koëllec examina l'horizon ; puis :
[illegible] Ça ne tombera guère avant cinq ou six heu-
[illegible] nous serons certainement de retour, ma chère

[illegible] Ils s'éloignèrent à travers la lande qui avoi-
[illegible] Koëllec, puis par ces petits sentiers que les pas
[illegible] ment ont tracés dans les champs pour couper
[illegible] plus court.

[illegible] Naturellement, ils étaient fort bavards, Margue-
[illegible] ne cessant pas d'interroger et le baron de
[illegible] explications sur tous les coins de ce
[illegible] en foule les souvenirs de leur
[illegible] course de mer, la course aux
[illegible] en place avec les hommes
[illegible]

[illegible] de une fois qu'ils... Marguerite s'était fait re-
[illegible]
[illegible] du brick fameux qui attira le trois-mâts de
[illegible] re anglais dans l'abîme... Et, à la voix de son
[illegible] elle entendait le bruit du naufrage et les
[illegible] quetades des gars bretons... Une fois, elle en
[illegible] remarque :

[illegible] Tirer sur des ennemis vaincus ! C'était bien
[illegible] néreux, mon oncle...

[illegible] marin, en qui bouillait toujours du sang
[illegible] répliqua :

[illegible] qu'on arrête des hommes en train de
[illegible] Auraient-ils fait grâce aux nôtres
[illegible] pu les prendre ?... A la guerre,
[illegible] pitié... Plus tard, les Bleus ont-
[illegible] grâce à ton grand aïeul de Menhoët qu'ils
[illegible] rent, couvert de blessures, presque mou-
[illegible] les décombres de son château ?...

[illegible] quand le baron évoquait ce souvenir, l'expres-
[illegible] héroïque, admirative, disparaissait du visage
[illegible] Marguerite et était remplacée, presque aussitôt,
[illegible] un voile de mélancolie.

[illegible] Ce jour-là, la jeune fille, durant toute la route,
[illegible] trois kilomètres, ne demanda rien

Les yeux encore fixés sur ce morceau de granit, sur ces pierres branlantes et moussues qui
avaient été le berceau de sa famille, elle songeait à
ce fait si cruel : c'est qu'il n'existait plus à l'heure
de ce nom et que, si elle le portait, elle le devait à
une grande douleur... elle se refusait à penser
au déshonneur de sa mère.

A une vingtaine de mètres des ruines, son oncle
l'arrêta, devant un amas informe de pierres, à
côté d'une dépression du terrain.

— Là était le fossé, une douve que la mer emplissait seulement aux grandes marées ; on y conservait l'eau avec des vannes... Cela s'est comblé
peu à peu... Je me rappelle cependant y avoir encore vu un fond de marais, dans mon enfance...
C'est là qu'on jeta ton arrière-grand-père.

Marguerite frémit.

— Où l'avait-on fusillé, mon oncle ? interrogea-
t-elle au bout d'un instant.

Le baron de Koëllec, naïvement, se signa ; et, la
voix plus basse, comme s'il avait été dans un cimetière :

— Ici même... Cet amas de pierres te représente
un petit poste avancé, une poterne de veilleurs où
se tenait le commandant de la demi-brigade répu-
blicaine qui avait fini par abattre le grand Chouan
le Brigand, disaient les Bleus... Brigand, celui qui
donne sa fortune et sa vie pour son Dieu et son
Roy ; car il ne demanda jamais un sou aux princes
dont il défendait la cause : il avait équipé ses gars
à ses frais, leur avait fourni armes et munitions,
et je te garantis qu'on ne criait pas souvent « Vive
la République ! » de nos côtés...

Puis, montrant une autre éminence, à deux cents
mètres environ, couverte d'un petit bois :

— Les Bleus amenèrent du canon là-bas... Les
vieux murs de Menhoët n'étaient pas faits pour
soutenir un siège moderne ; ils s'écroulèrent, et, par
les brèches, arriva de la mitraille... Un parlemen-
taire fut envoyé à ton aïeul ; on lui offrait la vie
sauve, s'il cessait toute défense... Mais c'était après
Quiberon, où deux de ses fils avaient été fusillés :
il répondit :

« — Nous savons comment messieurs les com-
missaires de la République respectent les engage-
ments que les généraux ont pris en son nom... Libre
à ceux de mes gars qui voudront partir de s'en
aller... Moi, je reste. »

« Pas un des gars ne partit. Le bombardement
continua. Et, à la faveur de la nuit, les Bleus ten-
tèrent l'assaut. Ton aïeul n'avait plus assez d'hommes pour garder les approches ; les Républicains
ouvrirent les vannes, l'eau des douves s'échappa...
Et puis, cela dura deux heures...

« Au matin, plus de la moitié de son effectif manquait à la demi-brigade et tous les Bretons étaient
morts ou blessés... Ton aïeul, peut-être transporté
ici, et le général républicain lui annonça qu'il allait
être fusillé, il répondit tranquillement :

« — Vive le Roy ! »

« On commença par faire sauter le château devant lui. Les Républicains n'avaient plus assez
d'hommes pour y laisser une garnison, et ils pouvaient craindre qu'un autre parti de Chouans ne
s'en emparât. Puis, tandis qu'un incendie s'allumait
dans les décombres, un peloton se rangea en face
du vaincu, que ses blessures avaient forcé à se coucher sur un brancard. Il pria qu'on le mît debout ;
s'appuya contre le mur de la poterne... là... la poterne qui était faite de ces pierres...

Comme s'il revoyait tout cela, le baron s'arrêta
un peu, la voix étranglée ; puis il murmura :

— Et on s'étonne que nous n'aimions pas la République, nous les descendants de ces familles !...
C'était un vieillard... D'après le récit même des sol-
dats de la demi-brigade, il avait plus de dix bles-

surés... Peut-être n'aurait-il pas survécu ?... On assure qu'il sourit en commandant le feu... Et on le jeta là... Quelque temps après, à la nuit, des paysans vinrent le chercher et l'ensevelirent dans le petit cimetière de Koëllec... — Les Menhoët n'étaient plus représentés que par un enfant, qu'on avait emmené en Angleterre ; cet enfant n'eut qu'un fils, qui épousa une Koëllec ; et, de ce mariage, sont nées ta tante et la mère... Et il n'y a plus que toi et ta tante, qui portiez ce grand nom...

Il avait tressailli en prononçant ces derniers mots ; et, sa nièce levant sur lui un regard soudainement angoissé, il détourna les yeux ; car il y avait quelque chose dont ils ne parlaient jamais ; et ce quelque chose venait, tout naturellement, de surgir dans leur esprit à tous les deux, à la suite de ces évocations de famille.

Quel sang coulait dans les veines de Marguerite, en même temps que celui des Menhoët ?

Et, brusquement, cela éclata.

La jeune fille prit les deux mains de M. de Koëllec ; et, avec emportement :

— Mon oncle, vous êtes, pour moi, d'une bonté infinie ! J'ai en vous la confiance d'une fille envers son père... Eh bien, permettez-moi de vous poser une question que je n'ai jamais posée, que j'ai senti que je ne devais pas poser à ma mère... Vous me bercez de rêves de gloire, d'héroïsme, vous m'inspirez l'orgueil de tous ceux dont je descends... Il y en a un pourtant, dont vous ne parlez jamais... O mon oncle, voudriez-vous me parler de mon père... Mon père, n'est-ce pas, était bien digne de cette belle famille ?... Oh ! je vous en conjure, parlez-moi de lui !...

Elle était prête à se mettre à genoux.

Le visage de M. de Koëllec se contracta douloureusement ; il attira Marguerite sur son cœur.

— Donc, dit-il bien doucement, bien affectueusement, on ne t'a jamais rien appris sur lui ?

— Rien, mon oncle... Oh ! qu'y a-t-il ?... Qu'y a-t-il donc ?

— Rien, hélas !... rien, mon enfant... Je ne sais rien, ni le nom de ton père, ni ce qu'il était. Jamais ni ta mère ni ta tante ne m'ont fait plus de confidence qu'à toi ; et c'est là la principale raison de ma rigueur d'autrefois envers ta pauvre mère...

— Alors, alors, bégaya Marguerite, avec des hoquets, je ne connaîtrai donc jamais ?...

Il l'embrassa fortement :

— Ne me connais-tu pas, moi ?

Oh ! elle aurait voulu parler encore de lui ; mais le baron l'entraîna en disant :

— Et notre visite aux ruines ! Tu sais que nous avons promis de rentrer de bonne heure.

Et il se refaisait joyeux ; et, pour effacer le chagrin de sa nièce, il déclara, avec enjouement, après avoir ouvert la porte dont lui seul avait la clef :

— Vous êtes ici chez vous, ma belle demoiselle !

Il la conduisit tout de suite, au haut des ruines, d'où, par un reste de fenêtre, on a une belle vue de la contrée.

Ils aperçurent alors une voiture arrêtée au bord de la route et deux dames qui s'engageaient dans le petit sentier menant aux ruines.

Leur cocher les suivait, en faisant de grands gestes ; et, bientôt, on pouvait entendre :

— Mais, c'est inutile, mesdames, c'est toujours fermé. C'est absolument inutile... Vous perdez votre temps...

Les dames ne l'écoutaient pas, poursuivaient leur chemin ; et, comme elles levaient la tête, Marguerite eut une grande secousse, et ces paroles lui échappèrent :

— Oh ! mon Dieu ! quel bonheur ! Henriette et Mme Darsans !

M. de Koëllec jeta un regard étonné à sa nièce :

— Qu'est-ce donc que cette Mlle Henriette et cette Mme Darsans ?... Tu ne m'en avais jamais parlé.

Marguerite rougit aussitôt.

M. de Koëllec continuait :

— Il me semblait que vous n'aviez aucune relation à Paris ?

Deux grosses larmes vinrent aux yeux de la jeune fille.

— Pardonnez-moi, mon oncle, d'avoir eu un secret pour vous...

Et elle se jeta dans ses bras ; et il sentit une jeune poitrine trémir, ce cœur battre à grands coups.

Elle balbutiait :

— Auprès de vous, d'ailleurs, c'est à peine si je songeais à Paris ! Le bonheur de vous avoir reconquis m'emplissait.

Il lui mit un baiser dans les cheveux ; et :

— Mais tout cela ne m'explique pas ce que c'est que cette Mme Darsans et cette Mlle Henriette qui vont être aux ruines dans quelques minutes... Faut-il les y accueillir... ou laisser la porte bien verrouillée ?

— Oh ! les accueillir, mon oncle ! Elles sont si bonnes, elles ! s'écria spontanément la jeune fille.

— Alors... qui est méchant ? Car, si elles sont bonnes, elles, il faut bien qu'il y ait quelqu'un de méchant...

Marguerite eut un sanglot ; puis, la voix entrecoupée, elle expliqua, levant timidement les yeux sur son oncle :

— Cette dame a un fils...

— Qui est méchant ?

— Oh ! mon oncle...

Et le sourire suppliant qu'elle adressa au baron de Koëllec, fut un commencement de lueur pour lui. Elle poursuivait :

— Ce jeune homme s'appelle le marquis de Naizant...

— Le fils de... Mme Darsans ?

— Oui, parce que cette dame s'est remariée avec le père de cette adorable jeune fille que vous apercevez...

Le baron eut un petit rire moqueur ; et :

— Voyons ! Qui donc est méchant là-dedans ? La maman est bonne, la fille... ou belle-fille est adorable ; le fils doit certainement participer des qualités de sa mère et de sa demi-sœur... Et puis, il s'appelle le marquis de Naizant, bonne famille, ma foi, quoique déjà ruinée du temps du Second Empire !... Gageons qu'il y a un père...

— Oui, mon oncle, avoua Marguerite en baissant les yeux. M. Darsans est riche, orgueilleux, un peu... un peu parvenu... Et cela lui a vivement déplu que M. de Naizant ait fait mon portrait...

M. de Koëllec fronça les sourcils.

— C'est donc... un artiste que... ton M. de Naizant ?

Il y avait là un ordre d'idées que M. de Koëllec n'admettrait pas très aisément ; et Marguerite, le sentant bien, releva ses beaux yeux sur son oncle.

— M. de Naizant n'a aucune fortune... mon oncle... Son beau-père, lorsqu'il était tout jeune homme, n'a pas voulu le diriger sur Saint-Cyr ; il entendait faire de lui un commerçant... M. de Naizant, quoique très reconnaissant à son beau-père de ses bontés, de sa générosité, a résisté : il aimait les arts, la sculpture... Il s'est presque brouillé avec M. Darsans, pour recouvrer son indépendance ; et lui, habitué au luxe, à un des plus beaux hôtels de Paris, est venu se loger et vivre de son travail, en refusant tout subside de sa famille, dans notre pauvre petite maison de la rue Alain-Chartier. C'est ainsi que je l'ai connu...

Elle s'arrêta et eut la joie de voir le visage de son oncle s'adoucir ; car il avait, en lui-même, achevé la pensée de sa nièce :

connu et... aimé. »

Il baisa ces beaux yeux pleins de larmes.

— Et ensuite ? interrogea-t-il, très encourageant.

— Ensuite... Il a beaucoup travaillé... Il a réussi... Il a fait une belle statue, d'après moi... une statue qui a eu beaucoup de succès au Salon...

— Il s'est naturellement réconcilié avec sa famille ?

— Et nous en avons été bien heureuses, mon oncle ! C'est si cruel de vivre séparés de ceux qu'on aime...

Elle se serra contre lui. Et lui, riant toujours, mais avec une nuance de mélancolie :

— Et tu as été si heureuse... que tu en es tombée malade... Ce monsieur... Darsans... qu'est-ce qu'il fait ?

— C'est un gros commissionnaire en marchandises, mon oncle...

— L'imbécile !... C'est lui qui est cause...

Le baron s'arrêta ; et se remettant à sourire pleinement :

— Il ne faut pas que je dise du mal de lui ; car ce doit être lui qui est cause de mon bonheur à moi... Il aura trouvé, n'est-ce pas, que ces dames de Menhoët, perdues, abandonnées, dans un faubourg parisien, étaient de bien petites gens... auprès de ses sacs d'écus ? Que voilà un gaillard dont je ne serai pas fâché de faire la connaissance !... Quant à notre jeune ami, M. Gaston de Naizant, sa réussite et sa réconciliation avec sa famille n'ont rien changé, j'aime à le croire, à... l'estime que lui inspiraient ta maman et... la fille de ta maman ?

— Oh, mon oncle !... répondit-elle seulement.

— Et... tu connaissais bien cette Mme Darsans et cette Mlle Henriette ?

— Elles venaient, en cachette de M. Darsans, rue Main-Chartier ; et elles ont toujours été d'une grande amabilité pour ma mère et... et pour moi aussi, mon oncle.

— De telle sorte que... si je vais les recevoir ?...

— Ce ne sera que justice, mon oncle... Et... et je vous embrasserai de tout mon cœur !

Justement, Mme Darsans et Henriette arrivaient aux ruines ; et Henriette commençait de faire la grimace à cette « imbécile de grande porte... ».

Et elle criait, en donnant des coups d'ombrelle sur le bois :

— Il a donc peur qu'on lui vole ses ruines ?

— Henriette, Henriette ! faisait doucement Mme Darsans, en la retenant ; d'après ce que nous a dit le cocher, c'est en somme à un sentiment fort respectable qu'obéit M. de Koëllec en empêchant que des touristes vulgaires, des Anglais, ne profanent un endroit qui lui représente des souvenirs sacrés... Enfin, nous connaissons bien le chemin, maintenant ; nous pourrons assurer à ton père qu'on peut très aisément faire cette excursion, aller et retour, en une après-midi, en commandant sa voiture à l'avance... Et même, en partant de très bonne heure, le matin, on pourrait fort bien arriver jusqu'au cap Fréhel...

— Mais, moi, je veux voir ces ruines en dedans ! répliquait la jeune fille... Je vais écrire à Marguerite pour la prévenir que, si son animal d'oncle ne nous donne pas la clef, je lui enfonce sa porte !

Et, presque furieuse, elle lança un nouveau coup de son ombrelle ; et alors la porte s'ouvrit ; et, fort amusé, le baron se montra en disant :

— Je pourrais vous faire dresser un procès-verbal, mademoiselle Darsans, pour tentative de bris de clôture ; mais vous seriez capable de vous conduire de telle manière que le juge de paix serait capable de vous donner raison, et je préfère vous offrir mon bras et vous servir de cicerone, au milieu de notre vieux tas de pierres.

Abasourdie, Henriette eut d'abord un mouvement de recul vers sa mère ; puis, apercevant Marguerite qui avançait un peu la tête en riant, elle s'élança vers elle.

— Oh ! que c'est gentil ! que je suis contente ! que c'est gentil ! que c'est amusant !...

Tandis que les deux jeunes filles s'embrassaient, M. de Koëllec s'avança, avec une charmante galanterie, vers Mme Darsans.

— Soyez la bienvenue, madame, dans notre petit coin de terre, puisque vous comprenez si bien le sentiment de respect qu'il nous inspire.

Elle lui tendit la main ; et il la baisa.

— Permettez-moi, en même temps, madame, de vous exprimer ma gratitude pour l'amitié dont vous avez entouré ma belle-sœur et ma chère nièce, à l'époque où j'étais assez insensé pour me refuser ce bonheur de jouir d'elle, qui m'a redonné une nouvelle jeunesse.

Henriette, tenant Marguerite par la taille, disait à mi-voix :

— Oh ! qu'il est gentil, votre oncle ! qu'il est gentil !

Il se retourna.

— Tout le monde n'est pas toujours de cet avis, mademoiselle ; mais, pour mériter votre bienveillante appréciation, je ne demande qu'à vous obéir aujourd'hui.

— Alors, monsieur, dit vivement Henriette, comme nous n'avons pas beaucoup de temps, parce qu'il nous faut revenir à Dinard avant le bac de sept heures, voulez-vous que nous remettions à un autre jour notre visite aux ruines de Menhoët, et auriez-vous la gracieuseté de me conduire près de ma vieille amie, Mme de Menhoët, à qui je désire présenter mes compliments... puisque je suis si près d'elle ?

— Henriette ! fit Mme Darsans, c'est de l'indiscrétion.

— Oh ! madame ! s'écria Marguerite, ma mère sera si contente !

Et le baron conclut :

— Ces enfants ont raison, madame ; et j'allais vous demander moi-même de me faire l'honneur d'accepter, quelques instants, l'hospitalité dans notre vieille maison.

Mme Darsans, tout hésitante, regarda sa montre, jeta un léger regard de reproche à Henriette.

Puis, brusquement, elle entraîna M. de Koëllec à l'écart ; et, à voix basse :

— Monsieur, dit-elle, j'estime qu'entre gens tels que nous la franchise la plus absolue est la seule manière d'agir.

— C'est bien mon avis, madame.

— Je dois donc vous avouer que je suis ici en cachette de mon mari... et que... et qu'il est peu probable que je puisse lui parler... du moins jusqu'à nouvel ordre, de notre rencontre... C'est un homme très bon, mais violent, autoritaire...

— Avec qui, madame, il ne me déplaira nullement de faire connaissance...

— Vous savez tout, n'est-ce pas, monsieur ?

— J'ignorais tout, encore tout à l'heure... Je n'avais sans doute pas encore inspiré suffisamment de tendresse, d'abndon à cette chère enfant pour qu'elle qu'elle me confiât son secret... Mais, en vous voyant, elle n'a pas su le garder... Et, au peu qu'elle m'a avoué, j'ai tout deviné: le noble et simple caractère de votre fils, votre délicatesse, madame, l'exquise gentillesse de votre belle-fille et... et l'opposition bien mal fondée de votre mari...

— Mon mari a le cœur le plus généreux, monsieur ; mais il ressemble à beaucoup d'hommes : il faut savoir le prendre avec douceur, avec lenteur,... avec une extrême prudence...

M. de Koëllec sourit intérieurement, songeant

que ce portrait pouvait très bien s'appliquer à lui fort peu de temps encore auparavant ; mais lui, il avait cette excuse qu'il ignorait le bonheur d'être père...

Il montra, avec un peu de solennité, un pli de terrain, que dépassaient les lignes hautes du château de Koëllec et la hardiesse de son donjon.

— Nous nous comprendrons très bien, madame. Faites-moi l'honneur de nous accompagner. Ma femme sera aussi heureuse que moi de vous recevoir sous son toit.

Malgré l'inquiétude que lui inspirait encore cette démarche imprévue et malgré le peu de temps qui leur restait avant le dernier bac de Dinard, Mme Darsans accepta.

Pareille occasion se retrouverait-elle, et dans des circonstances aussi favorables ? Certes, elle allait, tout d'un coup, beaucoup plus loin qu'elle ne se l'était figuré ; mais, lorsqu'elle expliquerait — avec quelle prudence ! — les choses à son mari, n'aurait-elle pas cette excuse si vraie et si concluante que le hasard avait tout fait ?

Le baron héla le cocher ; ils montèrent, tous les quatre, dans la voiture de Mme Darsans ; et, en une vingtaine de minutes, la distance qui les séparait du château de Koëllec était franchie.

Tout d'abord, Henriette et Marguerite avaient bavardé ; mais, dès que le château fut en vue, elles se turent. Henriette était comme saisie par la majestueuse sauvagerie du site.

Après une légère montée, la voiture suivait un plateau couvert de cette lande aux fleurettes multicolores qui, par cette saison, donnent presque l'impression d'un immense tapis de Smyrne et que coupaient seulement, çà et là, des blocs de roche grise — probablement des vestiges de cromlechs ou de menhirs.

Au loin, la mer occupait tout l'horizon, très bleue, avec de longues traînées blanches de « moutons » ; car c'était l'heure du flot, et les vagues commençaient de s'agiter.

A gauche, Fréhel dressait ses formidables propylées rougeâtres, et à droite éclatait la blancheur du Fort-Lalatte.

Au centre, s'alignait la façade terrienne du château de Koëllec, un bloc de granit, dont la dureté était corrigée par une couverture de lierre, encadrant une dizaine de fenêtres à meneaux.

Deux silhouettes se détachaient à une de ces fenêtres ; et bientôt, on put distinguer deux formes féminines, qui disparurent aussitôt.

Et, lorsque la voiture s'arrêta devant le perron, Mme de Menhoët s'y trouvait, le visage bouleversé mais empourpré, avec des yeux où se lisait de la joie autant que de l'émotion.

— Marthe n'était-elle pas avec vous ? interrogea le baron, surpris de ne pas voir sa femme auprès d'elle.

Et il sautait vivement de la voiture.

La baronne de Koëllec se montra alors, toute chancelante, effroyablement pâle.

Elle avait à peine eu deux minutes pour se remettre de cette effrayante secousse : la femme de Paul Darsans chez elle !

Il avait suffi qu'Yvonne la nommât pour qu'elle comprît qu'elle devait dire adieu à toutes ses illusions des jours passés. C'était le dénouement redouté qui arrivait à grands pas, le signe précurseur de la venue prochaine de Paul Darsans lui-même.

Vainement, elle avait voulu retenir Yvonne qui se précipitait au rez-de-chaussée ; vainement, dans cet instant suprême, elle avait voulu dire à sa sœur les raisons qui s'opposaient à l'entrée de Mme Darsans dans leur maison : ses paroles s'étranglaient dans sa gorge...

Et Yvonne lui avait jeté ce reproche, profondément irrité :

— Ah ! du calme, je t'en prie... Toute émotion maladroite serait coupable en ce moment, le bonheur de notre fille qui se décide !

Et, accablée, elle était descendue aussi, prenant qu'elle n'avait qu'à laisser faire, à attendre la destinée...

— Qu'y a-t-il donc ? interrogea brusquement son mari ; qu'avez-vous, Marthe ?...

Elle articula, péniblement :

— Yvonne vient de m'apprendre qui étaient ces dames... Et... et... je suis si heureuse de la revoir avec vous, mon ami... et... et si étonnée en même temps...

Il eut un regard de défiance, le sentiment qu'il y avait encore là un point secret qu'on lui cachait ; mais il ne pouvait plus hésiter. Il se retourna pour offrir la main à Mme Darsans, puis fit rapidement les présentations.

Maintenant, la baronne de Koëllec était parvenue à se dominer ; et elle reprit complètement possession d'elle-même, sous le gentil baiser que lui donna Henriette.

Le baron expliquait de quelle manière leur rencontre s'était faite ; et il ajoutait tout de suite :

— J'espère bien, du reste, que nous aurons avant longtemps, l'honneur et le plaisir de recevoir aussi la visite de M. Darsans.

En prononçant ces mots, il regardait le visage de sa femme qui se reflétait dans une glace près de lui.

Elle fut incapable de réprimer un tressaillement, et la défiance de son mari commença à devenir soupçon. Il porta vivement ses yeux vers Yvonne et la vit, au contraire, tout épanouie, souriant à Henriette, lui demandant des nouvelles de son frère, du bouillant M. Parnet, leur bon ami à tous.

Et Henriette racontait leur installation à Paramé, leur vie joyeuse de baigneurs, puis l'excursion organisée pour aujourd'hui au cap Fréhel et la ruse de sa mère, qui avait voulu se réserver un après-midi de liberté, afin de pousser une reconnaissance, comme à la guerre, vers ce terrible château de Koëllec.

— Et vous voilà, du premier coup dans la place, mademoiselle ! dit aimablement le baron.

Il se faisait très souriant, et il prenait la résolution de n'avoir l'air de rien remarquer, d'après ce moyen banal mais toujours vrai de découvrir ce qu'on veut vous cacher.

— Ces dames n'ont pas grand temps devant elles, ma chère amie, dit-il à sa femme ; voudriez-vous nous faire vite servir le thé sur la terrasse, où nous pourrions leur montrer notre belle vue ?

Mais, comme il disait ces mots, un éclat étourdissant, aussitôt suivi d'un formidable coup de tonnerre, les fit tous sursauter, et en même temps le bruit d'une pluie soudaine de tempête éclatait.

— Un grain, dit tranquillement le baron ; il fallait s'y attendre, à la chaleur d'aujourd'hui...

— Ah ! mon Dieu ! bégaya Mme Darsans, la voix toute blanche ; et ces messieurs qui sont en mer !

Avant de lui répondre, le baron l'introduisit dans le salon, puis se dirigea vers une immense porte-fenêtre, d'où il avait la vue de toute la mer.

En quelques minutes, le ciel s'était couvert au-dessus du cap Fréhel, tandis que Saint-Malo se détachait encore sur un horizon bleu.

— Un grain, répéta-t-il, pas autre chose, l'affaire de quelques minutes, peut-être un quart d'heure...

Mais, en ce moment, le vieux matelot qui servait de jardinier pénétra familièrement dans le salon.

— Mon commandant, dit-il, il y a, par le travers des brisants, un yacht qui a bien du mal à manœuvrer et... et... il faudrait peut-être bien aller au secours, mon commandant.

V

LA FIN D'UN BEAU JOUR

Jusqu'à Fréhel, l'excursion n'avait été qu'une joie.

La défection tardive de Mme Darsans et d'Henriette avait bien causé un moment d'ennui ; et Paulet, principalement, avait fait une très morne grimace.

Mais le flot était si favorable, le vent si parfait et les vagues si douces, sous un ciel éclatant, que bientôt la bande tout entière de Darsans s'abandonnait au plaisir tout matériel de la navigation. Le yacht était juste assez soulevé pour donner l'impression d'un balancement ; et personne, pas même la délicate Mme Nordain, ne ressentait le moindre malaise.

— Ah ! tant pis pour ces « lâcheuses ! » s'écria Darsans avec enjouement. Tant pis pour elles !

Et il donna l'ordre de servir le déjeuner, composé, d'un nombreux assortiment de choses froides et de beaucoup de bouteilles de champagne.

Le premier bouchon sauta, comme on passait en vue de l'île de Cézembre.

Et lorsque le yacht arriva par le travers du Fort-Lalatte, une douzaine de bouteilles avaient été jetées à la mer.

Et l'on entendait encore cette phrase, joyeusement prononcée par toutes les bouches, les vieilles comme les jeunes :

— C'est étonnant ce que ça vous creuse, ce petit vent du large.

Il était donc indispensable de manger, de beaucoup manger ; et, la conséquence naturelle, c'est que les verres ne cessaient de se remplir de la jolie mousse blanche et dorée qui faisait penser à ces petits embruns qui couronnent la crête des vagues.

Or, il eût été cruel et bien peu généreux de laisser, en dehors de cette petite débauche, l'équipage de quatre hommes qui manœuvrait si bien le joli yacht que, lorsque Darsans voulut demander à voix basse au capitaine si l'on n'approchait pas d'une pointe nommée...

— Koëllec, je crois ?...

...répondit le capitaine, un vieux caboteur qui connaissait parfaitement tous les recoins de la baie, nous venons juste de passer devant. On vous le montrera au retour de Fréhel.

— Pas la peine, fit Darsans ; c'était par simple curiosité.

Et ce fut alors qu'ayant calculé que sa provision de champagne ne serait pas épuisée par ses invités, il en donna quatre bouteilles à l'équipage, avec un flacon de cognac, plus tous les restes du repas.

— Que vous mangerez pendant que nous visiterons le cap.

Bientôt, le yacht se mettait à louvoyer, devant l'énorme mur rougeâtre terminé par des piliers et des arceaux qui le font ressembler à l'abside d'une cathédrale.

La mer était là si pure, entièrement sur un lit de roches que, jusqu'à sept ou huit mètres, on pouvait distinguer les moindres détails du fond.

Le yacht dut demeurer à une centaine de brasses de Fréhel, à cause de ces terribles flèches qui, un peu partout, jaillissent du fond comme des fers de lance ; les passagers prirent place dans le canot, en deux fournées, et abordèrent sur un plan de roche glissant, au-dessus duquel s'élevait un si sauvage escalier que Mme Nordain n'osa en gravir que la moitié.

Le reste de la bande, s'aidant des mains autant que des pieds, parvint au sommet ; mais la femme de l'ancien délégué des Beaux-Arts, personne pourtant pas « faiseuse d'embarras », déclara qu'elle était trop harassée pour aller plus loin.

Seuls, les jeunes gens poussèrent jusqu'au phare, puis jusqu'au versant ouest du cap, au bas duquel ils auraient eu grande envie de descendre, attirés par le tapis d'énormes cailloux bleus qui s'étend devant ses assises.

Mais un coup de sifflet retentit.

Ils se retournèrent et aperçurent la haute silhouette de Paul Darsans sur une proéminence de rochers, leur faisant des gestes énergiques de rappel.

Ils retraversèrent en courant la jolie lande fleurie qui couvre le plateau de Fréhel.

Et Darsans les reçut avec un peu de brusquerie :

— Vous savez que nous n'avons pas de temps à perdre ?... Il faut profiter du flot, si nous voulons regagner Paramé avant la nuit...

Du bas du cap, Mme Nordain faisait aussi de grands gestes de rappel, presque désespérés.

C'est que, devant elle, le canot qui devait les ramener à bord du yacht commençait de danser, et le matelot qui le montait, consulté par elle, avait jeté un regard sur l'horizon, puis fait une petite moue.

Et il avait prononcé ces mots peu réconfortants :

— Oh, nous serons rentrés, avant que ça tombe...

— Quoi donc ? s'était écria Mme Nordain, avec déjà un peu d'étranglement. Quoi donc ?... Qu'est-ce qui sera tombé ?... Que voulez-vous dire ?...

Et le matelot avait montré que, là-bas, vers l'ouest, le ciel cessait, tout d'un coup, d'être bleu ; il y avait là une ligne noire, tourmentée, comme un amoncellement de nuages comprimés.

— Un grain qui va nous venir dessus avec le flot ? conclut-il assez tranquillement.

Et, juste comme il disait cela, les vagues, sous un brusque coup de vent, se mirent à clapoter.

Alors, malgré les rires du matelot et ses « mais c'est rien, ma bonne dame ! Je vous assure que c'est rien », Mme Nordain appela, s'égosilla ; et elle se serait senti, maintenant, assez de forces pour gravir cette formidable échelle, si Darsans ne lui avait fait signe qu'ils descendaient.

Enfin, tout le monde se trouva réuni au bord de l'eau, et on commença de railler Mme Nordain sur sa frayeur.

Cela allait être charmant, ce petit vent ! d'accourir avec le flot ; on rentrerait aussi vite qu'un bateau à vapeur.

C'était Darsans qui disait cela ; et pourtant, il n'était pas absolument rassuré.

L'expérience qu'il avait acquise autrefois en canotant dans ces parages lui avait appris que, parfois, ces lignes de nuages noirs se développent tout à coup, grimpent dans le ciel avec une rapidité foudroyante et, à la première saute de vent, causent une petite tempête. C'est court ; il fait quelquefois beau deux heures après ; mais c'est fort dangereux.

Il recommanda donc beaucoup de prudence au matelot pour conduire la première fournée de passagers à bord.

Le matelot ricana, en lui montrant une face extraordinairement réjouie.

Et comme le canot s'éloignait, Darsans murmura, avec un petit frémissement :

— Serait-il gris, l'animal ?

Et il aperçut alors une bouteille de champagne vide qui dansait sur les vagues. Il commença à se repentir d'avoir été si généreux envers l'équipage.

Pourtant, le canot aborda bien et repartit pour venir chercher la seconde fournée ; et ce second voyage se passa sans incident.

Mais, dès que Darsans mit le pied sur le yacht,

Il eut un nouveau frémissement : les quatre matelots se dandinaient, la mine réjouie, les yeux vagues ; et le vieux capitaine était rubicond, épanoui.

Il voulut parler au vieux loup de mer, s'informer du temps qu'il faudrait pour retourner à Paramé.

Le capitaine n'eut pas l'air de l'entendre.

Il commandait joyeusement sa manœuvre ; et ses hommes bousculaient les passagers ; de telle sorte que le yacht était déjà reparti, lorsque Darsans parvint à se faire écouter.

Il risqua d'abord une observation.

— Mais ne prenez-vous pas trop de toile, mon ami ?

Le capitaine avait, en effet, mis toutes voiles dehors ; et elles se gonflaient, à tel point que le yacht s'était envolé, tout de suite, avec une rapidité folle ; et, soudain, il se pencha tellement que son bastingage de tribord rasa la mer.

Mme Nordain, à demi renversée, poussa un cri d'effroi !

— Vous voyez bien que vous faites peur à ces dames, dit Darsans d'un ton un peu sec.

Mais le capitaine ricana et déclara :

— C'est rien, ça !

Puis, d'un ton confiant, à l'oreille de Darsans :

— C'est rapport à ce grain, là-bas...

Il montrait l'horizon au delà de Fréhel.

— Faut pas les faire mouiller, hein, les dames ?... Alors, faut se dépêcher...

Darsans, comprenant le danger qu'il y aurait à discuter avec un homme éméché, insista, mais doucement :

— Évidemment, mon ami ; mais il ne faut pas les effrayer non plus... Prenez donc deux ou trois ris...

Le capitaine haussa les épaules, avec des envies de grogner qu'il était responsable et commandait à sa guise ; mais l'observation ne manquait pas de justesse : il fit exécuter l'ordre, et le yacht pencha un peu moins.

Près d'une demi-heure s'écoula ; la pointe du Fort-Lalatte apparaissait ; le yacht filait à une excellente allure, mais pas si vite pourtant que le nuage de là-bas, qui grossissait, montait dans le ciel, allait bientôt arriver sur eux.

Les passagers pouvaient toujours voir Saint-Malo sur un fond bleu, tandis que derrière eux l'immense calotte de plomb s'étendait, d'une allure si menaçante que toute gaieté finit par tomber.

Seul, Parnet essayait encore de lancer quelques plaisanteries ; mais elles s'évanouissaient dans le vide. Sous l'impression du grain, de plus en plus rapproché, tout entrain avait disparu. Et, du reste, de l'inquiétude se lisait, fort nettement, sur le visage de Darsans.

Déjà, à voix basse, il avait fait remarquer au capitaine qu'ils longeaient de bien près la côte ; mais le capitaine, toujours rubicond, clignait de l'œil et lui adressait, de la main, un geste rassurant, comme pour dire :

— Ça va... ça va...

Et ils n'avaient pas atteint la pointe du Fort-Lalatte, que quelques grosses gouttes, portées par le vent, vinrent frapper le pont du yacht.

— Ça ne sera plus long à crever, dit un matelot.

Darsans, voyant la terreur peinte sur les traits de Mme Nordain et de la femme de l'ancien délégué des Beaux-Arts, jugea que la présence de ces dames était inutile sur le pont.

Affectant beaucoup de tranquillité, il s'approcha d'elles :

— Il ne faudrait pas vous mouiller, mesdames...

Et puis, le vent fraîchit sensiblement.

Il les fit descendre dans la cabine, où le conseiller d'État, peu rassuré, les rejoignit aussitôt, ainsi que le fils Nordain, « pour tenir compagnie à ces dames... »

Le portraitiste habituel des hommes d'État souriait, en extase devant ces contrastes des diverses teintes du ciel et de la mer. Sans songer aucunement au danger, il prononçait :

— L'admirable fond de tableau !

L'ancien délégué des théâtres approuvait et ajoutait :

— Quel beau décor pour une tempête !

Parnet, montrant la cabine du coin de l'œil, disait à Gaston :

— On a trop bien déjeuné... pour ne pas en rendre un peu aux poissons... Ce pauvre petit Nordain...

Ce fut sa dernière plaisanterie de ce jour.

La voix de Darsans éclatait, très dure soudain :

— Pourquoi donc, morbleu, nous laissez-vous si près de la côte ? S'il y avait une saute de vent, nous irions nous briser contre ces rochers...

Il se rappelait avoir failli se perdre une fois, dans des circonstances semblables.

Le capitaine s'emporta à demi.

— Eh ! cria-t-il, c'est vous qui me l'avez demandé, de raser la côte !

— Moi ?

— Oui... en venant... pour voir le château de Ko...

Il n'eut pas le temps d'achever. Darsans, tout de suite violent, lui mettait la main sur le poignet.

— Morbleu ! barrez immédiatement sur le large.

— Mais, c'est vous qui avez demandé...

— Vous perdez la tête... Ne voyez-vous pas tous ces écueils ?...

Comme il disait ces mots, un éclair sillonna la nue, et une trombe d'eau s'abattit sur le navire.

Le capitaine lança quelques jurons, mais obéit.

Il gouverna vers le large ; et malgré cela, ils ne passèrent qu'à une très petite distance d'une ligne de brisants, contre lesquels la mer soulevait des monceaux d'écume.

Darsans respirait ; mais une minute ne s'était pas écoulée que le vent tournait, avec une rapidité foudroyante, de l'ouest au nord, couchant le yacht sur les vagues ; au même instant, les vergues, renversant deux matelots, changeaient violemment de direction, et une énorme vague balayait le pont.

Il y eut quelques secondes d'affolement. Le capitaine et les matelots lançaient des bordées de jurons.

Darsans, cependant, après un cri de colère, reprenait son beau calme. Il dit :

— Allons ! vous êtes gris, malheureux ! Obéissez-moi ! Qu'on prenne encore un ris, et on va tirer des bordées jusqu'à ce que nous soyons bien au loin de cette maudite côte, où le vent nous porterait en quelques minutes.

Justement, le vent se remettait à l'ouest, permettant la manœuvre ordonnée par Darsans.

Mais elle n'était pas exécutée qu'un grand craquement domina le bruit de la tempête.

Le vent avait repassé au nord ; et le mât, trop chargé de voile, n'avait pu supporter cette nouvelle saute, et il s'était brisé à deux mètres environ du pont et tombait à la mer, dans un fouillis de toile et de cordages.

En même temps, la pluie redoublait, dans un fracas de tonnerre et d'éclairs.

Parmi les matelots et les passagers, ce fut une stupeur avec le sentiment d'une catastrophe inévitable ; et comme l'ouragan avait ouvert la porte de la cabine, on entendit la voix pleurarde de Mme Nordain qui gémissait :

Notre Père qui êtes aux cieux...
Sauvez-nous du danger !

Et cela mit le comble à l'exaspération de Darsans, qui n'avait jamais beaucoup compté sur l'intervention céleste.

Mais il sourit des plaintes que proférait comiquement le conseiller d'Etat, son lorgnon s'étant brisé et des bris de verre ayant un peu déchiré sa joue ; et puis, le fils Nordsin, rampant à demi, vint supplier Darsans :

— Oh ! sauvez-nous, monsieur... sauvez-nous... C'est pour ma mère ! Moi, je n'aurais pas peur... Mais c'est pour ma mère...

Darsans lâcha sa colère en quelques mots :

— Poltron !... Imbécile !... Fichez-moi la paix... Rentrez donc dans la cabine, avec les femmes ; et laissez les hommes seuls sur le pont.

Il pria, plus poliment, le célèbre peintre et le délégué aux Beaux-Arts, de se mettre aussi à l'abri...

— Parce que vous nous gêneriez.

Puis il jeta un regard confiant vers Gaston et Parnet.

— Vous, vous allez nous aider ?

— Parbleu ! firent les deux jeunes gens.

— Des couteaux, mes enfants ! ordonna Darsans. Vos couteaux, matelots !

Le capitaine, comprenant qu'il voulait se débarrasser de cet énorme poids qui menaçait, à chaque instant, de les entraîner dans l'abîme, parla de « sauveter » au moins les voiles et le filin.

Il n'était pas propriétaire du yacht : que dirait l'armateur qui lui en avait confié le commandement ?

Darsans le bouscula. Et les matelots voyant cet homme si décidé, lui obéirent.

En quelques minutes, le mât, les voiles et les cordages étaient à la mer ; et le yacht se relevait.

Malheureusement, le vent et le flot le poussaient à la côte ; il n'avait plus, pour se diriger, que la voile de son beaupré et un gouvernail qui ne manœuvrait qu'avec beaucoup de difficulté.

Et déjà, cette pensée envahissait l'esprit de Darsans :

— Si le gouvernail se brise, nous sommes perdus !

Et il se tenait près du capitaine, qui, arc-bouté contre la barre, faisait un prodigieux effort pour maintenir le yacht dans la direction du large.

Mais soudain, le pauvre diable chavira, un nouveau craquement retentit... Et il ne restait plus du gouvernail qu'un moignon déchiqueté qui battait furieusement la poupe du navire. Et ce qui était [illegible], c'était d'apercevoir des coins de ciel bleu [illegible] sur une mer en furie, au-dessus de continuelles trombes d'eau.

— Eh bien, père ? fit Gaston, attendant un ordre.

Parnet, un peu pâle, mais résolu, proposa :

— Il faudrait toujours mettre les dames dans le canot.

— Il chavirerait, dit Darsans. Nous sommes près de la terre ; attendons que la marée nous y porte ; nous pouvons avoir la chance de ne pas trop mal échouer... Oui... attendons, et réservons nos forces pour tout à l'heure.

Et il tendit la main aux deux jeunes gens.

— Très bien, mes enfants... Très bien, Parnet... Ce lui était une grande consolation, dans ce danger, de les voir si simplement braves.

— Et mais, s'écria Parnet, on vient à nous...

Une forte barque, en effet, apparaissait, à une assez petite distance, sur la crête des vagues.

— Des lascars, dit le capitaine.

Et un matelot, ayant attentivement regardé, en se faisant une lunette de ses mains, prononça :

— Ça doit venir du château... Y a que le vieux commandant de Koëllec pour oser s'aventurer ainsi...

C'était le vieux commandant de Koëllec, en effet, monté, avec une demi-douzaine de solides marins, dont son jardinier, sur la bonne barque de sauve-tage qu'il avait offerte à sa commune ; et il était superbe de tranquillité, autant que ses hommes de confiance et de courage, quoiqu'un grand pli lui barrât le front.

Cette demi-tempête, d'ailleurs, ne lui inspirait qu'une médiocre inquiétude : avec son embarcation insubmersible, entièrement dépourvue de mâture et de voilure et n'offrant par suite que fort peu de prise au vent, il n'avait à redouter que les paquets de mer ; et il barrait si adroitement, il prévoyait si exactement le mouvement des flots, qu'on n'embarquait que des embruns.

Et si ce pauvre petit yacht, qui était là-bas, en perdition, par le travers des brisants, tenait encore seulement vingt minutes, on en sauverait l'équipage.

Non, ce n'était pas là ce qui, pour l'instant, causait une sourde angoisse au vieil officier et mettait un grand pli sur son front.

Un sauvetage de plus ou de moins n'était qu'un bien petit incident dans la vie d'un homme qui ne passait guère l'hiver sans arracher des victimes à ce gouffre insatiable.

Et, au milieu des embruns qui lui fouettaient le visage et des grondements du tonnerre et de la mer, il murmurait, de temps en temps, un nom :

— Darsans... Darsans... Darsans...

Bien certainement, il l'avait entendu, aujourd'hui, pour la première fois... A peine deux heures s'étaient-elles écoulées depuis que sa nièce l'avait prononcé devant lui ; et déjà, il avait l'impression que ce nom lui avait toujours été familier ; et il le répétait :

— Darsans... Darsans... C'est inouï... Darsans...

Où donc l'avait-il déjà entendu ?... Dans quelles circonstances ?...

Et, peu à peu, il lui venait une sensation très exacte que c'était au bord de la mer... peut-être sur un navire ?...

Cependant, ses hommes, qui « souquaient » magnifiquement, eurent bientôt amené, malgré le flot et le vent contraires, le bateau de sauvetage assez près des brisants qui font comme une sauvage jetée à la crique de Koëllec.

Le commandant ne songea plus qu'à la manœuvre.

Il fit passer, avec une étonnante sûreté, la quille du bateau entre deux récifs hérissés de pointes ; et, quelques minutes plus tard, il était à portée de voix du yacht en perdition.

Et, tout de suite, ses yeux étaient attirés par un homme de belle taille qui, fermement cramponné au bastingage, semblait plus encore le maître du yacht que le capitaine, lequel, hébété, accroché à la barre, impuissante, n'attendait plus que sa destinée.

— Monsieur, cria tout de suite cet homme, nous avons deux femmes ; c'est elles qu'il faut sauver avant tout...

Koëllec pensa :

— Voilà, du moins, un gaillard qui n'a pas peur.

Déjà les matelots naufragés s'approchaient de la coupée, dans ce sentiment instinctif de conservation qui fait qu'on oublie si souvent le devoir pour courir au salut.

Darsans les écarta énergiquement, puis appela, avec presque de la gaîté :

— Allons, mesdames ! On vient à nous... Il ne s'agit plus que de se mouiller un peu...

Ils eurent le bonheur d'avoir un peu d'accalmie, quelques minutes à peine ; mais cela suffit pour qu'on établît une amarre entre le yacht et le bateau de sauvetage ; et, très vite, les deux femmes furent descendues.

Après quoi, matelots et passagers les rejoignirent assez facilement.

Il ne restait plus, à bord du yacht, que Darsans et le capitaine, qui gémissait qu'il était responsable, qu'il ne voulait pas quitter le navire dont on lui avait confié le commandement.

Koëllec l'apostropha, avec un mouvement d'impatience :

— Viens donc ! Je certifierai que tu étais fichu ! Ne nous fais pas perdre notre temps.

Au même instant, le conseiller d'État, tout grelottant, s'écria :

— Mais venez donc, vous aussi, Darsans !

Et il essaya de plaisanter, pour prouver que, s'il n'avait pas le pied marin, il ne manquait pas de bravoure :

— Maintenant que nous sommes sauvés, n'allez pas nous faire attraper des rhumes !

Au nom de Darsans, le commandant avait eu un tressaillement ; et il faillit dire : « Quelle chance extraordinairement heureuse me permet de vous sauver, messieurs !... »

Mais, à cette seconde même, son souvenir se précisait ; et il se rappelait, avec une parfaite netteté, dans quelles circonstances, jadis, il avait entendu, pour la première fois, ce nom de Darsans.

C'était à Saint-Malo, à l'époque où il venait de chasser sa belle-sœur Yvonne et cette fillette, dont il faisait sa fille aujourd'hui. Lui-même repartait pour Paris, laissant sa femme seule. Depuis deux ou trois jours, il remarquait un tout petit yacht blanc qui louvoyait dans la direction du cap Fréhel, et ce yacht l'avait intéressé, par sa construction, sa haute mâture. Or, en débarquant à Saint-Malo, pour prendre le train de Paris, il avait justement dû passer sur le pont de ce petit yacht qui était à quai, et il avait demandé qui en était le propriétaire.

Et il voyait encore le mousse, assis sur un rouleau de filin, lui répondre :

« — A M. Paul Darsans... Tenez, le monsieur qui fume son cigare là-bas... »

Et le gamin lui avait montré, sur la jetée, un homme élégant, d'une trentaine d'années, avec une barbe en éventail...

Et, dès que Darsans fut descendu dans le bateau de sauvetage, le baron de Koëllec revit cette même barbe, dont les poils blancs se distinguaient à peine dans l'obscurité tombante.

— Souque dur ! ordonna le baron.

— Ça va filer ! répondirent les marins.

Ils n'avaient maintenant pour eux et le flot et le vent, le seul danger qu'ils auraient pu redouter ne provenait que des brisants ; et leur commandant s'en riait.

Le bateau de sauvetage les franchit aussi aisément que tout à l'heure ; et, quelques minutes plus tard, le yacht désemparé venait s'abîmer sur ces rochers.

— Tu vois, dit le baron au pauvre diable de capitaine, que tu étais vraiment en danger.

— Aussi, interrompit Darsans, notre reconnaissance...

Koëllec lui coupa sa phrase, d'un petit geste : il ne voulait pas causer encore, car les vagues étaient toujours monstrueuses et exigeaient toute son attention.

Et ce ne fut que lorsque le bateau ne dansa plus que d'une façon raisonnable, et que la pluie de tempête fut remplacée par une pluie fine, calmante, que l'ancien officier, apostropha encore ce capitaine, qui n'était qu'un bien modeste caboteur :

— Comment, connaissant la baie comme tu la connais, t'es-tu, par un vent pareil, laissé amener à la côte ?

Mais le capitaine du yacht avait son excuse prête :

— Mon commandant, c'est monsieur qui m'a demandé à voir votre château...

Le baron reporta aussitôt ses yeux sur Darsans ; il ne put, dans le crépuscule, bien distinguer ses traits ; mais il eut l'impression fort nette que l'homme qu'il venait de sauver était profondément troublé.

Pourtant, Darsans donna cette explication, d'un ton assez naturel :

— Mais pas du tout !... Je ne connais pas la baie de Saint-Malo ; je n'étais jamais venu dans ces parages... Et... et le capitaine m'ayant dit que le château de Koëllec était à voir, j'avais, vaguement, manifesté le désir... très vaguement. Et ce n'était pas une raison, par ce temps menaçant...

Koëllec, comme très étonné, s'écria :

— Comment, monsieur, vous n'étiez jamais venu de nos côtés ?... Vraiment ! vraiment ?

Darsans affirma une seconde fois, que, jusqu'à cette saison, la baie de Saint-Malo lui était totalement inconnue et qu'il avait loué une villa à Paramé, simplement parce que le nom lui plaisait.

Oh ! s'il avait pu voir le terrible regard que lui lança alors le baron de Koëllec !

Toute sa jalousie venait de s'éveiller, dans cette pensée :

« Pourquoi cet homme me ment-il ?... Cet homme, que j'ai vu, moi, ici, il y a vingt ans ! Pourquoi m'affirme-t-il, avec tant de soin, qu'il n'y est jamais venu ? »

Gaston, encore plus bouleversé par le nom de Koëllec que par leur naufrage, serrait la main à Parnet, en murmurant :

— Que va-t-il arriver, grand Dieu ?... C'est l'oncle de Marguerite qui nous a sauvés... Marguerite est évidemment ici...

Parnet le calmait en murmurant :

— Mon cher, nous sommes la proie des éléments ; laissons-les nous conduire.

Du reste le baron répliquait, à Darsans, avec une gracieuseté, sous laquelle personne n'aurait pu deviner la moindre trace d'ironie.

— Vous ne connaissiez pas notre pays, cher monsieur ? Et vous désiriez voir le château de Koëllec ?... Comme je suis ravi de la coïncidence qui va me permettre de vous y offrir l'hospitalité !

VI

L'HOSPITALITÉ DU BARON DE KOËLLEC

Jamais, depuis une trentaine d'années, c'est-à-dire depuis la célébration du mariage du baron avec Mlle de Menhoël, jamais on n'avait vu une semblable animation au château de Koëllec et surtout une semblable gaieté, car le naufrage de Darsans et de sa bande se terminait fort joyeusement.

Timidement, comme le bateau de sauvetage allait s'arrêter, Paul Darsans avait essayé de parler d'un discrétion... Il devait bien y avoir, dans les environs, des auberges suffisantes pour se sécher et passer une bonne nuit.

Mais le baron ne lui avait pas permis d'achever :

— Messieurs, et vous aussi, mesdames, avait-il déclaré tandis que ses marins cessaient de nager, vous m'appartenez par droit de conquête ; vous êtes presque mes prisonniers. Vous ne trouverez, à cette heure, ni auberge, ni feu, ni les vêtements de rechange qui vont vous être indispensables à tous; vous ne trouveriez pas davantage de voiture qui vous ramène à l'embouchure de la Rance; et, du reste, le bac ne marche pas la nuit... Vous êtes tous à moi, au moins jusqu'à demain... Et peut-être même aurai-je le bonheur de vous conserver plus longtemps?...

À peine avait-il achevé de prononcer ces mots, que la quille de l'embarcation touchait le sable, et alors, un groupe d'hommes et de femmes, éclairé par des torches, se détacha des maisons de pêcheurs, placées au pied du rocher de Koëllec.

Reconnaissant au premier rang sa femme qui s'avançait, portant des couvertures, le baron sauta dans l'eau, quoiqu'il y eût encore près d'un demi-mètre de profondeur.

Il eut vite rejoint la baronne, qui interrogea, très angoissée :

— Avez-vous eu le bonheur de les sauver... tous ?

— Oui, ma chère amie, répondit-il en lui prenant la main et en la forçant à se tourner vers une torche; oui, tous ! Même M. Paul Darsans, à qui vous serez aussi heureuse que moi, je n'en doute pas, d'offrir l'hospitalité ?

Un grand tremblement agita la baronne, et elle fléchit un peu sur ses jambes... Elle sentait que son mari lisait en elle.

Elle parvint cependant à bégayer :

— C'est, c'est un grand bonheur... pour Marguerite...

Et fuyant le regard de son mari, elle articula difficilement :

— Remercions Dieu, mesdames; et ne pleurez plus; ils sont tous sauvés !

Ceci s'adressait à Mme Darsans et à Henriette que d'effroyables transes secouaient depuis près de deux heures; car du haut de la terrasse elles avaient sûrement reconnu le yacht sur lequel avait embarqué leur famille; et elles ne cessaient pas de pleurer.

Marguerite, au contraire, malgré l'imminence du danger suspendu sur Gaston de Naizant, n'avait pas versé une larme.

— Ma tante, avait-elle demandé seulement, vous avez confiance, n'est-ce pas, que mon oncle les sauvera ?

— Espérons-le, mon enfant.

— Alors, préparons-nous à les recevoir !

Recevoir des naufragés ! C'était une besogne à laquelle on était accoutumé dans cette maison.

La baronne, très faible ce jour-là, se déchargea de ce soin sur sa sœur et sur Marguerite.

— Oui, faites le nécessaire, vous autres, tandis que je tiens compagnie à ces dames.

Cependant, quand on était descendu sur la plage, elle avait voulu être au premier rang, accomplir son devoir de châtelaine et surtout ne pas fuir l'inévitable rencontre...

Et déjà son mari avait pressenti son secret... avait pressenti, du moins, qu'elle en avait un.

Et elle fut lâche, tout de suite.

Pendant que les matelots, se mettant à la mer, commençaient de débarquer les naufragés, elle dit à son mari :

— Il faut que je m'assure que tout est bien prêt là-haut... Combien en ramenez-vous ?

— Quatorze ou quinze personnes, y compris l'équipage... Mais attendez au moins que je vous présente M. Paul Darsans ?...

Elle chancela de nouveau; et elle balbutia :

— Je... je me demande si j'aurai assez de vêtements de rechange pour tant de monde ?... Il... il faut que j'aille m'en assurer tout de suite...

Le prétexte était parfaitement plausible; mais le baron de Koëllec n'y crut pas une seconde.

— Elle a peur de se trouver en face de lui !»

Cela était très net pour lui.

Et aussitôt, il faisait cette rectification :

«... De se retrouver, plutôt, en face de lui ! »

Mais il se raidit, chassa de ses traits toute expression de jalousie, de colère; et, quand il revint vers le bateau pour aider au débarquement, il ne semblait vraiment plus qu'un hôte très aimable qui veut faire fête à ses invités.

Et il coupait la parole à Mme Nordain qui, la première débarquée, voulait raconter la « grande tempête, le formidable ouragan », où ils avaient failli se perdre, et l'héroïque dévouement du baron de Koëllec...

— N'exagérons pas, madame, dit-il; ce n'était qu'un grain, un simple petit grain; voyez, cela se calme déjà... Et vous n'étiez en train de vous perdre que par suite de mauvaises manœuvres... Quant à moi et à mes hommes, grâce à nos cirés, nous sommes à peine mouillés...

Tout en prononçant ces mots, il prenait dans ses bras un jeune homme que lui passait un marin.

Et ce jeune homme murmura à son oreille :

— Permettez-moi, à moi, de vous bénir du fond de mon cœur !

— Vous êtes donc M. de Naizant, monsieur ?

— Vous savez ?...

— Voici ma chère nièce, qui m'aimait certainement beaucoup ce matin, mais qui m'aime sûrement davantage ce soir.

Marguerite s'avançait, les deux mains tendues vers Gaston; et alors, elle pleura un peu, mais, confiante, elle dit :

— *On ne voudra* plus nous séparer, maintenant ?

Gaston lui répondit en lui baisant les mains; puis il se jeta dans les bras de sa mère et d'Henriette.

Cependant, les autres naufragés débarquaient : le fils Nordain, piteux, claquant des dents; l'ancien délégué aux Beaux-Arts, le visage traversé par de longues mèches de cheveux, gluantes, glacées; le conseiller d'État, lamentable; le peintre, assez crâne; Parnet déjà rieur et qui complimenta M. de Koëllec sur la façon dont les naufrages se terminaient dans la baie de Saint-Malo.

Enfin, Darsans parut, les traits tranquilles, le regard assuré.

À la lueur des torches, il avait reconnu sa femme, sa fille et la silhouette de Marguerite et la figure de madone de cette Mme de Menhoël, qu'il avait si durement humiliée dans son bureau de la rue de l'Echiquier.

En quelques minutes, il avait jugé la situation et il en acceptait les conséquences, avec résignation sinon avec philosophie.

Ainsi, il n'hésiterait pas, tout à l'heure, à faire connaître à Mme Paul Darsans, son opinion sur ces femmes qui simulent des migraines afin de tenter des démarches secrètes tandis que leur mari ne peut plus les surveiller...

Mais il sentait bien qu'il ne pouvait plus séparer Marguerite de Gaston, car elle se trouvait évidemment là dans sa famille et était par conséquent un parti fort honorable sinon riche...

Et il n'avait plus qu'une hâte, c'est que tout cela fût vite terminé, qu'il n'eût pas à jouer une trop longue comédie en face de M. de Koëllec et de sa femme.

Et, lorsqu'il fut à terre, avant d'embrasser Mme Darsans et sa fille, il alla tout de suite à Mme de Menhoël, et, s'inclinant profondément :

— Je vois, madame, dit-il, que je tombe en plein pays de connaissances ? J'espère que vous voudrez bien me pardonner l'accueil un peu rude que, dans un sentiment de très explicable défiance, je vous ai fait un jour ?

Yvonne de Menhoël, entièrement satisfaite par cette réparation, lui tendit la main et, le regardant sans la moindre nuance d'embarras, répondit :

— Il est facile d'oublier, monsieur, quand on est heureux.

Mais Henriette ne laissa pas se prolonger l'explication. Elle sauta au cou de Paul Darsans.

— Père, père, tu vas te refroidir, il faut monter tout de suite au château, où vous attendent de bonnes chambres bien chaudes... Allons ! vite, vite ! Tout s'expliquera ensuite...

La bande des naufragés, enveloppés de couvertures, se dirigea alors rapidement vers le château ; mais le baron de Koëllec retint un instant sa belle-sœur en arrière.

Et il lui demanda :

— De quel accueil vouliez-vous parler, Yvonne ?... Et quelles ont été, jusqu'à ce jour, vos relations avec M. Darsans ?.

Elle le dit, rapidement, sans aucune défiance et avec un tel accent de simplicité, de sincérité, que son beau-frère ne mit pas en doute une seule de ses paroles.

— De telle sorte que, jusqu'à ces incidents, ma chère belle-sœur, vous ignoriez... jusqu'à l'existence de cet homme ?

— Mais naturellement, mon ami, répondit sans hésiter Mme de Menhoët. Quelle étrange question me posez-vous là ?

— C'est que tout ceci a éclaté d'une manière si foudroyante... et ces derniers événements se sont précipités avec une telle rapidité !... J'ai un peu besoin d'explications, ma chère Yvonne... Vous devez bien comprendre cela...

— Mais elle, encore étonnée, dit :

— Vous devez pourtant bien penser, de votre côté, Jean, que si M. Darsans nous avait connues, il ne m'aurait jamais fait cet accueil, aussi sot qu'arrogant ?

— En effet... en effet... c'est très, très juste...

— Il s'est figuré, un moment, que nous étions des aventurières, bien indignes de nous allier à lui... Mais maintenant qu'il nous trouve ici et après le service que vous lui avez rendu...

— Plus rien ne s'oppose, ne peut plus s'opposer au bonheur de Marguerite ! Je vais m'y employer de toutes mes forces, déclara énergiquement M. de Koëllec !

— Oh, merci, Jean ! Quand vous connaîtrez M. de Naizant, vous l'aimerez comme un fils.

— Je n'en doute pas. Mais rejoignez nos nouveaux amis et accablez-les de prévenances, Yvonne ; je veux les recevoir admirablement. Moi, je vais m'occuper de mes hommes et de mon bateau.

C'était sa coutume ; Yvonne ne s'en étonna point.

Et il sembla bien se diriger vers la mer.

Mais dès qu'il fut perdu dans la nuit, il retourna brusquement sur ses pas, en biaisant, s'engagea dans un sentier de chèvres qui montait presque droit au château à travers les rochers.

Et il bondissait avec une légèreté de jeune homme, emporté par cette idée :

— Donc, il ne connaissait pas Yvonne... Mais il connaissait ma femme, cela est certain... Et il est venu ici, il y a une vingtaine d'années... Il s'est trouvé ici au moment même où je partais, où ma femme demeurait seule... S'il n'avait rien à se reprocher, pourquoi affirmerait-il avec tant de soin que c'est la première fois qu'il se trouve dans notre pays ? Pourquoi ment-il ? Oh ! je saurai leur secret !

Il gravissait si rapidement les rochers qu'il arriva au château une ou deux minutes avant les naufragés.

Des domestiques, des paysans étaient à la porte, guettant leur arrivée.

Quand on entendit leurs pas, tout ce petit monde alla au-devant d'eux ; et Koëllec put entrer chez lui sans avoir été vu ; et, très doucement, il se glissa jusqu'à la vaste chambre qu'il occupait avec sa femme.

Mais si cette pièce leur était commune, chacun d'eux avait ses cabinets de toilette et de débarras bien distincts, placés à droite et à gauche de la chambre.

Le baron s'introduisit dans le cabinet à demi noir qui renfermait ses effets, en laissa la porte entr'ouverte et, dissimulé derrière un porte-manteau, attendit.

La porte de leur chambre étant restée grande ouverte, il pouvait très bien se rendre compte de tout ce qui se passait aux alentours, dans les couloirs et même dans les appartements voisins.

Et bientôt, c'était tout un mouvement, et des cris, et des rires, dont Mlle Henriette Darsans venait de donner le signal.

On s'était raconté le naufrage d'une part et, d'autre part, la rencontre plus ou moins fortuite de Mme Darsans et de sa belle-fille avec Marguerite et le baron de Koëllec aux fameuses ruines de Menhoët.

— Tout à la joie ! Tout à la joie ! s'écriait Henriette.

Et elle le chantait presque.

Les inquiétudes étaient déjà bien loin ; et il ne fallait même plus lui parler des angoisses qu'on avait éprouvées.

Bientôt elle en arrivait à rire de ce naufrage, puisque personne n'était mort.

N'était-ce pas charmant d'avoir failli se briser sur ces vilains écueils qui bordent la côte, d'avoir failli pleurer abominablement, se mettre en deuil et puis d'être tous réunis dans ce beau château — on n'en voyait guère le délabrement le soir — certainement un château à légende, de se réchauffer devant ces grands feux de bois et... de se fourrer sur le dos ces costumes qui n'étaient pas pour vous ?...

C'était ce changement de costume qui amusait le plus Henriette ; car elle en changeait, elle aussi, comme une naufragée, parce qu'elle s'était toute mouillée en descendant à la grève.

Et elle avait hâte d'endosser la robe de Marguerite, sa plus jolie, que Mlle de Menhoët lui avait tout de suite apportée...

— Ma chérie, que ça va être drôle !... Je vais me perdre là-dedans... On y en mettrait deux comme moi...

Mais Marguerite avait à peine le temps de lui répondre. Elle était partout, ainsi que sa mère et la baronne de Koëllec, faisant monter ou montant elle-même de l'eau chaude, des vêtements, des grogs, réconfortant leurs hôtes imprévus.

Et on s'interpellait de chambre à chambre ; et tous ces Parisiens, une fois le danger passé, retrouvaient leur entière bonne humeur, surtout Parnet qui se frottait les mains en déclarant à Gaston de Naizant, avec qui on l'avait naturellement installé, qu'il avait là un chapitre tout fait de roman.

— Et vécu, mon cher... Et quel heureux et beau dénouement, quand je raconterai vos amours !...

Gaston, quoique heureux, confiant, ne voulait cependant pas croire entièrement à son bonheur.

Il disait :

— Attendons, attendons, ne nous réjouissons pas trop vite...

— Mais, mon ami, répliquait Parnet, tout le monde s'est embrassé, comme à la fin des bonnes comédies ; on n'a plus qu'à vous marier... La tempête et le sauvetage ont supprimé toutes les difficultés et joliment écourté les explications.

— En ce moment, oui, Parnet... Mais demain, mais dans huit jours, quand mon père et M. de Koëllec se trouveront face à face... Tu connais le caractère de mon père... Tu peux t'imaginer ce que peut être le tempérament de ce vieux loup de mer vivant ici dans un isolement à peu près absolu... Ne suffira-t-il pas d'un rien pour qu'ils se heurtent ?... Avec ces êtres-là, vois-tu, tout est à redouter, un acte d'héroïsme aussi bien qu'une irréparable violence... Et notre amour ne pèserait plus que bien peu dans la balance...

En ce moment, on frappa à leur porte. Mme de Koëllec venait leur demander si rien ne leur manquait...

— Madame, répondirent-ils gaiement, nous ne nous sommes jamais vus aussi beaux que dans nos costumes de marins...

Car, si, en prévision des naufrages, M. de Koëllec avait une provision de costumes, sa clientèle de naufragés se composant toujours de marins, ces costumes se composaient régulièrement d'un pantalon et d'une veste de cheviot bleu, avec un jersey et de fortes chaussures.

— Alors, messieurs, dit Mme de Koëllec, avec une gaieté bien mélancolique, nous allons bientôt pouvoir nous mettre à table ; tout le monde est à peu près rhabillé, réchauffé : et vous devez mourir de faim.

Après avoir dit ces mots, elle regagna lourdement, tristement sa chambre.

Elle avait terminé sa tournée. Il fallait bien qu'elle fît un peu de toilette, elle aussi, pour recevoir tant d'invités...

Mais, à peine chez elle, elle tombait sur un siège, devant sa table, et, la tête entre ses mains, se mettait à sangloter.

Presque aussitôt, sa sœur Yvonne la rejoignit. Et, très surprise de la voir en larmes :

— Qu'as-tu donc, Marthe ?... Tu pleures, quand nous n'avons plus que des motifs de nous réjouir ?...

— Si tu savais !... Si tu savais ! répliqua la baronne de Koëllec, avec une immense amertume. Si tu savais, ma pauvre sœur !...

— Et quoi donc ?... Quoi ?...

— Eh !... ne serait-ce que le remords, en face de la bonté, de la générosité de ce mari que j'ai si indignement trompé !

— Tais-toi, tais-toi, Marthe !

— Nous sommes bien seules, va ! Et cela me soulage de dire ma douleur, ma honte...

— Marthe, Marthe, ta faute n'est-elle pas rachetée par ce chagrin de toute ta vie, par l'existence de recluse que t'a imposée ton mari ?

— Tu dis cela, toi toujours si bonne, toi qui as pris ma faute comme si elle était tienne, toi l'innocente qui t'es chargée de ma fille sans même vouloir connaître son père !... Mais moi, j'ai honte de moi, quand je vois la grandeur de mon mari, ce simple et si beau courage qui le fait sans cesse exposer sa vie ; car ce qui s'est passé aujourd'hui arrive plusieurs fois par hiver... Et je suis sûre qu'il est encore au village, en train de réconforter ses gars, d'inspecter peut-être encore la mer...

— Oui, il m'a dit qu'il demeurerait en bas...

— Et cet homme, je l'ai trompé, Yvonne, oh ! si tu savais, pour un caprice, une incompréhensible folie... Tu n'as jamais connu ma misérable aventure, tu ne voulais rien savoir, mais il faut que je te dise tout aujourd'hui : si tu me vois en larmes ainsi, et si défaite, si lâche, c'est que...

Elle fut interrompue par un banal détail d'organisation, un domestique venant dire que les serviettes anciennes, qu'elle avait données pour le dîner, un beau service datant de son mariage, étaient trop jaunies par places... Elles servaient si rarement !

Elle sortit, avec Yvonne, pour en donner d'autres. Et alors, le baron de Koëllec, effroyablement pâle, tout titubant, quitta sa cachette.

— La malheureuse !... la malheureuse ! bégayait-il.

Et cette expression qui, d'abord, n'avait traduit que sa colère, son indignation, traduisait aussi sa pitié ; car sa tendresse pour Marguerite avait ouvert son cœur à la bonté... et à quelque chose de plus que la bonté : le sacrifice... le renoncement, même à un être qu'il aurait eu le droit de haïr effroyablement...

— Dieu !... Cette enfant que j'adore, dont j'ai presque fait ma fille, c'est la preuve vivante de mon déshonneur... Et il faudrait que je ne l'aime plus ?... Non, non ! Ce n'est pas possible... Et cette pauvre femme, que j'ai tant fait souffrir jadis par ma jalousie, que j'ai fait vivre en recluse et que j'ai privée, toute son existence, des baisers de son enfant !... Oui, pauvre femme !... Je l'eusse tuée, il y a vingt ans, si j'avais découvert la vérité...

Aujourd'hui il ne s'en serait plus reconnu le droit. Et puis, il n'était plus le même homme.

Et il murmura lentement :

— Dieu pardonne à la femme coupable...

La baronne de Koëllec revint, en ce moment, dans sa chambre. Tout de suite, effarée, elle dit :

— Vous étiez ici ?

Il eut la force de répondre assez naturellement :

— Non, je rentre à la minute.

Alors, sans le regarder, elle lui rendit compte de ce qu'elle avait fait, les chambres qu'elle avait données, le dîner qu'elle avait improvisé à la hâte. Elle parlait de cela, pour demeurer dans des banalités.

Le baron hochait mélancoliquement la tête, songeant toujours, même devant elle :

« Pauvre femme ! Pauvre femme !... »

Certes, une grande barrière s'était élevée entre eux ; il ne l'aimait plus ; mais il avait la grandeur d'âme de la plaindre et, s'il ne l'excusait pas, de se dire que, par sa jalousie et la dureté de son caractère, il avait eu une petite part dans son malheur.

Et une immense admiration emplissait son âme pour Yvonne, pour la vierge qui avait accepté le déshonneur, l'abandon, et que lui, impitoyable, avait chassée de chez lui avec tant de brutalité.

Oh ! que c'était beau, ce qu'elle avait fait là ! Quel renoncement ! Quel héroïsme simple qui ne s'était jamais démenti !

Et soudain, cette pensée de l'héroïsme de sa belle-sœur lui suggéra une idée, une solution où lui aussi se sacrifierait, quelque chose de grand et de terrible qui satisferait son honneur en assurant le bonheur de ces deux innocentes, sa belle-sœur et Marguerite, et de cette pauvre femme coupable qui n'avait jamais connu de bonheur de sa vie...

La baronne parlait toujours de ces détails indifférents d'organisation, disant chez qui il avait fallu courir pour avoir des poulets, du beurre, de beaux fruits. Justement, le garde-manger du château était un peu démuni.

Le baron lui prit la main, la baisa ; et affectant beaucoup de galanterie :

— Ce que vous faites est toujours bien fait, ma chère amie ; et je ne doute pas que tous nos hôtes ne soient enchantés de l'hospitalité qu'ils vont recevoir à Koëllec. Quant à moi, ajouta-t-il, avec presque de l'enjouement, je vais m'occuper de ce qui m'incombe et leur servir mes plus vieux vins...

Ce fut en effet un dîner extrêmement plantureux, gai et même tapageur, que ce repas organisé à la hâte pour des gens qui, quelques heures auparavant, semblaient si près de la mort.

Jamais certainement, la grande salle du manoir de Koëllec, ni la salle à manger, d'un cachet si simple et si imposant à la fois, n'avaient retenti de tels rires.

Et cela avait commencé dès que les naufragés

vient trouvés face à face, les hommes dans leurs costumes de matelots, Mme Nordais et la femme du délégué des Beaux-Arts affublées de robes de la baronne de Koëllec, et Henriette imprenable dans le costume de Marguerite, faisant flotter la jupe et montrant malicieusement le ... qui flottait sur sa mignonne poitrine :

— J'y mettrais les deux poings ! disait-elle.

Seule, Mme Darsans qui, en personne prévoyante, avait emporté son caoutchouc, avait pu conserver sa toilette de fine Parisienne ; et elle était si séduisante ainsi, encore si jeune, et son visage ... épanouissait de bonté, de bonheur, que le baron de Koëllec, plusieurs fois, quand il la regarda, sentit faiblir sa volonté, cette volonté à laquelle il venait de s'arrêter.

Et la même expression lui venait aux lèvres que pour la baronne de Koëllec :

« Pauvre femme ! »

Aussi cessa-t-il de porter ses yeux sur elle, pour examiner Paul Darsans, lequel était parfaitement à son aise.

Il avait lâché son mécontentement dans une courte scène à sa femme, commencée par ces mots :

— En quelle aventure nous avez-vous embarqués ?

Mais Mme Darsans, fort tranquille, lui avait répondu que le hasard seul était coupable, qu'elle avait voulu faire une promenade pour dissiper sa migraine.

— Et vraiment, mon cher ami, si cela vous est désagréable que le hasard m'ait fait trouver, sur mon chemin, les ruines de Menhoët et leur propriétaire, il me semble que vous ne pouvez vous plaindre de celui qui a envoyé M. de Koëllec au-devant de votre yacht en détresse ?

Et Darsans s'était tu ; ce sauvetage le laissait sans réplique.

Et il s'habituait déjà à cette situation.

Ne connaissait-il pas, à Paris, plus d'un ménage dont l'existence n'a pas toujours été régulière ? Et cette situation d'anciens amants qui se retrouvent, qui doivent vivre face à face, sous les yeux naïfs du mari, n'est-elle pas la monnaie courante du monde ?

Qu'importait... pourvu que le mari ne sût rien ?

Et celui-ci, vraiment, sous ses grandes allures, dans ce cadre majestueux, était bien le type du mari trompé, du bon mari qui laisse, des années, sa femme aux entreprises des consolateurs et la ... venue, réintègre le domicile conjugal et, le ... de son épouse. Homme loyal et confiant, quel lui, Paul Darsans, Parisien, ancien viveur ... et élégant, se croyait d'une très réelle supériorité !

... Darsans jugea que ce bon M. de Koëllec était ... peu vieux jeu, tout à fait « Ambigu » lorsque, à la fin du repas, il s'adressa à lui, avec solennité.

— Monsieur, disait l'ancien officier, vous avez ... me remercier au moment où nous ... de la tourmente ... Je vous ai bien ... répondu que cela n'en valait pas la peine ; mais ... vous croyez me devoir quelque reconnaissance, ... ne résisterez pas plus longtemps aux désirs de votre beau-fils, M. le marquis Gaston de Nar...

Darsans eut une légère grimace et un presque imperceptible haussement d'épaules. Avait-on ... relation de l'hôtelier avec ce titre de marquis ?...

Il pensait même qu'il était de mauvais goût de lui imposer sévèrement un si brusque changement de volonté ; mais il sentait bien qu'il devrait céder avant longtemps ; autant se donner la grâce de le faire tout de suite.

Et se mettant au diapason du baron de Koëllec, ... avec solennité lui aussi :

— Mon fils et Mlle Marguerite de Menhoët ont certainement déjà compris que j'étais prêt à accomplir leur bonheur. Et, puisque c'est moi qui les avais quelque peu séparés, je veux les unir devant vous tous...

Il se leva, alla prendre la main de Gaston et le conduisit à Marguerite.

Une minute, les deux jeunes gens, au milieu d'un grand silence s'étreignirent.

Puis, les yeux humides, le cœur gonflé, Marguerite se pencha vers M. Darsans et murmura :

— Voulez-vous me permettre de vous embrasser... mon père ?

Tout le monde les regardant, personne, pas même Mme de Koëllec, ne remarqua l'effroyable souffrance peinte en ce moment sur les traits du baron...

Mais cette scène de doux bonheur se prolongea assez longtemps pour que l'ancien officier refoulât encore une fois son effroyable ressentiment au fond de son âme ; et, quand le calme se fit, il put remontrer à ses hôtes son visage souriant.

Il eut même la force de plaisanter Mlle Henriette Darsans, dont la mignonne figure avait pris, tout à coup, une expression navrée, attrapée plutôt :

— Eh quoi, ma charmante jeune amie, s'écria-t-il, seriez-vous jalouse de ce grand frère ? Et ne vouliez-vous le donner à personne ?...

Elle protesta.

— Oh non ! car j'adore Marguerite... Mais, mais enfin...

Elle faisait une impitoyable petite moue ; et, tous les convives la contemplant avec ahurissement, elle jugea le moment excellemment choisi pour lancer sa conclusion :

— Mais enfin..., toujours le tour des autres... le tour des autres... Est-ce que le mien ne viendra pas aussi ?

Parnet, qui ne s'attendait pas à cette manifestation, jeta un regard effaré à Paul Darsans.

Celui-ci était heureusement tout à fait bon prince, ce soir ; il se contenta de hausser les épaules à demi ; puis son doigt menaça Parnet, et il dit :

— Ton tour, petite..., ton tour, c'est affaire entre ce vilain monsieur et moi !

— Oh ! alors, papa, vous vous entendrez ... s'écria la jeune fille avec exubérance ; et, si tu permets, je vais lui dire ce qu'il va te répéter en mon nom.

En prononçant ces mots, elle mettait sa fine tête contre l'oreille de Parnet, encore tout tremblant ; et elle murmurait :

— Du courage donc ! Il fallait bien le brusquer un peu.

— Je vous adore, balbutia Parnet.

Et il osa l'embrasser.

VII

LA JUSTICE

— Comment ! si matinal, monsieur ?... Après une telle journée... Mais vous avez à peine dormi quelques heures !

C'était le baron de Koëllec qui saluait ainsi M. Paul Darsans, descendu dans la grande salle du château, avant même que les domestiques en eussent ouvert les fenêtres.

Darsans, un peu ennuyé, expliqua qu'il avait

... cette habitude avec les affaires ; il avait ... conduire sa femme et sa fille au théâtre, dans ... monde, il aimait à être toujours le premier à ... bureau. Il dormait un peu moins ces nuits-là, ... tout.

En réalité, il n'avait pas reposé une heure, cette nuit, malgré l'immense fatigue qui l'accablait ; et ... belle contenance qu'il faisait devant le baron de Koëllec et sa bande à lui, s'était évanouie dès qu'il s'était trouvé face à face avec lui-même.

Et un invincible besoin lui était venu de revoir la baronne de Koëllec en secret ; une entrevue n'était-elle pas indispensable entre eux pour qu'ils fixassent, d'un commun accord, la ligne de conduite qu'ils suivraient désormais, la nature des relations qui demeuraient possibles entre eux ?...

Et il supposait que, comme toutes les maîtresses de maison, surtout à la campagne, elle serait la première personne debout, pour surveiller son personnel, diriger cette hospitalité qui leur avait été si largement faite hier.

Aussi, cela lui avait-il été fort désagréable d'être surpris par le baron.

— Et vous, monsieur, lui dit-il, ne vous couchez-vous donc pas ?... Si je ne me trompe, la baronne de Koëllec a eu l'amabilité de me donner une chambre qui est auprès de la vôtre... Et je vous ai entendu marcher fort longtemps...

— Oh ! pardonnez-moi, monsieur : c'est moi qui vous aurai réveillé de si bonne heure... Mais je tenais à préparer immédiatement le contrat de mariage de ma nièce... c'est-à-dire mon testament, puisque je veux lui laisser la totalité de ce que je possède...

— De grâce, monsieur, au milieu de tant de joie, ne prononcez pas ce vilain mot de testament !...

Le baron répliqua en souriant un peu dédaigneusement :

— De grâce, monsieur, on voit si souvent la mort de près que le mot testament paraît une chose toute naturelle... Ne faut-il pas, du reste, maintenant que nous avons réalisé les espérances de nos enfants, assurer leur avenir matériel ?

— Sans doute, monsieur.

— Voudriez-vous alors avoir la gracieuseté de me suivre ? Le château va s'éveiller... des domestiques passeront un peu partout... On nous dérangerait...

Darsans s'inclina.

Le baron le conduisit hors du château et traversa avec lui son jardin.

— Ici, dit-il, en approchant d'un fourré de tamaris...

Mais justement, son jardinier arrivait aussi dans le jardin et vint saluer ces messieurs.

— Un bien brave homme, dit Koëllec, et qui a aidé à vous sauver hier ; je ne tiens cependant pas à l'avoir auprès de nous... La situation de ma nièce est si délicate... Allons donc sur la grève... Nous n'aurons que la mer pour témoin...

Et ils descendirent à la mer.

Mais ils trouvèrent la plage garnie de marins, qui préparaient leurs bateaux et leurs filets pour la pêche.

— Décidément, fit Koëllec avec bonne humeur, nous ne serons vraiment tranquilles que sur la mer...

Darsans pensa bien que pour être tranquilles, ils n'auraient eu qu'à s'enfermer dans une des pièces du château ou, si le baron craignait ces murs de légende qui ont des oreilles, s'en aller tout bonnement sur une route...

Il ne souleva cependant pas d'objection, lorsque le baron de Koëllec, ayant fait signe, à un de ses gars, de lui amener un joli petit canot blanc, le pria d'y monter.

— Le bonhomme est un peu ... , se dit-il simplement ; passons-lui ses manies.

Et lui-même songeait à un effet, à l'annonce du beau chiffre de dot, qu'il octroyerait généreusement à son beau-fils.

Un marin voulait monter aussi dans le canot ; M. de Koëllec le remercia.

— Nous allons seulement à quelques mètres de la grève, dit-il, je ramerai.

Et les deux hommes s'éloignèrent dans le petit canot. Darsans, assis à l'arrière, proposa :

— Je vais barrer...

Et il se retournait, pour prendre les cordes du gouvernail.

— Pas la peine, cher monsieur, dit le baron avec une très légère nuance d'ironie ; comme je monte assez souvent seul dans ce petit canot, j'en ai fait enlever le gouvernail, et je me dirige uniquement avec mes avirons... Du reste, la mer nous porte en ce moment... Nous n'avons qu'à nous laisser aller.

Darsans ne put se défendre d'un mouvement d'appréhension.

— Est-ce que la mer n'est pas haute ? demanda-t-il.

— Elle descend depuis quelques minutes seulement, cher monsieur.

Le canot, en effet, s'éloignait assez vivement de la rive, quoique M. de Koëllec frappât à peine l'eau de ses avirons. Darsans voulut en faire la remarque ; mais il craignit de passer pour un poltron, aux yeux de ce marin, et il dit simplement :

— Je crois bien qu'ici personne ne peut plus nous entendre.

— Non... personne, je crois...

Et le baron laissa traîner ses avirons sur les vagues.

Ils étaient maintenant à environ quatre cents mètres de la terre. Darsans commençait à être véritablement inquiet ; et il ne put s'empêcher de dire :

— Mais... ne ferions-nous pas mieux de retourner ? Je crains qu'on ne s'étonne, au château, de notre absence. On va s'éveiller...

— Non, non, dit Koëllec très doux, laissons-nous porter un peu plus loin... C'est un peu plus loin que je vous dirai ce que j'ai à vous dire... Voyez, je n'ai même plus besoin de ramer.

Et en prononçant ces mots, M. de Koëllec se rejeta en arrière et lâcha ses avirons qui, deux ou trois minutes, battirent irrégulièrement contre l'anneau où ils étaient passés...

Et soudain ces avirons glissèrent, tombèrent à l'eau.

— Qu'avez-vous fait, monsieur ? s'écria Darsans.

— Je me venge, répondit froidement M. de Koëllec.

— Etes-vous fou ?...

— Fort sage, au contraire...

— Mais le courant nous entraîne...

— C'est bien ce que j'ai prévu.

Darsans haussa la tête vers la pleine mer. Et il eut un cri d'épouvante.

Le canot était emporté vers les brisants.

— Mais c'est abominable, bégaya-t-il, la voix étranglée ; mais si je vous ai offensé en quoi que ce soit, je suis prêt...

Le baron l'interrompit, en ricanant :

— ... à me rendre raison, n'est-ce pas, misérable qui avez profité jadis de l'isolement, de la faiblesse de ma pauvre femme, pour lui voler son honneur et son repos ? Et, quand nous nous serions battus, toute union deviendrait impossible entre Mlle de Menhoët et M. de Naizant !... Avez-vous réfléchi à cela ?...

— C'est un assassinat, monsieur !

— C'est la justice !... Et je suis aussi sévère pour moi-même que pour vous, monsieur, puisque je me

suicide en même temps que je vous tue... Que Dieu
me pardonne !

— Morbleu !... L'imbécile, avec ses grands mots !
articula Darsans dans un étranglement. Morbleu !
L'imbécile !...

Et, comme déjà l'eau bouillonnait autour d'eux
annonçant les rochers, la mort, il se leva pour sauter à l'eau. Il ne se soumettait pas à cette extra-
vagance ; il allait nager, s'attacher à quelque pointe
de rocher où, la mer descendant, on pourrait bientôt venir à son aide.

Mais son mouvement fit chavirer le canot, et du reste, les deux mains du baron de Koëllec s'accro-
chaient à son cou, comme des serres...

Et les deux hommes disparurent dans l'abîme.

Personne encore n'était éveillé au château et les
pêcheurs étant occupés à leurs filets et à leurs
barques, aucun témoin n'avait vu le drame.

Et quand, vers la nuit, la marée montante ramena les deux corps enlacés, on crut bien sincèrement que le baron de Koëllec et M. Paul Darsans
avaient été victimes d'une imprudence, et que le
baron, excellent nageur, s'était perdu en voulant
sauver une seconde fois son hôte.

FIN

Le 15 Mars paraîtra :

UNE NUIT DE NOCES

par

Charles MÉROUVEL

Le roman complet : 30 centimes

Volume déjà paru :

GRINGALETTE

par

Jules MARY

Le roman complet, Prix exceptionnel : 15 centimes

Soc. anon. des Imp. WELLHOFF et ROCHE, 10-18, rue Notre-Dame-des-Victoires, Paris. — Tél. : Louvre 16-33. — ANDRAU, directeur.